This is a Simplified Chinese edition of the following title published by Cambridge University Press:

Darwin's Plots: Evolutionary Narrative in Darwin, George Eliot and Nineteenth-Century Fiction,
3rd edition
ISBN: 9780521743617

© Cambridge University Press 2009

This Simplified Chinese edition for the People's Republic of China (excluding Hong Kong, Macau and Taiwan) is published by arrangement with the Press Syndicate of the University of Cambridge, Cambridge, United Kingdom.

© SDX Joint Publishing Company 2025

This Simplified Chinese edition is authorized for sale in the People's Republic of China (excluding Hong Kong, Macau and Taiwan) only. Unauthorised export of this Simplified Chinese edition is a violation of the Copyright Act. No part of this publication may be reproduced or distributed by any means, or stored in a database or retrieval system, without the prior written permission of Cambridge University Press and SDX Joint Publishing Company.

Copies of this book sold without a Cambridge University Press sticker on the cover are unauthorised and illegal.

本书封面贴有 Cambridge University Press 防伪标签，无标签者不得销售。

Darwin's Plots
Evolutionary Narrative in Darwin,
George Eliot and
Nineteenth-Century Fiction

GILLIAN BEER

达尔文的剧情

达尔文、乔治·爱略特与 19世纪英国小说中的进化论

［英］吉莉安·比尔 著

范一亭 译

生活·讀書·新知 三联书店

Simplified Chinese Copyright © 2025 by SDX Joint Publishing Company.
All Rights Reserved.
本作品简体中文版权由生活·读书·新知三联书店所有。
未经许可，不得翻印。

图书在版编目（CIP）数据

达尔文的剧情：达尔文、乔治·爱略特与19世纪英国小说中的进化论 /（英）吉莉安·比尔(Gillian Beer) 著；范一亭译. -- 北京：生活·读书·新知三联书店，2025.4. -- ISBN 978-7-108-07962-6

Ⅰ.I561.074

中国国家版本馆CIP数据核字第202477R4Q8号

本书出版获北京科技大学中央高校基本科研业务费项目"外语学科的综合发展与特色培育研究"资助，项目编号为FRF-BR-17-007B。

责任编辑　张　婧
装帧设计　赵　欣
责任印制　李思佳
出版发行　生活·讀書·新知三联书店
　　　　　（北京市东城区美术馆东街22号 100010）
网　　址　www.sdxjpc.com
图　　字　01-2018-4010
经　　销　新华书店
印　　刷　三河市航远印刷有限公司
版　　次　2025年4月北京第1版
　　　　　2025年4月北京第1次印刷
开　　本　880毫米×1092毫米 1/32　印张 15.75
字　　数　327千字
印　　数　0,001-4,000册
定　　价　88.00元
（印装查询：01064002715；邮购查询：01084010542）

倘若我们相信所有关于自然的言说，自然将会是最奇特的存在。她有着恐惧感（对虚空的恐惧），耽于奇想（大自然奇形怪状的产物），也会犯错（大自然畸形的错误）。有时候甚至与其自身为敌，因为就如基拉德斯（Giraldus）告诉我们的那样，"大自然生产了违背自然特性的藤壶"，而近年来我们已然听说了不少关于自然选择的伟力。

——马克斯·缪勒，《语言科学讲座》，
系列二，1864，566页

目 录

中文版自序 1

序 言 6

第1版自序 15

第2版自序 18

第3版自序 43

导 论 1

第一编 达尔文的语言

第1章 "悲剧般的欢愉":想象与物质世界 35

第2章 适应与不适应:拟人论与自然秩序 64

第二编 达尔文的剧情

第3章 《物种起源》中的类比、隐喻与叙事 107

第4章 达尔文式的神话 143

第三编 回应篇:乔治·爱略特和托马斯·哈代

第5章 乔治·爱略特:《米德尔马契》 209

第6章 乔治·爱略特:《丹尼尔·德隆达》
    与未来生活之理念 257
第7章 传衍与性选择：叙事中的女性 301
第8章 为人类找到刻度：哈代小说中的剧情
    与书写 341
第9章 达尔文及对其他生命体的意识 377

注 释 400
精选基本参考文献 430
查尔斯·达尔文相关阅读书目 440
索 引 443

中文版自序

达尔文是如何思考得出自己的创新理念的呢？他并非以数理的方式加以运算得来。相反，他以同时代受过良好教育的英国人所共通的话语进行思考，但这种话语无法匹配达尔文新颖的洞见。彼时人们的共识乃是将人类置于意义的中心，并强调神意与意图。很多人认定那些混杂在一起的理念必源自一个温良之神的想法，亦为应有之义；这个神掌控着我们的历史与未来。达尔文反过来则强调物种间以精细的方式相互依存，既含括人类，又同人类相距甚远，所覆盖的时间刻度大范围地延展并超越了历史的时历和《圣经》的时历。他同样强调传承给下一代的个体上的细小差异具有难以计数的后果，未来走向多元化且极有可能毫无方向。

达尔文在宏观和微观层面上问自己各种问题，从很大的视角进行思考，但每每又聚焦于细微的观察：单个的树叶和植物，藤壶和蚂蚁，甲壳虫和蝙蝠，鸽子和某一种类的猩猩。对他而言，细小差异的重要性高于标准的类型，这是因为其思想含括了过往的广阔范围，这一范围使得细小的多重差异历经万古、转化着各种生物体成为可能。我们环顾四周可以见到无比多样的生命形态，抑或借助部分化石印迹循其踪影；在彼时达尔文的想象之中，这些生命形态皆引导我们回溯到一些原始的形态。因而,一切生命形态在一定程度上均相互关联,且属于一个"大的科"(great family)。

达尔文视野所及,尽是其所属时代与文化之中的典型叙事——比如"那个大的科类"——他则改变了它们的内涵。其间最为惊人的莫过于这一理念:人类再也不是达尔文故事中的主人公;进化历程的相关故事不需要创造万物的神,也不需要确定的结局,即事件在其间不必获得完满的或悲剧的结果。相反,达尔文研究并描述了从现在到远古的一切物种以及它们彼此间不断嬗变的互动关联。他集中讨论了现存物种间令人惊奇的细致的差异,从而引发出关乎未来的多重可能。比如,观察如下事物即可发现物种同祖先的联结:爪、手、鳍,以及生物用来把控周围物质世界的一切方式。

维多利亚小说中最为常见的主题包含以下两者:隐藏的关系,以及为了掌控未来所订立(但通常都事与愿违)的法律遗嘱的约束力。达尔文青睐小说,视之为主要的消遣,每日都同妻子爱玛一起阅读。虚构的小说剧情深入地影响了他对这个世界的漫长过往的想象。达尔文既转化了其周边的故事,又从这些故事中大受裨益。

尽管达尔文生活的时代尚无基因遗传学,但他困扰于为何一些生物和物种存活下来而其他的却就此灭绝。他发现个体和物种均依赖同周围一切现存的和灭绝的生命形态的互动关联。倘若多重需求所构成的喧嚣之态在一个环境之中达到了某种平衡,嬗变也许只会非常缓慢地发生,但终究会发生。生态互动中的幸运物种历经漫长的时代变迁,便会繁荣发展,积累起自身的优势——达尔文称此过程为"自然选择"。那些同现存周遭环境最相适应的物种得以存活、交配并向下传承多样化特征。在《物种起源》(*On the Origin of Species*)一书著名的结论中,他将生命比作"纷繁的河岸"(tangled bank),充满繁复的差异,且不受等级制度的限制。达尔文认识到:物种的生命形态各异、数量丰沛,即便如此,其间一切生命形态的能量均须为了存活而不断斗争。

因此,在"自然选择"这个术语中,达尔文所述故事的三要素并不会轻易地自相适恰:"差异"和"超级丰饶"(superabundance)都表明了一种丰沛且开放的存在,而第三个要素"选择"则意在规训与管控,而且提出了这样一个问题:"何人或何种力量在做选择?"

在达尔文的语汇中,"人工选择"居于"自然选择"的对立面,他将前者描述为人类因自身利益所进行的动植物培育活动:种植庄稼,喂养鸽子,饲养猪马,培育各种植物,于是就有了为人类获取好处而施加于自然的择选。"人工选择"本质上并不关切所选动植物的福祉,而仅仅关注(作为维多利亚人对"人类"一词常用表达的)"人"(man)的自身利益。与此同时,达尔文很清楚人类既不处在进化史的核心地位,亦无法掌控进化史,因为"自然选择"自古以来就无比强大,远远胜过任何人工选择的操作过程。进而,灭绝乃是进化过程的必然结果:"现存的物种之中,少有能将其后代繁衍传递至遥远之未来;原因在于所有有机生物体归类的方式体现出,每一属类中较大规模的物种以及众多属类的所有物种均无后代,从而彻底灭绝。"然而,达尔文亦心怀这样的希冀:既然"自然选择的工作原理仅仅经由并归于每一个生物体的利益",进化的过程就会倾向于不断完善。

那么在此进程中,"自然"和"自然的"这二者该作何理解？达尔文已然抵达了语言的边缘，发现多少不太可能摒弃意图，后者内含于动词和名词之内。《物种起源》每一版的改动和增删让我们管窥到他所做的一系列修改均源于他希望能阐明自己的理论，我们同时可以感受到他修改时所经历的沮丧甚至痛苦。他无尽地扩展着对"大自然"（Nature）这一术语的理解，试图将深藏于该理念之内的拟人化要素涤除殆尽。

唯有到了晚年，达尔文才敢于正式考虑人类社群和个体相对于一切其他物种的地位。果敢与抑制混杂共存，部分地解释了为何他的各种理论所衍生的故事如此自相矛盾，又多姿多彩：其间最出名的当数人类的传承（ascent）与人类的传衍（descent）。故而，尽管人们会因不同的政治观念而相互对立，却很可能会共同采纳达尔文的理论来推广各自的论点。这是一个关乎竞争的理论吗？是关乎大自然中残暴无情的"腥牙血爪"（red in tooth and claw），抑或关乎关联与协作？究竟是伟力还是共情力之于生命至关重要？在《物种起源》中，达尔文采纳了"大的科类"这个具有等级特性的理念，即最高等级者拥有绝对的专属特权，却又同时将这一理念从侧面掀翻，转而强调一切生命形态如何相互联结、相互依存。在其理论之中，"类比"远超修辞的功用：它揭示出不同生命物种之间隐性的亲缘关系。然而，亦如达尔文所承认的那样，"类比也许只是个骗人的向导"。

这些令人不安的理念和一些慰藉人心的内涵在其他论者那里则可能是另一番想象，尤其是小说家——他们的思想实验仅仅停留在纸面上，于是可以不管不顾，不必去承担政治家的思想实验的严重后果。如前所述，达尔文自身就是小说的狂热爱好者,每天都坚持阅读,尽管他宣称好的小说必有大团圆的结局,最好还要有个赏心悦目的女主角;但其同时代的作家并不认同这种乐观的、也许颇具补偿意味的观点。乔治·爱略特(George Eliot)和托马斯·哈代(Thomas Hardy)以他们在小说中创建的秩序和塑造的人物正面回应了达尔文思想的影响。他们强调巧合,即众多事件猝然聚汇,无从预测,又时常令人误入歧途。人类无法控制巧合;它为生命释放出种种新的可能,对于那些竭力隐藏秘密的人来说却相当致命。我们看到此类特别的翻转在以下小说当中彰显出力量:哈代的《卡斯特桥市长》(*The Mayor of Casterbridge*)或《苔丝》(*Tess of the D'Urbervilles*),爱略特的《米德尔马契》(*Middlemarch*)或《丹尼尔·德隆达》(*Daniel Deronda*)。两位小说家也同样表达了这样的理念:任何意图搜寻起源的做法都蕴含着诸多危险。

本书的撰写让我享有了这样一个机遇:仔细研读各式各样不同体裁的文本,进而展示这些文本的主旨彼此间如何深度交织在一起,并同我们对周遭世界的相互抵牾的解读进行对话。

我很愉快地知晓,有兴趣致力于科学同文学二者关联性这一跨学科研究的中国读者如今能将《达尔文的剧情》(*Darwin's Plots*)纳入大家的讨论之中。非常感谢中文版译者一亭老师的翻译,亦感谢出版方三联书店将我的这部著作引入中文学界,供各位阅读研讨。

吉莉安·比尔
2025年1月

序 言

乔治·列文（George Levine）

在《达尔文的剧情》一书开篇，吉莉安·比尔提出，《物种起源》乃是"一部最为了不起的典范作品：它包含的内容超过了当时创作者所能预知的范围，但创作者**的确**对此有所预知"。借助这些话语，比尔教授开启了这样一项事业：它自身包含的内容极有可能超过了当时她所预知的范围，但她**的确**对此有所预知——至少可以说预知得相当不少，因为这本书如今依旧保留着和1983年初版时一样的活力和重要性，当时蓬勃发展的"达尔文产业"正处在第一次高峰期。很多人已然理解了达尔文思想如何保有无比丰富的内容和强大影响力，但这一产业在过去15年间的发展甚至超过了他们的想象。历史上大多数伟大科学家的贡献已被科学（且经常被文化）所吸纳，并标志着通向未来科学发展的闪亮一刻。达尔文却不同于他们：他保留了奇特的、几乎富有人格魅力的活力（如比尔教授所说：达尔文"近年来的形象变得'年轻'不少"），而进化生物学依旧是科学乃至更广阔范围内的一支生力军。

《达尔文的剧情》一书确认了达尔文思想中"神秘因素的残余"，即"物质与理论之间"并非契合无间，而是乐于退而求诸"未知的法则"，并对多样性和非常规性保持着强烈的热情。比尔教授在教我们了解达尔文的比喻与语言如何起作用的过程中，拒绝了任何以历史的或哲学的方式对达尔文思想所做的简单替换，成功预判了达尔文在影响力和破坏力方面的持续作用。

达尔文的名字很久以前就进入到标志性的语言系统之中，它所标志的世界到处充斥着自相残杀和残酷的竞争。然而，正如比尔所展示的那样，达尔文的语言已然揭示了这样一个事实：他不仅相信无情的竞争，同样也相信合作，相信克鲁泡特金（Kropotkin）的"互助论"。学者和科学家对他的作品拥有长期的兴趣，超越了平常人的想象，一直可上溯到这样的两个事实——其一，"比格尔号"（Beagle）航程引发世人持续的关注；其二，进化论所产生的对宗教的影响令人持续忧心。这类持续的兴趣或许令他成为莎士比亚之外被讨论最多的英语作者。比尔教授对他的语言进行了相当精彩的分析，达尔文就如同其语言一般保持着无尽的可解读性，而过去廿载之中，理解其思想、运用其观点的著作数量激增。

正如比尔教授自己所评论的那样，此间达尔文产业最令人印象深刻的成就便是编辑出版了不同凡响的达尔文《书信集》（*Letters*）。截至目前，这套《书信集》已出版了9卷，但仅进展到《物种起源》出版两年之后的1861年。达尔文的笔记本系列也得以出版，丰富地展现了他在代表作问世之前准备阶段的思考方式。整理和总结其往来信件，自然作用巨大，如今正成为可能。这一切之中，也许最令人感兴趣的当数几部引人注目的达尔文传记，尤其是珍妮特·布朗（Janet Browne）的《远航》（*Voyaging*）以及阿德里安·德斯蒙德（Adrian Desmond）、詹姆斯·摩尔（James Moore）合著的《查尔斯·达尔文》(*Charles Darwin*)。这些传记都是出版《书信集》这一关键性的档案工作所带来的成果。此类研究成果一方面避开了任何类似传统的圣徒纪传性的手法，且增强了我们对达尔文的理解，认识到他是那个时代的产物，是一个复杂且具有多重动机的人，另一方面又给我们提供了另一个达尔文——形象上也许开始对应于生活中那个复杂的艺术家兼科学家的达尔文，他所创造的语言，比尔教授已做了详尽的分析。然而，正如比尔在讨论德斯蒙德、摩尔版传记时所做的恰当评论，达尔文的文本拥有复杂且具显著弹性的语言，而比尔自己则以独特的方法牢牢抓住这一语言的特有细节，从而削弱了这样一番意味，即达尔文绝对属于他所在的时代，原因在于他如此焦虑而又固执地坚守着中产阶级社会的习俗。

与此同时，随着对达尔文传记和档案研究的兴趣日渐炽热，对达尔文理论的兴趣已呈爆炸之势，尤其经由进化心理学的路径：丹尼尔·德尼特（Daniel Dennett）在一项激起争论的研究中所坚持的路线将达尔文视作不懈而勇敢的唯物主义者和反形而上学主义者，进而宣称达尔文的思想具有"危险性"。达尔文致力于建构一个处处充满竞争的世界，理查德·道金斯（Richard Dawkins）用其《自私的基因》(*The Selfish Gene*)中所阐释的理论将这一神话深度带入微生物学当中。而E. O. 威尔逊（E. O. Wilson）和史蒂文·平克（Steven Pinker）则更典型地将达尔文当作社会生物学和进化心理学的守护神；这两个领域均追求简约主义，聚焦人类意识和行为的复杂细节。上述每一位作者都宣称他们所塑造的乃是真实的达尔文,但事实上,总体而言,他们只是在增加后世所创造的各类达尔文形象的数量。比尔教授给我们塑造了她的达尔文,且不愿止步于这般明确的、仅仅添补数量的工作。她的新版自序*向我们传达出这样的意味:《达尔文的剧情》的方法论将会如何处理这些后来对达尔文加以阐释的新形象,如何将**它们**放置到我们自己文化的各类神话以及它们想要超越的那些文化的神话之内,以及会如何提出所有各类问题——它们使得我们不可能停留在目前这些千差万别的版本之上。达尔文进而超越了这些艰难的问题,但又身处依然严格有加的科学事业的限制之内,而在古生物学和微生物进化生物学之间持续的论争中仍旧成为争议的对象。在科学的正式范围以外,维多利亚时代的上帝同达尔文式唯物论之间的斗争持续地体现为对创世论的攻击。《达尔文的剧情》帮助我们准备好去面对达尔文思想内部的以及与达尔文思想相对立的种种张力,因为本书质疑了我们自身各类"剧情"的形式,即关于意义、秩序、未来性、成长、死亡的各种可能性。

  本书的重要意义体现在这样一个要点上:它不可否认地依旧是唯一一个且不可或缺的聚焦达尔文双重身份的研究——作为**作家**(writer)的达尔文,以及作为现代文学在语言与意识上的"代表"(presence)的达尔文。在比尔教授之前,从未有人如此严谨而又颇具想象力地将达尔文的作品作为文学加以研究,也从未有人坚持将他作为创造性的作家

---

* 指第2版自序。——译者注(凡以此星号标注的均为译者注,不再一一注明。——编者)

加以解读,从而以富有想象力的方式将他同查尔斯·狄更斯(Charles Dickens)、托马斯·哈代、乔治·爱略特和弗吉尼亚·伍尔夫(Virginia Woolf)相提并论。

尽管本书特意在方法上秉承"文学"路径,着手将达尔文解读为恰好也是科学家的作家,但也具有彻底的多学科性。新版自序又以某种方式予以清晰的概述,比尔对语言了不起的关注延展超越了语言的范畴,进入最广阔的同智识与文化相关联的范畴。她再次展示出,达尔文在语言上的重大意义不仅在于字面含义,而且在于这样一种方式:它使得腔调、句法同语义的本质相辅相成,此三者有助于形塑思想并揭示比该语言所能公开表达的更多的可能性。此般分析已令本书胜过了之后最优秀的文学研究,并预示了当下达尔文和进化论研究领域的众多进展。它和社会学家、科学史家所倡导的观点完全一致,出版后更是增强了这样一种力量:必须将各种理念置于其诞生那一刻的现实语境中加以察看。然而,它拒绝历史的或社会的简约主义。比尔教授进行历史化研究的同时,却从未忽视达尔文特殊才华之下纵横交错的各种可能性。

因而,比尔从未采纳那种极端的立场——它在大多数当代与科学相关的历史、社会学研究和文化研究当中相当地突出,社会的立场提供了整体的解释——它并不关乎半理解、半创造出来的理念,而关乎事实上完全"建构"出来的理念。她在新版自序中困惑地指出,一些读者将该书的主旨理解为科学仅仅是一种"虚构"。而她反复强调的观点则是:达尔文借以表述其理论的语言同其生活在其间的文化密切相关;为了充分理解此类"科学",人们必须认识到语言对它所起的作用，语言又如何引发了抵抗、招致了顺从。语言和论点二者无法完全脱钩，因此本书标志着理论对形塑其自身的文化力量孜孜不倦但必定不彻底的抵制。比尔的研究强调了达尔文的思想对文化的影响，且通过这样一个问题认真地表达出忧思：在何种程度上达尔文可以被看作"发现者"或"创造者"？她将达尔文的思想回溯到诗歌和科学上的浪漫派前辈，借由论证和演绎展示出这样的道理：承认科学的创造性、想象性特质并不会在任何程度上削弱科学工作的重要性或独特性。尽管人人读完这本书都能感觉到科学彻底而关键地（且创造性地）内在于文化，但每一位读者也必定看到：科学之所以出色地丰富了我们对于自身文化的理解，恰恰是因为它帮助我们更加全面地理解了达尔文，理解了他构建其思想体系所需克服的巨大困难。

直到现在，《达尔文的剧情》一书的独特之处尚未被充分吸收到文学研究之中。本书的独特之处以及令它在文学研究中保持独特性的原因在于以下两点：它不仅细致地关注达尔文的语言，而且大胆又令人信服地展现出达尔文应该被理解为这样一个人——他的理念深刻地影响了其文化观，而这些理念也同样受到了文化的大力塑造。换言之，该书表明当时文化的流动乃双向的作用。达尔文有不少文字体现出弥尔顿（Milton）、华兹华斯（Wordsworth）、柯勒律治（Coleridge）和狄更斯的影响，而弥尔顿的作品连同莱伊尔（Lyell）的《地质学原理》（*Principles of Geology*）则一路伴随着达尔文的"比格尔号"之旅。比尔教授在这些文字中发现了回声，于是将达尔文认定为浪漫主义的唯物论者。同时，文学语言的运动同各种关乎意向（intention）、能动性

(agency)的设定密切相关,但她却沿着这种运动追踪到否定了这些设定的种种论断。

早些时候学界对于达尔文和文学关系的研究兴趣通常显现为这样一种有益的做法,即定位达尔文的理念如何从其自身出发影响了其他作家,如何从科学出发影响到文学与政治,开山之作诸如莱昂内尔·史蒂文森(Lionel Stevenson)的代表作《诗人中的达尔文》(*Darwin Among the Poets*,1932),但这些作品几乎无一例外地聚焦达尔文对于后续作家的"影响"。即便对于大多数文学批评家而言,达尔文也是难以忽略的人物。然而,一方面已有早先的研究致力于讨论他书中的语言,尤其是斯坦利·埃德加·海曼(Stanley Edgar Hyman)的《纷繁的河岸》(*The Tangled Bank*, 1962);另一方面,在比尔教授之前,尚未有人能够做到如此细致且博学地研讨达尔文语言的质地及其深刻的历史根基,如此细心地追溯遗传下来的语言对形塑达尔文的论断所产生的约束,认可达尔文对传统既利用又抵制的做法所产生的创造性影响,以及认识到他的思维方式如此细致却富有想象力——达尔文的隐喻正是运用这些方式敞开了多种可能性,并创造了超出创造者本人认知范围的论断。比尔教授提出:达尔文的隐喻"试图在人类的秩序当中推进可知世界的边际"。《达尔文的剧情》于是描述了语言及其可能性上的各种冒险,既发现单个语词的细微之处,又认识到达尔文作品如何转化了文化的基本"迷思"(myth):这一文化的语言建立在这些"迷思"之上,而"迷思"的残留物有助于赋予达尔文的文字以一种能力,从而逃避意义所施加的巨大压迫。

比尔教授宣称:"从来都不可能从科学的**探索**中抹去话

语（discourse）的痕迹。"她所说的"话语"有其独特且事实上难以模仿的种种特质。《达尔文的剧情》标志着一个毋庸置疑的批评声音的出现，它带着权威和优雅在大范围的各知识学科之间发声。这个声音的力量一部分来源于反常的角度上的扭曲，亦即它具有引发意料之外的种种意义和关联的能力，从而指向多样性和矛盾性。作者的行文既引人入胜，又可以说具有某种"比尔风格"的失衡性：它使得读者不可能得到放松，因为要迫使他们明白语言并非静止不动——无论是达尔文的抑或比尔自己的语言。她的语词向来严谨，不仅服务于明显的功利主义实效——令读者能够正确加以理解，而且达到这一效果的多种途径扩展了种种可能性和密切的丰富性。这些语词竭力在更广阔的层面上实现从创造性的想象中所能获得的一切，这一想象观察着语词的游戏依据不同的语境而变迁。这样的变迁不仅是具有自我意识的人类感知者的一种功能，也是（达尔文式的）世界运转之道。比尔行文中富有诱惑力的紧张感来源于她意识到语言、经验二者具有不懈的流动性（fluidity），即对各种关系之间的多重可能性的认识，而此种流动性和可能性均介于不同的理念、人群、文化和学科之间。

这便有了那样一种声音：它使得《达尔文的剧情》一书成为过去20年以来不可或缺的批评著作之一，并且揭示了该书通向未来的了不起的能力——初版后数年，围绕达尔文、达尔文主义、科学与文化所展开的思想论争便随之而来。尽管比尔教授在其新版自序中提到，倘若现在撰写该书，她也许会做出一些变化，但我们手头的这版其实无须改变，部分原因在于：该书如同她所探索的达尔文式语言一样,所传达的远远超出了字面含义。比尔教授就此给以下两点确立了标准:如何阅读达尔文,如何将达尔文惊人的伟业同我们的文化自身能够讲述且将持续讲述的故事联结起来。她已展示出:达尔文的各种论断的语言"若被撤去,则(其思想)必受损失"。《达尔文的剧情》经由此语言,带领我们最终进入达尔文思想的中心地带,并明确其思想将持续扩散、持续滋养我们的各种路径。

第1版自序

这本著作耗费了我好几年的光阴,也延展了我的生命。在这段时光当中,始终令我感激良多的当数剑桥大学的大学图书馆、英文系图书馆、格顿(Girton)学院图书馆所提供的众多资源,感谢各位馆员的大力帮助。

我写初稿时,英文系办公室诸位同仁时常帮我打字,在此向他们深表谢意。感谢杰妮·菲露丝(Jenny Fellows)博士和我的家人校阅文稿并核查参考文献。感谢科学史家、科学哲学家以及文学研究的同行的特别关照,邀请我在各种讨论会、专题研讨会和讲座上试讲我的研究观点。倘若没有不同领域的朋友们的激励,我恐怕难以完成这部著作。这些朋友都非常慷慨地分享知识,并提供给我可以参考的文献、值得考量的论点以及需要我加以反驳的疑问。如此多的人都值得我感谢,所以的确很难仅提及少数人的名字。但我想要特别提及多年来和以下这些朋友的重要谈话:约翰·比尔(John Beer)、吉娜·波里提(Jina Politi)、萨利·沙特沃斯(Sally Shuttleworth)、阿隆·怀特(Allon White)、卢德米拉·乔达诺瓦(Ludmilla Jordanova)。后来,霍华德·格鲁伯(Howard Gruber)、大卫·科恩(David Kohn)、玛丽·雅各布斯(Mary Jacobus)和乔治·列文给予了我宝贵的帮助。

自我职业生涯起步起，戈登·海特（Gordon Haight）和芭芭拉·哈代（Barbara Hardy）就一直提携我；和所有研究乔治·爱略特的学者一样，我亦受惠于他们二位的研究。还有一些论及爱略特以及科学文化同文学文化二者关系的大作尚待出版：其中我想特别提及的是约翰·杜兰（John Durant）、西门·杜伦（Simon During）、萨利·沙特沃斯和玛戈·瓦代尔（Margot Waddell）的博士论文。

本书的相关章节曾以不同的形式发表在以下出版物上：《这独特的网络》(*This Particular Web*)（Ian Adam 编）、《听者》(*The Listener*)、《比较批评 II》(*Comparative Criticism II*)（Elinor Shaffer 编）、《女性写作与关于女性的写作》(*Women Writing and Writing about Women*)（Mary Jacobus 编）、《维多利亚与爱德华时代研究手册》(*Cahiers Victoriens et Edouardiens*)、《行为科学史杂志》(*The Journal for the History of the Behavioural Sciences*)。此外，我撰写了两篇对本书有补充作用的文章，收录二文的论文集即将出版。一篇题为《达尔文的阅读与成长类虚构作品》("Darwin's Reading and the Fictions of Development")，收入《达尔文式遗产》(*The Darwinian Heritage*)（David Kohn 编，Princeton University Press），这篇文章通过大量翔实的细节考察了达尔文在其理论形成期和积淀期的文学阅读。另一篇题为《弗吉尼亚·伍尔夫与前史》("Virginia Woolf and Prehistory")，收入《弗吉尼亚·伍尔夫诞辰百周年纪念文集》*（Eric Warner 编，Macmillan），该文展示

---

* 该书最后出版于1984年，书名改为 *Virginia Woolf, A Centenary Perspective*，该篇论文题目为 "Virginia Woolf and Pre-History"。该文认为伍尔（转下页）

了达尔文的学说对一位20世纪作家所产生的深远影响。

生养孩子使得我需要首先去理解进化的历程,其次要理解达尔文的写作在我们文化当中所彰显的力量。因此我的母亲和儿子们乃是我这本书所要致敬的对象。当然,若缺少我丈夫的参与,很多使命定然无法完成。

吉莉安·比尔

剑桥大学格顿学院

(接上页)夫笔下的"pre-history"概念不仅与"史前"相关,也指向达尔文思想对早期伍尔夫的影响、弗洛伊德意义上的"无意识"、人物的"前传"、记忆的碎片以及作品间的前后互文性,故此处译为"前史"。该论文后于1996年收入《弗吉尼亚·伍尔夫:共同的基础》(*Virginia Woolf: The Common Ground*),题目再次改回"Virginia Woolf and Prehistory"。

第2版自序

近年来达尔文的形象变得"年轻"不少,不再是那个取代了上帝的存在、富有权威感的大胡子老头。相反,他的作品和人生再一次陷入到争议和论辩当中。社会学家、微生物学家、语言学家、社会生物学家、哲学家、女权主义者、心理学家、传记家、遗传学家、小说家、诗人、后殖民主义者,他们都参与其中、各抒己见。进而,达尔文的《书信集》[1]卷帙浩繁,册册都是大部头,自1985年以来陆续问世。这向我们展现出:就达尔文的理论而言,一切始自那个渴求知识、乐于探险的青年达尔文,他在23岁(也就是如今一名研究生的岁数)生日前夕开启环球科考之旅。这些书信揭示出青年达尔文在"比格尔号"旅途中鲜活的工作状态、对自然界热切的响应,可以直观地感受到他同沿途所遇到的各类社会群体的沟通。语言表达上的摇摆变化记录了他当时的发现,即要想确定自己对当地土著部落的看法是多么地艰难。达尔文与物种类别的斗争打破了既定的生物分类体系。他在思想上的探索所展现的持久耐力揭示出下面这个陈腐的说法纯属谎言:达尔文刚刚结束"比格尔号"航程回国后,旋即完全陷入一种舒适而又单调的生活之中。相反,坐在扶手椅里的达尔文仍旧在思想上继续着世界之旅,脑海里尽是自然界的物质特性，而笔记里记录的奇异事物则磨砺着他的思想。玻璃暖房里可能隐藏着那些搅乱了西方世界种种设想的问题，他下定决心要研究这些问题。

在20年前那段最好的时光当中，我着手撰写《达尔文的剧情》，当时借助思考维多利亚时代的想象首次接触了达尔文的作品。为何广为流传的进化理论竟有如此众多的外衣？进化理论会激发起哪些焦虑？又会应许哪些欢愉？又有哪些崭新的思想上的自由形态赋予它以诱惑力？当我开始考察这些问题之时，便逐步意识到《物种起源》所产生的智识和情感上的冲击一部分源于达尔文的奋斗，即努力找到一种他借以思考的语言。在他工作的环境中，自然神学已为自然史家确立了准则。自然神学家寻求展示上帝在物质世界里的鬼斧神工，彼时他们的核心概念便是**"神的意旨"**（design）和**创造**。相反，达尔文正在试图酝酿一个基于**生产和变异**（mutation）的理论。如何去思考这些同已有语言相悖逆的理念呢？一种途径便是发明一个稳居比喻边缘之上的词组；进而，这个词组即便削弱了之前的概念，也指向了这一概念："自然选择"就这样对"自然神学"做出了简练的反驳。达尔文认为：物种的多样化和选择性代替了肇始万物的上帝，并产生了现世的历史。替代目的论和远期规划指向的是这样的未来——一个无可控制的、杂乱的可能性集合。在达尔文提出的世界之中，不存在用于解释上帝的关键性功能，其论断当中的确也不存在任何特别指派给人类的地方。而且，这些缺失并未被展现为缺失，自然的世界总是处于丰足的状态。

我之所以说"自然选择"稳居比喻边缘之上，乃缘于在其同时代人已了解该名词的意义之前,它就以一种方式宣称具有解释性的角色。如同人们自此之后一直所做的那样,当时的人们苦苦思索该名词含有哪些个体要素:自然的相对于非自然的或人造的?由何人或何物进行选择?达尔文的重要成就部分在于最终这个词语相当快速地从这种难以控制地提出问题且具有复杂语境的状态进入到对技术的描述之中。它最终似乎饱经磨炼,甚至返璞归真了。

然而,"自然选择"作为思想的工具具有的力量很大程度上来自其所包含的相互矛盾的概念元素。丰饶性、变异性和选择性是其中三个必要的元素,在前两个和第三个之间存在一个尴尬的关联:对前两者的广泛强调受到后者节俭特性的约束。超生产性必定存在;差异必定存在;死亡必定存在。很少有生物的后代经历数量不多的世代(generation)却能生存下来。然而,万古以来,所有生物在一定程度上都会彼此关联。丰饶性和严密性是达尔文立论的基础,同样也是其文字的特征。

达尔文在其论断和例证的每个阶段都肯定了多样化和选择之间相互联结的概念。他在《物种起源》里所使用的树与大的"科"(family)的隐喻以某种方式表达了对差别、转化(transformation)和亲属关系(kinship)的重视,尽管这三者之间在解释上缺乏完整的契合关系。然而,达尔文并没有直面其各种理论的次生后果,失去对未来的计划。他预言了过往的而非未来的知识。

然后,当我们更好地了解到迁徙的众多途径,并考虑到地质学现今以及今后所揭示的以前的气候变化和地平面的变化,我们必定以令人敬仰的方式使得自己能够追溯全世界的生物此前迁徙的状况。*

"然后""当""必定"——理解力会允许我们去追踪**以前的**变化和迁徙。达尔文并未注意到未来形式,而且这是相当正确的:因为其论点的根本问题在于这些形式都是无可预测的,产生自太多的变量而无法提前谋划。

达尔文将我们的注意力固定在一个从侧面加以讲述的反向故事之上,借此抵消读者的末世论胃口。他的叙事在每一个理解力的领域展现了当今世界多样性形成的过程。它是一种历史的形式而且必须如此,因为大量的实验证据不再存在。自然选择理论强调灭绝和早期形态的消失;如果这一理论可靠的话,那些证据就绝不可能得以存留。因此,虽然达尔文本人相当重视进步与改良的语言,并在其大多数故事叙事中产生向前和向上的运动,但这些故事均长久地承受其他愈加黑暗的故事的压力——掠夺、退化(degradation)和丧失的压力。

> 没有比在言语上承认为生存进行斗争这一真理来得更容易的了,抑或——至少我已发现——没有比在脑海中时常铭记这一结论更加困难的了……我们目睹

---

* 为使得作者对各种科学、文学著作的引用在其学术论证的上下文语境中更加契合、流畅且符合作者的逻辑意图,本书引用段落大部分为译者所译;个别参考已有译文的段落,则另作说明。此处及本书后续涉及《物种起源》的引文段落和术语的翻译主要参校苗德岁译本(译林出版社2013年版),其中若有引文整段采用该译本的,则会单独标注说明。

自然界外表上的欢快和光明，并经常看到食物极大丰富。但我们并未看到，我们四周欢唱的鸟儿通常以昆虫或种子为食，因而也在持续地毁灭着生命。或者我们遗忘了这一点。[2]

欢快与毁灭：生命创造又毁灭着自身；个体作为通往变异的媒介不堪重负却又必须如此；人类在达尔文的论断中既无处不在，又无处存身。这些张力正是《物种起源》如此强烈地吸引笔者的地方。这些相互冲突的叙事所产生的能量在维多利亚时期的社会反响中比比皆是，为小说家设置了特别的任务。人们期待，作家可以用其展望未来的视野负责任地刻写下未来的模样。而且，这些未来或虚构的"事件"（event）发生在多重的未来设想之中，鼓励读者在阅读故事的过程之中生出这些设想。爱略特的《米德尔马契》（*Middlemarch*）的剧情就充满了这些多重设想。达尔文的叙事也设立了另一个挑战，原因在于个体生命周期的范围在以下两种形式的进化中均微不足道：一方面，一旦后代出生，个体便在生物学的意义上就此结束；但另一方面，个体也通过编码于每个生物或个人身上的细微变异来实现进化论意义上的变化。哈代的小说尤其对这一双重的机缘巧合（chanciness）做出了回应。

本书虽未论及塞缪尔·巴特勒（Samuel Butler），但他在别的地方受到了当之无愧的关注。[3]他看到了所隐含的如下问题：在人类的事物当中，生物进化发生在另一种进化形式上，即文化记忆的进化形式。通过记录与语言、工具与机器，各种未来得以建立，变化得以实现——尽管这个过程同时被理解为安顿社会和确立知识。人类的生命周期不足以长到可以发明那些我们习以为常的基本生活工具和条件（包括轮子、电话、民主和一党制）；这些工具和条件乃是历史的文化所赠予的，在此文化中，人类个体降生之际就已然嵌入其间。这一思想如今正借助"模因"（memes）*概念焕发生机；[4]"模因"这一术语将语言引入进化论，并坚称史蒂文·平克所谓的"人类语法洛可可式的复杂性"乃是选择性过程的结果。[5]

> 我怀疑以下情况的确属实：在不断进化的人类曾经所生活的世界之中，语言同政治状况、经济因素、技术、家庭、性、友情所有这些纠葛交织在一处，而这些纠葛又在个体再生产的成功案例中承担着关键性角色。那时的人类和我们一样，都无法在生活中仅仅依靠"我是人猿泰山——你是简"（Me-Tarzan-you-Jane）式的语法而生存。

此类论断也强调了我们最复杂的产品所蕴含的各种来自原初的延续性。这一点乔治·戴森（George Dyson）在《机器中的达尔文》（*Darwin among the Machines*）一书中以平实的方式陈述如下：[6]

> 进化在传统意义上被塑造为不同层次的持续发展，地质学和生物学的层次聚集在一处，如同一本书

---

* 模因指通过模仿等非遗传方式进行文化传递的行为。

的书页聚集成章节一般。恐龙的层级之后紧跟着哺乳动物的层级。但哺乳动物之前所有的前辈也一直都在那里。倘若哺乳动物能回答你关于这些前辈已经存在多久这个问题，它们的回答不会是"自从恐龙离开这个世界"，而是"自从生命出现伊始"。倘若你有机会向类似微处理器这样的机器询问同样的问题，可能得到的答案则是并非起始于计算机时代，而是"双面石"（bifacial stone）*的时代。

即便在当下，达尔文式理论的表述也充满了多重意义，他本人想要控制这些意义，抑或从未有意识地完全把握好它们。我们在持续进行的围绕社会生物学和遗传学的论辩中看到了这一点，同时也出现在20世纪70年代中期涌现的论争当中：论争的一方是道金斯"自私的基因"的概念，具有机械论特色，却又涉及拟人论，另一方则是乐文亭（Lewontin）的遗传学对环境的重视——"语境与交互乃是本质所在"。[7]那些关乎人类成就、具有强烈指导性的论断在当时的社会生物学领域相当时髦，尤其体现为围绕E. O. 威尔逊的《社会生物学：新的学科综合》（*Sociobiology: the New Synthesis*）[8]一书所展开的激烈论辩。这些论断逐步让位给重新焕发的对于变异性的热忱，正如我们在威尔逊自己后来的作品中所看到的那样。[9]

例如，大卫·沃斯特（David Worster）和理查德·格罗夫（Richard Grove）的作品已阐明了意识形态的实践和生态

---

* "双面石"乃史前的两面器物件的一种，指两面都打造为薄片状的石器制品。

管理之间的关联。[10] 达尔文的同时代人经常将《物种起源》的"自然选择"一章解读为支持"在浩瀚而复杂的生存斗争中"的竞争。了不起的地方恰恰在于,这一章如今也可以特别地解读为典型的生态文本:

> 让我们在脑海中记住这样一点:一切生物彼此之间的关系以及它们同其生命的物质状况之间的关系,这二者具有多么无限的复杂性和贴切性。[11]

我们可以这样看待达尔文:或为殖民主义提供了确定性的语词,或正如我在其他地方所持之论——同样可以看作在抵制"侵扰",以及将岛屿空间的封闭环境加以理想化。后者的原因在于:这些岛屿空间给自然选择最"自然的"形式提供了机遇,土著居民在其内部借此形式以变异的行动揭示出越来越多的"生态位"(ecological niche)*。[12]

关于竞争和变异性、决定性和偶然性这方面论题,近来最生机勃勃而又复杂巧妙的讨论之一当数丹尼尔·德尼特的《达尔文危险的理念》(*Darwin's Dangerous Idea*)。[13] 德尼特避免拟人化和生物个体的问题,途径是将"危险的理念"置于拒绝此类关注点的层面,采取了算法的方式。德尼特将众多算法的特征界定为具有"底层的中立性"、"隐含的思想混沌的状态"以及"有保障的结果"。他进而推出自己的基础立论:

---

* 又可译为"生态龛",是生态学家用来描述一个物种在生态系统中的作用的术语,意指个体或种群在群落中的时空位置及功能关系。

然后，下面便是达尔文危险的理念：算法的水平便是这样一个能够给予下述现象以最佳解释的水平——羚羊的速度、老鹰的翅膀、兰花的形状、物种的多样性，以及自然界里其他一切奇观异景。很难想象如算法一般混沌且机械的存在物能够产生如此美妙的事物。无论算法的产品如何令人印象深刻，其间隐含的过程无非来自一套个体上处于混沌状态的步履——一步跟着一步，无须任何智能监督的帮助。这些产品从定义上说都是"自动的"：自动机器装置的运作。[14]

达尔文消减了上述定义的残酷性，因为他强调在无垠的"时间轴"（time-scape）中那样的变化已然发生，并将这些"时间轴"连接到一个过程，该过程自身的无意识暗含着一种善行，后者无法体现在人类"人工选择"的有意识计谋之中。人工选择是自私的过程，自然选择则是无私的过程："人类只选择符合自身益处的行为；自然只选择有利于她所呵护的存在物。"[15]达尔文所塑造的无私的图像符合伦理规范：母亲或保姆维持人类生存的行为。德尼特的则是不受任何影响的过程，无私的原因在于没有自我，仅仅是自动的行为。而将这两种过程令人信服地捆绑在一处的则是无意识：不是弗洛伊德（Freud）所说的"无意识"，而是仅仅通过巨大的数量或者漫长片段的时光获得修复的过程。特别醒目的则是，当德尼特评论一些创造物有能力构造其他创造物时（在这样的创造方式下，前者的捕食性需求表述了避开此类需求的创造物的反向形态），他至少将神的意旨与创造论的术语学带回我们的视野之中。从这个意义上说，老鼠也许可以说由猫创造而来。[16]德尼特和道金斯一样，都拒绝秉持生存上的单一物种论或个体论，乐于选择基因的层面，认为后者善于复制自身。他们强调在基因层面单一目标的生存，当然就清除了某种情怀，但却并未消除出于生存的目的进行互动或协作的需要。

的确，如同19世纪的情形一般，达尔文主义如今已然产生出相互间完全对立的洞见和叙事。一方面，社会生物学的决定论序列在人的层面上强调个体选择所受的约束，这类个体的DNA已绘制出其自身的发展轨迹。无论怎样，这究竟是谁的故事呢？鸡蛋对于母鸡作用重大，这个故事恰恰成为鸡蛋生产的媒介，道金斯的"自私的基因"这一隐喻同这个故事相似，其中存有折磨人却又顽皮的舒适感。[17]能改变的并不多；社会秩序总是通过基因池中基因之间的互动实现的，这种互动以历时的方式表现为智力、性别甚至阶级。这就是达尔文主义如今提供的一个极端的故事。另一个故事则是基因编码的随机、无目的的大量可能性，几乎没有一种可能性可以发挥出来。

达尔文出现在现今的论断和通俗的想象之中，一个难以抗拒的理由便是：过去10年，人们日益意识到DNA的发现对于所有人类的生命和未来何等重要。虽然没有遗传学知识，但达尔文取得了重大进展；而DNA则以一种更加迅捷的形式重新提出曾在《物种起源》首波接受风潮中出现的众多关键性争议；人们尤其对人类同动物拥有共同的祖先，以及如今众所周知存在共同的遗传物质忧思重重。罗斯金（Ruskin）对联结人类同鳄鱼之间关系的"下流的纹章学(heraldry)"*厌恶到战栗,这种情感如今仍旧在跨基因器官的讨论中令人惊颤。[18] 有些人在达尔文的生物分类学中所看到的生物决定论已在绘制人类基因图谱的相关论断中占据中心地位。克隆是一项强大的技术,未来具有无限多的结果,如今站到了进化的对立面。它执行复制,且拒绝偏差。因为克隆许可人类选择整个生物体进行完全的复制,因此乃是迄今所发明的人工选择中最为强劲的形式。然而现有的差异正在显现:克隆出来的生物体进入新的一代当中,所处的环境同母体的有所不同。另一方面又似乎在重历自身生命周期中的降生,因为它在克隆的那一刻和母体享有共同的生命阶段。依照博尔赫斯(Borges)的预言,现今若重写《堂吉诃德》(*Don Quixote*),即使逐字逐句照抄原书文本,产生的也必是一个新文本,而这番道理同样适用于克隆羊"多莉"(Dolly the Sheep)**及类似的克隆生物。

书名《达尔文的剧情》中的属格"的"具有双重意味:既指达尔文成长于其间的"剧情"(plots),也意味着他给别人所创造出来的"剧情"。我在这个论题的研究过程中总是意识到:在一定程度上达尔文吸收了为人熟知的叙事转喻(比如告别乐园,或者发现祖先同自己过去的理解完全不同)。这似乎对于理解他如何能够在其理论中生产出如此多的故事至关重要,富于想象力的作家可以对这些故事加以梳理或重新设计:人类的传衍、人类的传承、转化、灭绝、大

---

* 即二者之间存在着相近的遗传系谱。
** 克隆羊"多莉"(1996—2003)是世界上第一个成功克隆出来的产于英国的哺乳动物。

的科、生命之树,以及作为人工选择或性选择的婚姻。

我之所以没有选择在第2版中对1983年撰写的本书主体做改动,并非因为我对自己所作的分析完全满意,而恰恰是因为其间已然发生了太多的新情况,倘若我开始重写,则欲增加众多关于《物种起源》之外的达尔文作品的讨论,以及会广泛地论及最近种族和性别分析所提供的洞见。在《开阔的领域:文化交锋中的科学》(*Open Fields: Science in Cultural Encounter*, Oxford, 1996)一书中,我已述及上述某些论题,尤其讨论了达尔文在"比格尔号"航程当中及之后的写作,探讨了他遭遇众多土著人种的经历。如今我认为这些经历同下面这点同等重要:达尔文遭遇加拉帕戈斯(Galapagos)群岛上的乌龟和雀科小鸟,二者都助其沉淀出自己的新理论。我在《达尔文的剧情》中对《人类的由来》(*The Descent of Man*)一书分析颇少,但如今有很大的必要对该书详加讨论。相较《物种起源》而言,《人类的由来》甚至更有可能是维多利亚时代后期作家创作的温床,比如乔治·吉辛(George Gissing)、格兰特·艾伦(Grant Allen)、H. G. 威尔斯(H. G. Wells)。该书同样也影响了"新女性"小说家,比如萨拉·格朗德(Sarah Grand)、莫娜·凯尔德(Mona Caird)、乔治·伊格顿(George Egerton)。《人类的由来》一书也是现代读者相对较难驾驭、魅力阙如的作品,是达尔文对当时的社会文化最具依赖性的一部作品,其中广泛借鉴了19世纪60年代的民族志学者、种族学理论家和灵长类动物学家的作品来引证和立论——当时他们自己也经常受到达尔文的影响。因此,当时各种材料从一个领域到另一个领域来回流转,证据的流传有时候相当地顺风顺水,这种情况令人颇感不安。比如我在《达尔文与语言理论的发展》("Darwin and the Growth of Language Theory")一文中分析了类似情况，具体涉及语文学和达尔文式进化论。[19] 在《达尔文主义与语言学意象：19世纪的语言、种族和自然神学》(*Darwinism and the Linguistic Image: Language, Race, and Natural Theology in the Nineteenth Century*)中，斯蒂芬·奥尔特（Stephen Alter）广泛讨论到这一情况。他这样写道：

> 也许每个时代在此类跨学科的亲缘关系上都有着特别的喜好，亦即将彼此间存在共鸣的不同现象加以联结。这些貌似自然存在的隐喻，即完全不同的知识领域之间存在或明或暗的逻辑纽带，吸收了特定时空的美学感受力。[20]

当初撰写此书时，仅有几位早期学者对科学与文学的相关性做过开创性研究，但现今该领域却已是批评界"采煤工作面"上一条高产能的"矿层"，开采出了不少杰出的论著。[21] 现下的美学感受力已将科学的书写从其享有特权的（因而也是处在外围的）自主性中解放出来，从而强调在一定程度上科学家工作（也是对抗）的对象乃是同更广大的团体共享的隐喻和偏好，科学家在这个团体中一起生活、工作、休闲和思考。有些困惑的读者一开始以为本书揭示了达尔文的作品乃是一种"虚构"，事实并非如此。本书的观点是：达尔文言说事物的方式是其努力思考事物的关键要素，而不是像表面的"漂浮物"可以被随意撤去却毫无损失的成分。本书进而体现出，达尔文的非技术语言（也许他的确想象过面向偏技术的读者群）允许广泛的大众去阅读其作品，许可大众挪用其术语以应用于各种不同的含义（大自然、种族、人类、斗争、适应、科类便是能够产生故事的语词典范）。我的论点展示出，在一定程度上叙事与论证具有共通的方法；的确，我也探究了叙事与论证之间可能保持的差异。

倘若我现在大规模修订此书，也许就不会拘泥于初版所频繁使用的叙事形式，即在探讨19世纪中叶众多论争之时，有意引入了带有性别内涵的术语"人"这个维多利亚时期的表述。当时若将"人在自然界之位置"纠正为"人类之位置"，却又无力纠正托马斯·赫胥黎（Thomas Huxley）《人在自然界之位置》（*Man's Place in Nature*）一书的题目所负载的19世纪中期的众多假说，对我而言似乎终成累赘（而且也许会误导读者）。首先，当时我并不希望（现在仍旧不愿意）设定自己相对于维多利亚时代措辞而言具有历史性的高高在上的地位。这种高高在上有种危险，会让"当下"（the present）脱离开去，表明我们现在免除了随时有可能表现出征候的种种偏见，因为我们辨认出这些偏见并回溯至大约百年前的时代。我已经在别的地方更加广泛地讨论过此类问题，尤其在《为他者发声：维多利亚时代人类学著作中的相对主义与权威》（"Speaking for the Other: Relativism and Authority in Victorian Anthropological Writing"）一文中。[22]

自从《达尔文的剧情》问世以来，诸如伊芙琳·福克斯·凯勒（Evelyn Fox Keller）[23]这样的女权主义作家已经探讨了转变科学活动和书写这二者知识轮廓的一些方法，前提是和女性相关的特质可以有容身之处。凯勒的作品连同20世纪唐娜·哈拉维（Donna Haraway）对灵长类动物学史的研究，提出的众多论题本可以给我撰写本书提供相当助益。哈拉维的分析尤其可以帮助我进一步展开对种族的研究，而非像现在这样仅以相当初级的方式加以讨论。引人注目的是，霍米·巴巴（Homi Bhabha）大有用途的"混杂性"（hybridity）思想虽然同达尔文关于"杂交现象"（Hybridism）的相当令人痛苦的讨论相距甚远，但他借鉴了达尔文。[24] 困扰达尔文的主要问题乃是杂交现象是否必然导致不育，因为这表明物种隶属固定的自然范畴，而非他所追寻的可以活动的变种。在巴巴的作品中，尽管权力的各种等级体系此前看起来（并且被再现为）已经具有坚不可摧的稳固性，但混杂性和拟仿（mimicry）却允许不同群体间的交换和权力关系上的流转。

在达尔文身上我看到了一个思考者首先当然在其社会的框架范围内思考，但也带着人类特有的一切感官上的资源以及对其他生命形态的热情和共情，而这样的热情和共情使得达尔文远离了维多利亚时代父权"元老"通常具备的那些刻板印象。他的生活可能陷在循规蹈矩的模式之中，但其思想则在持续探测同其所在社会的观念背道而驰的研究材料。与詹姆斯·摩尔同阿德里安·德斯蒙德合著的重要传记《查尔斯·达尔文》中那个相当强健的形象相比，我心目中的达尔文则是一个不太自信、更容易受自己的洞察力影响而变化想法的人。[25] 倘若达尔文当初能对他所在的阶级、国家的文化状况甘之如饴的话，我想他不太可能会产生其理论所提供的那些激进的洞见。我已经在《"比格尔号"上的四个身体》（"Four Bodies on the *Beagle*"）一文中泛论过这些议题。[26]我自己的分析和达尔文传记作者们在理解上存在着差异，我想原因在于在研究《物种起源》的过程中我看到：其间犹疑、探寻、压抑和共情充分体现在语句的句法与语义之中，故事无处不在，又相互矛盾。

> 生存的斗争必然来自所有生物共有的较高的几何级数的增长比例。这个高度的增加速率由计算所证实——众多动植物因遭遇一连串特殊的季节或者在新地区被归化而快速增长。更多的个体出生容易，但存活的可能性并不高。平衡上的毫厘之差将决定每一个个体的生死——哪一类变种或物种将会在数量上增长或减少，又抑或最终走向灭绝？[27]

上一段第一个句子的语法结构加强了论点，而第二句则从证明转为一般性举例，使第一句的稳固"必然性"开始跳跃。然后，那句"更多的个体出生容易，但存活的可能性并不高"则很奇怪，要求读者将此处的"存活"理解为通过后代实现生命的延续。个体全都死去。继而，在"平衡上的毫厘之差"中我们突然感受到了整个过程的脆弱性——从个体到变种或物种实现了那一大步的跨越。末句中间的破折号保障了这一跨越。紧跟着这一急转弯就是一系列的从句，看起来预兆着扩张："哪一类变种或物种将会在数量上增长"，但随后就走向封闭，用"走向灭绝"终结了这个句子自身。写作就此从现象学意义上进入到种种不确定性之中，这些不确定性却成为创造性思考的源泉。

正是介于探寻和纠错之间频繁运动所产生出的矛盾，

构成由达尔文的作品衍生出来的各类故事。我在本书的后半部分探讨了一些19世纪小说家在阅读达尔文作品之后使用哪些方式对其见解予以回应和抗拒。乔治·列文已用他的方式研究了此问题,将重点放在这样一些作家之上:他们**未曾**读过达尔文——至少我们未能以任何系统的方式发掘到这一点——但却能够更加自由地借鉴达尔文作品业已衍生的思想,并为达尔文提供了在科学研究上可以使用的虚构素材。列文在《达尔文与小说家:维多利亚小说中的科学模式》(*Darwin and the Novelists: Patterns of Science in Victorian Fiction*, Cambridge, 1988) 中的分析非常重要地弥补了本书的研究,而且他的研究也涉及其他作家,但我们这两个研究项目之间并不存在相互悖逆之处。

也许近年来最为引人注目的现象莫过于作家的确定转向——在他们富有想象力的作品当中采用科学素材。A. S. 拜厄特(A. S. Byatt)、彼得·凯利(Peter Carey)、迈克尔·弗雷恩(Michael Frayn)、汤姆·斯托帕德(Tom Stoppard)只是这批作家名单上的前几位。科学总是提出更多的难以单独在科学探究的术语框架内得以解答的论题。如达尔文所坚定展示的那样,这表明了那些关乎机缘、未来、大小和远近的问题。量子力学和达尔文式进化论一样,业已生产出虚构的新形式,比如小说方面有珍妮特·温特森(Jeanette Winterson)的《给樱桃以性别》(*Sexing the Cherry*, 1989)和《越过时间的边界》(*Gut Symmetries*, 1997),诗歌方面有乔丽·格雷汉姆(Jorie Graham)的《一体化领域的梦想》(*The Dream of the Unified Field*, 1996)。此类小说消解了生死的固定边界,而格雷汉姆的这本诗集则涵括了其更早诗集

《杂交植物与混种鬼魂》(*Hybrids of Plants and of Ghosts*)里面的诗歌。现今,科学工作正在释放出什么样的新故事呢?又为讲故事释放出什么样的新形式呢?必须存在新的叙事语法吗?抑或普洛普(Propp)基于同形态学的类比所提出的民间故事中固定的叙事语法依旧切实可行?是否存在至今尚未被发现的地方和生物体所衍生出来的故事?壁虱的书写可以导致第一人称的叙事的出现吗,抑或疯牛的书写可以产生戏剧独白吗?正如乔·夏普科特(Jo Shapcott)和莱斯·穆瑞(Les Murray)在各自的诗歌当中所揭示的那样,上述最后一个问题的答案当然是肯定的。[28]

莱斯·穆瑞的组诗"自然界的译语"(Translations of the Natural World)中有一首诗题目是"细胞DNA",诗人亦将基因生命必要的破裂确定为隶属进化过程的一部分:

> 我是那个独特的分子
> 自由落体中。
> 我与我的双螺旋伙伴
> 成就了一切:
>
> 生命单薄的容量
> 螺旋状地跳跃。
> 这便是我的存在,
> 这便是我的世界。
>
> 在场(Presence)和饥饿
> 旋转着液态的微粒

> 将整个世界渗入其中。
> 我机械地教导它。
>
> 但它的每一个要求
> 曾经是某些事物上升
> 达到的错误,
> 在场与自由
>
> 重新措辞,重新编成珠状
> 一缕缕的张力
> 令两个"我"差异更甚
> 我们无可忍受。[29]

差异既有创造性又令人痛苦("一缕缕的张力/令两个'我'差异更甚/我们无可忍受");机械的行动和错误对于进化论的发展是必要的内容。穆瑞的描述从细胞DNA的视角发声,捕捉到了相似的算法和模因。

各种失落的、不可能的或被轻视的声音在底层的故事中找到了自身情感的表达,比如罗杰·麦克唐纳(Roger McDonald)的小说《达尔文先生的猎手》(*Mr. Darwin's Shooter*, 1998)。它唤醒我们,让我们意识到达尔文的仆人科文顿(Covington)的重要价值。在"比格尔号"考察中,他全程陪伴达尔文经历了那些富有启迪性的陆地旅程,后来又收集标本并加以分门别类,且一直坚持给达尔文寄送标本直到他自己去世。然而这一切工作在《物种起源》中从未提及:

科文顿的人生影影绰绰地藏在该书的文字后面——在那些岁月之中,他所做的大量工作纷纷"倾泻"到达尔文的脚下:成堆的骨头和禽皮等待达尔文加以研究解读;装满标本的玻璃罐无一例外地封好了口;被剜出来的动物眼睛多达百万;还有难以计数的笔记经科文顿亲手抄录。[30]

科文顿帮助达尔文的理论落地生根,麦克唐纳却赋予他以宗教信仰,让这个人物心醉神迷地同达尔文主义的启示背道而驰。这部小说让我们领悟到达尔文从来不是单打独斗;为了完成自己的研究和成就自己,他需要且使用了很多人的成果、信息和洞见。珍妮·迪斯基(Jenny Diski)在其小说《猴子的叔叔》(*Monkey's Uncle*, London, 1994)中精彩地展现了菲茨罗伊(Fitzroy)*如何在情感和智识上对达尔文的研究产生了影响,且从遗传上说菲茨罗伊很可能是该书女主人公夏洛特的先辈。美国诗人格特鲁德·施纳肯伯格(Gjertrud Schnackenberg)在其动人的长诗《达尔文在1881》中捕捉到达尔文所具备的莎翁笔下"普洛斯彼罗"(Prospero)般的感觉,并得出了这样的理解:在充满不确定因素的游戏中,性与宇宙也许处在摇摆不定的状态之下,如此之多的可能性依然等待实现:

他已相当偶然地看到了那个宇宙:

---

* 罗伯特·菲茨罗伊(小说中名字拼写为Robert FitzRoy)的原型是同名的"比格尔号"船长(1805—1865),他是达尔文的挚友,但始终持宗教信仰,短暂做过新西兰总督,后自杀身亡。

> 为爱而晕眩的两个后辈
> 下着一盘被忽视的象棋对局,
> 手中摆弄着成对的雕像小棋子;
> 静谧的棋盘上保留着数不清的
> 无法厘清的抽象的组合步骤
> 无限地等待开演,直到二人放下游戏
> 转身化为国王与王后。[31]

xxx

在这首诗的结尾,诗人想象达尔文在去世的当晚从花园里散完步回来,最终躺到了床上:

> 他躺到被子上,
> 他躺在那里如同有着美妙头型的化石,
> 来自消失了的河床、
> 漂移的洋流、峡谷的底部,
> 来自淤泥、石灰、不断加深的蓝色冰川,
> 来自峭壁——在云层聚集而飘浮之下渐渐淡去;
> 他躺下身去,穿着靴子和外套,
> 然后闭上了双眼。

在这些最后的诗行中,睡眠、空间、物种、冰以及人的眼睛,一切都消融到死亡之中。

达尔文自己明白,生物分类学总在边界上制造麻烦并吸收已有的假想,而生物分类学的信念倾向于为范畴化(categorisation)相关的至关重要的元素构建证据链。[32]达

尔文从未质疑过世界的真实性。但他的确质疑我们为理解世界所做的范畴划分，而且真正既分享又质疑了人类特有的范畴化的热情。"剧情"的不稳定性允许达尔文在一系列非凡的领域中开启全新的论辩，并提出新颖的洞见。

吉莉安·比尔
1999年8月

注　释

[1] Frederick Burkhardt; Sydney Smith; David Kohn; William Montgomery, eds. *The Correspondence of Charles Darwin 1821-1882*, Volume I (Cambridge, 1985); 现已出到第11卷，如今随着新的编者持续加入，编校工作笃行不怠，目前书信已梳理到19世纪60年代。（根据剑桥大学出版社官网显示，截至2023年1月第30卷［梳理1882年达尔文去世当年的书信］出版后，该套《书信集》已出齐。——译者注）

[2] Charles Darwin, *The Origin of Species*, ed. Gillian Beer (Oxford, 1996), pp. 393, 52-3. 这一版本仅出现在本自序当中，后面正文中的页码出处均出自 ed. John Burrow (Harmondsworth, 1968)。

[3] George Dyson, *Darwin among the Machines* (London, 1997); Elinor Shaffer, *Erewhons of the Eye: Samuel Butler as Painter, Photographer and Art Critic* (London, 1988).

[4] 尤其见 Daniel C. Dennett, *Darwin's Dangerous Idea: Evolution and the Meanings of Life* (New York, 1995), pp. 335-369。

[5] Stephen Pinker, *The Language Instinct* (London, 1995), p. 368.

[6] Dyson, *Darwin among the Machines*, p. 202.

[7] Richard Dawkins, *The Selfish Gene* (Oxford, 1976), 各页均见; Richard Lewontin, *The Genetic Basis of Evolutionary Change* (New York, 1974), p. 318.

[8] (Cambridge, Mass., 1975); *On Human Nature* (Cambridge, Mass., 1978); *The Diversity of Life* (Cambridge, Mass., 1992).

[9] *Naturalist* (Washington, D C, 1994); *Consilience: the Unity of Knowledge* (London, 1998).

[10] David Worster, *Nature's Economy: A History of Western Ecological Ideas* (Cambridge, 1985); Richard Grove, *Green Imperialism: Colonial Expansion, Tropical Island Edens and the Origins of Environmentalism, 1600-1800*

(Cambridge, 1995).

[11] Charles Darwin, *The Origin of Species*, ed. Gillian Beer (Oxford, 1996), p. 67. 相关讨论见该书绪论 (Introduction), pp. xxvi-xxviii。

[12] 'Writing Darwin's Islands: England and the Insular Condition', in Timothy Lenoir (ed.), *Inscribing Science: Scientific Texts and the Materiality of Communication* (Stanford, 1998), pp. 118-139.

[13] 见注[4]。

[14] 同上书，pp. 50-51, 59。

[15] *Origin*, p. 69.

[16] 见如 Dennett, *Darwin's Dangerous Idea*, p. 511。

[17] *The Selfish Gene* (London, 1978); *The Blind Watchmaker* (London, 1986).

[18] 见本书边码7—8及第4章之讨论。

[19] *Open Fields: Science in Cultural Encounter* (Oxford, 1996, paperback, 1999), ch. 4.

[20] Stephen G. Alter, *Darwinism and the Linguistic Image* (Baltimore and London, 1999), p. 1.

[21] 这批著作中最早且最好的一本是 Sally Shuttleworth, *George Eliot and Nineteenth Century Science: The Make Believe of a Beginning* (Cambridge, 1984)。见 George Levine (ed.), *One Culture: Essays in Science and Literature* (Madison, 1987), *Realism and Representation: Essays on the Problem of Realism in Relation to Science, Literature, and Culture* (Madison, 1993); Elinor Shaffer (ed.), *The Third Culture: Literature and Science* (Berlin, 1998)。

[22] 出自 *Open Fields*。

[23] Evelyn Fox Keller, *Reflections on Gender and Science* (New Haven and London, 1985); Donna Haraway, *Primate Visions: Gender, Race and Nature in the World of Modern Science* (London, 1989). 亦可见 Londa Schiebinger, *Nature's Body: Gender in the Making of Modern Science* (Boston, 1993); Marina Benjamin (ed.), *Science and Sensibility: Gender and Scientific Enquiry 1780-1945* (London, 1991)。

[24] Homi Bhabha, *The Location of Culture* (London, 1994); *Nation and Narration* (ed.) (London, 1990).

[25] Adrian Desmond and James Moore, *Charles Darwin* (London, 1991). 亦可见 Janet Browne, *Charles Darwin*: Volume I, *Voyaging* (London, 1995) 细致入微的描述，目前尚待第2卷完结。（该传记第2卷《查尔斯·达尔文：第2卷，地方的力量》[*Charles Darwin: Volume 2, The Power of Place*] 后来由蓝登书屋于2002年出版。——译者注）

[26] *Open Fields*, pp. 13-30.

[27] *Origin*, p. 378.

［28］Jo Shapcott, 见 *Phrase Book* (London, 1992) 中有关疯牛的组诗。
［29］Les Murray, *Translations from the Natural World* (London, 1993), p. 41.
［30］Roger McDonald, *Mr. Darwin's Shooter* (London, 1998), p. 367.
［31］Gjertrud Schnackenberg, *The Lamplit Answer* (London, 1986), p. 44.
［32］Harriet Ritvo, *The Platypus and the Mermaid* (Cambridge, Mass., 1997).

第2版自序相关书目

Stephen G. Alter, *Darwinism and the Linguistic Image* (Baltimore and London, 1999).

Gillian Beer, *Open Fields: Science in Cultural Encounter* (Oxford, 1996; paperback, 1999).

'Writing Darwin's Islands: England and the Insular Condition', in Timothy Lenoir (ed.), *Inscribing Science: Scientific Texts and the Materiality of Communication* (Stanford, 1998).

Marina Benjamin (ed.), *Science and Sensibility: Gender and Scientific Enquiry 1780-1945* (London, 1991).

Homi Bhabha (ed.), *Nation and Narration* (London, 1990).

The Location of Culture (London, 1994).

Janet Browne, *Charles Darwin:* Volume I, *Voyaging* (London, 1995).

Frederick Burkhardt; Sydney Smith; David Kohn; William Montgomery, eds. *The Correspondence of Charles Darwin, 1821-1882*, Volume I (Cambridge,1985).《达尔文书信集》至本书第2版出版时已出版11卷。

Charles Darwin, *The Origin of Species*, ed. Gillian Beer (Oxford, 1996).

Richard Dawkins, *The Selfish Gene* (Oxford, 1976).

The Blind Watchmaker (London, 1986).

Daniel C. Dennett, *Darwin's Dangerous Idea: Evolution and the Meanings of Life* (New York, 1995).

Adrian Desmond and James Moore, *Charles Darwin* (London, 1991).

George Dyson, *Darwin among the Machines* (London, 1997).

Richard Grove, *Green Imperialism: Colonial Expansion, Tropical Island Edens and the Origins of Environmentalism, 1600-1800* (Cambridge, 1995).

Donna Haraway, *Primate Visions: Gender, Race and Nature in the World of Modern Science* (London, 1989).

Evelyn Fox Keller, *Reflections on Gender and Science* (New Haven and London, 1985).

George Levine, *Darwin and the Novelists: Patterns of Science in Victorian Fiction* (Cambridge, Mass., 1988).

(ed.), *One Culture: Essays in Science and Literature* (Madison, 1987).

(ed.) *Realism and Representation: Essays on the Problem of Realism in Relation to Science, Literature, and Culture* (Madison, 1993).

Richard Lewontin, *The Genetic Basis of Evolutionary Change* (New York, 1974).

Roger McDonald, *Mr. Darwin's Shooter* (London, 1998).

Les Murray, *Translations from the Natural World* (London, 1993).

Stephen Pinker, *The Language Instinct* (London, 1995).

Harriet Ritvo, *The Animal Estate: The English and Other Creatures in the Victorian Age* (Cambridge, Mass., 1987).

The Platypus and the Mermaid (Cambridge, Mass., 1997).

Londa Schiebinger, *Nature's Body: Gender in the Making of Modern Science* (Boston, 1993).

Gjertrud Schnackenberg, *The Lamplit Answer* (London, 1986).

Elinor Shaffer, *Erewhons of the Eye: Samuel Butler as Painter, Photographer and Art Critic* (London, 1988).

(ed.), *The Third Culture: Literature and Science* (Berlin, 1998).

Jo Shapcott, *Phrase Book* (London, 1992).

Sally Shuttleworth, *George Eliot and Nineteenth Century Science: The Make Believe of a Beginning* (Cambridge, 1984).

E. O. Wilson, *On Human Nature* (Cambridge, Mass., 1978).

The Diversity of Life (Cambridge, Mass., 1992).

Consilience: the Unity of Knowledge (London, 1998).

Jeanette Winterson, *Sexing the Cherry* (London, 1989).

Gut Symmetries (London, 1997).

David Worster, *Nature's Economy: A History of Western Ecological Ideas* (Cambridge, 1985).

第3版自序

2009年标志着对达尔文的双重纪念,即1809年诞辰200周年和1859年《物种起源》问世150周年。这本《达尔文的剧情》第3版便是对此双重纪念活动的贡献。我再一次审视了已有内容,决定不去修改原文(除了若干文字上的错误)。2000年修订第2版时我以"自序"为名增补了一篇文章,梳理了与达尔文作品相关的世纪末研究进展。此次第3版我增补了《达尔文及对其他生命体的意识》一章,讨论了其19世纪30年代的思想同后期作品之间的关系,如《人类的由来》(1871)、《人类和动物的表情》(1872)。这章主题在于达尔文长久着迷于其他生物体的各式各样的意识,并对婴儿的及其他人类文化的种种推理过程颇感兴趣。读者可以在新版末尾找到这篇文章以及一个新的参考书目。

感谢牛津大学副校长邀请我作2007年"罗马尼斯讲座"(Romanes Lecture),使我有机会撰写这篇增补的文章,也感谢牛津大学博德利图书馆收藏了此文的影印件。我一如既往地感谢与家人、朋友们振奋人心的探讨。尤其就第3版而言,我要特别感谢剑桥大学出版社的琳达·布里(Linda Bree),她与我长期协作并鼓励我修订完成了第3版。

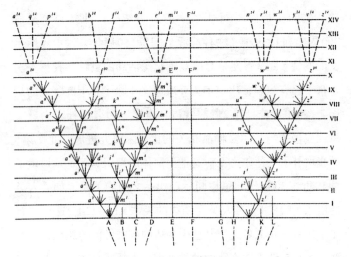

海草、叙事，抑或树状图？

导 论

一、神秘性的残余

大多数重大科学理论都拒斥常识，吁求超越我们经验之外的证据，推翻肉眼可以观察的现象界。它们质疑广为接受的各种关系，将公认的实在界转化为隐喻，于是地球如今只是**看起来**静止不动而已。人们首次遇到这些重大理论之时，或备感压力，或遭到冒犯，或激动不已。然而，大约半个世纪之后，这些理论便会被世人认为理所当然，并被纳入一整套显而易见的常识信条之中。这些信条教导我们：无论目之所及作何感受，地球其实都在绕着太阳转动。理论开始提出的时候也是最具有想象性的时刻。当时所流行的自然观和理论假想的自然世界之间很难吻合，这使得该理论在一段时间内暂时停留在类似虚构作品的领域当中。比如，进化论在整个19世纪50年代及60年代的大部分时间内被广泛指认为"发展假说"（the Development Hypothesis）。

在《科学革命的结构》（*The Structure of Scientific Revolutions*）一书中，托马斯·库恩（Thomas Kuhn）探讨了在这一阶段一个新的科学理念孕育和被接受的过程：

科学发现始于对反常的感知，亦即认识到自然以某种方式违背了范式引导下的种种期待，这些期待统领了常规的科学思维，继而，或多或少就会出现对反常领域所做的延伸性探索。末了，范式理论必然得到调整，于是原本反常的一切也就符合正常的期待了。吸纳一种全新的事实不单单要求对理论进行累加性的调整，而是直到这种调整得以彻底完成，即科学家学会以全新的方式看待自然，上述的新事实才真正算得上科学的事实。[1]

比库恩早一个世纪的克洛德·贝尔纳（Claude Bernard）在《红色笔记》（*Cahier Rouge*）中强调：科学的进步在于革命，而非纯粹而简单的累加。[2] 倘若某一理论欲获得充分的权威，这一权威所建立的基础便是该理论与自然的一致性已为大众所接受，那么革命不仅必须出现在科学家的脑海里，也应该出现在同一文化的其他栖居者的信念之中。1851年1月，乔治·爱略特为《威斯敏斯特评论》（*Westminster Review*）撰写了《智性的进步》（*The Progress of the Intellect*）一书的书评，该书作者麦凯（Mackay）讨论到假说的本质特征：带有主观意愿、对虚构性有一定的自觉、内容尚不完整。为了展现麦凯思想的精华，爱略特选择从该书"哲学的调解"一章中摘录下述这段话，此处麦凯正在讨论迷思与科学的关系：

> 神秘性的残余潜藏在科学的圣殿当中。各种模式或理论总是距离自然尚有不足，尽管它们总是试图超越自然。我们经常可以发现这些模式或理论包含的内

容超过了其创造者当时所知晓的范围。[3]

就《物种起源》[4]的想象本身对科学、文学、社会和情感所产生的影响而言,它便是这样一部最了不起的作品典范,其所包含的内容超过了当时创作者所能预知的范围,尽管创作者**的确**对此有所预知。

在本书中,我将探讨小说家吸收和抵制进化论的若干方式,他们在微妙的叙事语域化(enregisterment)过程中实践了进化论的威力。带着不同程度的自觉性,他们试验了这样一个问题:进化论在何种程度上可以提供一种决定性的虚构话语并借此来理解世界。本书重点关注维多利亚小说家与进化论的关联,他们恰好生活在这样一个理论阶段:进化论的"事实还算不上科学的事实","神秘性的残余"正完全显露出来。我将广泛讨论诸如金斯利(Kingsley)、爱略特、哈代这些作家的作品,并将其视作作家对进化论的诸般回应。然而,进化论理念可以是具有争议性的话题,也可以成为蕴藏在文化当中的种种设定,而后一种状况下的影响力甚至更大。正如巴里·巴恩斯(Barry Barnes)在《科学知识与社会学理论》(*Scientific Knowledge and Sociological Theory*)一书中所论:

> 科学里的成功模式频繁地从"仿佛"式的理论地位转化为一种"真正的描述",进而发展为一种宇宙论,并最终裂变成大量的技术与流程。在此情况下,曾经是关键的理论概念,如今仅仅沦为了操作性的术语,很少有人会考虑其作为本体论的地位(参考:力、

温度、频率）。[5]

自然化的进程则是我探究的另一主题。我们借助种种设定向达尔文致敬。恰恰因为进化论理念在我们所生存的文化中占据统治地位，我们在对这个世界的日常解读当中很难意识到进化论理念的想象性威力，而我们的确需要做到这一点。

在本书的前几章，我将分析达尔文在推动其进化论成为语言模式的过程中所面对的一些问题。他竭力挪用其所继承的神话、话语以及叙事体系，并将它们重新熔为一炉。达尔文在叙述一个全新的故事，却与可以拿来表述它的语言格格不入。在讲述其故事的同时，进化论也在证实自身并非单一或简单模式；相反，它能够延展或被回收到若干相互冲突的系统中。[6]

讨论进化论的时候我主要聚焦达尔文的代表作《物种起源》，尽管论证过程中也会涉及对拉马克（Lamarck）、莱伊尔、罗伯特·钱伯斯（Robert Chambers）等其他作者的描述，因为这些作者的早期论著对进化论理念的接受功不可没。[7] 我聚焦达尔文的部分原因在于，他所重视的那些实现物种的变异、成长、灭绝的手段随后革新了我们对自然秩序的理解（尽管当《物种起源》问世之时，这部作品所能产生的影响尚未立即显现，仅限于将业已流行的观点加以证实和赋予权威）。我主要聚焦《物种起源》，另一方面则缘于达尔文同时代的人对该书广泛而深刻的**阅读**。这一阅读行为令人卷入一种叙事经验，这一经验因人而异，或作悲剧感（如雅克·巴尔赞［Jacques Barzun］所做的推测），或作喜剧感

（如德怀特·卡勒［Dwight Culler］所论），但总是带有主观性和文学性特征。[8]

另一个同聚焦这一问题相关的则是证据问题。也许我最佳的表述方式莫过于类比。如今我们生活在后弗洛伊德（post-Freudian）时代：即便我们还没有读过弗洛伊德的文字，甚至说得极端点，即便在我们积极或消极的语词里没有弗洛伊德的措辞，我们的文化中也不可能存在某种生活可以不受弗洛伊德的各种设定所影响，他的这些设定就是理解经验的模式和细察关系的方式。弗洛伊德实实在在地破坏了所有理解经验的旧模式，而他的思想体制化已久，甚至那些质疑或不信任这些思想的人也发现自己无法创造一个彻底清除了弗洛伊德的世界。此亦是达尔文对后世影响的本质所在：后来之人都发现自己生活在一个达尔文的世界之中，其间达尔文所做的旧设定已然不再**是**设定了，往好里说可算是信条和迷思，往坏里说则是历史的残骸。因此，谁阅读达尔文，是否有作家读过他，这个问题仅仅是答案的一小部分，而读者是否读过达尔文这个相关的问题到头来也就不及一开始显得那么重要了，谁读过什么并非限制的边界。于是，表面上看，本书有大量的证据可以使用，并可以认定所有作家必然都受到了此类理论的影响。这将允许我指出所选择的任何一个作家在主旨和次序上都存在种种相似之处。[9]然而，尽管我相信这不会是个不妥当的计划，但似乎对我而言在某种意义上说尚不完整，因为这种做法并未考虑到**阅读的行为**及其所带来的反应。

阅读既创造了满足感，又产生了不确定性。如理查德·欧曼（Richard Ohmann）所论：

> 预判（predication）的行为本身乃是一种情感行为，带有自身的节奏。陈述某件事首先会在本无悬念的地方创造失衡和好奇，继而带来新的平衡。因此，文章的建构所依赖的情感力量在于逐步认知，确定此前无形的部分，从而消除人类有机体与尚未结构化的经验之间所存在的种种紧张。[10]

人与理念的关系很大程度上取决于他（她）是否读过阐述这些理念的作品。**尚未经人阅读过**的理念会更快地被人视为设定。阅读本质上是一个激发问题的程序，这就是本书中我将细致的讨论限定在一些小说家作品上的一个原因，我们知道这些小说家业已读过达尔文，通常也读过莱伊尔、斯宾塞（Spencer）和赫胥黎。我想梳理以下这个艰难的流变过程——激动、反驳、存疑、追索、遗忘、类比——这些一同构成了人类吸收新的科学理念的部分进程。

19世纪中叶，科学家仍旧和同时代其他受过教育的读者及作家使用着相同的语言，莱伊尔和达尔文的文字里不存在任何封闭的或独有的语言，又如G. H. 刘易斯（G. H. Lewes）、克洛德·贝尔纳、约翰·廷德尔（John Tyndall）、W. K. 克利福德（W. K. Clifford）的著作，甚至包括克拉克·麦克斯韦尔（Clerk Maxwell）的早期著作。这些人的著作涵盖心理学、生理学、物理学和数学等众多领域。上述所有科学家共同使用了一种文学的、非数学的论述话语，没有经过科学训练的普通读者随时可以理解。他们的文本读起来和文学文本并无二致。可是在现今我们所处的时代，科学理念倾向于经过推理和转介之后才能为我们这些普通读者所理解。科学圈子之外的人士明白自己很难读懂科学杂志上那些以数理方式将意义加以凝炼的文章，重大的理论通常更是以定理而非话语的方式呈现。"门外汉"（layman）一词本义为"平信徒"，不经意间，我们居然使用它来描述科学圈子之外的人同整体的科学知识之间的关系。相反，科学人士宛如权威的"教士阶层"，科学知识为他们所专有，是封闭的；这个阶层及其科学知识所涉及的建议绝大多数不会得到普通读者的评论。然而，19世纪中叶，每有科学家的重要作品问世，读者便有可能去阅读，进而对其中所提出的各种论点予以直接回应。而且，科学家自己也会在他们的文本中公开借鉴文学、历史和哲学材料作为部分论点。比如，莱伊尔在其原生地质学（proto-geology）的记述中广泛使用了奥维德（Ovid）《变形记》（*Metamorphoses*）的第5卷，贝尔纳不断地引用歌德（Goethe）。又如大家经常评述的那样，达尔文关于进化论变化机制的关键见解直接源于他所读过的马尔萨斯（Malthus）的论著《人口论》（*On Population*）。但无人提及的是，达尔文的见解同样源于他阅读过的另一本书《约翰·弥尔顿诗集》（*The Poetical Works of John Milton*），他一路跟随"比格尔号"军舰科学考察时，始终只将这本书带在身边。[11] 当时，这种科学与非科学之间的交流是双向的。科学家与科学界之外的人士由于拥有共同的话语，因此不仅仅在**理念**上，更能在隐喻、神话和叙事模式上迅速而又自由地进行沟通，尽管其间不乏频繁的创造性误读。

本书论点的第二个前提是进化论对叙事和小说的创作具有独特影响。进化论因关注时间、变化而同叙事的问题、过程有着内在的相似性。莱伊尔在《地质学原理》里写道：

"任何一个涉及地球及其生物过往变迁的大问题都需要考虑时间的存在。"（1830，Ⅰ，302）[12] 尽管莱伊尔当时依旧相信物种的稳定性，但已开始探索地球是否存在一种无穷延展的时间刻度（time-scale），这一探索正是后续理论得以发展的一个必要的前提条件。莱伊尔想指出当时人们想象的时间刻度过于短促，误导了地质学家以灾难性的眼光看待过去。此时，他提出这一问题的方式乃是借助同历史时间相对立的"传奇时间"（romance time）的隐喻：

> 对于采用理性的态度看待之前各个时代事物的状态而言，在时间数量上所犯的每一个错误必然是无比致命的。要想理解这一点，不妨这样设想一下：如果仔细阅读一个大国在民事和军事方面的所有大事年鉴，得到的印象会是这些历史大事均发生在一百年而非两千年的时间之内。这般历史片段便立即具有一种传奇的氛围，历史事件看起来缺少可信度，而且会和现在的人世发展进程缺乏连贯性。前赴后继的事件也会显得数量过多，发生频率过高。于是军队和舰队的集合仿佛是为了即将遭受的灰飞烟灭，而城市的建造亦不过注定日后会衰败为片片废墟。（Ⅰ，78—9）

如同《项狄传》（*Tristram Shandy*）*一样，历史记录的节奏与事件的节奏在此非常致命地相互抵牾。小说里的脱庇叔叔及其仆人特灵下士必须在短时间内建起敌军的防御工事，又将

---

* 以下所引该书的人名译名均参照蒲隆的译本（译林出版社2006年版）。

其摧毁，以重现昔日法国的战斗场景。地质学家对时间过度吝啬，于是不由得将世界想象成由灾难性的事件所构成，直至借此实现了现今的安宁。

进化论首先在形式上是一种富有想象力的历史，任何时刻我们都很难以实验的方式充分演示这一理论，因此与其说它接近戏剧，不如说它更贴近叙事。的确，在当时那样一个对基因知识所知甚少的情况下，遗传过程当中有很多现象都是无法解释的。孟德尔（Mendel）的实验成果要到达尔文去世之后才被重新发现；而一个世纪之后，DNA的发现证明有机体乃以结构化叙事的方式进行编码，从而随着时间的变化来展现自身。[13]进化论理念对于19世纪的小说在主题和组织结构两个层面上都至关重要。起初，进化论试图给叙事的顺序树立新的权威，即强调因果关系以及随之而来的传衍与亲属之间的关系。后来，它又避开预先命定的设计——在这一点上它成了目的论的敌对者，允许机缘（chance）成为唯一确定的决定因素。另一方面，《物种起源》的文本结构似乎在很大程度上受惠于小说家狄更斯，后者乃是达尔文阅读频率最高的作家之一。这体现在《物种起源》的材料明显过多，达到了难以驾驭的程度，达尔文却以回顾的方式将这些材料逐步有序地呈现出来，而书中的事例无比丰富，其所服务的论点只需要**借助**事件与各种关系即可揭示自身。

我们借助一些模式理解经验，又借助另一些模式在讲述经验的过程中提炼经验；进化论理念以多种多样的方式转变了前者，进而也转变了后者。进化论之所以在想象性上如此强大，恰恰源于进化论所有的意涵并非指向单一的模式。

它涵盖丰富的相互矛盾的要素，可以为经验提供多种隐喻式解读的基础。举一个简要的例子，人类在生物学上的"传承"或"传衍"也许遵循着同一路径，但这两个术语显现出对经验完全不同的评判。那种乐观地认为物种的发展始终在进步的解读从来不可能抹掉书中所坚持的另一种主张：灭绝比进步发生的概率更高；生物个体的寿命永远不足以记录变化或满足欲望。后一种主张近来甚至导致一位批评家将达尔文的理论刻画为一种死亡的迷思。[14]

达尔文的理论不会致力于一个单一目标，也不会产生一个单一模式，其本质上指向多重意义。该理论放弃笛卡尔式的明晰或单一的意义。如我稍后将会展示的那样，达尔文论证的方法以及《物种起源》中生成性隐喻使得语义丰富且不断地延展。在诸如"生存斗争"（the struggle for existence）这样的隐喻当中，未加以使用和控制的要素呈现出它们自身的生命力。这些要素超越了其在文本当中的地位，进而产生众多观念与思想体系，所涵括的也"远远超过了当时创造者的认知限度"。达尔文所讨论的那个世界既可以被认为是充实的，又可以被看作是混乱的。面对赫歇尔（Herschel）将他的理论描述为"混乱不堪的法则"[15]，达尔文深受伤害。然而，这个短语准确地表达了众多维多利亚人当时面对达尔文从自然界中认知到的能量所感到的沮丧，他们认为这种能量显然是散乱随意的，因此按照他们的想法也就变得无足轻重了。

达尔文的进化论所采纳的要素出自旧有的体系，尤其来自反复出现的神话主题，比如转化（transformation）与变态（metamorphosis）。它保留了"具有创造力的自然"（natura naturans）这一理念，即以"大自然"的面目示人的"大母神"（the Great Mother）形象。它重组了创世神话的诸般要素，例如用海洋来替代花园，却保留了"单一始祖"的理念，尽管此刻很难将这样一个粗野的祖先认定为亲属（kin）。进化论凸显亲属的概念，并因为其坚持亲属关系的义务且凸显出美女与野兽彼此间的依赖，从而激发起与童话相同的恐惧。维多利亚时代众多对进化论理念的拒斥都带有身体上的战栗。进化论在早期读者心目中引发了各种挥之不去的恐惧，其一就是"混种"（miscegeny）——卧榻之上的青蛙——抑或罗斯金称为"那些记载了人类与海鞘、鳄鱼之间关系的下流的纹章学"。[16]进化论坚持将机缘视作决定论秩序的一部分，又如同《一千零一夜》（*The Arabian Nights*）一般扰乱了这一秩序，却比后者影响程度更深，因为进化论宣称的权威并非异国风情的小说，而是科学。果核扔过肩膀，砸到了大精灵，复仇由此开始。细小而偶然的变异会产生不可控制的结果，此类传说引发令人快乐的恐惧。而《一千零一夜》给维多利亚时代带来了想象力上的新高度，因此，比如我们会发现乔治·爱略特在某个夜晚一边享受着"音乐，一边读着《一千零一夜》与达尔文的作品"。[17]然而，达尔文的理论并未以令人愉快的方式缓解那些恐惧。

进化论的阐释者最执着的冲动之一乃是一直想要驯化它，用人类的思想来占领它，将人类带回进化论意向的中心。小说家尤其对人类的社会行为抱着特别的执念，已将达尔文的理念以不同的方式加以重塑，使得这些理念似乎单单突出了人类。在《物种起源》（1859）一书中，人绝对居于缺失的位置，我会在后面的章节里分析具体原因。而在《人类的由来》(1871)一书中,人类则全方位地成为该书的主题。前一本书基本属于生物学范畴,后者则属于人类学,二者一起包含了达尔文正式发表的关于进化观的实实在在的论断。他的进化论既是关乎于适应的理论,又是关乎于传衍的理论:《物种起源》集中讨论了在创造变化方面"自然的"(即非人类的、无人类意愿的)"选择"机制,而《人类的由来》[18]则集中讨论了性选择的力量,这便将前一本书明显且刻意排除掉的意志和文化的理念带回讨论当中,女人和男人成为它所研究的问题。

如果不将达尔文的作品视作单一的起源或"源头",而是从它与其他研究领域之间转变的关系来看,它在其文化中的作用力能够得到最好的理解。如达尔文的笔记、读书清单、藏书及其读书批注整体上显示的那样,他积极关注着当时一系列学科领域的成果,不仅包括其他与科学直接相关的,而且涉及历史、历史编纂学、种族理论、心理学和文学。他的作品所提出的问题在被转移到另一个领域时往往最为尖锐。同样,公众的关注对其作品产生了深厚的影响。因此,研究他的作品可以采取的最合适的不是父权模式,而是生态模式。

达尔文主义的理论于是具有了一种特殊的阐释学潜能,这一力量可以产生一系列重要而又不同的意义。在本书中,我将展示千差万别的个体与文化的需求如何产生出对这一理论不同要素的种种阐释;这些阐释为大众所熟知,令人满意,却又互相矛盾。因此,有必要从一开始就强调这一理论不能用来表达**一切**。迪斯雷利(Disraeli)为讽刺钱伯斯的《自然创造史的遗迹》(*Vestiges of the Natural History of*

Creation），在小说《唐克雷德》（*Tancred*）中将该书更名为《混沌启示录》，并这样评论该书："它解释了一切，且风格相当宜人。"但此类讽刺无法适用于达尔文。[19] 达尔文的理论正好相反，它排除或压制了一批秩序化的经验，拒斥**静止**（stasis）的状态，阻止回归，不赞同绝对的复制（克隆即是反例）、纯粹的不变的循环以及持续的平衡。同样，他也不允许中断或终结，除非个别物种走向灭绝。

二、"第二次打击"

在《精神分析道路上的一个难点》（1917）一文中，弗洛伊德如是评论："普遍存在的人类的自恋，也就是自爱，至今已三次遭到科学研究的沉重打击。"他将这三次打击分别称作与哥白尼理论相关的**宇宙哲学意义上的**打击、与达尔文主义理论相关的**生物学意义上的**打击、与精神分析学理论相关的**心理学意义上的**打击。

> 在文明发展进程中，人类取得了对动物王国里其他动物的统治性地位。然而，人类对自己的至上地位并不满意，开始在自己的本质和其他动物的本质之间设置鸿沟，剥夺它们拥有理性的资格，让自己拥有不朽的灵魂。他宣称自己享有神圣的传衍，从而允许自己打破同动物王国的群体纽带。……我们都知道，距今不过半个世纪，查尔斯·达尔文及其合作者、先驱者们终结了关于人类的这一假设。人类并非与动物不同或优于动物的存在，其自身也是动物的传衍，与一些物种紧密关联，与其他物种相距甚远。[20]

弗洛伊德对人类困境的归纳本身就是一种神话创造。（琼·里维埃［Joan Riviere］较早的译本为了对此加以强调，将"三次打击"译为"三次创伤"。）在上述"三巨头"（哥白尼、达尔文、弗洛伊德）中，他给自己保留了最年轻的位置，而且施加了双重打击："第三次打击本质上属于心理层面，因而极有可能也是伤害性最强的。"

> 有这两种发现：其一，我们性本能的生活不可能完全被驯化；其二，思维过程自身是无意识的，只能通过残缺、不值得信任的感知力才能达到自我的层面并受自我的掌控。这些发现得出的论断是，**自我并非其自己房屋的主人**。这些认识一起代表了对人类自爱的第三次打击……[21]

弗洛伊德的论断从此控制了历史：魔法般的数字三掩盖了第四个大的创伤的可能性。孔德（Comte）此前已经使用了类似的绝对主义的数字命理学（numerology）来解释人类的思想与文明，先后从神学、形而上学发展到19世纪下半叶的实证主义，该解释所产生的影响在19世纪下半叶颇为显著。[22] 这种落脚为三的论断明显出现在19世纪多次知识体系化的建构中，并赋予了当下以特殊的权威和永恒。克洛德·贝尔纳将医学史描述为神学、经验主义、科学三个阶段，这一体系明显来自孔德。T. H. 赫胥黎则在进化论的系列演讲中坚称："关于地球上过去的生命历史，有三种假说可以接受，并已经得到接受。"第一种假说便是：

> 活的生物体，比如现存的这些，在这个地球上早已长久存在。……第二个假说……我称为弥尔顿式的假说……而根据第三个假说，即进化论假说，事物现存的状态乃是一连串状态的最后一个阶段，若回溯这些状态，可以发现自然因果律的持续发展不会中断，亦不会违背因果律。[23]

对于赫胥黎来说，事物的现存状态是"最后一个阶段"。甚至连马克思（在其系统之内末世论与未来占据着基础地位）也使用了同样的三步历史分期法，而三分法在大多数类似的系统中均把过去定格到现在的秩序之中。

这些例子表明了进化论的道路上存在的众多难点之一。它是一个**不会**赋予现在以特权的理论，仅仅将现在视为无尽的变化过程当中一个变动着的瞬间。然而，进化论不断地遭到重塑，一切过去似乎均在向往着走向现在这个时刻，并在当下得到满足。人们也许可以辩称：自弗洛伊德的作品问世以来，量子物理学已然对人类的自恋给予了又一次却更加激烈的打击，因为它使得既定的因果关系遭到了质疑；这一既定的因果关系，即"自然因果律的持续性"，尤其为19世纪的科学解释——而在更普遍的意义上则为人类理性的各种活动——打下了稳固基础。

然而，弗洛伊德的构想为19世纪中期的创造性经验确定了两个特别要素。其一是缺少描述无意识和下意识活动的分析性、指示性词语。这意味着当时依旧可能相信自我是自己房屋的主人，拥有选择、命令和掌控的能力。同时，对超越理性范围的经验所涉领域，存在着不断增长的迷恋，这一迷恋体现在人们无比丰富地使用维多利亚散文体中典型的象征。因为感知尚未稳定下来，也未能加以分类，象征和暗喻与分析相反，允许没有结果的洞见。它们允许我们飞速地领会矛盾的体验却不必将经验道德化。维多利亚人不必迅速意识到意象的意味，这一点很可能——并且在后弗洛伊德时代的确经常——会阻止冲动和表达。弗洛伊德自己就承认，他学会分析，很大程度上是受教于维多利亚小说。尽管维多利亚时代中期作家也许尚未完全意识到各类自觉的自我正在走向"众神的黄昏"（Götterdämmerung），他们却和弗洛伊德分享着许多类似的历史经验。

这种共同的历史经验的关键在于达尔文的打击所产生的影响力。对于进化论所产生的想象力上的动荡，怎么高估都不过分。这种动荡早在19世纪30年代随着莱伊尔出版《地质学原理》就已经在英国出现；19世纪40年代随着钱伯斯匿名出版了那部特别畅销的作品《自然创造史的遗迹》，动荡进一步持续，最终到了1859年，在达尔文长久思考后快速写就的论著《论以自然选择为途径的物种起源，或在生命斗争中幸运物种的保全》（*On The Origin of Species By Means of Natural Selection, or the Preservation of Favoured Races in the Struggle For Life*）中集中爆发。伴随着这场基本属于自然和历史范畴的讨论的是奥古斯特·孔德和赫伯特·斯宾塞所表述的知识和社会的发展理论，这些理论在概念上给这场讨论带来了巨大的影响。[24] 塞缪尔·巴特勒很快就怒气冲冲地指出，[25] 这场观念危机背后的驱动力源于布丰（Buffon）、拉马克和伊拉斯谟·达尔文（Erasmus Darwin）这些早期进化理论家的努力。按照惯例，这场理论高峰期的背后依然是一段漫长的进化论理念的历史,这些理念**粗看上去**是理论半成品,或仅在局部获得了进展,后来的科学史家已对它们做了深入研究。[26] 整个18世纪都在辩论物种的恒定和演变(transmutation),此乃一个更加古老的论题,可以上溯到卢克莱修(Lucretius)。而"进化"一词则相对晚近。[27] 例如,像其他众多较晚的词语一样,"进化"出现在《项狄传》之中。尽管脱庇叔叔极力为之辩护,这个词还是被视作临时编造出来的新词:

> "王国郡府,城市乡镇,不都有自己的寿命吗?一开始依据这些原理和力道用水泥将它们建造起来,而后经历数次'进化'(evolutions),接着就开始了衰败。"——项狄兄弟,脱庇叔叔边说边在听到"**进化**"一词的当口放下了烟斗。——我是想说"巨变"(revolutions),父亲重复道,——天啊!我是说"巨变",脱庇兄弟,"进化"纯属无稽之谈。——"绝不是无稽之谈。"脱庇叔叔说道。[28]

整个18世纪,"进化"这个词语都用来表示一个生物从卵细胞到成体的成长过程所经历的诸多阶段。换言之,它描述了单个的生命周期,尚属个体成长的范围之内。生物学将此称为"个体发生"(ontogeny)。但进化论挑战了单个的生命周期作为理解人生经验的自足典范。到了19世纪30年代,"进化"一词才首次被用来描述**物种**而非个体的成长,生物学称为"系统发育"(phylogeny)。其首次应用应该归于艾蒂耶纳·若夫华·圣伊莱尔(Etienne Geoffroy Saint-Hilaire)

1831年的作品《卡昂蜥蜴回忆录》(*Memoire sur les Sauriens de Caen*)。莱伊尔1832年在《地质学原理》第2卷中紧接着用英语表达了这个意义。上述两个不同的术语，即个体发生和系统发育，在"进化"一词上概念交叉，可以说成了后续数个世纪的文献中最为丰富的一词多义的个案，也是支脉蔓延的进化论概念中一个令人印象深刻的案例。

"进化"一词后来才逐渐流行开来。法语"物种转化"（transformisme）一词长期占据着统治地位。它强调过程和转化的双重活动，乃进化论理念中最可证实和最具魔力的方面。单个生命周期中的转化代表一些最令人惊奇的、可观测的自然现象。"物种转化"不必意味着必须经历的进步模式，而"发展假说"（the Development Hypothesis）则意味着进步和改良。转化也许涉及进步或退化，几乎会同样强调退化和改良的可能性。它不能完全涵括的是灭绝这个概念，因为转化意味着一个更加类似于热动力学的持续发展过程。的确，让人印象深刻的是，这两个理论都强调过程和转化，但在秩序和混乱的问题上则有着不同的重心。进化论似乎提出了一个越来越复杂的**有序化进程**，而热动力学第二定律则强调能量系统趋向失序。

但是达尔文观察到个体化进程中不计后果的各种力量，他在其中不仅看到了创造性的源头，而且也看到了损耗（loss）的源头。进化论强调转化，又同样强调灭绝和毁灭，而这也是最令人不安的理论元素之一，一个在人类意识上逐渐获得愈来愈多重视的元素。

然而，尽管进化论的各种相关理念具有不同的情感意味，但它有能力提出一个理解自然界组织结构的整体系统，这已成为进化论最大的影响力。进化论的解释无所不包，跨越自然界的不同物种，似乎提供了一种不需要诉诸上帝的方式来理解世界，它由此创造了一个体系，其间无须寻求任何自然秩序之外的权威源头，无须任何预知的设计便拥有一种内在的目的性。进化论的秩序观欢迎差异、丰富和多样性，因此环境的紧迫状况总是在两方面持续地遭到抵消，即追求变种的基因冲动及环境反馈的多形态性（multiformity）。进化论所创造的系统并不能简化成简单而典雅的数学模式。丰富性成为其阐释的必需要素。选择很关键，但这种选择依赖超高的生产率，是一种超越了应用或数字层面的多产。进化论的阐释风格具有三个要素——包容性、简洁性以及对丰富种类与变种的依赖，但此三种要素并不趋向于同样的运作方式，这给进化论无所不包的形式留下了多元的空间。于是其影响上的多样性即隐喻的大量应用，有助于解释进化论的理念为何得以快速吸收且能够快速成为假说，而不仅仅停留在论点的阶段。如今在我们周围，到处都是未经考察且正日益削弱自身价值的进化论隐喻的使用。如巴恩斯所论，人们很少会认真考虑进化论核心概念的本体论地位。

13

常常只有在反对派观念产生之际，影响力巨大的理念的形态和作用才能显现。也许对于进化论我们恰恰来到了这样一个节点。尽管社会生物学和晚近的基因理论开始质疑达尔文学说本身的准确性和自足性，但对于进化论的反对其实并非针对进化论之于生物学理论自身的重要性，而是认为不该将该理论移到最初的生物学研究领域之外。过去数百年，进化论在我们的文化中起到的作用宛如信仰时代的传奇一般，在隐喻和范式之间轻松地游弋，并在其自身原本的生物学领域之外惠及一大群学科。在19世纪后期，进化论给发展中的人类学、社会学、心理学学科提供了诸多制度化设定，而进化论的思想要素已被借用来充当隐喻，目的在于支撑政治上同达尔文自身观点相悖的各种思想，比如社会达尔文主义甚至纳粹主义——后者借置换后的优生学论点对"人工选择"进行了噩梦般的演绎。

进化论的概念改变了众多常规词语的意义重心，诸如发展/成长/发育（development）、生殖/世代（generation）、变种、遗传、个体、亲属关系、转化等，甚至将变异（mutation）、灭绝这类词语引入日常话语。本书的一个目的恰恰在于重温19世纪小说中类似遗传这样的词语所内含的论辩要素，展示冲动和反冲动的全貌，这些冲动和反冲动被压缩入词语或织入叙事体系当中，而不一定表现为主题。

进化的和生物的模式如今被用于各种人类活动和探究，惯常的手段在于潜喻（submerged metaphor）。比如，奥托·叶斯柏森（Otto Jespersen）的书名《语言论：语言的本质、发展与起源》（*Language, Its Nature, Development and Origin*）；或者普洛普的《故事形态学》（*Morphology of the Folk-Tale*）开篇首句宣称："对民间故事的形式进行考察是可能的，这类故事的形式同生物的类型学如出一辙"；甚至最近有本著作将标题取为《英国国家保险业的演化》（*The Evolution of National Insurance in England*）。在文学理论中，我们发现诺思洛普·弗莱（Northrop Frye）在《身份的传说》（*Fables of Identity*）中期待一种文学批评的协作"原

则",这个原则看起来会提供类似神学统一性的东西:

> 我认为现在的文学批评缺失的是一种协作的原则,一种类似生物学进化论的核心假说,它会将所涉及的各个现象视作一个整体的众多组成部分。尽管这个原则会保留结构分析的向心视角,但也会尝试对其他各种批评提供同样的视角。
>
> 这个设定的第一条假设和任何一类科学的第一条假设一样,是设定整体上的连贯性。[29]

德里达(Derrida)和马舍雷(Macherey)则共同着迷于拒斥"起源",否定对整体连贯性的核心诉求,而这一诉求自身便是对此类组织结构残存力量的致敬。这一进化论的包容性吸引着弗莱,因为它展现了系统性的价值。进化自身伴随着成长和能量两个观念,而且多少带有改良和进步的意义。

因此,尽管这种进化的隐喻有逐渐削弱的趋势,但亦已成为确定我们价值观的手段,表明我们继承了这个发展到巅峰的世界,并成为不断进步的未来的持有者。进而,进化论理念中明显的历史决定论大体得到了应用,倾向于确证当下的社会现实的确是进步的必要阶段。发展的观念使得过去的一切看起来不断趋向于成为我们眼前的现在。比如,我们可以在此类文学批评中看到人们称赞昔日作家"几乎以现代的意识"来理解问题,抑或会将事物的**兴起**(emergence)视作最值得研究的过程。目的论便在此类情境下披着历史的设计这一外衣得以恢复,这一设计在当下达到了令人满意的效果。

三、知识的诸般问题

知识以新的组织方式将人类从意义的中心移走,或将人类置于一个并不以服务人类的需求为目的的世界当中,此时,这些组织方式就特别令人恼火。19世纪中叶,达尔文主义的理论恰恰提出了这样一个双重挑战。它指出人类当时并未完全准备好理解地球上的生命史,他也许并非生命史的中心,因此人类既不具有范式性的意义,亦非神圣的存在。人类永不疲倦地热衷于设计对各种现象的阐释,将自身置于符号指涉的中心。那个时代一些最具创造力的科学家的确将人类的这种热情视作阻碍知识进步的主要障碍。

400年前,在类似帕拉塞尔苏斯(Paracelsus)这样的科学家看来,人与宇宙的一致性乃最根深蒂固的秩序,是一切阐释的根本所在:

> 想一想人类被创造得如此伟大和高贵,人的结构所具有的高度的复杂性吧!没有大脑能够完全想象出人类身体的结构、人类道德的范畴。人类只可以被理解为宏观世界的意象、"伟大的创造物"的意象,然后方能明显地看到人的内在,因为一切外在的也是内在的,不是外在的也绝非内在的。外在内在于是皆为**一体**,**一个**集体、**一种**影响、**一种**一致、**一段**延续……**一个**成果。[30](Ⅰ/8,160)

同样的阐释传统隐藏在17世纪作家乔治·赫伯特(George Herbert)题为《人类》("Man")的诗歌当中,对他而言,

人类乃是自然秩序的最高集成:[31]

> 因为人类即万物,
> 以及更多:是一棵树,但结的果实更多;
> 是野兽,但是也应该是更多:
> 惟有我们带来了理性和言语。

赫伯特秉承了帕拉塞尔苏斯普世的类比理念:

> 人类即一切对称,
> 尽是均衡,一个接一个的肢体,
> 世界上一切的一切皆是如此:
> 老兄——每一个部分都能如此召唤最远的对应物,
> 头和脚有着私下的情谊,
> 二者呼应着月亮与潮汐。

赫伯特利用"种类/善意"(kind)一词的语词游戏,既强调了自然界的秩序对人类的关照尽显良善("万物对我们的肉体显示善意"),之后又以一连串的方式将影响的均衡性扩展并转移到下一行:

> 万物对我们的肉体显示善意
> 以它们的传衍与存在;对我们的思想的善意
> 经传承上溯到最初的根源。

世界对人类的专注最初具有人类中心论的意义,继而扩展为对普世亲属关系的认可。万物通过传衍形成亲属关系。选段的后半节重新强调了一致性,那个"对我们的思想"而言已普遍认知的自然界特质。万物来自同一个本源:上帝的思想。赫伯特压缩后的语言表述准确,其中类似"善意"这样的词语来回转换着语义,转换的速度表明认可亲属关系的意愿。而这一意愿接下来依赖这种信仰:所有这一切关联性均来自上帝,后者将人类置于阐释的中心。赫伯特的诗行普遍强调通过传衍形成亲属关系,即达尔文所说的传衍群体的隐性联结。尽管这一点听起来贴近进化论,赫伯特的诗歌颂扬人类特别适合并完全占据了自然界等级中的最高位置。只有人类理解并传达着上帝对世界的类比式秩序观("惟有我们带来了理性和言语"),人类对于理性和言语的独有后来也成为论辩的主题。[32]

进而到了19世纪30年代,美国作家爱默生(Emerson)认为整个自然乃是人类思想的隐喻。对于19世纪40年代的神学家费尔巴哈(Feuerbach)而言,一切意义的源头就是人类。但对于地质学家莱伊尔来说,人类对其自身的迷恋已然扭曲了地球的历史记录,削弱了事件表象之下的法则:

> 距离胡克(Hooke)首次公布其关于地质现象和地震之间关联性的论点仅仅过去了150年,恰恰在此期间这些地质运动所产生的永久变化激起了关注。在此之前,历史学家的叙事几乎无一例外地局限在死亡人口数量、毁灭城市数量、被毁财产的价值或者一些令旁观者感到炫目和惊吓的大气层现象。(《地质学原理》,Ⅱ,399)

达尔文在《物种起源》中呼应了《圣经》的"传道书"("Ecclesiastes"),强调人类存在的时间过短,因而无法认识到自然界变迁的广度,也无力制造变迁:"人类的愿望和努力是何等地稍纵即逝!时光是何等地短暂!结果,与自然在整个地质时代所积累的那些变化相比,人类制造的产物该是何等地贫乏"(133)。在其《实验医学研究导论》(*Introduction al'étude de la médecine experimentale*)(1865)的开篇,伟大的法国生理学家、方法论家贝尔纳就指出,人类狭小的五官意识所允许观察到的范围何其有限,我们并未认识到自身认知的限制,因此倾向于不断误判自己的观察:"除了非常狭窄的范围之外,人类无力观察四周的现象;自身的五官意识无法立即捕捉大多数现象,因此观察自身意义甚微。"(笔者自译)在贝尔纳看来,人类本质上自大、好抽象思维,期待"自己智识上的理想创造物既与感情一致,又能代表现实"。相反,他认为,"人类自身并不具备有关身体以外世界的知识和判断标准"。根据贝尔纳的阐释,人类对于**当下**世界的范围一无所知,四周的现象界环绕着他,远非其单纯的意识活动所能知晓。进化论强调人类对**过去**缺乏认识,从而迫使我们去研究一个历史上几乎看不到人类活动的世界。我们必须考察自己缺席的古代历史。莱伊尔则进一步批评人类只"在无意识的习性中才认识到,我们本质上处在旁观者的不利位置"(Ⅰ,81)。

在各自有关地质史和博物学的主要论述中,莱伊尔以及后来的达尔文都证明物种演变的剧情可以没有人类的参与——无论是在人类出现之前,还是现今人类无法涉足之处。

> 甚至当下的湖海大洋，充盈着生命的各类水体，可以说和人类并无直接的关联，只是从属于人类从未控制过，也没有能力控制的地球系统而已。因此，在这个星球可栖息的表面，大部分区域依旧对人类的存在并不敏感，直到一片片岛屿或大陆成为人类栖息地。（Ⅰ，158）

现存的世界既没有完全任由人类观察，也没有完全和人类相关联。人类尚未拥有整个世界的意义，也不再能够像《圣经》中的亚当一样自信地命名治下的万物。

当时，进化论既咄咄逼人，又鼓舞人心，不仅在于它是新的理论，而且因为如此多的关乎发展的问题不过是**旧的**问题应用到人类的头上：机缘、环境、死亡、生存。甚至还有部分原因在于进化论所提供的解决方案并非完全都是新的。如G. H.刘易斯所论，达尔文的假说"为很多人脑海中模糊的思想"给出了"清晰的表达"，但在他发表假说之后，同时代的人纷纷站出来声称自己是这一理论的首创者，对此，达尔文相当恼火。刘易斯评论道：

> 我们这个时代几乎没有哪个成果有如此广泛的影响力。这一影响的范围与其说源于这一学说设计精巧并以伟大的发现丰富了科学这一事实，不如说源于这样的事实——进化论和当时已经并且依旧统治着欧洲人思想的两个伟大的世界观既相互冲突，又协调共振。[33]

刘易斯将这两种世界观命名为一元论（the Monistic）和二元

论（the Dualistic）。在他看来，达尔文站在一元论者的立场上"将所有现象简化为群体（community），将所有知识简化为统一体"，而二元论则"在现象当中将力和物、生命和肉体分割对立，同时将物质的起因和终极的起因对立起来，从而破坏知识的统一性"。达尔文从"无法分割的亲缘关系网络"出发来看待自然界（《物种起源》，第13章），但他也精准地将"真正的亲缘关系"和类比关系区分开来。刘易斯对达尔文观点的解读强调群体和统一，选取了达尔文思想中关于现象的互相关联性这个要点，但并不足以表达彼此间的**独立**，在一定程度上彼此间的近邻性而非合作性也许才是交错转化的动力所在。

在《物种起源》中，达尔文聚焦产生变化的"自然选择"机制的角色。单个有机体对其环境的适应性增加了带有具体特征的个体的生存机会，也增加了遗传了这些特征的个体后代的生存机会。但环境并非单一且稳定，其自身乃各种可能性的矩阵，是有机体之间和物质内部多重互动的结果。我们倾向于认为单个有机体是能动的，而环境是静止的，但环境比个体拥有如此众多的需求，且易于经受不可预测、不可控的变化。日常细节并不能永恒地持续，意志和努力必然难以满足所有需求，永远不能控制生命的多重能量。因此，达尔文的《物种起源》和塞缪尔·斯迈尔斯（Samuel Smiles）的《自助》（*Self-Help*）几乎同时出版，这本身就是一个完美的反讽。[34]

沃尔特·坎农（Walter Cannon）观察到达尔文并没有自助方面的成熟词语。坎农视此为一种缺失，但其实是慎重的排斥。[35]自然选择和拉马克的观点相悖，否认意志和习性可以导致改良。达尔文的思想是反柏拉图、反本质主义的，乃杰拉尔德·曼利·霍普金斯（Gerard Manley Hopkins）所论的"流动的哲学"（a philosophy of flux）。霍普金斯提到，"这些观念当下如此盛行，川流不息，毫无固定的节点，更不用说**急转**或中断"；[36]"千柴万薪，自然的篝火熊熊燃烧"。在《自然乃赫拉克利特之火并复活之慰藉》一诗中，霍普金斯描绘了自然界的丰富和衰败（二者构成了自然的无尽的能量），又将其与人类的飞跃这一复活的意象关联在一起。"自然没有飞跃。"对于霍普金斯而言，走出"世界之野火"的方法在于信仰的飞跃。对于达尔文而言，"自然没有飞跃"这一旧信条引导他领悟出一些最为激进的思想，引导他从等级排序的存在之链或阶梯的观念出发，向"无法分割的亲缘关系网络"这一生态意象发展。他时而将这些网络理解为亲属关系的网络，时而理解为树状、珊瑚状，但绝非人类一路攀爬单一传承的过程。与钱伯斯的传承图谱中纯粹的三角形等几何形状相比，达尔文在《物种起源》中呈现的进化图谱则明显强调关联性和困难，强调丰饶和死亡。他在理论和隐喻中坚持使用"纷繁的纠葛"（entanglement），可能也采用了双关的文字游戏。他的藏书中有约翰逊博士（Dr. Johnson）编的1826年版的英语词典，其中将"进化"（evolve）一词基本定义为"分解：解开（disentangle）（纠葛）"。达尔文通过"纷繁的河岸"（entangled bank）这个隐喻强调了生态的相互依存以及"无法分割的亲缘关系网络"，顿时同其他进化论理念区分开来。

在拉马克的理论中，有意识的努力及反身性的习性成为进化性变化的动因。因此在《动物学哲学》（*Zoological*

Philosophy)中他描写了"水边的一种鸟类":

> 眼下,这种鸟类**努力这般活动**,以避免自己的身体没入水中,于是**竭力**延展和拉伸腿部。它们**习得的这个长久建立起来**的习性,加上其整个族群**长期延展和拉伸**腿部的动作,导致族群的个体越来越高,仿佛踩高跷一般,**逐渐获得**了又细又长的腿部,羽毛**脱落**到大腿根部,有时甚至到了更高的部位。[37](重点为笔者所加)

拉马克提出智性的欲望世界应该得到理性的满足。他的作品于是也遵循一个共同的模式,即一切故事都在讲述事物如何成为现在的样子:需求产生变化,或更具警示性的说法是糟糕的行为导致退化(loss)和衰退(degradation)。这就是众多文化当中占支配地位的故事模式。因此,知更鸟飞得离太阳太近,便有了红色的胸脯,尤其在芦苇丛发出飒飒声响之后*。拉马克借鉴变态和转化的神话概念,并以因果论加以解释。作家吉卜林(Kipling)的《寻常故事集》(*Just So Stories*,1937)便是以同样的模式进行演绎的:鲸鱼如何有了喉部,骆驼如何有了驼峰,猎豹如何有了斑点。**意向**(intention)成为拉马克论点的关键,借此与人类的意愿和语言相一致。要想将意向的语言从进化论的发展叙事中根

---

* 此处作者意指各民族均使用民间传说或神话来解释自然现象。比如,在关于圣诞节前夜的传说中,知更鸟用翅膀扇动篝火使小耶稣获得温暖,因此有了红色的胸脯;希腊神话中,阿波罗惩罚弥达斯国王长出了驴耳朵,该秘密后经理发师和芦苇广为传播。

除异常困难,达尔文自己就从未彻底做到这一点。然而,对于达尔文来说,他存在一个长期的自觉意识:必须从语言中清除"意志乃产生变化的动力"这一思路。恰恰是华莱士(Wallace)在1858年8月的《林奈学会会刊》(*Proceedings of the Linnaean Society*)上最为直接地回应了拉马克的自助哲学:

> 长颈鹿之所以获得长颈,并非缘于想要够到更高处灌木丛的树叶且不断为此目的延伸其脖颈,而是缘于以下事实:同短脖颈的同伴相比,鹿群中最初拥有更长脖颈的各种个体不仅在同样一块地方确保控制了一大块新鲜的草地,而且在第一次食物短缺到来之时也因脖颈长而能够比前者存活时间更长。(61)

基因变异给进一步的适应和更加充分的移居提供了机会,但并不可能归因于意志、耐力和欲望,亦不可能因此类行为而持久下去。

拉马克的理论以自己的方式充分满足了人们的需求:他突出了心智(mind)的重要性,突出了意向、习性、记忆;在一代代合乎理性的遗传中,需求产生解决方案,各种解决方案可以通过意志的作用在基因上得以保存,最终成为独立于意识之外的习性。令人惊奇且发人深思的是,拉马克对于进化过程的描述至今仍相当流行。意向论者(intentionalist)的语言不断试图悄悄潜入进化论叙事。拉马克的理论使意向的源头远离干预主义(interventionist)的神祇——这一神祇要么一举创造了整个世界，要么时常以干预的姿态试验出新物种；相反，创造性的源头存在于物种的世界当中。然而意向或意志依旧是实现变化的**工具**，因为生物体在物质环境中学会如何适应，从而如拉马克所论的那样，将自己习得的对于物质环境的适应传承给后代。

上述对过往的解读无须涉及"取代"（usurpation）这一概念。它意味着一个可以理解、互相合作的世界，其间演替（succession）会不可避免地带来改良。英国诗人济慈（Keats）在其带有原始进化观的诗篇《海伯利安》（"Hyperion"）中持续强调希腊神话，以便秉承革命的目的将老一辈赶下神坛，"最美者将具有最强之伟力"；相反，拉马克的理论则强调延续性和持续不断的成长。由此，他的理论同地质学对自然法则持续性的强调相一致。众多起源神话都强调衰退的概念，比如失乐园的故事，但是拉马克的解读则要乐观得多，它突出了智识上的适应和演替。拉马克倾向于高度重视当下，而不去想象快速的变化。达尔文则强调变化的速度很可能正在增加，也许会更加快速产生物种的演变，并将此部分归因于这样的事实：物种间相互关联的复杂性急剧增加，而个体物种与自然环境之间关联的复杂性亦然。拉马克比达尔文更少注重竞争，更多强调合作；更少注重过程，更多强调构成。也就是说，他想象了一个看起来多少处于稳定状态的世界。在当下经验的关联中对过去进行排序，这令拉马克的视角富有魅力，因而新拉马克式的论点依然不时复活。库斯勒（Koestler）对"产婆蟾"（midwife toad）案例的描述便是对拉马克式形而上学的影响所做的最新评估。*

拉马克的理论为累积（accretion）这个要素留下了空间，但《物种起源》则未加关注，因为达尔文一直在书中压制着人类的出现。累积这个要素意指对文化和遗传下来的知识加以积累，且人类能够（以基因手段以外的方式）一代代予以传承。但是对后来的一些作家而言，这种力量似乎遭到了诅咒。哈代正是一边想着这一点一边写道："我们的智力已发达到了大自然制定法则时从未考虑到的程度，大自然也就此从未让人类有机会足够地施展这一智力水平。"[38] 抑或如康拉德（Conrad）笔下的赫斯特所言："人类在地球上就是个不可预测的意外事件。"[39]

---

* 作家亚瑟·库斯勒在《产婆蟾事件》(*The Case of the Midwife Toad*, Random House, 1971) 一书中详细描述了拉马克主义者与新达尔文主义者关于生物的习得特性能否遗传下去的激烈论争如何最终导致了前者的代表人物奥地利生物学家保罗·凯美罗（Paul Kammerer）于1926年9月23日自杀，"产婆蟾"则是凯美罗博士的关键性实验对象。

第一编

达尔文的语言

第1章
"悲剧般的欢愉":想象与物质世界

1838年8月,就在达尔文详细确定其"演变"(transmutation)观的内涵之前,他撰写了早期自传的片段,记录了最早的记忆,关乎收藏和命名二者所产生的欢愉、恐惧、惊奇,以及讲故事(或撒谎)带来的欢愉和危险。少年时期编造故事都是为了赢得自己和他人的钦佩与惊叹。达尔文富于虚构和编造的激情,表明他渴望拥有力量并试图掌控周遭的各种悖论。同时他又因强烈的悖论感到鼓舞,清晰地意识到自己所编故事的实际价值:

> 那些日子,我是个非常了不起的讲故事的人……每次散步归来,几乎都会宣称自己看到了孔雀或某种奇怪的鸟儿(可见那时我的博物学趣味)。我猜想,这些未被揭穿的谎言当时令我激动万分。如今我回忆起它们时依旧历历在目,倒没有太多羞愧(但的确有些谎言此刻让我感到羞愧),因为谎言对我的思想产生了重大影响,当时给我提供了悲剧般的欢愉。我现在还记得在凯思先生*家里我虚构了一整套自然的天地来显

---

* 凯斯先生为达尔文就读的日校的牧师,日校即初级小学。

示我多么喜欢说**实话**！这类编造的谎言如今仍在我脑海里栩栩如生，若非早先令人羞愧的记忆提醒我其皆非事实，我几乎要将它当成曾经都真实发生过。[1]

这一虚构的才华让达尔文感受到"悲剧般的欢愉"。这一引人注目的描写准确传达出其富于想象力的生活**博大**而精深——撒谎、编造、选择性的讲述——这一力量使得他持续地拥有探索的激情："现在我鲜明地回想起当时的渴望，希望能了解大厅门前的每一块卵石"；"我非常喜欢园艺，且编造了一些假话，居然给番红花添上了自己喜欢的颜色"。这些编造的说法带来持久且执拗的现实感，伴随的则是这些说法产生的荒谬感——仅仅希望谎言是探索真相的方式；而这一现实感既极具喜剧性，又非常有洞察力。

达尔文是个孩子，因此人们并不相信他的故事，他不得不承认所说的是谎言，彼时他感到了羞愧。唯有这种羞愧感使他远离对神的信仰。他创造出自然选择理论后，对此想法却一直秘而不宣。要为这个星球的生命史创造出富有想象力的故事并乐在其中，这是达尔文长久以来隐秘而强烈的冲动。这一冲动是创造带来的欢愉，一直在其思维活动中生生不息，持续了20多年，从早期的笔记本到两篇札记，再到从未完成的那本"大著作"（the Big Book），以及最终完成的《物种起源》。[2] 上述引用的简短片段正是他想象力达到最高峰时的创作，而他的思想和笔记当时正（默默地）喷薄而出，但尚未表述和构思好变态、演变和选择的故事。和达尔文的其他回忆录相比，关于他讲故事或撒谎的叙事也许记录了欢欣以及具有创造性的混乱；1838年的青年达尔文再次感受到了这种情绪,同10岁时的体会如出一辙。

达尔文后来在评论中强调自己丧失了审美的能力。在其生命的最后几年为家人写的自传中,他以下面这段充满痛苦甚至自我诋毁的文字总结自己如何失去了判断力:

> 我说过,在某个方面,我的思想在过去二三十年已发生了变化。一直到30(多)岁,我都在读弥尔顿、格雷(Gray)、拜伦(Byron)、华兹华斯、柯勒律治和雪莱(Shelley)等人的诗歌,这给了我极大的欢愉。甚至还是学童的时候,我就特别开心地读过莎士比亚,尤其他的历史剧。我也说过,之前绘画给我带来过相当多的愉悦,音乐也给了我巨大的快乐。但如今多年以来,我居然无法坚持读完哪怕一行诗歌:最近我尝试阅读莎士比亚,发现无聊到令我难以忍受,恶心不已。同时我也几乎丧失了对绘画和音乐的爱好——音乐通常令我过度狂热地思考手头的工作,却不能带给我欢愉。我保留了一点欣赏美好风景的趣味,但这并未带给我昔日那种美妙的快感。大脑仿佛成了一台机器,将搜集到的大批量事实搅拌磨碎成普遍法则,但我的确无法理解:为何这样会造成更高级的趣味所依赖的那部分大脑发生萎缩,且只有那部分在萎缩呢?[3]

众多评论家解读过达尔文晚年这种情感能力的遮蔽,并回溯到其人生最早阶段。其中一个多少类似的论点通常同他阅读小说相关:晚年达尔文喜欢人大声读小说给他听,尤其喜欢大团圆的结尾,因此评论家认为他是个天真的读者,在文学经验的范畴之内缺乏鉴赏力。[4]

他早年的阅读范围特别广泛,从中获得的欢愉在19世纪30年代到50年代的阅读书目中可见一斑(我们可以在剑桥大学图书馆参看达尔文笔记119、120、128号)。从1840年6月10日到11月14日之间所列书目可见:"查尔斯·贝尔(Charles Bell)爵士的《表情的解剖》(*Anatomy of Expression*)、《仲夏夜之梦》、《哈姆雷特》、《奥赛罗》、《曼斯菲尔德庄园》、《理智与情感》、(下乘之作的)《理查二世》*、《亨利四世》、《诺桑觉寺》、《简单的故事》(*Simple Story*)**、博斯韦尔(Boswell)记录其与约翰逊博士同游的《赫布里底群岛旅行日记》(*Tour to Hebrides*)、《爱丁堡评论》(*Edinburgh Review*)上麦考雷(Macaulay)评培根(Bacon)的文章、若干伯克(Burke)的演讲、《天方夜谭》的几个故事、《格利佛游记》、《鲁宾孙漂流记》"(达尔文笔记119号)。他还狂热地读过托马斯·布朗(Thomas Browne)爵士、蒙田(Montaigne)、卡莱尔(Carlyle)、哈丽雅特·马蒂诺(Harriet Martineau)。此外,这一时期的达尔文笔记还提到很多其他作家,包括沃尔特·司各特(Walter Scott)、埃德蒙·斯宾赛(Edmund Spenser)、华兹

---

* 此处原文为"Richard 2d. Poor. Henry IV",经比对本书作者比尔的相关论文,可见达尔文日记原文应是"Midsummer N. Dream, Hamlet, Othello, Richard 2d. poor, Henry IV",显然 poor 不可能是单独的书名。参见 'Darwin's Reading and the Fictions of Development', in *The Darwinian Heritage*, ed. D. Kohn (Princeton, 1984): 558。

** 该小说原名为 *A Simple Story*,作者是英国作家、演员伊丽莎白·因奇巴德(Elizabeth Inchbald),小说问世于1791年。

华斯、拜伦。他有可能饱览群书，不求甚解，但就此认定文学阅读对他影响甚微则肯定不妥。我之前在另一篇论文中广泛考察过达尔文的文学阅读和科学阅读之间的相互渗透，论及诸如蒙田、布朗、司各特、普雷斯科特（Prescott）这些作家的作用——他们加速了达尔文理论的形成，并引导他质疑有关发展的简单概念。[5]

达尔文的思想完全打乱了虚构、隐喻和物质世界之间公认的关系，而杂乱的阅读孕育了其思想的力量。若想充分理解他的阅读对其发展思想的想象力何等重要，就需要回忆其早期阅读产生的强大影响以及接踵而来的青年阶段的阅读，即达尔文在少年、青年两个阶段大量的阅读经历。

这种毫无原则的阅读体验和后期的鉴赏力相比，在理解的控制力和阅读的系统性上均不高。早期的阅读创造了经验的形式，而这些形式也持续进入到成年阶段的体验之中。早期富有想象力的相关习惯都会影响我们的工作计划和预期，这尤其说明达尔文少年时代狂热阅读莎剧（尤其是历史剧）的价值所在。后来他从"比格尔号"踏上陆地后便开始了孤寂的旅程，一直将弥尔顿的作品集带在身边；这是他一直带在身边且熟读最多的书，因而受到该书独特的影响。从此类阅读持续吸收到的营养对达尔文思想的形成及其神话般的力量都产生了重要影响。文学资源同样影响到他对马尔萨斯思想**内涵**的接受。现在让我们以个案的方式来简要考察一下对莎士比亚和弥尔顿的阅读以什么样的方式对他想象力的智性发展产生了作用。

达尔文称自己少时一连数个小时坐在窗边，贪婪地阅读历史剧。这些历史剧强调王权的稳定传承，是为了维护秩序和政府，尤其要维护国家和族群的理念，给达尔文展现了诠释族群和时间相互关系的基因模式。血缘演替成为遏制时代潮流的手段——自我繁殖得到强调、变化被包容——新王代替驾崩的老王，这一血缘演替确保不会出现激剧的变动。每一次更迭都要确保"血统纯正"。王权的**复辟**要素得到了强化，演替并非变化的手段，而是停滞不前的方式。莎剧《利查三世》中白金安公爵试图说服格劳斯特公爵*接受世袭赋予的权利以及演替下来的义务：

> 那么您要知道，这便是您的过错，您把至尊的位置，威严的宝座，祖宗传下来的王杖的执掌，命运注定的地位和您应得的继承权利，您的王者之家的世袭的光荣，让给了一个污秽的支派**里的败类……这高贵的岛国却被分解了她的肢体；她的面目被耻辱的烙印所毁坏，她的王家的根株被接上了卑贱的枝条……
> （《利查三世》，第3幕，第3景）

"主干/支派"和"嫁接"的意象在莎翁的历史剧中得到强有力的应用，介于隐喻和具实之间。家族的命运像植物一样受到影响，在一定程度上通过有意识的繁殖以及混合具体支派特质的方式加以控制。达尔文在《物种起源》里的论点

---

* 为更加贴近莎剧英文原意并更好凸显本书作者关于达尔文语言的隐喻特性，此处人名和对白均参照梁实秋译本，格劳斯特公爵后成为"利查三世"。

** 莎剧原词为stock，兼具"树干、主干"和"世系、家系、支派"的双重意味。

从一开始就建立在同农业的类比关系的基础之上：人类开发动植物必需的具体特质的能动性堪比自然致力于选择和保存对族群个体自身最有利的特征。人类培育动植物是为了满足**自身**的目的，并非特意为动植物谋利。相反，达尔文坚称自然的繁殖过程总是为了相关物种的个体利益。[6]这是其论点的关键区分所在，而且又一次指向了其自然观的仁善主义（benevolism），尽管他充分意识到生命对于生物个体而言该是何等的艰难。

再举一例来看看达尔文的文学阅读如何有助于形成和表述其思想的矛盾性。

几乎所有评论家都采纳了达尔文自己的说法，强调他阅读马尔萨斯后极大推动了对即将成形的自然选择概念的想象。[7]然而，人们没有充分认识到：达尔文在多大程度上转化了马尔萨斯概念中富有想象力的腔调、情感的平衡度，以及由此产生的智性的潜能。马尔萨斯在《人口论》开篇用一段话描述了多产性的能量，同时也很好地平衡了欢庆和惊惧：

> 富兰克林博士认为动植物生殖多产的本性本无限制，唯一的限制源于两个因素造成的结果——一是物种的拥挤，一是对彼此谋生手段的干预。他说倘若地球表面缺少其他植物，一种植物便可能种植后逐渐过度传播，比如茴香。若没有其他居民，也许几代过去就只剩一个民族，比如英国人。这当然毫无疑问。动植物王国在大自然中广泛播撒生命之种，无比丰富和

自由；而在空间上则相对节制，培育这些动植物所需的营养资源亦然。这个地球能够容纳的万物之萌芽若能自由生长，数千年后便会占满数百万星球世界。"必需性"作为高高在上、无所不在的自然法则，将这些萌芽约束在限定范围之内。动植物族群在此伟大的限制性法则之下不断缩减，而人类亦不可能借助任何理性的手段逃脱这个法则。[8]

任何动植物物种的繁殖若不受遏制，便能迅速拓殖和占据全世界，不会给其他物种留出任何空间。马尔萨斯进而提出，人类的再生产能量如若不加抑制，则一定会一直超过给人类提供食物的手段。对马尔萨斯而言，多产是需要压制的危险，尤其应该针对穷人采取严厉措施。但对于达尔文，多产是具有解放力和创造力的原理，会增加变异性以及变化与发展二者的潜能。自然繁殖过程具有无穷的超级生产能力，因此个性和可能的变异均拥有广袤的范围。有一点很重要，要记住在"比格尔号"航程中，即达尔文在想象力上具有最强的鉴赏力之际，两本书一路陪伴着他：莱伊尔的《地质学原理》和弥尔顿的诗集。达尔文在《自传》（*Autobiography*）[9]中宣称在"比格尔号"上的漫长考察途中，他始终将后者带在身边，须臾不离。[10]

那么在达尔文想象力集中形成的这个时期，弥尔顿给他提供了什么样的精神食粮呢？对达尔文而言，此次航程最关键的发现在于：英国风景带着众多由人类塑造的和谐、素淡之美，而清一色的绿色景致却并非举世的标准。英国之外其他地域的自然风景满是纷繁复杂的色彩和生命。达尔文感官上的全方位体验最终扩展并搅乱了科学考察者原本具有的狭隘的限于描述层面的权威性。

> 当我们在昆虫学家的柜子里找到那些欢快的异域蝴蝶和独特的蝉虫标本时,谁会将这些无生命的物质与蝉虫无休止的刺耳叫声、蝴蝶懒散的飞行联系在一起?而这两样其实是热带地区宁静、闪亮的正午时分必有的景象。艳阳高照之下可见另一番景象:那一刻,葱郁壮观的芒果树叶用最暗的树荫遮蔽着大地,而最闪亮的绿色光线透过上层的树枝照耀下来……我一边安静地走过浓荫小径,惊叹步步变换的景致,一边希冀能找到表达我思想的语言。对于从未到过热带地区的人来说,无论怎样表述都难以准确地传达大脑那时所体验的快乐感知。[11]

达尔文携带弥尔顿的作品漫步在热带丛林中,感官被激烈地唤醒,这种强烈的感受令他很难用语言加以表达。

多样性和丰饶性的发现同等重要,达尔文对其旅行做了丰富甚至狂热的描述,可以让读者感受到其种种经历所产生的幸福。他的自然界接近于证明弥尔顿笔下《柯玛斯》("Comus")一诗中同名巫师早期(非常反马尔萨斯)的观点,强调自然的超级丰产和大地的无比富饶。柯玛斯乃纵欲的酒神般的狂徒,认为自然界的丰饶旨在完全满足人类的寻欢作乐:

> 大自然为何要倾撒她的慷慨,

> 奉上无尽的礼物,毫不吝啬,
> 大地尽享美味、水果、羊群,
> 海里满是无穷的鱼卵,
> 而一切都为取悦与满足人类对珍馐的欲求。
>
> (710—14行)

柯玛斯宣称人类不仅有权耽于奢侈的口腹之欲,而且有责任这样做,否则大自然"将无法承担自身资源所带来的多余重负":

> 闲置的丰产令大自然窒息,
> 大地拥堵不堪,空中飞鸟翔集、黑压压一片,
> 兽群的繁殖速度远超它们的主人……
>
> (728—31行)

柯玛斯似是而非的自由主义论调遭到被他禁锢的那位"淑女"(the Lady)的反驳,她坚称大自然过度丰饶的表象实则源于人类在需求上之贫富不均。不应该由少数人独享一切自然财富,亟需对丰富的资源加以更加平均的分配。

彼时的达尔文专注增产和生殖二者的机制、丰产以及这些机制促进自然历时发展的意义。弥尔顿《柯玛斯》一诗中的人物认定人类居于一切的中心,处在自然等级的顶端:"兽群的繁殖速度远超它们的主人。"达尔文早期所有未发表的作品却倾向于剥夺人类的中心地位,并从其他物种以及生命等级的角度来看自然的组织形态。因此,比如"居民"(inhabitants)这样在其他语境下具体指代人类的语词在达尔

文笔下平等地指向所有动植物物种。《柯玛斯》一诗中的论辩给达尔文提供了一个有利的角度,以便思考马尔萨斯提出的问题——增长、丰饶与贫乏。

弥尔顿在《失乐园》(*Paradise Lost*)第7卷中论及上帝创世第三日时,这样描绘了大地和海洋的分离:

> 大洋在整个地面上奔流,
> 不曾偷懒,用温暖多产的汁液
> 使全球松软,使伟大的母亲
> 吸饱生殖的湿润,酝酿受孕。
> 当时天神宣说:"现在集合
> 你们天底下的众水,聚集在
> 一个地方,让干燥的陆地露出!"
>
> (278—86行)*

《失乐园》中创造的意象关乎性的涌动和受孕,以爱的名义纵欲般地坚持显现地球的女性特质:

> 立刻生出嫩草来,葱茏的嫩叶,
> 欣欣然把地面全部披上青绿。
>
> (315—16行)

每个诗行都代表着超级丰裕、多样性和富足:"在海里,湖

---

* 此处及以下《失乐园》相关诗行译文均出自朱维之译本(人民文学出版社2019年版)。

里，奔流的江河里充满诸水。"

达尔文阅读《失乐园》，见识了对"单独创造"以及充分形成、充分发育的物种充满诗意的表述。性欲在其间将自身表达为抒情集合体的传衍，而非繁殖的传衍。弥尔顿同样强调从海洋和大地直接孕育出生命——"山猫、豹子、老虎"均从地表涌出来：

32
>……草地上的草现在结子了，
>黄褐色的狮子露出半身，
>用脚爪搔爬，要解放它的后部……
>
>（463—5行）

从原初的物质世界中涌现出万物，这一超现实的完整性在时间上则呈现为超级浓缩：

>水、陆、空中满是虫鱼鸟兽，
>成群结对地泅泳、飞翔、行走。
>第六天还有剩余时间。
>
>（502—04行）

弥尔顿的描述延展了"创世记"（"Genesis"）梦幻般的特质。他以奇特的方式表达和展示了具体的生命，从而替代了"创世记"确定的丰富性。

达尔文乐于推翻弥尔顿强调的人类中心宇宙观。然而弥尔顿的语言伴生着他自己所感知的丰饶、密集和对特殊个体的表述，向达尔文明显揭示了多少物种可以**存活**下来，多少可以和过去保持一致并延续下来。弥尔顿带给达尔文丰富的富于想象力的欢愉，对于达尔文而言这就是通向理解力的手段。

这种文化与见解的**延续性**对于达尔文具有情感上的，尤其理论上的重要意义，同他从莱伊尔那里获得的均变论（uniformitarianism）相一致。"自然不会飞跃"，似乎思想也不会飞跃。达尔文费尽心机地要强调他的意象和此前那些神话体系相**一致**，而非打破旧习，将过去的体系置之不理。在"创世记"中我们读到："上主天主使地面生出各种好看好吃的果树；生命树和知善恶树在乐园中央。""生命树"于是和"知善恶树"相对，而且并置在一处。

达尔文最为详尽地讨论过想象力机制，其中有一篇出自 M 号笔记本，描述了对于植物学家而言最富欢愉感的思路："植物学家也许就是如此看待植物的——我的确记得自己曾在肯辛顿公园经常感受到极大的欢愉：看到树木就让我激动不已，它们仿佛成为（也可以视作）以奇妙而神秘的方式团结在一起的大型群栖动物。"这等于感觉在树木身上找到了生命的丰富资源，即树木和"大型群栖动物"可类比的相似性，表明达尔文使用的一部分树的意象从属于《物种起源》中一套复杂的指称体系。

达尔文的问题与同时代的神学正是在"生命vs知识"这两种相对的树的意象中得以表达，他在其论点和表达中找到了一种方式将此意象加以浓缩，以便两种相对的树木最终可以合二为一。

达尔文熟知有关"禁忌知识"的其他论著，但不允许自身偏移其"自然系统"（System）的内涵。伊甸园一众高贵的树木当中屹立着生命树：

> 有一棵生命树耸立着，高大挺秀，
> 结出鲜润金色的仙果，累累满枝。

在各卷笔记及后来的《物种起源》中，达尔文始终紧抓**生命进化树**[12]的意象，以表达进化的组织结构。借此他驳斥了拉马克式的进化链的观点以及随之而来的"存在巨链"这个更加古老的等级组织。这个链接有不断上升的存在层级，每一个级别看起来像个替代物，相当于拉马克式思想所含的柏拉图理念更加现实的版本。"存在巨链"的理念将各种生命类型置于固定的位置，永久且静止。这一生物组织结构的典型特征在于"等级"（degree）这一理念。

达尔文需要一个隐喻使等级让位于变化和潜力，这意味着其因时间而变化。他并未简单地采纳树的意象作为针对其他生物组织结构的比拟物或论辩上的对立物，而是**恰好借助它**以图解的形式提出自己的论点。这种意象的"实体化过程"非常有助于理解它对于达尔文的巨大作用。这个意象实实在在，浓缩了真实的事件，不仅仅是个隐喻。此刻我们又回到他当时面对的问题：要使得他所拥有的（高度沉浸在自然神学意味之中的）语言适应一个物质史的世界，其间，万物必须在物质秩序中找到自己的解释、类比和隐喻。

达尔文语言的多义性在第1版《物种起源》中获得了最大的发挥，语言富于表现力而非严密性。他接受词语的变异性，倾向于扩大和缩小相关感知之间的关联，或在各种意义之间徘徊。[13]相对于单一性，他对变动性更感兴趣，在使用语词上更加专注关系、转化而非界限,由此他的语言实践同科学理论不谋而合。

《物种起源》甫一出版,达尔文便更加深刻地意识到这一丰富的语义实践会产生广泛的内涵,认识到很多自己所用的术语可能含有更加复杂的意义并超出他能控制的范围。[14] 在接下来的版本中,达尔文减少了多重意蕴,在各个难点上让自己的核心术语指向一个意思且只有一个意思(例如自然选择),从而捍卫了他的理论。这让达尔文相当费神。《物种起源》语言的动力具有充沛的隐喻特性,同其论题相匹配。确立更加简要的定义和对抗误解的需求,也许有助于解释达尔文想象力为何不断消减,他自己后来对此备感遗憾。

达尔文的话语所属的类型被爱略特定义为表达"生活":

> 那么,假定人类一遍遍努力地在理性基础上建立一种普适语言,且最终成功,然后你就有了一种避开以下诸般情形的语言:歧义、奇怪的习语、复杂的形式、间歇闪现的多重特色的意义、陈腐的"尽显遗忘时光"的古语。这是一种典型的去除了任何气味和回声的语言,这导致交际的目的完全并快速地成为代数的符号。你的语言也许是表达科学的完美媒介,但永远不会表达**生活**,而生活的内涵远远超越了科学。[15]

达尔文的话语并非严峻的笛卡尔式风格,《物种起源》中很少有朴实无华的句子。依照其子弗朗西斯(Francis)的说法,达尔文经常自嘲,"他发现自己写英文存在困难,比如说如果能组织出一个糟糕的句子,他当然会采纳它"。

他感觉到晦涩费解的众多问题,对论点和见解的过快提炼大量体现在无关紧要的特点上,因为深层次的关联对作者并不明显,很难加以重新组合。其子评价达尔文的文风是"直接而清晰的"。尽管不乏道理,但这种效果并非源于句子的实际次序,因为它的次序通常曲折有加。该风格恰恰一方面来自第一人称的频繁介入,同时也因为弗朗西斯的另一个说法,即达尔文"对读者的腔调带着礼貌和安慰"。[16]"像《物种起源》这样的书里面的腔调颇为迷人,几乎带着哀婉……可以想象读者可能会表达任何程度的怀疑,但读者从来不会因此而受到鄙视,其怀疑的态度收获了耐心和尊重。"

《物种起源》一书试图说服读者的手段不在于"强加信仰",而是越来越精细地吸纳可能导致怀疑的各种原因以及对疑问的阐释。正是在这个意义上,这本书完全类似于一个乌托邦文本,给读者带来的大部分欢愉都来自对见解和细节的安排(即达尔文的理想世界中的某种人种学),而非简单地从事实入手进行意识形态的推断。达尔文对"自然组成"*(the polity of nature)的描述翔实且温暖,给人以温良的完整性印象,即便这一描述涉及失落、失败和斗争。

达尔文如狄更斯一样,极其需要**取悦**读者,又需要扰乱他们的思想、令其不安。为了证明自己的"事物观"(他总是这样称呼自己早期职业生涯的假说),达尔文赋予欢愉与幸福以优先地位:"唯有幸福之物种才能生存和繁殖下去。"晚年他直接在《自传》中论及幸福和自然选择之间的关系:

---

* 此处采用苗德岁版本中较为常见的译法。

然而，经历了我们到处遇到的那些无穷多的美丽的适应性现象，也许可以询问该如何解释世界上普遍存在的善意安排？一些作家的确被世界上如此多的苦难深深震撼，便质疑我们是否看护好了一切有感知的生物，究竟存在更多的苦难还是更多的幸福——整个世界属于善还是恶？根据我的判断，幸福绝对普遍存在，尽管很难加以证实。如果这个结论的真相能够成立，那便和我们可能从自然选择那里所期待的效果相一致。……动物也许会被引导去追求最有利于该物种的行动过程：要么经受苦难（比如痛苦、饥渴、恐惧），要么体验欢愉（比如吃喝、物种生殖等），要么以二者兼具的方式（比如搜寻食物）。但是任何类型的痛苦或苦难如果长期存在，就会造成抑郁，减弱行动力，但痛苦或苦难却能够很好地加以调整，使得生物可以防范巨大或突然的恶。另一方面，令人愉快的感知可以长期持续且不会导致抑郁；相反，它们会激起整个系统升级行动。因此我们可以得出结论：大多数或者所有有感知的生物通过自然选择这样的方式不断成长，而愉快的感知则成为它们习性的向导。[17]

在《物种起源》一书中，这一论点艰难地陈述了泛解释主义（panglossist）的倾向。这种陈述的方式表明达尔文思想中存在未能解决的一个麻烦，关乎其假说中斗争和灭绝这两个概念的必然性：

当思量这一斗争时，**我们也许会以一个坚定的信**

> **念来安慰自己**，即自然界的战争并非连绵不绝，感受不到恐惧，死亡普遍迅捷到位，唯有精力旺盛的、健康的和幸福的物种才能生存并繁衍下去。（128，重点为笔者所加）

"我们也许会安慰自己"并不和"坚定的信念"意思相一致，而且达尔文诉诸圣经的典故来强化自己的结论："生存并繁衍下去"。事物的组织形态容易产生幸福，这一信条将会在大量的自然神学作品中出现。达尔文的成熟作品竭力要批驳自然神学的解释，但他在修读学士学位时已研究过帕莱的《基督教的明证》（Evidences of Christianity），认为这是对其通识教育而言有价值的一项练习，称在读到帕莱的证据时浑身感受到快乐的震颤，与读到欧几里得时一样。在达尔文试图将事物的体系诠释为温良的世界这一过程之中，可以持续找到上述影响的踪迹，尽管他并不认为这个体系专门为人类所设计。[18]

达尔文和他继承的语言相斗争，在这个过程中他竭力想重新发现**物自体**（things in themselves）的完满，试图避开柏拉图的设计，这一设计使得事物成为自身理念不充足的替代物。他持续地驳斥所有将意义和事物截然分开的企图。对于达尔文而言，意义内在于活动和互联性之中。它不能向外指向或回溯到"某种未知的创造体系"，这一体系会从其预先的系统出发来确认表象的存在意义。

达尔文对可观察世界的热情以颇具想象力的方式塑造了他能发现的具体规律。这将他抛入历史及当下的物质世界，借着自身的贫乏和无意义，将零散的存在提升为丰富多产的存在。达尔文对一切生命物种的多产、再生产、生殖和变异的喜爱解放了他的想象力:"苹果或尖头苹果"(88)、三色堇和红色三色堇(125)、食草和食草皮的昆虫(133)、海燕、红雀、鹧鹪、河鸟(216),他最喜欢的鸽子"球胸鸽、扇尾鸽、大种家鸽、巴比鸽、药鸽、加利亚鸽、筋斗鸽"(424),雄性四甲石砌属和寄生石砌属(186)、甲壳纲节肢动物和软体动物(214),蚜虫和蚂蚁、珊瑚和白垩之间彼此依赖的网络,以及三级哺乳动物的骨骸(299)——"即便如今最为惰性的地质学领域很大程度上都是生命类型压缩后的遗迹"。

达尔文生活在双重富足的世界:一方面是当下生命的丰沛,即成长和死亡所具有的潜力;另一方面,退化过程中留下的和被遗忘的众多群体构成了当下存在的基础:

> 对于我们来说,高度重要的是要获得某种(无论多么不完美的)有关时光流逝的概念。年年岁岁,全世界的陆地、江海被各种生命类型的寄主所栖息。该有多少我们大脑无法理解的数不清的一代代生物在漫长年岁的流转中承前继后!现在让我们转向最为丰富的那些地质博物馆吧,而我们看到的该是其中多么微不足道的一小部分!(297)

达尔文作品的特质之一在于这一关于过去的意识:无法探知的过去具有的个体特征均已丧失,其中少有与人类相关。哈代对此反应最为敏感。在小说《德伯家的苔丝》中,哈代描写牛奶棚的木柱子被"古老岁月中无数的母牛和牛犊们的侧肋磨得平滑且闪闪发亮,如今尽皆被人遗忘,昔日的盛况几乎无从追踪"。

事物终将消失,即便是最为顽强持久的亦不例外;这给达尔文对物质性的情感带来特别的感伤。他的物质主义观是以感官反应为基础、对物质形态的世界和生命的世界的反馈,并非对外排斥的或纯粹抽象化的力量。他开心于个体的例证,又感觉此类例证微小且转瞬即逝,尤其放到进化的时间长河之中去审视的话。正是开心和感觉之间的这种张力创造出达尔文思想与风格上紧迫性与厚实性的艰难结合。

达尔文的个体观在《物种起源》第1章的首句中得以确立:

> 在较古既已栽培的植物和家养的动物中,当我们观察同一变种或亚变种的不同个体时,最引人注目的一点是,它们相互间的差异,通常远大于自然状态下的任何物种或变种个体间的差异。*(71)

个体是最为具体、最具**物质性**的证据,而这样的研究防止一种过快的系统化——看起来通过归并相似性、排除差异性来解决困难。弗朗西斯·达尔文认为其父能够飞速辨认出所了解的其他思想家的独特之处,而达尔文自己将对独特异常之物(即便在最为细致情境下)的鉴别作为其思想当中最具特色的强项之一。这样的认定既来源于对个体化过程做出的高度成熟的反应,又来源于感知模式无法抗拒的力量。

---

* 本段译文采用苗德岁译本。

达尔文浪漫的物质主义观导致他希望将隐喻具体化，将类比转化为实在的亲缘关系；这种物质观应该被理解为一种丰富的、富有想象力的憧憬的一部分，为一大批同时代人拥有。物质主义观不仅仅是一种抽象概念，其对于自然形态和有机体的重视能够起到安慰和警醒的双重作用。触手可及的具体的存在不仅成为证据，也是理想。进化论表明固定的法则不再意味着固定的物质世界。相反，万物均受制于不可逆转的变化。一些物种已整体消失，甚至它们存在过的证据也已分崩离析。这一概念远比赫拉克利特所言的更加绝对：流动意味着变化和重组。但19世纪理论中地质史和博物学的证据表明损失是不可恢复的，其之所以能够受到容忍，也许源于莱伊尔和达尔文先后假定的进化过程进展过于缓慢。莱伊尔《地质学原理》的中心论点指出：更早的地质学家已经认定——虽然并无把握——先前和当下的变化手段之间存在着不一致，从而猜想地球当时正处在灾难期过后的"休整期"：

> 先前造成变化的原因和现存原因之间存在着不一致，从未有其他教条比这一假定更加有利于滋生懒惰，削弱人们强烈的好奇心。它产生了一种思想状态：在能够想到的最高程度上，这种状态阻止人们坦诚接受同那些细小而又源源不断的变异相关的证据，而地球表面每个部分都在经历着这样的变异，地球上现存栖居物种的生存状况也因此持续发生着变异。（Ⅲ，3）

和深受其影响的达尔文类似，莱伊尔强调发生变化的原因前后的一致性以及"那些细小而又源源不断的变异"。两个概念都凝炼在莱伊尔的术语"均变论"之中。因此，原因的持续性和源源不断的变化得到了同等重视。

个体有机体并不在其生命进程中进化；虽然参与到进化过程中去，但它只是以生殖的方式参与进来，而不涉及自己生命周期里的任何事件。就此个体既是载体，又是中止的节点。也许对于众多维多利亚人而言，达尔文的这一见解并没有得到充分的表述（的确，这依旧是达尔文理念当中最没有被制度化的一个），但他们清晰地感受到了个体存在上崭新而紧迫的痛楚。

居于这种不安的中心的则是目的论的问题及其与物质主义的关联。[19]宇宙之中，进而在我们的经验当中，是否存在终极的或先在的神的意旨（design）？抑或，我们以另一种形式生活在自然物体产生其自有法则的宇宙之中？

自然选择和适应性表明可能不存在先在的神的意旨，因为有机体和媒介之间需求上的一致性乃是偶然汇聚的结果。亚里士多德（Aristotle）在《物理学》（*Physics*）第2卷第8章中提及这样一种可能性："那些自发且以适应性的方式组织起来的物种生存了下来，而以其他方式生长起来的物种则消亡了，且在继续消亡下去。"但亚里士多德又拒绝了这种自然生存的理念："然而，要说这就是正确的观点，完全不可能，因为牙齿和其他物体要么普遍要么正常地以既定的方式产生，但不可能源自任何机缘或者自发性的产物。"也就是说，他看不到此类自然秩序当中存有任何内在的因果关联，从而拒绝认可。此处目标的缺失意味着秩序的缺失。

各种无序的元素潜伏在达尔文理论的材料当中。赫歇尔在其长篇评论中认为,这就是和文学生产可堪类比的"混乱无序的法则",并在1868年版《环球自然地理学》(*Physical Geography of the Globe*)中写道:

> 正如我们接受不了将(斯威夫特笔下)拉普他岛居民编写书籍的(竭力坚持到底的)方法理解为充分阐释了莎士比亚和(牛顿的)《自然哲学的数学原理》,我们也无法接受将任意、偶然的变异和自然选择的原则理解为自在且充分阐释了过去和当下的有机世界。[20]

赫歇尔仍旧在追求"智识的指引":他和达尔文在阐释上的冲突是各种力量介于方向性和随机性之间的冲突。

19世纪科学与哲学对既定法则的强调意味着井然有序,但未必一定是神的意旨。均位论意味着持续甚至是一种永恒,而且可以被转化成契约和稳定性。

莱伊尔作品中人文主义的核心在于坚信人类想象的伟力,这使他可以恢复物质世界被艰难延展开来的时间刻度。他眼中的当下尽管消失在原始的时间刻度之中,却是强大**阐释力**的唯一源泉。莱伊尔坚持不懈地使用解码的隐喻;比如,他这样评价古代的哲学家:"古代的地球史之于他们就是一本被密封起来的书籍;尽管用最引人注目、最令人印象深刻的字体写就,可他们甚至根本没有意识到该书籍的存在。"(Ⅰ,26)这里的"字体"就是自然界的物体:岩石、动物、植物。"遥远时代"彼此之间的系统化进程和比较带来了"认可,不妨说,自然的古老纪念碑至少有一部分是由鲜活的语言写就的"(1,88)。

达尔文从莱伊尔那里将词源学的隐喻改编成对传衍和变化的再现。[21]因此对达尔文而言,语言同他的理论有着"实在的亲缘关系"。物质世界提供其自身的语言系统,这一系统经审视、诠释和**解读**后同自然的秩序保持一致。但"解读"并不意味着仅仅诠释单个词句,而意味着叙事的秩序与各种关联——这些关联均介于物质同讲述、主题、传说这三者的周期之间。[22]

地质学家生活在这个形态丰富的世界当中,在海陆浮沉和交换过程中,地表宛如波浪般变幻万千,速度缓慢,整个世界趋向宁静的原初宇宙观。在这样的宇宙观之中,时间意味着延展存在的刻度,超越了我们的思想范畴。莱伊尔描述了昔日宇宙进化论者的失误,阐明了他对过去时间的清醒意识。这里石头移动,那里山脊滑坡,但人类若以结构的方式进行思考,日益削弱的想象力即便在时间上受到限制,依旧可以令这一过程充满意义。过去可以以任何速度回放。莱伊尔选择以一种节奏将过去展开,这一节奏将过去组织成一曲可知的恢宏乐章。

有机世界的过去无法在我们的思想中以近似的方式加以转化,因为我们在思想中处理的时间跨度是人类可以理解的——给一只狗十年,一枝雏菊数日,一片树林几百年,一堆珊瑚礁数千年——相对的则是无法想象的数百万年。达尔文强调的则是关系——普通的生殖之链——感知后代和多样化的过程,在一个丰富多样的生命类型共存的世界之中,它们互不相见却彼此依存,因血缘或需求而关联在一起。

> 生物组织结构的一部分同另一部分以及同生活的诸般条件相适应,一个独特的生物同另一个相适应,所有这一切巧妙的适应是如何臻于至美的呢?我们可以极其明显地在啄木鸟和槲寄生身上看到这些美妙的协同适应,而在那些附着在哺乳动物的毛发和鸟类羽毛上的最低等寄生虫身上也只是不那么明显而已……简言之,我们在生物界的各个部分处处可见此类美妙的适应性。(114—15)

语言和自然秩序之间的一致性问题显然和目的论议题相关,正如叙事的秩序强力聚焦先在的神的意旨这一问题一样。在文本的语言内部,维多利亚小说家不断为自己寻找着观察者或实验者,而非设计者或神的角色。"无处不在"就此离去,"无所不能"就此隐身。[23]

小说中的叙事设计和叙述活动似乎意味着一种组织结构的力量,尤其能让人感受到"无处不在"的丧失。作家不再能轻易地分享沙夫茨伯里式(Shaftesburyian)的伦理观(即艺术家正在模仿上帝),证明温良的组织结构最终必将决定我们的结局。小说中带有"天意"的组织结构成为有意识的议题:在《简·爱》(*Jane Eyre*)中,梦幻、预兆和奇迹支撑并引导着女主人公,成为自我之外的信使。然而它们和自我的深层次需求相一致,并且支持无意识。狄更斯小说的组织结构从流浪汉模式转化为事件同人物充足的互联性;前者可以包括向前的动态旅途中出现的日常的随机事件,后者如此极端,似乎旨在挑战任何整体性的意义。相反,这类小说中活动的安排的确依照中古时代装饰的风格向外扩展,趋向于无限。

狄更斯对物质性的关注采取了喜剧化和咄咄逼人的方式，人物看起来似物品般陈式化，物品被赋予传统意义上有机生命专属的能量：烟囱显现出天地的阴沉，排水管在地下匍匐爬行。而且，狄更斯和其他比如伊丽莎白·盖斯盖尔（Elizabeth Gaskell）这样的小说家甚至寻求从身体感官上影响读者：我们一边读着小说，一边笑得龇牙咧嘴，又哭得湿淋淋的一片；身体顿时因阅读体验而失调。尽管这也许和达尔文对实证化（substantiation）的强调大相径庭，但存在着相同的动力：通过诉诸身体和物质的方式竭力确认经验，将语言转化为物质。我们在"感官"小说（"sensation" novel）*中看到了另一种类似的形式。[24]

目的论秩序的丧失有时会在维多利亚作品中遭到叙事者声音的反诘。一种奇特的人类的声音体现在句法和语义上，经常属于畸形的个体，却又触手可及。这个声音有着自身的生命力，向我们言说着。它时常具有纯粹的工具性，表述人物的活动，但另外一些时候，又坚持以表达个性的方式超越并质疑小说里的事件。达尔文的文章同样典型地执着于人类的主体性——他以作家的身份写作，以观察者的身份观察，又以声音言说。

这一时期既有科学的书写，又有文学的书写，二者的共同语言允许理念和隐喻快速流转。显然达尔文的《物种起

---

* 亦有"轰动性小说"之译，此处依据上下文的作者逻辑译作"感官小说"，指始自19世纪中叶，偏重惊悚、花哨的小说类型，源于哥特小说或犯罪小说，其出现同工业革命和大众阅读市场的兴起息息相关。

源》不仅写给科学家这个同仁群体,他相信任何受过教育的读者都能读他的书:此处"受过教育的读者"不仅意味着相同层次的读写能力,更是在同一层次上拥有相似的文化观,可以讨论相似的争议问题。

达尔文写作速度很快,借鉴了同时代人富有想象力的秩序与叙事形态,他们同时也是他的写作**对象**。当时欧洲文化流行的一个思想上的独特理想,强化了科学理论的冲击,也形塑了科学术语。该标准强调"**合成**"(synthesis),在全景式的范围下追寻性质迥异的学科之间的相似性[比如赫伯特·斯宾塞的《合成哲学系统》(*Synthetic Philosophy*)的论述];同时,如同今天的一般系统研究的做法,从形态学上分析了这些相似性。[25] 另一个类似的理想则是内在于机体论的关系论,提倡在文章中允许从一种指代快速转化到另一种指代——从经济学到艺术史,再到种族理论。比如,这种组织结构支持类似卡莱尔和罗斯金笔下的能量和艰涩,其力量的很大一部分依托于自然界的丰饶及其相关例证。的确,卡莱尔曾写道:罗斯金"将地质学……扭曲为道德、神学和埃及神话,伴随着同政治经济学的激烈交锋"。[26]

有时候,比如在1851年伦敦世界博览会上,丰饶和变种成为**主题**,而有序化原则纯粹是定位。全世界的丰饶和变种得以聚集在一个地方展示、控制和分类,这种活动模仿了分类学、财产管理和帝国的储藏术。博览会官方展品手册的扉页上方赫然标记着另一个拥有者:"地球属我主,一切尽在此处:全世界之指南,一切皆在此间。"用戈德曼(Goldmann)的话来说,结构的关系"经常发生在没有明显内容关联的地方,可以展示给我们一种组织原则,通过它,我们的意识中便会有特有的世界观在真实运作，并随之产生维护这一世界观的社会团体的凝聚力。"[27]

达尔文的理论极大地挑战了当时维多利亚人思维中的组织原则，但更加值得记录这样一个事实：其作品中结构的关联在多大程度上从一开始分享了共通的关注点，并借鉴了从同时代其他作家那里学习到的经验的有序化方法。[28]尽管关联性也许不够清晰，但这种一切皆有关联的感觉使得揭开这些关联性的工作显得颇为紧迫。如我们所见，这是对狄更斯的作品而言至关重要的剧情类型：例如在《荒凉山庄》（*Bleak House*）中，56个有名字的以及众多未命名的人物都相互关联，要么通过隐藏的传衍（比如埃斯特和戴德洛克女士之间），要么借助经济依附的方式（"一种生物对另一种的如寄生物对寄主般的依附，普遍存在于自然阶梯中相距较远的存在物之间"）。该作品体现出人类可怕的冗余状态（redundancy）（如"汤姆独院"贫民区），展示了一切相互的关联性，一切关乎这个家族的历史——这一历史在"詹狄士诉詹狄士"（*Jarndyce v. Jarndyce*）遗嘱诉讼案干巴巴的庭审记录中遭到编码化和模糊化。随着故事逐步展开，看起来偶然的人物大量聚集在一起，经过两次排序，形成多套关系，结果我们发现所有人物彼此都相互依靠。这起先看起来宛似聚集物，终究有了可以解析的关联性。

达尔文的材料具有难以驾驭的剩余性（superfluity），起初给人一种未加设计的无比多产的印象。论点的力量只有逐步经回忆的方式才从丰饶的例子当中脱颖而出。此类丰饶性的确如在狄更斯的笔下一样**成为**论点：变异性、斗争、生殖的力量和世代的力量、"那些不完整的、衰败的生物类群"

(435)——这些都有着丰富的例证。在达尔文的理论中,产生此类现象所需要的证据来自地质学、生物学、植物学,语言充满了生殖的意味,总是落实到具体的个案,具有丰富的强度、劝诫性以及可强行搜寻出内涵的个案史。我认为,正是带着一种惊讶和认可的双重感觉,读者方能一路读到末章(题为"复述与结论")的开头,达尔文这样写道:"因为本书乃是一长篇论述,这里将核心的事实和推论作简要复述,也许能给读者提供方便。"

的确,整本《物种起源》就是一篇长长的论述,但过程却怪异地混杂了习得、固结(concretion)、类比和预言。对于这样一本主旨上聚焦于过去的著作,现在时却占据了非同一般的统治地位。这强化了**发现**的效果——即将"闪亮且有条理的呈现",而非分享已然形成且被捕捉到的发现。该书传递了实现科学客观性的主观体验,巴什拉(Bachelard)在《科学精神的形成》(*La formation de l'esprit scientifique*)中描述了这种客观性:"体会或者重新体会到客观性的瞬间,但并未中止客观化(objectification)的兴起之势。"[29] 达尔文与卡莱尔、狄更斯共同应用了预言式的"现在"——这种"现在"没有在我们和未来之间留下任何空间,却将我们稳妥地放置于未知的边缘。

第2章
适应与不适应：拟人论与自然秩序

华兹华斯在其诗篇《漫游》(*The Excursion*) 1814年版的《导论》中讨论了其诗歌所涉的哲学观，从而提出了人类的热切渴望：所希望的理想也许就是"普通一天的简单物产 (produce)"，途径则是"将人类富有洞察力的智性""与这个美妙的世间相结合"。这一"结合"(wedding，思想同世间万物一体化、和谐化)的结局走向抒情的物质主义，主张在世界的共同表象与日常客体中寻找该物质主义的形态。"简单物产"表明的不仅仅是上述结合的智性产物，也是"日常的面包"，而"普通一天"不仅仅是普通的，更是兄弟般的，甚至是世间万物的，即一切被视作普遍存在的。我们知道达尔文曾独自沉浸在华兹华斯的诗歌当中，因此他也深深感知到这样的理念：事物被视作普遍的存在，以及那些隐藏在普通事物当中的不普通的亲缘关系。他寻求一种倒置的柏拉图主义，其间理念能够找到最真实的存在形态。

华兹华斯继而在下面这节著名诗篇中分析了思想和万物之间的和谐，他在该诗第1版之后增补了这一节，其中他提出了自己的理想主旨：

> 个人的思想
>
> (还有一切进步的力量,
>
> 也许可以包括一切物种)
>
> 多么精致地适应于外在世界;
>
> 外在世界亦多么精致地适应于思想,
>
> 这个说法却鲜少听人提及。[1]

思想和外在世界彼此间有着被期许的适恰——一种"适应"。适恰的比例、精准的手艺、性的和谐、健康的相互关系,所有这些皆置于一再重复的"适应"之中。这个词语的能量不加张扬地取自人类多样的关注点,而非来自思想和世界的纯粹抽象的混合体。康吉莱姆(Canguilhem)指出长时间以来生物科学的词语依赖从人类使用的工具和机制中吸取被忽略的隐喻。[2] 华兹华斯强调内在和外在两个世界的一致性,于是在无须坚持提前命定的设计的同时允许和谐和发展。

相反,查尔斯·贝尔在《手部》(The Hand)一书中表述了一个以人类为中心的世界,一种更加常见的宗教观:

> 如果一个人思忖四周的普通事物……他会理解自己**身处在**一个恢宏体系的**中心**,而且在智性天赋和物质世界之间建立起最严格的关系……[3](重点为笔者所加)

思想具有恰当理解物质世界的天赋,对此天赋的重视强化(也认定)了人的中心地位。它的神学基础在亚当(Adam)对动物的命名中获得了神话的形式。语言本质上具有拟人性，在假设上则以人类为中心。只是到了19世纪稍晚的时候人们才开始频繁地提及下述论点：这种人类中心说本身可能颠覆了语言讲述真理的力量，因此必须有意识地抵制这种人类中心说。

如果物质世界并**不**像语言那样以人类为中心，就不能真的要求思想涵括和分析遍布在物质世界之中的那些特性。只有放弃统治物质世界的意志，放弃将物质世界同我们自己的需求、条件、感受力加以关联的意志，我们才有可能找到一门对万物的本质予以恰当关注的语言。截至19世纪50年代，同情的概念、内在同外在世界之间的协调概念被罗斯金阐述为"哀婉谬误"（pathetic fallacy）。这个著名的术语经常被剥夺了一种力量，借此力量该术语将自然界建基在人类感受力之上的努力描述成"**谬误**"。[4]

达尔文发现：将人类持续置于解释的中心，这个特点极有可能在饱含天意的书写和自然神学的书写当中最令人恼怒。在笔记"D. 演变"（transmutation）部分，达尔文这样记录道：

> ……梅奥（Mayo）（在生活哲学上）引述了胡威立（Whewell），认为他是深刻的，因为胡威立提到白天的长度适应人类的睡眠周期！！整个宇宙就这样适应了！！！而不是人类适应于各个星球。——典型的傲慢！！（D: 49）

这一宇宙观的自反性本质使得我们不可能超越人类的经验，提出和人类无关的法则，而且它消减了可能性的程度，贬低了那些超越人类认知以外的生命力:"我们看到粒子之间自由靠近彼此(或者会这样理解它),而且那就是我们知晓的所谓'吸引力',可是我们看不到原子如何思考:它们之间格格不入,宛如**蓝色与重量**的关系。"(OUN*:41)[5]

达尔文感觉人类的理性不足以成为理解物质宇宙的工具,这种格格不入的感觉总是伴随他,但或许最为深刻的影响出现在19世纪30年代末,也是他早期具有创造力的岁月,当时他正在和自己基本的论点和观察做着激烈的斗争,这些论点和观察是他余生研究工作的主要源泉。

达尔文对自然界的工作机理进行展示、归类和分析,但并不期待在自己的思想中容纳这些机理,甚至也不可能予以充分地理解。他相信自己业已发现了进化论的**机制**,但并不期待囊括整个进程。的确,他的理论必然是一种设想,而非传统意义上的归纳。达尔文的种种设想、"虚构"和理论花了100年才从经验上得到彻底的验证。但他的观察具有相当的精度和广度,很长时间内这些未经证实的信念都令人信服地被视作科学的解释。然而,达尔文理论中假设的、非培根式的特征的确影响到他孕育和呈现其理论的方式。[6]《物种起源》在一定程度上是一本富于论争的作品,该书全力**借助**虚构和观察来最终达到超越虚构的水平。那么在这样一个叙事当中,人类会拥有一个什么样的位置呢?

我的方法则紧密关注达尔文的语言。他并没有**发明**法

---

* OUN意指达尔文部分命名为"废旧篇"(Old and Useless Notes)的笔记,尽管他如此命名,他依旧将其保存了下来。

则,而是**描述**法则。的确,其研究事业的基础在于应该承认它是描述,而非发明。他的著作因此以描述的手段为条件,并建立在语言之上,而他的描述所必然带有的条件则是从其所在时代各种活跃的话语中提炼出来的想法和信条。尽管自然界的事件和语言无关,语言却掌控着我们对知识的理解,且其自身为以下因素所决定:当下的历史条件;内含于句法、语法和其他(比如隐喻)修辞特征里的秩序;个人经验中具有选择性的强度。甚至即便科学在不断数学化,话语也永远不可能从科学的**探索**中被抹去;也许叙事亦如是。达尔文的理论究竟讲述了何种具体的故事呢?它特别青睐什么样的剧情?发明新的剧情了吗?以及这些新的剧情反响如何?

倘若达尔文的写作方式导致专家同仁以外的普通读者难以接近他的作品,他的写作将不会引发太多的疑问(也会大大减弱影响力)。相反,达尔文的写作风格亲近于广泛的读者群——关键当时对于科学家而言采纳这样的写作风格要比现在更加平常,所以他的文字囊括了一个广泛的意义范畴却并不去分析它们。对于同一研究领域的科学家而言,出版物的论辩使用同样的术语,这一语境便会严格且有效地控制着类似"人类"、"族群/种族"、"精巧的设计"(contrivance)这些术语。但读者接触这类术语,同时不必以日常科学的程序去主动体会实验活动,于是术语能够扩展他们的认知范围,从而获取其他共有的设定。那种内含的如契约般的认知便是:人们在阅读博物学的作品,而非神学文本或者小说;可以设想这种共识会具有一些排外的力量。然而,一种文化如此重视不同学问分支之间的关联,重视积极地运用于生活之中,那么具有排外力量的领域便会在其中不断流转。而且,自然神学、美学、技术和家政的各类话语都为诸如"精巧的设计"这样的词语提供指示的对象。因此我们不必如茅斯·佩克汉姆(Morse Peckham)在《达尔文主义与达尔文主义者的学说》("Darwinism and Darwinisticism")一文中那样,设想达尔文的读者只是在误读,[7] 也无须推测认为达尔文在提供单一的含蓄的潜文本(sub-text)。我们的确也不该想当然地认为存在所谓"上文本""下文本"(an over and under text),甚至主剧情、次剧情。显性叙事和隐性叙事并非固定的文本层次,而是依据不同的读者和阅读的时间不断地转化和变化位置。这么说,我并非暗示令人感伤的不确定性:他在写一本富于论争的书籍,旨在劝说和说服读者相信他给出的"我的事物观"。观点上他有着具体的结论,但也非常乐于在证据方面进行方法上的比较,且心怀敬意。选取的例子来源于一整套专门的科学领域:地质学、植物学、生理学、动物饲养学、博物学(彼时正在成为"生物学")、细胞理论。他进而使用了类比和隐喻来阐明自然秩序内形态上的相似点。该书出版前达尔文持续琢磨了20年,其间他进行**思考**的各种条件趋于全面和透彻,也在不断扩展之中把握自己观点的内涵。而他**著述**的条件则趋向于三个方面:浓缩,富于想象力的热情,以及快速的总结。[8]

达尔文在促成自己的理论以语言表述的时候曾面临四个主要问题,其中两个内在于所有的话语。第一,语言以人类为中心,将人类置于表意的中心,甚至象征亦由其指涉人世的价值所定义,因此19世纪后期的象征主义运动也许可以被看作最后的人文主义伟业。各种象征尽管貌似独立,却从人类的阐释力中获取参照点,并在人类的关注点上依赖于各自的指涉功能。

第二,语言总是包括能动性,而能动性和意向常常不可能在语言上加以区分。达尔文的**理论**依靠生产的理念。自然的秩序产生其自身,并通过再生产产生其自身的持续性和多样性。他的理论不允许存在一个创始的或实施干预的创造者,亦不允许创始的或实施干预的作者。然而,类似"选择"、"保全"(preservation)这样的术语就引出这样的问题:"谁来选择或保全?经由什么来选择或保全?"在他自己的作品中达尔文将会发现很难区分描写和发明。

第三,达尔文面临一个更加特别的问题,关乎所继承的博物学话语。博物学仍旧充斥着自然神学,而如"精巧的设计""神的意旨"这样的典型术语则负载着关乎神意的设想以及占据优先地位的模式化设想。[9]因此在一种趋向于自然神学的语言之内,达尔文被迫将其同自然神学的设定之间的斗争加以戏剧化处理。他的写作必须悖逆自己的话语。

《物种起源》的数个版本均无法绕过关于起源性力量这一问题,达尔文对这些章节进行了修改,从中我们可以非常确切地看到他面临如何逃避神创论语言这一难题。有时他做了一些很小的修订,转化后的语言具有更加开放的隐喻意义,甚至完全不相适恰:"自从第一个生物……被创造出来"变成"自从第一批生物出现在世界舞台之上"(佩克汉姆:757)。第1版的结论里有这样一句话:"因此,我应该从类比中推理出:很可能地球上所有存活过的有机物均来自某种原始的形态,生命最先以此种形态获得了呼吸。"被动式"获得了呼吸"回避了这一起源问题。在第2版中达尔文简要却多少让人惊讶地重新提到了造物主,该句末尾改为:"生命最先以此种形式获得了造物主所赐的呼吸。"第3版则将此处大幅度修改为:

> 因此,秉承特性千差万别的自然选择原理,以下这一点并非不可思议:动植物也许都是从那种低、中等级的类型中发展出来的。而且,如果承认这一点,我们也必须承认,一切曾生活在地球上的生物也许均来自某种原始的形态。(佩克汉姆:753)

上段末尾并未提出生命自身的开端问题。整段话关乎人类的传衍,明确且优先肯定了"特性千差万别的自然选择原理"具有解释性的、积极的力量。如达尔文早些时候所写的那样,"以'创造的计划''神的意旨的统一性'等类似的表达来隐藏我们的无知,或者我们只在重述一个事实,却又认为自己在进行解释,这二者都相当地容易"(453)。从这样的例子我们看到了达尔文不屈不挠的斗争,以期找到各种解释以超越所探究的范畴,而不是停歇在设定的领域之内。

达尔文面对的第四个问题则是在面对科学界同仁的同时,如何引导自己去面对普通的读者。此类读者群消解了语词的局限性,而这些语词在当时的博物学语境下相当普及;我已勾勒出其中一些消解的路径。

达尔文自身的关注点之一是尽可能地展示科学的惯用法和普通语言之间的和谐关系。他对于词源学的兴趣将语言—历史建立为一种超越隐喻层面、通过传衍和传播隐藏起来的亲属关系。[10]达尔文坚持一致性和分支扩展,包括无论在哪里,只要能做到,他都渴望确定和证实隐喻。他需要建立起由自然秩序证实语言的方法,以便自己的话语和论证可以被"自然化",进而超越争辩:"我们的分类就它们目前的现状而言,将会成为谱系,然后真正地产生所谓的创造性计划"(456)。"亲缘关系、关系、同类型的群体、父系来源、形态学、适应性的特色、基本的和废弃的器官,等等——博物学家使用的这些术语将不再具有隐喻性,而是拥有一种朴素的表意。"(456)追求"朴素的表意"和追求"某种原始的形态"一样都是"反理想"(counter-ideal),引导达尔文进入联结、互联和延展的迷宫。[11]

达尔文写作过程中所经历的种种困难给意义的阐释、反阐释、扩展、断裂和重生提供了立足点。他的书写并非封闭的或者中性化的文本,并没有以权威的方式将语言自身孤立起来,也没有描述语言自身的范围。这并非因为达尔文被打败了,而是要竭力摆脱权威所产生的错误的安全感,甚至也要摆脱可以获得全部知识这一设定所带来的错误的安全感。其论证的本质导致了信息的扩展、转化和冗余。达尔文式的世界**总是善于提供进一步的描述**,这些描述会产生崭新的叙事和隐喻,它们有可能代替初始的记述。

《物种起源》提出了很多关键问题,其中一个是:在多大程度上隐喻可能会推翻其所属意义的边界,有时甚至会颠覆论断的表面含义。看起来稳定的术语可以逐渐作为具有衍生力的隐喻进行运作,体现出意义和思想上的内在异质性。著名的例证就是达尔文对"斗争"(struggle)概念的使用,后面笔者还会加以讨论。但还有一些其他关注度不高的概念,比如**"生殖"**(generation)就意味着产生"进化树"、大的科类、祖先的死亡,以及生命的"变化着的方言"[12](316)。随后出现的这些观点中的每一个都将最初生殖观的某个要素延展下去,这一观点自身进而建立起众多起始含义的范围。

有时候我们可以注意到达尔文竭力想操控内涵,比如关于主人—奴隶的辩证关系——这个例子更加直接地具有政治特性。达尔文自己的家族关注奴隶的解放,他承继了这一态度因而厌恶奴隶制,早期"比格尔号"航程中在南美奴隶制社区的经历进而强化了这一态度。这一态度作为重要因素,造成他坚持认为自然选择和人的选择并不相同;他只关注特质本身对于拥有它们的有机体是否有用,而不会关注对于其他有机体是否有用:"自然选择只能通过每一个生物体起作用,也只对每个生物体有益"(33)。

达尔文目睹了西班牙人强加给南美印第安人的种族灭绝战争,知晓"环境"的概念必须包括"侵略者"这个概念。生物会同其环境相和谐一致,直到环境从外部遭到侵入。当达尔文使用类似"同一地方的产物"(native)这样的术语时,他将它导入到博物学术语当中去:"人类把许多在不同气候下的产物,置于同一个地方;他很少用某种特殊的和适宜的方法,来锤炼每个经过选择的性状;他用同样的食物喂养长喙鸽和短喙鸽"*(132)。然而,在**这一段**之前,达尔文将"生物""本土生物"这两个术语和"外来者"这个

---

* 此处参照苗德岁版本译法。

术语相平衡,从而引入这个话题。

> 由于每一地区的所有生物,均以微妙制衡的力量相互斗争着,一个物种在构造或习性上极细微的变更,常会令其优于别种生物;此种变更愈甚,其优势也常常愈显。尚未发现有一处所在,其本土所有生物而今彼此间均已完全相互适应,并也完全适应了其生活的物理条件,以至于它们毫无任何改进的余地了;因为在所有的地方,本土生物如今业已被归化了的外来者所征服,并且让外来者牢牢地占据了这片土地。既然外来者已经能如此地到处战胜本土的一些生物,我们可以有把握地断言:本土生物本来也会朝着具有优势的方面变更,以便更好地抵御这些入侵者的。*(132)

这一段开启了讨论,"生物""本土生物""外来者"的非技术范畴在意识上便得以快速建立起来,稍后才会确立更加准确的用法。达尔文在这段起始讨论中的论点为矛盾的解读留下了空间:本土生物没有获得充分的发展,因而不可避免地被外来者掌控;本土生物未臻完美的唯一**原因在于**它们没有手段去抵制外来入侵者。

达尔文并未直接解决这一潜在的矛盾,而是转向"选择性繁殖"(selective breeding)这一隐喻,并将人类的手工作品同大自然的作品并置,贬低与"自然的生产"相对立的人类的生产程序,认为"自然的生产""在本质上更加真实",因而

---

* 此处采用苗德岁版本译法。

对人类的开发式程序提出异议。但又从相反的角度认为殖民化不可避免（或者甚至在进化论概念上是"正确的"）。这一观点也存活了下来，恰恰因为它从未明确地成为关注的焦点。

尽管人们后来攻击达尔文生物学的拟人化观点，但也许缘于他**忽视**了众多自己的术语潜在的社会学应用，这一忽视使得这些术语可以不受压制地得以应用。然而这一立场不应该被误解。他的工作基于这样的理念：其理论适用于人类，也同样适用于一切其他物种，而绝非将人类和其他物种区别对待。因此，他的语言缺少具体指认，尽管这一特征可以理解为未经设计或源自无意识，但可以说是基于他所认可的人类同其他一切生命形态的一致性。[13]

在达尔文的同辈当中，人类和其他生命形态的对等性问题至关重要。比如，马克思说，达尔文的著作"我可以用来当作历史上的阶级斗争的自然科学根据"。对于马克思而言，特别重要的事实在于，达尔文的著作"在这里不仅第一次给了自然科学中的'目的论'以致命的打击，而且也根据经验阐明了它的合理意义"*。[14]马克思这里可能指代的是那种解释性的模式，体现出我们不需要推论出首要推动者或优先的计划，因为选择和适应将足以解释形态上的相似之处："企图……用终极目的教义，来解释……这种型式上的相似性，是最无望的了"**（《物种起源》，416）。"博物学的著作普遍认为，创造基础的或退化的器官是'为了对称'，或者

---

* 此处采用《马克思恩格斯〈资本论〉书信集》译文（中共中央马克思恩格斯列宁斯大林著作编译局编，人民出版社1975年版）。
** 此处采用苗德岁版本译法。

为了'完成自然的设计';但这对我而言似乎算不上解释,仅仅是重申了事实而已。"(430)马克思像达尔文一样认同,避免目的论就会倾向于对自然秩序内的类比关系予以高度的重视。

对类比关系重视的一个结果,同样也是人类和其他生命形态之间暗含的亲属关系和对等关系的一个结果,那就是达尔文仍倾向于运用拟人化的生物学,尽管他并不信任人类中心主义。这种描述模式下的动植物看起来占据统治地位,而人类则成为解释的手段。然而,如马克思也表述过的那样,这样是以解释的模式再生产出维多利亚社会的关系结构。

达尔文对其社会当中的一些殖民化冲动持警惕的态度,但并没有简单地将这些冲动同自然中的事件进行比拟,从而使之自然化或失效。这方面的一个让人印象深刻的例子是,达尔文拒绝接受奴役习性可能是人之本能的观点。但他很可能接受了当时社会中存在的一些交互过程,认可其"合乎自然",这样说的前提至少在于,当时达尔文在动植物的自然秩序中描述这些活动,并认定它们理所当然。

尽管马克思过度简化了达尔文使用的"生存斗争",但马克思的解释颇有价值,缘于他以讽刺的方式说明了达尔文语言的拟人化开端。[15]马克思同样准确地看到达尔文如何同马尔萨斯发生了分歧:事实上达尔文坚定地对马尔萨斯予以重新解读和反击,但马克思将此解释为达尔文对后者的**误读或断章取义**。

> 使我感到好笑的是,达尔文说他把"马尔萨斯的"理论也应用于植物和动物,其实在马尔萨斯先生那里,

全部奥妙恰好在于这种理论不是应用于植物和动物,而是只应用于人类,说它是按几何级数增加,而跟植物和动物对立起来。值得注意的是,达尔文在动植物界中重新认识了他自己的英国社会及其分工、竞争、开辟新市场、"发明"以及马尔萨斯的"生存斗争"。这是霍布斯(Hobbes)的"一切人反对一切人的战争"(*bellum omnium contra omnes*),这使人想起黑格尔(Hegel)的《精神现象学》(*Phenomenology*),那里面把市民社会描写为"精神动物的世界"(spiritual animal kingdom),而达尔文则把动物世界描写为市民社会。*[16]

达尔文一开始在名为"大著作"的草稿中使用了霍布斯式的表述"自然的战争"("the war of nature"),且直接引用了霍布斯。后来在措辞上他用"斗争"代替了"战争",试图离开人类的范畴;结果这个词语缺少有组织的战争力量,却表达了能量的交融。[17]而且,他论述"生存斗争"的时候坚持使用这个术语"广泛的隐喻意义",费力去表达使用该词的各种意义,并将这个术语所具有的虚构或隐喻的适恰性进行等级上的分类。人们可能辩称他吃力不讨好,因为如此多的同辈都无视此等妄念,并将他的"生存斗争"等同于斯宾塞的"适者生存"(survival of the fittest)。马克思的批判简练而深刻,清晰地辨析了达尔文对自然秩序的描述所暗含的同人类社会的类比。然而,达尔文的确承受了相当多的苦

---

* 此处采用《马克思恩格斯〈资本论〉书信集》译文(中共中央马克思恩格斯列宁斯大林著作编译局编,人民出版社1975年版)。

痛——有时候甚至难以承受,从而以自然化的方式去避免将当时的社会秩序合法化。

人类在《物种起源》的论证中断然缺位。第1版里人类仅仅作为孜孜探求的主体出现过一次,以将来时的方式出现在《结论》部分。整段话如下:

> 我看到在遥远的未来,开阔的领域将面向更为重要的研究。心理学将会建立在一个全新的根基上,即通过分级必然获得每一种精神力量和能力。人类的起源及人类的历史也终将得以阐明。(458)

末尾一句的预言模式将过去之存在推向遥远的一个权威但尚不清晰的未来:起源和历史。"我看到在遥远的未来,开阔的领域……",这句预言性的开头以典型的达尔文风格保留了寓言般的暗流,此暗流潜藏于科学话语内的词语(即"领域"[field])之中。(兰格伦[Langland]的诗作《农夫皮尔斯》[*Piers Plowman*]在梦的开头看到了"一片人头攒动的开阔田野[field]*"。)"Open"首先具有动词性("我看到开放"),但又和"领域"构成了形容词修饰的关系("开阔的领域");这两种语法功能于是将诗学的意义和科学的意义融合在一起。任何对达尔文思想中人的内涵所做的探究都超越了现有知识的范畴,也超越了文本的范畴。这种意义上的延展有一部分源于其预见性的风格,带有文学的、《圣经》的

---

* 此处英文field兼具"田野""领域"等意。

典故（"一个全新的根基"），同时部分源于达尔文在该书末尾内含的叙事定位在角色上类似《圣经》里的摩西——从很远的地方看向应许之地"。

这里达尔文直接指涉人类，此种风格保持着一个模糊又高贵的距离，由此避免冒犯人类的自尊心。1857年华莱士问达尔文是否会在《物种起源》中讨论人类时，后者回答道："我想我会避开整个话题，因为围绕它的讨论都充满了偏见；尽管我完全承认这对博物学家而言是最高级和最有趣的问题。"后来就在该书问世之际，达尔文在给詹宁思（Jenyns）的信中写道：

> 关于怎么看待人类这个问题，我非常不希望强加自己的观点给别人；但我想完全隐瞒自己的态度也不诚实。当然每个人都很容易相信当初人类的出现是一个特别的奇迹，但是我自己认为这并非必然，可能性或许也不会很大。[18]

因此在达尔文看来，从世俗的意义上说，避免讨论人类这个话题是个讨巧的策略。如果自己"没有任何证据就亮出关于人类起源的信念"，他害怕会影响到这本书的成功。然而，很显然从这本书的接受情况看，尽管对人类的问题未加讨论，却**无法阻止**读者立即能够看到其间关于"人类的起源及人类的历史"的内涵。很多读者貌似恰恰无视该书没有直接讨论人类这一事实，反而立即将论题的中心理解为关乎人类的由来。当然，这样行事让读者再一次准确体现出人类的过分自负，达尔文认定人类在经验的有序化当中典型地体现了这一自负。

无论达尔文如何让自己和几位通信者相信文本中人的缺席只是出于"委婉的克制",这一缺失却立即导致了论争性的效果:它将人类从关注的中心移开。读者需要凭意志将人类恢复到关注的中心。这一交换行为本身将人类之于自然秩序的中心位置加以问题化。自然和超自然的秩序当中未有任何指涉将人类视作最高成就,这使得该书的文本具有颠覆性:深深地令人不安——正如在某种程度上必然会受到这样的评价。在整本《物种起源》中,达尔文都试图抑制人类思想的等级观本质,后者总是将人类自身置于顶点或中心的位置。[19] 即便在全书最为欢庆的高潮部分,达尔文也未提及人类,未将人类同其他高等生命形态区别对待:"由此,从自然的战争当中,从饥荒和死亡当中直接产生了我们能够理解的最为高贵的对象,亦即更高级动物的生产"(459)。

就在人类出现之际,这便成为隐喻的第二阶段——例如,以反讽的方式看人类的阶级组织,来洞察蚂蚁的社会行为,或者将这种社会行为理解为一个被灭绝的部族,其纪念遗址隐藏在树丛的地下。人类乃是"人工选择者",若将他的努力同自然进行"自然选择"的力量和程度进行比较,则令人感受到轻蔑。在后来的版本中,达尔文清晰地认为人类既无法产生选择,也无法消除选择。人类生命短暂,没有资格观察自然法则的伟大运作,而达尔文以类似"传道书"的语言召唤了人类:

> 人类的愿望和努力是多么地稍纵即逝啊!所涉时间何其短暂!结果,同所有地质时期自然所积累的产

物相比，人工的产物该是何等地贫乏！那么，我们是否可以想象，大自然的生产应该在本质上比人类的生产"真实"得多，应该比人类的生产无比优越地适应最复杂的生命条件，也应该明显地带有极为高超的技艺的印记？（133）

达尔文早期的笔记揭示出达尔文当初感受到的欢欣和喜悦，他开心于将人类恢复到和其他生命形态同等的地位，也开心于推翻人类在此前所有的博物学中赋予自身的傲慢的特权地位。他在笔记里提醒自己不要提及"更高的"或者"更低的"生命形式。

> 我们并不想考虑已沦为奴隶的动物与我们具有同等地位（奴隶主不也是希望将黑人视作其他种类的生物吗）——同等的动物，有情感和模仿力，恐惧死亡，感受苦痛，为死者悲伤——更不会尊重它们。（B:231）

达尔文所使用的主奴意象表明他强烈憎恨两种因素：一是人类专制的自我夸耀，一是这种自我夸耀致使人类对其他物种为所欲为。根据人类意识特有的多样性，达尔文强调价值的相对性：

> 人们经常谈及智人的出现乃是个美妙的事件。——但出现拥有其他感知的昆虫则更加美妙，它的思想极有可能更具差异性，而且人类的出现无法和第一个具

备思考能力的生物的出现相媲美,尽管二者之间难以划清界限。(B: 207—8)

他宣称蚂蚁的大脑与人类相比是更加惊人的工具。尽管人类给予理性最高的价值,蜜蜂则给予了本能。达尔文也不相信人类的语言能力将他和其他物种区别开来。亚当具有命名的权力,而且以命名的方式让所有其他生命形态臣服于他、他的语言及后代。1861年,马克斯·缪勒(Max Müller)在没有提及达尔文的情况下对《物种起源》的内在含义这样回应道:

> 迄今为止仍有**一个**障碍无人敢于触碰——语言的障碍……没有任何自然选择的过程能从鸟儿的鸣啾或野兽的嚎叫中提炼出有意义的词语。[20]

但早在1838年8月16日,达尔文就在笔记里记录道:"人类的起源如今得到了证实——形而上学定会兴盛。懂得狒狒的人对形而上学所做的贡献将会远超洛克。"(M: 84)。《物种起源》文本中人类的缺席既不能说明达尔文对人类缺乏热情,亦非对人类心理学缺少关注。

尽管达尔文决定将人类从讨论中去除,其论点趋于将人类同其他生命形态并置。隐喻的多声部本质允许他表达亲属关系,但不必念兹在兹。而且,尽管藏在了文本的间隙当中,但人类乃《物种起源》中的一个令人熟悉的要素。人类种植过庄稼,培育优选过动物,这些活动使得达尔文能将这些概念迁移和扩展到"自然选择"这个理念之中去。谱系持续注重"繁殖"和"遗传",恰恰在下述二者之间提供了另一种意义节点:一边是达尔文所属社会的价值观与组织结构;另一边,在人类之外的自然秩序之中,他推断存在普遍的价值观与组织结构。达尔文对于人类作为自然、超自然秩序的至高成果讳莫如深,这使得文本令人不安;但如若作为参照和结论的人类也完全缺失的话,文本必将沦为虚无主义。

达尔文并没有抵达这样极端的立场,但他坚持认为有机体和环境之间存在互动关系,并拒绝绝对的起源。这一坚持和拒绝体现在其隐喻的多声部特性以及其论证中对变态(metamorphosis)的坚持。这将他及其作品含混地置于德里达所描述的"自由游戏(freeplay)与历史"的论辩之中:

> 自由游戏试图越过人类和人道主义,人类这个名字成为这样一种存在物的名字:他……历经一切人类历史的历史——梦想着自身充分的在场,梦想着令人安心的基础,也梦想着掌控游戏的开头和结局。[21]

狄更斯在写作风格上坚持物质的顽固性,即在此模式下,物质模仿人类秩序却不会放弃自己的"此在性"(haecceitas)*。也许达尔文正是通过阅读狄更斯从而帮助自己从所经历的一些困难之中解脱出来,这些困难在于如何表达人类同自然秩序中其他部分的关系。亲属关系被隐藏起来,而又无处不

---

* 此处拉丁语"haecceitas"的词源意同英语的"thisness"。

在，这一主题乃是二人的叙事所共通的内容。达尔文和罗斯金、杰拉尔德·曼利·霍普金斯一样经历了事物的此在性，标志着事物充分地在场、它们的不可穿透性、自由游戏，以及抵制对人类感知、需求的阐释，但也标志着人类深切地需要将自身和这些事物联结起来，这也许可以通过隐喻的方式借助语言加以表达。难道《物种起源》的潜文本只是不可避免地充满关于人类的指涉（因为在人类的语言中得以形塑）？抑或乃是在认知上甚至策略上充满了这样的指涉？倘若如此，又是为了怎样的目的呢？

例如，达尔文试图将人类恢复到和其他生命形态的亲属关系之中。从这个意义上说，他执意要做的事业似乎与所处社会及其文学二者的表面理想相符。他寻求恢复家庭纽带，相当于发现失落的遗传、重组虔诚的记忆、从事一项系谱的事业。

> 既然即便是借助系谱树也很难展示任何古代贵族家族的无数亲属之间的血缘关系，也几乎不可能抛弃系谱树来完成这项任务，因此我们能够理解博物学家所经历的异乎寻常的困难，此时他们正在没有图解的帮助下描述这样一个问题：对于同一个大的自然类（natural class）而言，如何在其众多现在的成员和灭绝了的成员之间理解各种亲缘关系？（413）

然而，在这样一段文字中，反讽的要素在于：所有在这个时代的小说和戏剧中如此熟悉的这些主题在此却被达尔文所在社会的阶级结构所替代。在充满幻想的维多利亚文学中，工人阶级的男女主人公回归到自己王国的继承人的位置，证实他们通常都带有贵族的血统（如迪斯雷利的《西比尔》[Sybil]所示）。他们身后隐藏着贵族的系谱，宛如《圣经》神话为人类所设定的身份——上帝之子，因其先辈的罪恶而被剥夺了应有的继承权，又经直系后嗣耶稣的调解恢复了继承权。相反，在达尔文的神话中，人类的历史关乎一个艰难而广泛的家族网络，包括熊和藤壶；这个扩展的家族永远不允许雄心勃勃的攀爬者——人类——轻易地忘记自己卑微的起源。达尔文理论最令人不安的方面之一在于，它使得传衍含混起来，从而质疑"大的科类"具有无上荣光的"纯洁性"。就达尔文所属时代的阶级组织而言，这显然是一个极其令人讨厌的观点。因此，如果达尔文没有分析或无须分析自己的理由，那么就应该存在合适的宗教和社会原因，促使他努力将人类隐藏在其文本的缝隙之中——或者允许他几乎逃离该文本的疆域。

对亲属关系的强调改变了诸如"栖居者"、"生物"（being）这些词语的地位，使它们获得了愈加具有平等精神的形式："我并不将所有的生物视作特殊的创造物，而视作远在'志留纪'（Silurian）最底层沉积之前业已存在的少数几种生物的直系后代。此时它们之于我就变得高贵起来"（458）。传承逃离了阶级，进而逃离了物种的控制："我们没有掌握宗谱或族标，因而不得不依据任何种类长期遗传下来的性状（character），去发现和追踪自然系谱上众多分歧开来的传衍路线"（456—7）。这里的"性状"从纹章学的符号学转变到现有的特征。达尔文思想中的乌托邦冲动在其语言的平整化趋势中宣告了自身的存在，这意味着总是在意义上强调这样一些元素——它们导向群体与平等,同时又对等级制度和遗世独立加以削弱。达尔文拒绝特别的创造,这引导他走向对一切生命的深度评估和强调"具有深度亲缘关系的群体"(deep community)。因此分类并不意味着其自身的终结,而是漫长故事当中的一个停顿的瞬间。分类学同转化处在紧张之中。

达尔文设法逃避任何认为世界业已形成并达到其最后、最高级状态的看法,尽管他的确将进化的运动呈现为不断繁殖和增强的过程。以下《物种起源》末尾的论断给我们以在持续与变化上具有想象力的感觉:"当这个行星根据固定的引力法则持续周期性运行之时,无数最美丽、最奇妙的生命类型便从如此简单的开端中演化而来,并依然在演化之中。"固定和循环,简单和无穷尽,"演化而来,并依然在演化之中"。这个句子中,达尔文在静止与运动、完成与持续这些原则之间切换,让这些原则不断衍生、增强,最终进入完结之后的沉寂当中。

释放想象力,遥想一个持续的、未经描述的未来,它和我们在孔德作品中发现的对**终局**(finality)的实证主义强调并置在一起,这是了不起的。这种强调表明实证和科学如今取得了统治权,世界也许能够永久地得到充分而确定的描述。达尔文坚持强调物质的进程,而非成形后的理念。

达尔文的工作并不是在寻找开创者或真正的开端。相反,它描述了一个成长的过程,这样一个过程并不朝一个单一方向持续运动。正如库恩在《科学革命的本质》(*The Nature of Scientific Revolutions*)第2版附录中所言:"存在这样重要的语境,其间叙事和描述密不可分。"《物种起源》一书的标题标志着这是类似例证之一。作为该书标题,"物种起源"这个常见的缩略形式掩盖了标题中的叙事元素,将"起源"从过程转变成地方或实体。题目全称是《论以自然选择为途径的物种起源,或在生命斗争中幸运物种的保全》,这个题目和钱伯斯所坚持讨论的《自然创造史的遗迹》形成了反面的辩难。遗迹乃是残存物,原始的创造行为所存留下来的碎片。达尔文的事业在于历史,而非天体演化论(cosmogony):"我毫不关心原初思想力量的起源,就像我丝毫不关心生命自身的起源一样"(234)。

在《开端》(Beginnings)一书中,爱德华·萨义德(Edward Said)强调开端包含"继续做事的意图"。达尔文关心开端的这个具体特质。他对开始感兴趣,但并非其完结的仪式,而是不知疲倦的过程。因此他的题目强调**途径**,"以自然选择为途径"。"以自然选择为途径的物种起源"准确地说是一种叙事,因为它的描述对象只能通过时间的媒介来加以正确地描述。分析或阐述自身并不足以应对达尔文思想中的新内容。范畴化、分类和描述必须都被理解为蕴含在运动、过程和时间当中。达尔文拒绝接受一个稳定或静止的世界,也不愿意接受平衡的状态——这一平衡足以描述变化的力量与延续的力量之间的关系。他于是避免了众多维多利亚作家为限制变化,坚持将适中视作基本的自然秩序而尝试采用的模式。[22]

达尔文逐渐认识到自己的副标题表明了一个过于消极的程序,并为保全者制造了空间,在后来的版本中,他将"在生命斗争中幸运物种的保全"修改为"在生命斗争中幸运物种的生存"。

达尔文叙事的组织结构强调变异性而非成长。《物种起源》的叙事时间并未在开始时开始,而是在观察中开始。开篇的文字是"当我们观察";头两章关乎在家养和自然状态下的变异。有序化强化了论点,表明了两种关键性的洞见。

源起是一种活动,而非权威。创造的原则在于背离类型(type),而非同类型保持一致。

达尔文对物种起源的记叙在时间上来来回回,打破了任何简单的序列或连续性。仍旧使用单一的生命周期模式的简单成长叙事也许自始就孕育了胚胎,而关注起源和天体演化论的叙事也许开端于地质记录,但达尔文一开始就强调个体丰沛、个体变异性和物种多样性的叙事。法则仅仅逐步地从特殊性的混乱中涌现出来。

即便在此刻,"类型的统一性"这个法则甚至仍被看作次于"存在的条件"。因此,达尔文叙事上的论证和排序强化了变化、环境,以及存在的有条件本质。

达尔文与同时代其他科学家一致认同的一种永恒是,存在已实现的不可动摇的真理的可能,即追踪"固定的法则",尽管这些法则基本都在描述变化和运动。1869年11月4日出版的《自然》杂志在扉页上装饰性地展示出云彩环绕的地球,并使用华兹华斯下述诗句作为题词:

> 永久成长的思维依赖
> 大自然坚实的大地(ground)。

在"大地"一词中,"合乎道理"和"地面"意思的凝炼属于维多利亚科学中浪漫主义思想令人慰藉的遗产,它似乎通过永久的可发现的法则这一行为来保证自然的真理得以延续——《物种起源》引用的第一个题词出自胡威立，后者称此现象为"普遍法则的实施"。在第2版及之后的版本中，达尔文又从巴特勒（Joseph Butler）的《自然宗教与启示宗教之类比》(*The Analogy of Religion Natural and Revealed to the Constitution and Course of Nature*) 中添加了一句引文（佩克汉姆：40，注释13）："'自然的'这个形容词唯一明确的意义便是**被陈述的、固定的或确定的**。"如我们早先所见，在《物种起源》末句中，达尔文提出了同样的观点，含蓄地捍卫了牛顿（Newton）的"万有引力定律"，并且将这一定律同他自己新近发现的法则相提并论：

> 当我们可以确知同一物种的所有个体以及大多数属的密切近缘的物种，在不太遥远的时期内传衍自同一个亲本，且迁移自同一个出生地，然后，当我们更好地了解到迁徙的众多途径，并考虑到地质学现今以及今后所揭示的以前的气候变化和地平面的变化，我们必将能以令人敬仰的方式追溯全世界的生物此前迁徙的状况。(457)

这段话开头的"我们"将作者和读者置于志同道合者之列；个性和群体性得到了同等的承诺，保证了持续性，表达了肯定和希望——在修辞上既超越，又欠缺确定性；进而将历史和最完整的群体联结起来。"全世界的生物"及其迁徙包括了人类，并未将其分离出去。整个充满生命力的自然成为一个不断变动且迅速繁殖的家族。类似"亲本""出生地"这样的词语常常为人类所专有，在此处却用于一切生命类型。

于是，人类与其他物种的平等化在达尔文思想中并非必然出自惩罚性的目的，只有人类自身的傲慢令其有这般感受。对于达尔文而言，生命中各式各样的丰饶和变种为人类在一切其他生物中提供了足够多的空间。缪勒看到了"我们的存在、纯正的高贵血统、源于天与地的**传衍**——这些大问题"，而达尔文则宁愿强调**关系**方面的问题。此时的达尔文又将他自己置于该书文本的何处呢？又将读者放在何处呢？

《物种起源》的语言强调了诉说（address）这一元素。构成统治性的模式在于会话而非抽象概念，所强调的乃是可以单独看到、听到、嗅到、触到以及品尝到的事物。语言中观察者所言说的存在是必要的方法论上的控制，填补了该作品所想象的历史。读者被鼓励去细察和检测：将异域的情形同我们自己的本地风景、野生动植物进行类比，从而让我们熟悉那些情形。这些类比一方面大体上起到证明的作用，唤醒读者自己生发意象的能力；另一方面，更加准确地说，这些类比也推动人们去探究习性与环境之间的关系如何导致变异：

> 在南美，我经常观察到一种凶残的鹟（Sauropha-gus sulphuratus）盘旋在一处，继而又到另一处，和茶隼相像，其他时刻则静立在水边，然后像翠鸟一般向一条鱼俯冲过去。在我们本国，则可以看见更大身形的山雀（Parus major）酷似旋木雀一般在树枝上攀爬，又常如伯劳一般暴击小鸟的头部，完成击杀；我多次耳闻目睹它们在树枝上啄食紫衫的种子，进而像鸭鸟一样将种子敲开。（215）

他身为证据的呈现者和理论的创造者，其独白的腔调是对这种通过时间和变化进行推测性延伸的必要回应，这对于论点亦至关重要。他强调感官经验尤其色彩、触觉，意味着我们的经验媒介不仅必然和人类相关，而且温暖动人。

达尔文开心于发现的过程以及他所处理的材料，有时候使得他所再现的过程倍显顺畅，事实上未必如此。正是在这个时刻，其语言上的紊乱开始有迹可循。达尔文的祖父曾将群山描写为"昔日欢乐的伟岸丰碑"，再现了昔日的欢愉和有机生命的幸福。达尔文个性中的某种气质——也是其理论的一个主要前提——强调致力于寻求现有生物的欢乐。然而，达尔文意识到了哈代所说的"对欢愉的嗜好"（"the appetite for joy"），同时也看到了痛苦的可能性，任何单个的生物随时有可能必须承受痛苦。这是他拒绝创造温良秩序的原因之一，也由此导致词语的意义在拟人与抽象之间令人不安地来回摇摆。类似"栖居者"（inhabitant）这样的词语能够不带任何紧张感地自由扩展自身的意义，用于指代一个环境之内的所有居住者——当然，类似情况的确早已出现在达尔文之前的博物学文献当中。但是类似"面孔"这样的词语则具有浓厚、具体的与人类相关的意味，既包含了"平面"（surface）或"水平面"（plane）的意味，又指向面容（visage），而诸如"大山的面容"——尤其"自然的面貌"——这样的表达则很难抹去人类的存在。圣约翰·米瓦特（St. John Mivart）在撰写关于本能和理性的论著时，曾指责达尔文思想具有"生物的拟人化"倾向，他认为达尔文"将人类的特质归因于野兽"，例如"母性的温柔"。[23]

在首版《物种起源》中，大自然和自然选择在语法上具有能动者（agents）的功能——而且，尽管达尔文后来对此事颇为恼火，但他的确在语言上赋予它们以有意识的活动。该书219页上出现了这句话："在生物体内，变异会造成些许的变化，生殖作用使得它们的数量几乎无限倍增，而自然选择将会以准确无误的技巧挑选出每一次的改进。"如果我们考察此类句子，可以发现变异、生殖和自然选择获得了（语法与思想上）貌似并列的两种功能，二者之间存在着引人注目的差异：变异造成结果，生殖使得数量倍增，而自然选择则"以准确无误的技巧（进行）挑选"。末尾这个表述中，一个积极、外在的能动者的意味相当强烈。然而，如果就此孤立地讨论这个比喻所具有的万物有灵论的特点，则会犯下错误。在一定程度上，达尔文确实遭受着人类语言这一顽固特性的折磨，即语言充斥着意向。

这些将大自然和自然选择人格化的篇章属于达尔文在后期版本中常常痛苦地加以处理的文字。他所面对的一个问题便是读者倾向于将自然选择人格化，并视之为积极的、由意向所决定的力量（"一些人甚至想象认为自然选择导致了变异性……"），或者视之为代表了内在的意向（"其他人则提出异议，认为'选择'一词暗示逐渐演化了的动物具备有意识的选择"）。[24] 达尔文的答案将会指出其他科学设定中语言的隐喻性本质，并且令人印象深刻地指向那些歌德在文学语言当中业已使用和重塑过的词语："有选择的亲缘关系"（elective affinities）*。在第3版中，达尔文这样写道：

---

* 此处依据生物学概念参照苗德岁译本进行翻译。文学界亦将歌德的剧名译为"亲和力"。

无疑在词语的本义上，自然选择属于用词不当，但谁会反对化学家提及各种元素的有选择的亲缘关系呢？——然而严格意义上不能说酸可以挑选其乐于结合并发生反应的碱。有人说我将自然选择描述为伟力或神灵一般对待，但谁又会反对一个作者将引力描述为行星运动的统治力呢？大家都知道这类隐喻表达的本义和喻义，而且需要尽量加以简要的表达。因此，又一次很难避免将大自然拟人化。但我说的大自然仅仅是指众多自然法则汇集一起的行动和产物，而法则则是指我们确认的各种事件的结果。对这些稍加了解后，上述肤浅的反对意见随即会被遗忘。（佩克汉姆：165）

达尔文的祖父伊拉斯谟·达尔文已然注意到英语中很容易快速地表达拟人手法。英语乃是不大指涉性别的语言，只需要加上"他（她）的"修饰语，即可将一个词语转化为拟人的表述。随之而来的则是意向。达尔文进而深入探讨了出没于所有语言当中的意向问题，事实上利用了人类的经验和人类对经验的有序化。他注意到引力"统治性"当中的潜在隐喻——权威的有序化这一理念，随后又诉诸表达其权威声音的、普遍使用的"众所周知"（"every one knows"）。

当然，读者的问题在于**并非**每个人都明白"自然选择"的意思——这是一个新造的术语，因而活脱脱地充满了隐喻的表现力和拟人的力量。它的力量也并未随着人们对该词的日渐熟知而减弱。

可以说，自然选择每时每刻都在全世界细察每一种即便是最细小的变异,清除坏的,保全并积累一切好的;无论何时何地,一旦出现机会,就默默地、不为察觉地致力于改进每一种生物同其有机、无机生活条件的关系。(133)

第2版中达尔文则将这句话的开头修改为"从隐喻的意义上来说"。

达尔文将自然和自然选择进行性别上的区分,这种方式加固了那种神秘莫测的存在感。自然总是表述为"她",而自然选择则是中性词:中性词成为一种性的形态,一种无性的力量。在第5版中,他将之同作为自然历程的"适者生存"("survival of the fittest")相媲美;他从赫胥黎那里借鉴了这一术语,并以此冒险接受了斯宾塞式的介于道德适应度同生存能力之间的和谐观。但在早期的版本中,自然选择并未能避免其文本中拟人化的存在。[25]

在其语言的神话秩序当中,自然选择作为那个更加普遍的"大自然"所含的一个方面或者整体的化身而出现;"大自然"母性的有序化同人类自我中心的有序化相互对立。"她"照料着、护理着,孜孜以求环境的改善。而"人类"(Man)这个词在这种对立当中是阳性的,而非面面俱到,人类相关的劳作的世界进一步强化了这一效果:一个带有不完全歧视的世界,并缺少关注力的提升。

人类仅仅为其自身的利益而选择;"大自然"仅仅为其所呵护的生物本身的利益而选择。每一种经过选择的性状由"她"来充分加以锤炼,而生物则被置于相当合适的生存条件之下。人类将众多不同气候下的产物置于同一个地方;"他"很少以某种特别而适宜的方式来锤炼每个经过选择的性状。(132)

在后来的版本中,达尔文试图解构神话人格的大自然——有时将"她"和自然选择相等同,有时则将其等同于互相渗透的法则的复杂性。那些针对他大自然用法的异议真的如他所说的那样皆肤浅之辞吗?当然,这一用法并未使他寻找非目的论语言的努力泡汤。然而,达尔文所做的斗争部分源于他同自然神学的关系,亦来自扩展物质秩序的需求,而非有必要留下形而上的虚空。他不得在上帝留下的空间里填充点什么,同时下决心避免创世论式的语言,即便甚至在上一段当中达尔文非常艰难地使用了被动式。

达尔文将自然拟人化为女性,这当然属于一个漫长的传统。莱伊尔在《地质学原理》第1章中曾引用奥维德在《变形记》里的准地质学描述,其中神谕指示丢卡利翁(Deucalion)在其身后不断抛下自己伟大母亲*的骨骸。这是一个在达尔文同时代文学和这一时期科学文献当中都能发现的用法:约翰·廷德尔1860年评论道,"自然在应用她自己的原则之时,经常超越人类的想象"。在《自然乃赫拉克利特之火并复活之慰藉》一诗中,霍普金斯强调母性的和率性的元素在自然的本质中同等重要:

千柴万薪,自然的篝火熊熊燃烧。

---

*　此处"伟大母亲"意指大自然。

> 但人类啊，熄灭她最美最珍贵最彰显自我的火花吧，
>
> 他所受影响之火痕、思想之印记飞逝而去！

将自然拟人化为女性，效果丰富多样：然而针对这个论题的众多目标而言，存在两个特别重要的效果——其一将大自然和上帝分开，其二将温良的监控归于自然界，即"具有创造力的自然"、高效能的大自然。达尔文1841年读过爱默生的散文《论自然》("Nature")，该文谈及自然的世俗性。在类似J. G. 伍德（J. G. Wood）的《大自然的教导：自然所预示的人类创造》(*Nature's Teachings: Human Invention Anticipated by Nature*, London, 1877) 这样的普及性作品中，科学在一定程度上被性别化为女性，倾向于将科学与自然妥帖地加以等同："因此，可以部分正确地说，科学的确破坏了浪漫，但尽管她破坏着，也在创造着，而且相比所夺走的，她所给的无限之多。"而达尔文对自然一词的使用同样强调了脆弱和苦难。

近来，格鲁伯和考尔普（Colp）讨论到达尔文的"楔入"（wedging）与"楔子"（wedges）的意象。[26] 他们指出：尽管"楔子"的比喻出现在1838年的笔记、1842年和1844年的文章以及论自然选择的"大著作"当中，达尔文却从第2版开始将之移出了《物种起源》。考尔普推测"楔入"对于达尔文意味着性和无意识两方面的表意；他考虑它"也许最终象征着达尔文在工作、性、金钱以及抵制异见等方面对自我的执着"。格鲁伯则更加严谨地写道："能知道达尔文放弃这个词的原因，会感觉很有趣，因为该词的确戏剧性地

传达了这样一种方法——变异和斗争几乎在每个空间、时间点上持续扰乱着自然界的平衡。"诚哉斯言,但像所有达尔文的主要比喻一样,"楔入"在平衡中保持了矛盾或相反的意味,平等地象征着控制、分裂、稳定化和非稳定化。在达尔文的"楔入"及大自然两个意象的具体关系中,可以看到隐喻的拟人倾向中的固有问题。

在《物种起源》论"生存斗争"一章中,达尔文开篇承认,要将生活中的斗争时刻记在脑海中,想象上简直**困难**重重:"我们目睹自然界外表上的光明和愉悦,并经常看到食物极大丰富。"这一章将自然完全拟人化,而其间的欢乐则被对于破坏性的焦虑所抵消("我们并未看到或遗忘:在我们四周欢唱的鸟儿绝大多数以昆虫或种子为食,因而也在持续地毁灭生命")。这一生动的篇章充满着富有想象力的热情,众多力量变动不居、活力四射,体现了达尔文和自然界的关系。但仅仅两页之后,便是下面这段黑暗的文字:

> 观察大自然时,最有必要将前述诸多考虑牢记在心——勿忘记我们身边的每一种生物可以说都在竭力增加个体数目;每个都处在生命某个阶段的斗争当中,方能存活下去;在每一代或间隔一段时期,或老或幼都难免遭遇重创。抑制稍加减轻,灭亡一旦稍许和缓,该物种几乎会顷刻间数目大增。大自然的表面(face of Nature)也许可以被比拟为一个"打击面",其上紧密地列有上万个楔子,遭受外来力量的持续击打,向内楔入;有时一个楔子遭到击打后,另一个接着遭到更加猛烈的外力击打。(119)

楔子的意象于是同大自然并置——并非达尔文早期所说的"大自然的经济状况"或"平面"（surface），而是改为"大自然的表面"。

趋向现实化的动力创造出一个如此奇特的意象，一个如此令人不安的暴力意象，其间大地与身体之间的障碍消失殆尽，结果楔子已然成为让人震惊地带有虐待意味的意象，在一定程度上抹杀了其论辩的效用。就情感而言，它的确对应于达尔文的自然界当中最为清醒的个体感知，但多个不同版本中语言不断精炼化的过程至此造就了一个拟人论思想的意象，该思想具有难以控制的高强度和厌烦感。该段末句在未来各个版本中均被删除。

同样，哈代的小说《还乡》（*The Return of the Native*）开篇亦是面容和平面的二合———人的外形和粗糙的土地，而拟人论的介入是其作品最为敏感地受到达尔文作品影响的方式之一。首章标题便是"苍颜（face）一副几欲不留时光些许痕"*，描绘了未经圈地的爱敦荒原茫无边际、一片荒野的景象。残存下来的"苍凉憔悴的爱敦荒原"一直保留着植物最初生长之际的景象，未曾变迁。哈代用类似"面容""衣服"这样的词语将原始人性的展现和风景的展现结合起来，这些词语在实验性话语和印象式话语之间来回穿梭："荒原的表面（face），仅仅由于颜色这一端，就给暮夜增加了半点钟。"[27]

---

* 此处及下页均使用张谷若《还乡》译本（人民文学出版社2004年版）。后文亦参校该译本，如直接使用则另行标注。

> 这些关于风物（landscape）的记载，至少都把事实明明白白地说了出来——给了我们深切著明的证据，令我们真正满意。现在爱敦这种不受犁锄、见弃人世的光景，也就是它从太古以来老没改变的情况。文明就是它的对头；从有草木那天起，它的土壤就穿上了这件老旧的棕色衣服了；这本是那种特别底层上自然生成、老不更换的服饰。(35)

这种介于抽象和表象之间的摇摆同样体现在达尔文的语言当中，而且恰好与此类描述相互关联。

人类的评估力与观察力之间可能存在着众多不一致之处，达尔文始终保留着这种不一致感以及对周边现象本质的感觉。的确，他的思想不仅倾向于接受人类对现象的认知，理解其中的种种悖逆和欠缺之处，而且日益倾向于将不一致、不完美、不适应的现象接受为理解现实世界、未来世界的根本所在。在《物种起源》最终的修订版中，他又转向了"眼睛"这个主题——也是最具华兹华斯风格的感官，而这一主题在帕莱的论证中为下面这一点提供了最为有力的证据，即神意对人类在自然界地位的设计包含了温良的复杂性。眼睛作为感知器官具备明显的完美性、复杂性，达尔文承认自己的理论由此产生诸多困难。他在《理论的难点》一章开篇讨论了"极其完善与极度复杂的器官"：

> 眼睛具有一切不可模仿的装置，可以根据不同的距离调整焦点，接收不同亮度的光线，以及校正球面和色彩的偏差。要假定眼睛这样的器官居然由自然选

择所形成，我坦承这似乎是极为荒谬的。(217)

但是他旋即写道:"然而理性告诉我……这一困难，尽管在我们想象中是难以逾越的，却很难被认为是真实的。"*以"然而理性告诉我"起始，紧跟着一系列条件从句，每一句都带有确定自身意味的从句和迟滞意味的主句；这句论断反驳了前一句的意向。

> 然而理性告诉我:倘若能有证据显示从完善而复杂的眼睛到一个非常不完善而简单的眼睛之间存在着无数的渐变阶段，且每一个阶段对生物本身都曾有用，倘若眼睛进而的确发生过哪怕是细微的变异，且确实被遗传下来，又倘若器官上的任何变异或改变对于日新月异生存条件下的动物的确有用，那么，相信完善而复杂的眼睛能够通过自然选择而形成的这一困难，尽管在我们想象中是难以逾越的，却很难被认为是真实的。(217)

此处的"理性"必须穿越想象的边际，而信念上的"困难"并非"真实的"困难，却是我们的想象力受到约束的后果。这个句子采用积聚起来的思考达到一个释放点。呼唤理性作为带领我们**超越**自身想象力局限的权威，理性和想象之间的区别就此模糊起来，即便这样看起来有强加理性之嫌。达尔文也许同样可以将两个术语颠倒使用，只是在科学的论辩当

---

* 此句采用苗德岁译本。

中想象这个词语没有理性那么富有权威性。

达尔文在历史和天体演化论面前均退缩不前，带着这一情绪达尔文继续写道："神经如何对光变得敏感起来，生命自身如何开始起源，这些都和我们无关。"然而，这件事当然**的确**和他相关，尽管他也召唤了孔德式的话语来拒绝讨论生物的起源。"**事物如何发展成现今的样子**"是达尔文关心的大论题。他强调变异、反应、变种，就这种强调的本质而言，无法描述"它们未来如何"，尽管"事物将会**变化**"这一点对于他的理论至关重要。他描述各种事件时的层次并不关乎"适应性变化**如何**发生"，而恰恰关乎"什么样的要素青睐某些适应性变化的残存"。而且屡屡出现的情况是：尽管已然明显地避开了一条论证线索，达尔文却推测可能进一步存有任何急于作出设想的脉络（其子弗朗西斯对此作过评论）。达尔文说："但我也许可以指出：有好几条事实令我猜测，任何敏感的神经也许都对光线敏感，类似地也会敏感于产生声波的空气中那些较粗的振动。"（217）

此处达尔文论点的重心在于思想和世界之间的**不一致**：人类制造意象的能力并不足以解释人世以外世界的特性。他发现自己在阐释这样一个理论性悖论：理性乃是我们理解这个世界最为精巧的工具，带领我们超越事实，甚至超越想象，然而它却存有不足。适应不良乃是心灵世界和物质世界的部分本质。

这种根本意义上**不一致**的感觉对于达尔文是可以接受的，因为这和他的期待相互呼应：他认为变化和调适在有机体和物种的内部持续进行；如果这一观点正确无误，我们应该就能找到错误的估计、不足或不完善的适应。[28]起源这个话题就此放下，形构（formation）自身则成为话题所在。丰足包含那些被扭曲的、歪曲的、污损的，并非意味着一贯正确的完善。过程意味着随时处于准备之中，每个时刻都是各种潜在的可能性所组成的矩阵，而非固定、完满的形态。

在第1版当中，论述眼睛的一段是这样陈述的："自然选择不会产生绝对的完善；**就我们的判断力所及，也不会在自然界里总能遇见如此高的标准。**"（重点为笔者所加）我们判断完善的标准只是暂时被接受。接下来的文字是："按最高权威者所言，即便在眼睛这样最为完善的器官当中，对于光线收差的校正也无法完美。"在第6版中达尔文增加道：

> 无人会辩驳亥姆霍茨（Helmholtz）的判断。在用最强劲的语言描述了人类眼睛的奇妙能力之后，他补充了这样一些了不起的文字："我们通过光学机器和视网膜的形象看到了不准确和不完善的存在，与我们在所有感知领域中恰好遇到的不一致之处相比，这一切不足简直微不足道。**不妨说，自然乐于积累众多矛盾之处，以便将一种外在世界与内在世界之间先期存在的和谐理论釜底抽薪。**"（佩克汉姆：373—4；重点为笔者所加）

亥姆霍茨未被针对"大自然"这个词的所有反拟人化批评所吓倒，半带异想天开地展示出一个拟人的、讥讽中掺杂着幽默的大自然。但是，对于达尔文来说，更加重要的则是取消华兹华斯式的思想与物质世界之间"先在的和谐"。这样的和谐创造出来后,必然要依据因果序列经历一个过程;这一和谐因为控制在时间之内因而总是暂时的,尽管能够不断地得以更新。

达尔文在上文引用的亥姆霍茨这段文字出自后者的《视觉理论的最新进展》(1868)一文。亥姆霍茨在文章结尾引用了歌德在《浮士德》(*Faust*)中痛悼世界分崩离析的一段话:

> 为了毁灭碎片,读者也许倾向于要谴责科学:五官给我们呈现出美好的世界,但科学只知道用毫无成果的批评来分解它。

> 哀哉!哀哉!
> 你已毁灭掉
> 这个美丽的世界
> 用强大的拳头……

下面这两行诗句则描述了因遭到粉碎和破坏而失去的美:

> 我们将
> 废墟瓦砾送入虚无

亥姆霍茨同情自己的读者丧失整体性之后的感觉。弗洛伊德试图分析妄想症中自我和世界之间的一致性如何崩溃时也转向了这段文字。[29] 失去对外在世界的信任,意味着灾难之后自我必要**在其自身形象之中**重建信任。将外在世界与内在世界之间先在的和谐这一理论釜底抽薪，心灵便会产生大规模补偿性活动。此处传衍的系谱——从歌德、达尔文、亥姆霍茨，回到达尔文，再到弗洛伊德——分析了在一个不和谐的世界中一种日益令人备感虚空的意识——人类的适应不良和脆弱性。这一系谱亦分析了如下事实：自我日益恶魔般地坚持独享其权力，旨在确证其所处世界的存在。

物质和理论之间隐含着知识论上的适应性；对于达尔文自己而言，这一适应性暂时避开了上述的荒芜感。适应性此刻遭到玷污或未及实现，也许会引发崩溃或走向和谐。"未知的法则"必然会构建一部分理论。达尔文的隐喻性语言、对于类比的考察，既记录了不完全的适应性，又体现了有意义的亲缘关系。

第二编

达尔文的剧情

第3章
《物种起源》中的类比、隐喻与叙事

阿诺德（Arnold）在给克拉夫（Clough）的信中曾讨论到济慈，认为济慈并不理解一个道理：人"只有从某种世界观出发，才能不被世界的纷繁复杂所压倒"。[1] 在这个论题上，达尔文站在济慈这边。他始于世界的多样性，甚至被其征服，进而将它既作为物质又作为理念加以使用。这样的态度自身有助于解决第一推动力和目的论的问题。他拒绝任何先在的有关万物起源的世界"观"，这并非说明他拒绝理论，也不能说明他相信事实在权威性上毫无作为。1861年在给弗赛特（Fawcett）的信中，达尔文进一步澄清了自己的立场：

> 大约30年前大家都说地质学家应该只需要观察而无须理论化，而且我记得很清楚，当时有人说：既然如此，一个人不妨走进一个采砾坑，清点鹅卵石再描述颜色。这难道不是很奇怪吗？任何人都应该看到，一切观察倘要起到任何作用，都应该支持或反对某种观点。[2]

弗朗西斯在记录父亲达尔文的《回忆录》中这样写道："仿佛他被赋予了理论化的力量，这种力量随时准备着因最细微的扰动而汇入水渠之中,结果无论多小的事实都不能避免'释放'出一道理论的溪流。"[3]

达尔文丰沛的想象利用感知世界的丰富性,不断尝试和延展出可能性;因为这种想象不承认先在的理念说及其相随的"神的意旨说",达尔文的描述性方法高度强调世界的多重物质性之内的诸多一致之处。这些成为进入知识体系以及**组建**知识体系的主要手段。然而,他强调变异和变化的理论同样要被迫接受一致性中**不断流转的**能量。亚里士多德在《诗学》(*Poetics*)中认为,隐喻乃是天才的标志,"因为一个好的隐喻暗示我们直觉感知到不相似性当中存在着相似性"。这种感知对形态学的分类化以及达尔文的基因史至关重要。但是,达尔文同等地需要维持对相似性当中的不相似性的感知(有时候难度更大)。偏离、分歧、偶然对他而言都是持续变动的物质。

类比和形态学都关注发现不同类型所共有的结构。在类比时,这种共通性以下述方式表达自身:首先将两种模式的经验并置,找寻识别点,然后用一种模式去拓展另一种。类比里总是存在**故事**或序列的感觉,而其他隐喻形式无须这种感觉的方式。

倘若寓言是叙事性的隐喻,类比则是预言性的隐喻。[4]在寓言中,物体和意义之间一对一的对应关系保持稳定,而在类比中两者只能部分地感受到形式上的欢愉和力量,因为它们是**多变的**。我们得以跟随类比经历它的不同阶段,感受到震颤,以防到达打破平行状态的点。"非类比"会造成整个序列的崩溃,或者以回顾的方式使序列失效。达尔文的目标就是发现那些能够超越临时的和隐喻性质的类比,并证实它们具有"真正的亲缘关系"。类比可能是同源的。在此情况下，平行叙事模式揭示出实际的身份，而两种模式之间的距离就此消失。整体的、令人满意的一致性就此达成。

在隐喻中，和谐和抵抗必须持续下去；而在类比中，彻底的解决方案则是所追寻的最终结果——尽管即使真的存在，最终结果也很难达到。[5] 类比具有推测性和以论证的方式加以扩展的特征，使它在范围上更加接近叙事而非意象。如同假设一样，欲望之弧试图将条件改造为事实。同样和假设类似的是，这样的转化可以看作将虚构转变为真实。假设乃是短暂的真实，将其自身暂时呈现为虚构，最终寻求找到确证。

达尔文在其思想过程中不断重复着一个运动，即证实隐喻的冲动，尤其在自然体系中为更加古老的神话表述发现一个真实的位置。他几乎同样满足于提醒我们**事实**当中的神秘成分。（而且，此处我们可以看到卡莱尔的影响，后者巨大的语言能量开始恢复过去、复活日常的奇迹。）日常生活中怪诞的、美丽的和奇妙的元素乃是维多利亚时期主要的想象性主题。研究"事实"对于狄更斯、卡莱尔和霍普金斯来说就是探索奇幻。达尔文也分享了这种"陌生化"后的欢愉，将熟悉的因素擦去后再复原这一欢愉，并使之丰富和稳定下来。"事实"（fact）这个词语在《物种起源》中出现之时，通常被强化为"一种真正奇妙的事实——它的奇妙我们经常因为熟悉而随时忽略"（170），或者"这一重大事实"（171）、"那些奇妙而确凿的事实"（259），"我们不可能指望去解释这些事实……直到我们能够说清楚"（紧跟着一系列异常困难的论题）（371），抑或"我们看到了奇妙事实的充分含义，这必然打动了每一位旅行家"。实践、具象，以及补足那些貌似无聊、不可解释或习以为常的一切——正是这一切成为达尔文颇具想象力的思想在语言上的最大特征。

达尔文强调"奇妙的""非凡的"事实，此间我们可以识别出卡莱尔"人类伟大的'烈焰之心'(fire-heart)"*的种种踪迹——试图恢复昔日高度集中的物质形体。[6]所有这些踪迹都活在具体的形体当中，如我们都活在自己的身体当中，而不仅仅是语言与思想。浪漫唯物主义的品质强化了达尔文自己对于物质证据的依赖——我们也许还记得他将"奇妙之书"(The Book of Wonders)**同莎剧一起列为自己成长过程中的第一批读物。

令人好奇的是，维多利亚人在事实和奇异这两条轴线之间把握住了平衡点。他们使用"**事实**"一词时，经常结合了**表演**(performance)和观察这两个理念。事实既是目标也是行为；既是被归类的事情，又是已做了的事情。进而，**事实**在很多维多利亚作品中仍部分具有其同源形式"伟业"(feat)的英雄式含义。这个词语具有张力，而非怠惰的。在达尔文的用法中，事实经常具有事情获得了成功的感觉。它是无可辩驳的，却又向神秘开放。"事实"这个**词语**具有确证性，在一些用法中意味着源头、起源："人类制造虚构。"金斯利写道：

> 他发明故事……但从哪里编造出这些故事呢？从

---

* 维多利亚文学家、思想家托马斯·卡莱尔在论及法国大革命活动家米拉波、伊斯兰教先知穆罕默德时均提及此意象。

** 14世纪阿拉伯手稿，编纂者可能是阿卜德·阿尔-哈桑·阿尔-伊斯法哈尼（Abd al-Hasan Al-Isfahani），文本涉及天文学、占星术、泥土占卜等。

这个伟大世界中他的所见、所听、所感的众多事物中来，正如他编造出自己的梦境。但又是谁编造出真实、事实呢？除了上帝还能有谁呢？[7]

在这样的理解中，事实就是上帝的行为。但是对于像达尔文和贝尔纳这样的科学家来说，经验主义也容纳了梦幻般的危险性。贝尔纳认为：事实本身就是"残忍的行为"。[8]达尔文关注时间的语域，其间所有的实在物都在最大程度上稍纵即逝；对于他而言，事实变得等同于法则。因此，"事实"同理论汇合一处。时间并非因为物体而存留，而是因为思想。"将所有的生物进行归类，这个重大事实对我来说用创世论完全无法解释。""这是一个真正奇妙的事实——这一奇妙我们会因为熟悉而随时加以忽略——一切时空里的一切动植物应该互相之间彼此关联……"此处的事实既等同于其理论中已知的元素，也是新鲜之物："每一物种已被独立地创造出来，就此而言，我看不出如何解释对一切生物进行分类这一重大事实。"事实与发现得到浓缩，这和功利主义的分类方式所产生的事实观非常不同，狄更斯在《艰难时事》中曾经嘲讽过功利主义分类方式。这让我们对达尔文1860年的评论有了新的理解："我相信一个老说法：好的观察者的确意味着好的理论家。"正如麦达瓦（Medawar）所论，这令达尔文很久之后在《自传》中的论辩倍显怪异：他称自己"依照真正的培根式原则办事，大规模收集事实，没有依照任何理论"。[9]

类比在科学史上赫然标记为有效论证的过程，而非仅仅作为证明性的辅助手段。类比坚持强调隐藏的相似性，倾向于支持有序的宇宙观。的确在更早的历史时期，尤其16—17世纪，广泛的类比这一概念对于神学意义上可见的物质世界的有序性至关重要。如洛夫乔伊（Lovejoy）所做的分析，"存在巨链"（the great chain of being）中详尽的类比组织让这一点清清楚楚。[10] 将这一论点加以延展，便可以将世界的现象视为一系列被无限错置的象征，皆为他者的镜像，最终一切便体现出"神的意旨"。相似点的发现曾是推动"神的意旨说"的众多过程之一。

制造类比这一活动对于论证和人类的感知同样关键。意义的前提便是类比。人不可能去描述一个完全**独特**（*sui generis*）的事物。我们参照已知的来理解新的事物，不可能抛弃比较。然而，论证中的类比不仅可以用作一种描述的方法，对相似性加以讨论，而且可以作为一种手法来断言一致性，并将模式和秩序归于仁慈的"神意设计者"的产物。在这一功能上类比成为自然神学重要资源的一部分，似乎为目的论的体系提供了证据。

科学家和神学家都非常理解作为论证程序的类比存在的危险。它诱使人们加以片面的应用，倾向于压制一切非类比元素，这些意味着它所断言的将超过它所能证明的。对它的使用也许可以似是而非；出于纪念的目的将所有被排除的、类比过程无法解释的方面加以复苏，因而类比的可应用性无法超越讲故事本身。

帕莱的《自然神学》以一个吸引人的意象开篇——吸引人的部分原因在于其以不同的对象表明了一个超现实主义的景象：

> 设想我经过荒地,脚踢到一个**石头**,然后有人问我怎么会有石头在那里,我很可能会反过来回答说,说不定石头一直都在那里。要想显示出这个答案的荒诞性也许并不容易。但是假设我在地上发现了一块**手表**,应该询问手表如何恰好出现在那个地方,我应该不可能想到上面所说的那个答案:说不定,手表一直就在那里。然而,为什么这个答案适用于石头却不适用于手表?为何前一情况下就可以接受,后面就不能接受?原因只能是以下这个,而非其他,亦即,当我们仔细观察手表之时,我们认识到(这在石头上则无从感知到)它由各个部分组合而成,为了一个目标整合而成。[11]

令人不安的是,这个场景既是物质上的,又是临时性的。它的范围是不稳定的,在普遍性和被表述出来的细节之间飞速地变动。既是确定无疑的,又接近于荒诞。帕莱的这个设想在于将荒诞与被篡改了的证据加以戏剧化,唤醒抵抗,从而满足我们对一致性的感知,以便我们能够尽可能多地接受其类比所暗含的意义,甚至超越这些意义。这个过程宛如一个谜团——将不相像的事物套到一处,将相似的表征解套——令人满足又失望;既丰富了期待,同时又削弱了期待。在类比所创造的学习过程中,出色的技巧和常识都很重要:范围上的急剧变化以及概念同对象之间易变的运动,使得它始终处在幻想的边缘,尽管它自身断言不仅仅是隐喻性的,亦是自然秩序当中真实的在场。

帕莱的手表意象后来突然转向了幻想,此时其论证的走向要求他提出众多手表,从而扩展出一代代未来的"手表":

种子包含了一个特别的组织,这难道还需要怀疑吗?一个待长大的胚芽无论暂时具有营养,或其他的可能,都包含了一个适于新的植物发芽的组织。生产出种子的植物和这个组织具有关联性,同时那只手表和手表机械运动过程中所产生的手表的结构之间也会具有关联性,前者的关联性要比后者更多吗?我是说——它究竟和**精巧的设计**(contrivance)之间有何关系?一只表的制造者和设计者,当他向一只手表里面嵌入同样适合生产另一只手表的机械装置时,实际也成为另一只手表的制造者和设计者……通过介入前一只手表生产出第二只手表,他只需要借助一套工具,无须另一套。同样的情况发生在植物以及它所生产的种子上。生产手表和生产植物——这两种情形之间存在任何差异吗?二者都是被动、无意识的存在,通过所赋予的组织结构产生了各自的相似物,无须理解或设计;也就是说,二者都是工具。[12](39—40)

类比的虚构本质得以被重新召唤,以阻挡荒诞性的指控,但是只要我们将注意力转向类比的虚构性——它的选择性——那么就会干扰其所声称的走向理智的真实。

类比易变、启示的特性使它接近魔法。对于它所获得的众多一致性来说,它宣称具有的特殊美德既耀眼夺目,又简单纯粹。这种话语要求一种**活生生的**关系,不仅仅是非相似事物之间被赋予的关系。类比在强度上具有将简朴转化为绚烂、弱小转化为伟大的能力,吸取了基督徒在圣礼中所领悟到的经验的形成。类比需要转化,而且内在地要求实现圣餐般的变种过程（transubstantiation）。

类比在神学上的应用被赋予了一种特别的参照，指向同巴特勒主教（Bishop Butler）在《自然宗教与启示宗教之类比》[13]一书中所论的自然秩序的一致性。这本影响巨大的著作引导众多作者在物质世界与理念世界、自然宗教与启示宗教之间寻求类比，也引导其他人在自然秩序的多样领域当中寻求类比。巴特勒写道："自然以普遍的法则运行，却难于追踪"（Ⅱ，iv，4），进而引证遗传学、心理学、政治学的内在法则，指出我们将实际源于未知普遍法则的结果归于机缘。

> 我们的确了解若干物质上的普遍法则，而活生生的能动者的一大部分自然行为都可简约为普遍法则。但究竟通过什么样的法则可以使得暴风雨、地震、饥荒、瘟疫成为毁灭人类的工具，我们在某种程度上一无所知。而且，通过这些法则，此时此地出生的人具备了这样的能力、天赋和脾性；通过这些法则，思想进入我们脑海当中，数之不尽；通过这些法则，无数的事情发生并对世事和现状产生莫大的影响。这些法则我们竟然总体上知之甚少，以至于我们称那些因这些法则而产生的事件为意外之事。然而，全体理性之人均确信现实中不可能存在此等类似机缘之事，并确定此种表象的事件必是普遍法则之结果，可以简化为普遍法则。

达尔文保留了这一立场，坚持认为我们不过是将那些迄今尚未明了的法则称为"机缘";弗洛伊德亦然,他的概念则是"多重决定"(over-determination)。与此相似,赫胥黎在《论生命的物质基础》("On the Physical Basis of Life")一文的首段借用同样的论证方式,却得出了和巴特勒完全不同的结论。巴特勒认为,"相似的观察证明身体不属于我们自身";而赫胥黎则说:"有一种物质共通于一切生物体,而且……它们有着无穷无尽的差异,却因一个物质上的也是理念上的统一而捆绑在一起。"赫胥黎继而寻求"官能上的契合",即"隐藏在一切维持生命的存在方式之下的结合"。

> 就官能、形式和实体而言,除了不同种类的生物体,还有什么真正看起来彼此间具有更加明显的差异?一边是光闪闪的地衣,生长在光秃秃的岩石之上,地衣如此相似于这种岩石的纯粹的矿物外壳;另一边是认定这个地衣具有天然美感的画家,或者从地衣那里获得知识的植物学家。那么,在地衣和画家或植物学家之间可能存在什么样的官能契合呢?[14]

一旦提出了**单一的秩序**——无论它是上帝这位"神意设计者"的产物、传衍的群体,抑或"生命单一的物质基础"——类比均可以起到稳定的作用。它可以成为一种感知的工具,让潜在而又实在的推论清晰可见。它允许时空之间的交叉,并疑惑地审视我们习性的范畴。类比干扰分类,挑战对持续多样性的强调。但类比的例子是分散的,因此难以摆脱随意性。所选择的例子组成了一个经过设计的模式,因此类比效果最佳的时刻便是服务于普遍论的世界观——这种世界观将一切现象展现为并且可以展现为彼此关联。[15]

对"自然宗教"(或"自然神学")与"自然构造"之间一致性的强调超越了道德寓言:它吸取了自然界中神意的概念,在超越神意之外也求助于转化的现象。为了首先获得神意的概念,形态学描述了组成表象多样性的所有共同结构。帕莱将这些结构看作一种暗示:存在"人们所追求的一个总体计划,但是在计划适用的主体所具有的特殊紧迫性的要求下,每一个案例都带着计划的各种变异形式"(121)。比如,他这样比较"脚、翅和鳍":

> 因此,我们不妨说,造物主不得不为不同的情景和不同的困难做好准备……剥掉它的羽翼,于是它具有了和四足动物的前腿完全清晰的相似性……但给它配上羽毛和翎羽之后,便成为了不起的工具,显示出比其开始的表象更加具有人造的特征,但是让人印象十分深刻。[16](132)

此处语言在描述活动——"准备""剥掉""配上":造物主在主动地进行干预和调适。帕莱认为,基本的计划和应用的多样性二者都表明了智性,还使用阿克赖特(Arkwright)的磨坊为例来证明合理的设计具有同样的原理:同一个设计适用于多种不同的需求。帕莱的阐释也坚持强调原初的**意识**——在繁忙且充满精巧设计的世界里组织起多样性。在形态学的讨论（415）中，达尔文将分类的"自然体系"同造物主计划的启示观区别开来："似乎对我而言，除非能够确认存在证明造物主计划的时空秩序或其他任何意图，否则知识将无所增益"（399）。

达尔文提出了一个关键性的区分。他没有在"**描述**"的概念之上追加"**神意**"的概念，而是增加了"**传衍**"这一概念（399）。他接着说：相似性或"类型的统一性""包含在形态学这个普遍的名称之下"：

> 这是博物学中最有趣的部门之一，也许可以说就是它的灵魂。人类的手用于抓握，鼹鼠的足用于掘土，还有马的腿、海豚戏水所用的鳍、蝙蝠的翅膀，所有这些都应该建立在同一个型式（pattern）之上，而且应该包含相似的骨头和同样的位置构造，还有比这一现象更加令人好奇的吗？（415）

（达尔文在第6版中修订了这一段，使得读起来多少显得更加谨慎，结果超验的"灵魂"成为隐喻："这是博物学中最有趣的部门之一，也许可以说就是它的灵魂。"）即便在上段文字中，动词"用于"控制不同的活动——"抓握""掘土"；那句疑问句"都应该（被）建立在同一个型式之上"含有谨慎的被动语气；这个动词和这句话中存有神意的、意图主义语言观的遗痕。这些迹象均被削弱，但它们使得达尔文必须继续将"型式"的相似性同有用性或目的论区分开来，如他在下一段所论："就常见的每一种生物的独立创造论而言，我们只能说的确如此——将每一种动植物构造如斯，这本就是造物主的兴致所在。"在第4版，他直率地补充道："但这不是一个科学的解释。"

精巧的设计和意识这些元素对于自然神学的解释至关重要。帕莱的中心论点指出：

> 不可能存在没有创造者的神意、没有设计者的精巧设计、没有选择的秩序。同样，做出安排的前提必是适于安排的事物，受意图之控制并与之关联必是能够产生意图的事物。若没有经过认真沉思的结局，或者同此结局相配的手段，也就不可能存在适合结局的过程以及实现这个结局时对这些手段的运用。(15)

和康德相反，帕莱无法理解无目的的合目的性——或者用更加达尔文式的术语来说就是——无意向的倾向性（aptness）。因此，在众多原因当中，对于达尔文来说，**近似性**（approximation）和**无意识**成为重要的反向术语："这个无意识的选择过程"（148），"大量的变化……缓慢而无意识地积聚起来"（95）。人工选择运行得"井井有条，且更加快速"；自然选择则以"无意识、更加缓慢而又更加有效的"方式加以运行。

具体而言，帕莱拒绝了"渴望"（appetencies）这个观点，即一种无意识的喜好，且获得未经沉思的成果。在精力充沛的幻想中，帕莱以玩笑的方式提出了一个观点：赋予足够长的时间，习性可以转化物质。

> 例如，一片物质被赋予一种**飞翔**的习性，就此被

激活。但它的形状无从描述,尽管我们想象中最初不过类似一个圆圆的球,经过漫长的时间——甚至百万年,也许上亿年(因为我们的理论家有永恒的时光可供挥霍,因而从来不吝啬时间的设定)——它最终将获得飞翔所需的**双翼**。(242)

帕莱的对立概念便是神意对习性、意向对应用。

达尔文赞同帕莱,反对将应用和习性的观点看作主要的转化力,但他提出了另一个解释:自然选择。这一观点具有深刻的意义,揭示了一种新的转变机制,并揭开神意、应用这两种概念均无法占据的崭新空间。达尔文眼中长期存在的一个问题就是如何用充满意向性的语言来表达这个概念。[17] 类比这种从侧面发生作用而非因果逻辑的组织关系给达尔文提供了一种可能性。

正如决定论要求我们接受无意识和遗忘这一理念,达尔文式的理论要求我们接受对物质的健忘和物质的消失。[18] 这些是其阐释方法的前提条件。我们从未能够充分地重获或重新发现起源。无论是物种的、个体经验的甚至语言的起源,总是先在于语言和意识。赫胥黎清晰阐释了类比中的这一关联,并使用它来解释为何缺少进化的"见证性依据":

> 要寻找进化的见证性依据是相当无望的,这不需要我来说。这种例子的本质排除了找到依据的可能性,因为就像养育中的孩子无法见证自己的出生,同样也不可能期待人类证明自身的起源。[19]

在弗洛伊德那里可以看到：他同样强调失去的、无法确证的起源以及对先前经历的遗忘。正如恩斯特·布洛赫（Ernst Bloch）的评述：

> 弗洛伊德的类型学是最令人印象深刻的朝向过去的时间模式，一幅明显向着未来运动的图景，却含有埋藏在早期童年中的根本动机，对这样一个模式的理解在于回归诸般起源。弗洛伊德式的无意识因此不再是一种意识，而是世界与自我的无意识——在现实原则看来，这一世界与自我业已正式走向终结。[20]

"无意识"这个单词有个问题，它以否定的形式提出了幽灵般的反义词——"意识"。弗洛伊德的意识空间等级——意识在上，无意识**在下**——必须和达尔文的"无意识"区别开来，后者指代一个永恒的有机状态，和意识相互分离且毫无关联。

遗忘必须是部分用于**阐释**的材料，恰如潜伏乃是达尔文式的理论中产生**变化**的部分动力。二者给无意识留下空间，但依照达尔文的目的，无意识必须同意向（甚至同"渴望"）仔细区分开来。

哈代抓住了达尔文的历史编纂学的内涵，但也许并未直接将这一历史编纂学同达尔文相联系：

> 历史宛如一条溪流，而非一棵树。没有有机物的形状，没有系统的发展历程。宛如路边暴雨后的一条小溪，时而遇到一根稻草使得它往这边流，时而碰到

一小撮沙粒挡住去路，使得它向那边流去。[21]（1885年春）

一个关于类比的极端观点认为，类比只是修辞上的诡计，含义并不稳定，过程上扭曲，仅仅坚持着似是而非的、短暂或意外的相似性。对应的极端观点则视之为发现的工具，它揭示出确证了的一致性，并明确地显示出在一个稳定的世界秩序中真实存在却又被隐藏的连贯性。19世纪中叶人们经常讨论这样一个话题：类比的感知是否多变且稍纵即逝，或者说是否存在本质上稳定的类比，以便我们能够发现进而将之保留为阐释的手段。孔德则提出了简朴的观点，比如，他更加认同术语"引力"（gravitation），而非"吸引力"（attraction），因为"引力"表达的是一个事实，不涉及这一现象的本质或原因。[22]他在两方面有意识地继承了笛卡尔：强调科学语言基本的单义性；努力避免隐喻，因为隐喻具有不可控的元素。隐喻通过不完全平行的术语创造了意义的扩散。达尔文写作之时，人们习惯于谴责隐喻的含混和转移，因此他试图为科学或哲学语言寻找如公告般的直截了当。爱略特甚至备感失望地说："我们很少能宣布一个事物究竟是什么，只能说它是别的什么。"[23]要求科学具有稳定的语义成为一个问题，进而成为英国科学促进会在19世纪30年代主要的关注点之一，达尔文自己当时就服务于该协会的一个术语委员会。

为了形构科学理论以及延展假设的诸般可能性，类比和隐喻在这两方面的角色已成为过去30年间研究科学的哲学家和科学史家的关注点,这一领域由此出现了不少颇具启发性的著作。布莱克(Black)、波普(Popper)、康吉莱姆、赫斯(Hesse)和舍恩(Schon)的作品简练且意味深长地讨论了概念的转化。类似《科学知识与社会学理论》的作者巴里·巴恩斯这样的理论家则做了进一步补充;他们指出,在一定程度上以隐喻为基础的思维会受到文化的限定。[24] 于是此类作品背离了过去的思维方式,不再将隐喻视作思维过程的装饰并外在于这个过程。布鲁尔(Bloor)和罗伯特·M.扬(Robert M. Young)这些学者的研究也掀起了质疑下述论点的风潮:科学自身占据着绝对领域,免除了意识形态的干扰和科学家所处社会的关注。这样的研究产生了具有重要意义的"启发式虚构模式"(heuristic fictions)。[25] 尽管存在明显的分歧,科学理论化和虚构的塑造二者在基本程序上具有颇多相通之处:(1)进行假设并依赖未来进行确证,抛出可能性而非确证的数据;(2)对观察过的因果关系和可能性的关系进行重新设计;(3)观察;(4)通过类比接受内含的模式;(5)冒险的快乐,带着对当下理解的不确定感,认可一个超越我们当下知识范畴的世界。

人们要求认可科学的写作在本质上具备想象性的特质,要求科学同其他的虚构形式相契合。对此通常的答复是**可测试性**(testability),而波普所说的"可证伪性"(falsifiability)使得他很看重"意外性"。虚构以及科学探究同样珍视的素质包括对已知数据难以预测的重新排序、新的信息、形式上的冒险,这些都属于"令人惊奇"这一元素。虚构和科学二者所提供的一种欢愉便是以赋权的方式实现解放(enfranchisement):将我们从预知的闭环中释放出来,增大可能性。然而，科学理论必定在某个阶段——即便并非立即——可以加以分析，而虚构作品只可以在主观上进行分析且无法在实验上得以重复；科学家总体上正确地保留了二者的差异。但这不是全部的差异——众多主要的科学理论都宣称它们**先在**于确证理论所需要的数据。用波兰尼（Polanyi）的话来说，它们预言了"那些依然未知的未来表征的到来"。[26] 从这个意义上说，主要的科学理论具有虚构作品多半宣称拥有的预言功能；社会中新兴的意识形式尚未能够彰显自身，虚构作品就尝试着记录它们。（无论是创造虚构作品来说服读者相信这是知识，还是创造一个科学理论以其自身的连贯性来说服读者。）一切创造性的思维模式和创造性的接受模式彼此之间易变的亲缘关系需要加以分析，这反过来又证明分析是值得做的。19世纪中后期了不起的地方在于：当时的小说家和科学家与我们这个时代有时候面临的情况不同，他们没有忽略或驳斥努力将科学作品同文学相提并论的做法，而是很大程度上意识到二者在方法和目标上的一致性释放出了各种潜能。克利福德、廷德尔、麦克斯韦尔均确证了他们的科学研究具有想象性特质。小说家转向科学寻求实证，也许并不令人惊奇。然而，科学家居然也吸取文学的证据和范例，并且意识到自己的事业在本质上具有想象性特质。

科学的自主性被视作思维与感知真理的方式，而《反对方法》（*Against Method*）的作者保罗·费耶阿本德（Paul Feyerabend）在其文章《经验主义的问题：第二部分》（"Problems of Empiricism: Part II"）中写下下面这段话，可以看出他对待科学自主性的态度明显打破了常规：[27]

一个聪明人要穿过事实、先验的原则、理论、数学公式、方法论规则、大众施加的压力以及其"专业同行"所组成的"丛林",他就需要各种创新和计谋。同样,要帮助他从明显的混乱中形成连贯的景象也需要创新和计谋。所有这些创新和计谋同诗歌的精神紧密联系的程度要远超想象。的确,人们会猜想:诗人和科学家之间唯一的区别就是后者已然丧失了文体感,如今试图用下述令人欢愉的虚构方式来安抚自己——他们正在遵循前所未有的规则,从而产生更加宏伟、更加重要的结果,即真理。

费耶阿本德将他视作"和诗歌的精神紧密联系的"思想元素具象化为"各种创新和计谋",而且上述文字中存在着逆动性的暗流。科学被认定为不及它自身所认为的那么宏伟,也不那么重要,**因为**科学的确比其自身所认可的更加贴近诗歌。

隐喻从来就不具有充分的稳定性,它开启新的意义而非永久的意义。玛丽·赫斯将诗性隐喻同科学隐喻的解释性目标加以对比,诗性隐喻被她阐释为"显著而又出人意料,甚至令人震撼"。[28]一些文学的隐喻的确兴盛于故意保持的距离,但就长期的典型叙事意义上的交流而言,隐喻被归属到发现真理的持续过程之中。的确,被赫斯指定为科学范畴的隐喻事实上具有明确的**叙事性**,无论是科学叙事还是小说叙事。如她所论,也许科学隐喻中所有的含义不会同时呈现出来,但是所有叙事类型中隐喻的力量恰恰依赖于"向极度崭新的情境"的延伸,她还特别将这些情境同科学隐喻相关联。胡威立描述了单个词语如何在意思上扩展,以便掩盖变化,并在变化确立之时适应这种变化。[29]赫斯则强调科学隐喻在前两个发展阶段充分地和谐一致,但又总结认为其内含一种进化论意义上的扩展性隐喻,并带有适应性——这种适应性会产生不断积累的成长感,而非一致感:"理性的构成就在于我们的语言持续适应这个持续扩展的世界"。

空间、扩展、预兆——这些是隐喻所提供的力量,不论是科学的还是文学的,而且是和我们习性上寻找的相关度、相似度和方法的精准度一样重要的力量。然而,空间、扩展和预兆同含混度(vagueness)并不一样,每个隐喻的各个阶段都会指定所遗漏或保留的内容。

隐喻中朝向融合和单个领域的动力在于寻找一个理想的完整性,但隐喻中分散的本质顽强地对抗着这一完整性。第一和第二阶段是互动的,但因为总是存在着需要**进一步描述**的可能性,朝向趋异和多样化的动力在隐喻中依旧存留下来,在力量上仅次于朝向稳定等值的动力,而且顽强地颠覆了隐喻。隐喻的多义性意味着它的含义很难控制:比如可以提出达尔文的"生命之树"的隐喻是形式上的类比,其功能纯粹具有图表意义,描述的是形状而非经验。对于达尔文而言,这一隐喻的起始价值无疑在于这样的事实:图形将自身**宣告**为树状,而非被预先设计为代表树状的传衍。然而,在纸面上我们的肉眼不妨将这个图形理解为灌木、树杈状的珊瑚或海草。但达尔文看到,这一图形既具解释力又具如神话般的潜力特性,同过去的传衍秩序保持一致,并在《自然选择》同一章的结论处以一种实验性的而非庄重的形式延展了这些秩序。图形中所展示的进化树既是侧柏(*Arbor Vitae*),

又是知识树（Arbor Sicentiae）。达尔文在表征与事实之间建立起如此紧密的联系，因此他可以称这个图形为"真理"。散文体的叙事模仿着图形所描述的秩序，不断分出愈来愈多的相似性：

> 同一纲中所有生物的亲缘关系有时候已然由一棵大树所代表。我相信这个明喻很大程度上讲出了真理。那些刚刚发芽的绿色嫩枝可以代表现存的物种，而往年生长的枝条则代表已灭绝的物种。在每一生长期中，所有成长中的嫩枝都试图向四周分枝，超过并消灭周边的细枝和枝条，这一方式同物种、物种群在生存大战中试图征服其他物种一样。主枝分解为大枝，又分解为越来越小的枝条，它们都是如此生长出来的，就像主枝曾经也是发芽的小嫩枝。枝干不断分叉，之前和现在的嫩芽产生联结，很好地代表了一切灭绝物种和现存物种层层隶属的类群。众多嫩枝自大树当初还只是灌木丛的时候便开始迅速生长，然而只有二三枝如今长成了大枝干存活下来，并支撑着其他所有枝条。因此，对于漫长历史上各个地质时期中存活过的物种，为数不多的如今还拥有现存的、变异了的后代。从该树的生长伊始，众多主枝和大枝业已枯萎、折落，这些失掉的树枝大小不一，可以代表那些已无现存后代而仅以化石为人所知的整个目、科、属，我们只能通过化石来了解它们。正如我们偶尔可见，一个柔弱的细枝从根基部的分叉处长出来，却因为某种有利的机缘而今仍在旺盛地生长着；我们也会偶尔看到类似鸭嘴兽、南美肺鱼的动物，在

很小的程度上通过亲缘关系将两种大的生物分支联结起来,并显然通过占据一个受到庇护的场所而免于生死搏斗。由于嫩枝生长出新的嫩枝,后者倘若生机勃勃便会生长开去,并盖过四周很多孱弱的枝条。因此我相信通过代代相传,这株巨大的"生命之树"亦复如此,地壳里将充满该树死去的残枝,地表上则铺满不断分叉的、美丽的枝条。(171—2)

相比之下的各种丰饶性让人充满希望,导致一种奇妙的综合性,既肯定真理,又确认自我。于是论"自然选择"的章节就此结束,其所带的意象强调了从历史深处走出来的一系列隐喻。

达尔文的明喻时不时因为加以扩展而有陷入不贴切的危险,比如这句话:"正如我们偶尔可见,一个柔弱的细枝……长出来"——其中比较的基石只在句子的结尾"受到庇护的场所"这里才出现,而形式上的相似性极低。然而,对于读者而言——这篇文字大约对于达尔文自己而言也是如此——这个启发式的过程乃体现在这一胜利当中:隐喻就像该过程的话题一样生长、发展、变化、延展,并最后完全成就自身。此处隐喻的成就被赋予了一种因果的效果,但没有完全地投入上述过程之中。

从《物种起源》一书中其他地方可以找到可比拟的结构,而上述那段文字中的隐喻延展了这一结构的论证过程。玛丽·赫斯评论道:

> 那些同源和类比结构广泛用于19世纪形态学当

中。然而，这样可以普遍地假定：同时出现的特质表明，特质之间存在一些更加强大的关系，这些特质将组成一个因果法则，将物种内部的个体或者属内的物种联结起来；只有符合这些条件，类比式的推理才得以确证。相似环境下的存活力要求既有共同的进化祖先，又有各部分之间功能的关联。因此提供这样的因果关系要诉诸这两个条件。因果律此处已被基本定义为在整体证据基础之上更为综合的关联性。但无论如何理解因果律，都要保留这样一个共同的假定：形态学上的相似性有可能产生类比式的论点。[30]

隐喻依靠物种和分类化操作，不可能占据一个完全杂乱的世界；它具有多种形态，但其能量需要那些有待突破的障碍。因此隐喻特别适合于计划描述物种逐步成长的手段的作品。伊拉斯谟·达尔文沉浸在世界丰饶性的欢乐当中，此时萨德（Sade）正寻求打破区别此种丰饶性的一切障碍：性别、阶级、身体和机器；萨德的作品体现了在多大程度上杂乱（promiscuity）从物种化中获取了力量。列维-斯特劳斯（Lévi-Strauss）坚持分类化具有**自身**的价值，而达尔文的作品则清晰地具备朝向分类化的动力。然而，其基本关注点在于追踪这个世界朝向共同祖先的同时又具有异乎寻常的变种，因此其思想当中便有了双向的运动：

> 我们必须如博物学家对待属那般对待物种，他们承认属是仅仅出于方便而产生的人工组合。这前景也许并不乐观，但我们至少不必徒劳地去探索"物种"这个

术语的本质,该本质未曾得到发现,也无法发现。[31](456)

达尔文是个反本质主义者,总是关注一组组特质:它们的分组和关系在流转的同时产生意义,意义则源自它们成为物质世界的组成部分。鲜活的有机体和各类有机体彼此间的分离就此出现,此乃有机体各部分共通的潜在性结果,而非预先注定的组合结果。这个观点接近康德的没有统一目的的目的性论断,即"无目的的合目的性"(*Zweckmässigkeit ohnezweck*)。分类化是在过程中体现出来的,而非提前预知或优先设置的。它处在发现的阶段中,而非发现的开端,进而扎根在历史当中,因而总是受到条件的限定,是短暂的。

让人印象深刻的是,最近唐纳德·舍恩的一项隐喻研究探讨了同样的双向过程,这项研究首次出版的标题为《概念的换置》(*Displacement of Concepts*),后来再版时更加公开地确认了其自身的两个构成性隐喻之一,更名为《发明与理念的进化》(*Invention and the Evolution of Ideas*, London, 1967)。舍恩认为,历史上已经出现了数量相对较小的一组中心隐喻:

> 人们只要严肃地看一看自柏拉图以来各种理论当中的隐喻的生命,就一定会对下述二者印象深刻:一是我们思想根基中已有的变化竟如此**细微**,二是我们智性空间具有意想不到的同质性。然而,进化依旧产生了。(193)

舍恩强调隐喻具有广泛的集体性和惰性，似乎在一定程度上推翻了巴恩斯的论点；后者坚持认为思想的本质在于受到文化的限定。巴恩斯写道：

> 已经可以确定的是，那些致力于尽可能利用、扩大和发展隐喻的科学家奠定了文化变迁的主干道。所涉的思想和论点的关键形式具有隐喻或类比的特性……展示出思想的隐喻本质就是展示出思想受文化限定的本质。（巴恩斯，1974，57）

在刚刚引用的两个例子中，重心落在单个的隐喻及其扩展、变化的能力上。这并不表明具体就舍恩的作品而言，通篇都有这一强调。他极好地分析了发现（discovery）所包含的情感特征：危险性，嬉戏性，"介乎令人难受的痛苦和意外的欢愉之间的摇摆"。"在我们的文化中，"他写道，"'新奇''新的事物''创新性''创造性'已具备了高度积极的情感意义，但我们更容易在脑海里谈论新的事物，而非实际地去体验一番。"

隐喻乃是一种既具开创性又有控制力的新奇事物。舍恩描述了读者的参与，这一描述可以恰当地从科学的发现扩展到对叙事的参与：倘若文本不允许我们"建设"、选择或实现期待，便会产生一种无力感。给予创造者太大的自由度将意味着给读者带来压迫。在已知的隐喻残余及其启发式的力量中，隐喻提供了道路，借此通向可识别的发现。

格鲁伯指出了一个有价值的论点：《物种起源》里达尔文使用隐喻的效果不仅来源于每个隐喻本身，而且来自隐喻彼此间的互动。罗伯特·扬写过一篇题为《达尔文的隐喻：自然做选择吗？》("Darwin's Metaphor: Does Nature Select?")深入且精妙的文章，但这篇文章的局限在于他坚持认为隐喻是孤立存在的。然而意义（significance）的互动和组成不仅出现在单个隐喻内部，也介于**持续存在于叙事内部的隐喻之间**。

如果我们同卡西尔（1925）一样，不将隐喻看作装饰或者有特权的话语，而是看作开启发现之旅的基本手段，我们就能更好地理解隐喻作为达尔文理论成分的价值。同时，如果我们认识到隐喻的活动在多大程度上出现在人们的注意力范围以外，就能更好地确认哪些文化设定塑造了达尔文的创造性，同时确认达尔文同时代人的回应。进而，我们就有能力去考察他的设定通过哪些方式影响了我们自己的推论。在隐喻对选择性的强调，以及对其冗余的强调中，我们在理论上就拥有了两种特点，使得隐喻成为达尔文修辞理论当中一个基本的拟仿性元素。保罗·利科（Paul Ricoeur）评论说："意义的单义性最终扎根在意义的本质之中。"我们开始更加清晰地看到为何多义性之于达尔文的话语相当关键。

在《动物学哲学》（*Zoological Philosophy*）中，拉马克将选择描述为获取知识的一部分程序，他所命名的头两种方法则关乎如何选择材料：

> 给他面前数量无限多且变化多样的物体带来秩序；在数量如此庞大的物体中，将他感兴趣的物体群体或其中特别的个体区分出来，同时不会造成混乱。（19）

该书第1章的标题是《论应对自然生产的人工方法》（"On Artificial Devices in Dealing with the Productions of Nature"）。拉马克此处在讨论论证与发现的程序，诸如分类化和命名法，而非家养和嫁接；但是他的论点被人工/自然的二元对立模式组织起来并道德化了，正如后来达尔文的论点一般。人工选择、自然选择这个二元结构于是利用了同这一更早的认识论之间隐含的类比。所发现的理念和这一发现的所有程序最终具有非常紧密的一致性。[32]命名法则和内在精神相互一致。

在拉马克的分析中，获取自然界的知识依靠两个互相依存的原则：超级丰足（"数量无限多且**变化多样**的物体""数量如此庞大的物体"）的原则和选择的原则。他警告人类不要将自身的"**人工方法**"同"自然自身的法则与行为"相混淆，前者将自然带入人类自己的理解框架之内。拉马克在以下二者之间发展出一种对比：一边是人类在以经济为动机的研究中想"将自然的生产归为己用"，一边是不带利益偏颇的观察者，"对一切自然生产感兴趣，且不带偏见"。这一对比给达尔文提供了一种戏剧性角色的可能性：作者在其论点发展过程中的角色大体上更加接近于大自然的角色，这一过程接近于同人工的、任性的选择相反的**自然**选择的过程（19—20）。我们转向达尔文自己的开篇文字，就能注意到现在知识正以集体的方式被创造，而且并非既定的事实体系的一部分；正如钱伯斯先声夺人的开篇宣告了这样一个事实："大家熟悉的知识就是，我们所栖居的地球直径大抵不到8000英里……"[33]

要想让其理论奏效，达尔文需要自由发挥（free play）

的感觉，即"游戏"（jeu）的感觉，如同——甚至超过——他对历史所需要的程度。在他的认识论之中，论点必然会从过多的例子当中脱颖而出，因为就本质而言，达尔文的文本必须不惜一切代价避免将自身同蓄意的或者早熟的人工选择程序相联结，这也必然为一个逻辑更加严密或顺理成章的论点所需求。达尔文**理论的**基本点在于：自然界的繁花似锦和变化万千必定经他的语言而汪洋恣肆。他的理论解构了任何这样的构想，即将自然界阐释为同人类对自然界的理解完美匹配。他的理论超越了自己的观察力，他的推理也难以共同延展。然而，他通过使用隐喻和类比找到了一种途径来恢复意义，并避免错误的界定。

"相对的相似性""渐变的差异"——这些都是《物种起源》的重点议题。然而，达尔文并未仅仅在空间上考察它们，在实验方法能够获取到的当下时刻，他也寻求通过时间来考察它们，关注那些不会"展现在我们眼前"的一切。正是其作品中这种历史的或准历史的元素意味着他必须把对想象和类比的感知放在首位，也必须将当下的形式研究扩展为对类比的两种特性的研究：既是类比的转化力、生殖力，又是类比的易变性、无常性。"完全软体的生物，无一可以保存下来。"贝壳和骨骼则会腐烂和消亡。

个体成为众多潜在性的汇集之所，而这些潜在性在单个生命周期之中运行，并超越周期。个体和物种的关系也许是达尔文在这部作品中所探索的**那个**极端的类比。该书开篇即点出：

> 在较古既已栽培的植物和家养的动物中，当我们

> 观察同一变种或亚变种的不同个体时,最引人注目的一点是,它们相互间的差异通常远大于自然状态下的任何物种或变种个体间的差异。

这一类比随着该书的进展得以检验、探究并在一定程度上解体。达尔文并不相信任何物种的本质主义观,因而不信任将每个个体视作隐含理念的化身,个体亦表述为物种的趋势。

对物种的描述倾向于将个体当作其模范,但这一模范又旋即被这样的事实所推翻:没有单一的个体是原型,个体就是个体,个体之间的差距不断进逼物种描述的边际,使得很难规约限制性和统一性。而且,达尔文使用结构、传衍以及行为来描述物种,因而他发现自己涉足社会学意涵。这就是小说家乔治·爱略特即将打开的理解达尔文理论体系的一个入口。

达尔文在《物种起源》中以两种不同的方式使用类比这个术语——一种是技术上的,出于分类的目的他将"类比的相似度"同"真正的亲缘关系"区分开来。"类比的相似度"乃是适应环境的结果;"真正的亲缘关系"则是传衍的结果:

> 灵缇狗和赛马的相似度同一些作者描画不同动物之间的相似度也许还略逊一筹。我认为要讨论对于分类而言真正重要的性状,只有考虑到这些性状对世系传衍的揭示,我们才可以清楚地理解为何类比的或适应性的性状尽管对于生物的福祉而言极度重要,但对

于系统分类学者而言几乎毫无价值。因为动物若属于两个极不相同的世系,则很大可能适应于相似的条件,因而外表上也密切相似。然而,这样的相似性无法揭示——甚至趋于掩盖——它们与原本世系之间的血缘关系。(410)

然后,他将问题复杂化,指出:"一类纲目同另一类纲目相比较时,这些同样的特点就构成了类比,而当同一纲目的内部成员相比较时,就产生了真正的亲缘关系。后者来自共同祖先的遗传"(410),而衍生出来的器官"和动物的习性及食物的相关度最低……(因此)可以非常明确地标示出该动物真正的亲缘所在"(400;达尔文此处引用了欧文*)。

达尔文的区分为这些类比的相似性建立起**临时性**特征——这些相似性和表象或适应相关,因而与不可消除的生命特质相比,更加接近观察者的虚构。但类比这个术语的技术用法并未阻止达尔文在论证过程中对它借用,尽管的确令他警觉于此类相似性所具有的暂时性特征。

达尔文彼时正寻求创造一个关于世界的故事——一部虚构作品——它将不完全依赖人类理性的范畴,亦不会依赖他所拥有的极为渺小的观察力——这些观察力作用于其周遭的世界且在其短暂的人生中挥之不去。然而,达尔文并非在寻求一个秘密的形而上的世界,也拒绝尝试将物质的世界热切地延展为神秘主义形态。他使用的隐喻和类比令读者感受

---

* 理查德·欧文(Sir Richard Owen,1804—1892),英国动物学家、古生物学家,以研究化石而著称,并于1842年首创"恐龙"(Dinosauria)一词。

到双重压力——试图创造准确的预测，又试图在人类的体系当中推进已知世界的边界。

其文本的虚构性异乎寻常地广泛——这一虚构故意将其自身延展到字面上**不可思议的**（unthinkable）边际，从而取代了人类推理能力的绝对性，这种推理能力已成为衡量这个世界的工具。尽管达尔文的作品具有隐喻的密度，但他似乎从未充分地将作品内想象性的、社会学的含义升华到意识之中。然而，我们知道他在自己的笔记中看到了人类可以找寻众多含义的方法，知道他希望避免将当时的社会组织自然化。他当时看到了"权威化"的一些危险所在。

始终未做边际界定的隐喻构成了此晦暗不明的要素，使得《物种起源》如此具有煽动性，也使得该书为持各色政治立场的思想家所借用。隐喻激发了进一步的思考：以自身示范隐喻性的应用，多重话语则鼓励进一步的阐释。**潜伏性意义**（latent meanings）的在场令该书意味无穷，甚至必将对人类的思想产生影响。

尽管《物种起源》每出新的一版，达尔文都竭力想将各种含义稳定下来，但他**无法**充分构建出其观点可能具备的所有含义或将要产生的含义。他继续试图在作品的科学意义和可能的应用之间建立起边界，然而他所选择的语言和展开的故事并不允许如此僵化的限定。《物种起源》的整个发展趋向扩展，而非稳定。于是悖论就此出现：他追寻的是扩展**物质层面上的阐释**，而非在形而上学上广泛成为"不可言明的"创造性语言，这也正是他孜孜不倦努力要避开的。

柯林·特拜因（Colin Turbayne）在《隐喻的神话》（*The Myth of Metaphor*，修订版，Columbia，1970，65）中评

论道:"所有的科学都充满隐喻,但比如笛卡尔、牛顿这样的科学家,虽然使用隐喻,却不太愿意承认此事。"就认知程度而言,达尔文很可能非同寻常地意识到,在其隐喻的使用中存在着虚构性。

达尔文有时候称"生存斗争"为"生命的斗争",甚至有一处变换为"生命的伟大战斗"(127)。他赋予这一概念刻意的谨慎和有意识的隐喻,也表达了他并不乐意让好斗的或战斗的自然秩序占据绝对优势。他将斗争看作自然延续性的根本所在,但又将它理解为同战斗程度相当的相互依存或持久忍耐。他对于自然界的看法是平等的、横向的、有序化的,这意味着他避开了等级制度的简单性。对于达尔文而言,梯子和金字塔均非有益的模式。当他使用"自然阶梯"("the scale of nature",124、126)这样的术语时,并非要在垂直的层面上加以梳理和区分。自然之中的关系从来都不简单(124):没有传承和传衍的单一脉络,而是晦涩的横向区域性的关联。

这种相互关联的复杂性乃是达尔文需要隐喻,也需时常强调转化了的隐喻性地位的另一个原因——隐喻同其所代表的现象界之间的关联和应用既不准确,又无法计数。这一表征有意限制在"方便"的范围内,并不试图将自身展示为公正或完整的对等物。人们可以看到这种**确认**复杂性的愿望,而非在另一个相关篇章中**简化**这种复杂性。达尔文以准确的案例为开端,然后走向动机含混的思考:

> 苏格兰数地的槲鸫近来数量增加,造成了歌鸫的减少……野芥菜的一个种取代另一个种,其他例子比

比皆是。我们隐约可见,为何竞争在相关类型的物种之间极为严重,而这些物种在自然界中占据了几乎相同的经济位置。但很可能我们无法在任何一个实例中准确地阐明为何某一个物种在生命的伟大战斗中胜过了另一个。(127)

"隐约""几乎""很可能"——用来解释现象的这些暂时性的、模糊的、忽明忽暗的原因在以下栩栩如生的战斗图景中得以短时间稳定下来:"为何某一个物种在生命的伟大战斗中胜过了另一个"。**"生命的"**(of life),而非**"为生命的"**(for life)——虚词提及另一种斗争的感觉:为生存而斗争,而非为征服而斗争。

在类似这样的篇章中,达尔文特意激发起隐喻中那些难以捉摸的元素与图像元素之间的竞争,坚持探索"生命的战斗"这一总结性论断之后的黑暗空间。该章结尾鼓励我们尝试一个"想象中的"(128)实验,然后向我们证实:我们无法成功地通过实验来充分地想象自然关系中的多重复杂性:

> 因而不妨尝试在想象中赋予某种物种胜过另一种的优势。然而,做什么能获取成功,恐怕无一例可循。这让我们确信,自己对于所有生物的相互关系是无知的。这一信念很有必要,但似乎很难获得。(129)

达尔文又一次强调要扩展我们对周围世界的感知,而非将这种感知固定下来。他意识到知识是不完整的,想象力终有废弃之时；这种意识对该章尾句提供了逆流。这句话推动自身展现出一种社会改良论调，但并未表达完全的认同：

当思量这一斗争时，**我们也许会安慰自己去完全相信**：自然界的战争并非连绵不断，恐惧是感受不到的，死亡普遍地迅捷到位，唯有精力旺盛、健康和快乐的物种能够生存并繁衍下去。（129）

上述句子的形式表达了"我们也许"这样的希求语气（optative），排除了绝对性。这种形式也具有急迫的坚定性，这种自信随着"普遍地"这样的措辞又产生片刻的松动，最后停留在见证性的词语"繁衍"之上。

达尔文的散文在以下二者之间频繁穿梭：一方面是在意志上信奉一个快乐的世界；另一方面则洞悉苦难会伴随着快乐的世界而来，如黑暗的潮水般涌动。于是我们可以很容易从《物种起源》中找到一段乐观或悲观的文字。快乐同苦痛之间的这一尖锐张力令人同时感受到自然界的精致与广袤、细腻与粗犷，从而不断地颠覆任何对自然界做道德化描述的姿态。

隐喻似沼泽地一般困住了达尔文，然而他需要它。他需要隐喻这般意味着更多，或更多言外之意的趋势，使得潜在的意味成为事实，去唤醒更多的是非；同样，他也需要力量，以疲倦无力和**淡化注意力**的方式来达到说服的目的。理想状态下，达尔文希望恢复借隐喻召唤一切，以便实现和物质世界保持一致，从而在物质上确证想象。如上所论，有一个办法将生物及其相关描述所产生的一切晦暗的关联融入一个稳定的秩序当中,即发现"明显的意义",此前这一意义已经通过类比和隐喻或神话的方式表达了思辨性。结果,达尔文呈现出这样的风格:在描述、神话、假设和同源(homology)之间快速穿梭,如我们从下句可以观察到的一般:

> 如果我们假设所有哺乳动物的上古始祖(亦可以称为原型)的四肢建立在现有的一般型式上,无论目的何为,我们可以立即感知到整个纲中四肢的同源构造具有明显的意义。(416)

但是存在另一个关乎位置和语言的问题等待达尔文解决。这是一个内在于他的文本以及文本在我们文化当中地位的困难。在多大程度上,他认定自己就是**创造**了他所描述的事物的那个人?他当然正在生产一个文本、创造一个论点。他试图在论点中强调生产,却不能依靠一个完全实验性的方法。他被迫借助富于想象力的历史来创造,摆脱培根式归纳法的保护性术语,进入到一个更加类似创意型艺术家的角色当中;所有的创造能量都集中起来,用以确证他对物种形成方式所作的解释。达尔文运用一批丰富的例子和隐喻表达所感知到的"重大事实",这些事实要求以想象的方式对经验重新排序。而批评家更愿意将《物种起源》理解为具有思辨和乌托邦的特点,该书自身所痴迷建构的人种志符合托马斯·莫尔(Thomas More)以降的乌托邦风格。

尽管这样的批评具有的否定性锋芒业已逝去,但依旧存在这样一种感觉:我们认定达尔文应对他所解释的世界历史**负责**,仿佛他创造而非单纯地记录了世界历史。其中倒也不乏正当理由:书中高度个性化却又受文化限定的语言运用了类似"生存斗争""大的科""自然选择"这样的术语,并搜罗了同时代的思想观点,结果却超越了产生这些结果的文本的控制或认知范围。由此,达尔文陷入了一个创世论的困境:他只是想记录他无法控制的各种体系,却由于他的语言具有高度的想象性,且需要发明新术语和打造新的隐喻联结,因此达尔文似乎在从事一项个体的创造性行为。其文本具有繁殖的能力,他寻求表达人类同其他生命类型之间的对等性,但其创作力和新颖的叙事方法使得作为人类代表的达尔文看起来既在描述一切,又在创造一切。

第4章
达尔文式的神话

一、生长*及其神话

两种富有想象力的元素隐含在19世纪的众多思想和创造当中，一个是对于德国自然哲学（Naturphilosophie）与教育小说（Bildunsroman）一起所表达的"生长"理念的痴迷，另一个则是"转化"（transformation）这一概念。进化论将二者汇集起来。在上述关注点的推波助澜之下，19世纪的思想潮流对于魔幻传说（märchen）、童话和神话的兴趣不断增长，而这一兴趣的方法论则源于进化性的论证模式。诸如缪勒、拉伯克（Lubbock）、泰勒（Tylor）和朗格（Lang）这样的人类学者和神话学者通过引证达尔文和斯宾塞的论点来支撑自己的研究，但他们对后者的回应总体上要比对前者少了很多热情。

青蛙和蝴蝶此类生物的自然生命周期内含的特别变态，加上从幼体到成体的持续转化，二者长久以来都是令人惊奇的话题。这种转化如今成为众多讨论成长（development）的理论家所关注的论题：

---

* 英文growth通译为"成长"，但此处依据本章内容统一译为"生长"，同时区别于development（成长）。

这里有一个应用非常广泛的（即使算不上普世的）真理：每一种生物开始的存在不同于它后来实际的存在形态，而且简单很多。

橡树比存在于橡树果内的那个微小的初级植物要更加复杂；毛虫比虫卵要更加复杂；蝴蝶又比毛虫复杂；于是每一种生物从初级到成熟的状态历经一系列的变化，总体上被称为该生物体的"成长"。在高等动物当中，这类变化极其复杂。然而，……冯·拜耳（von Baer）、拉斯科（Rathke）、雷切特（Reichert）、比斯肖夫（Bischoff）、雷马克（Remak）这些人的艰巨努力几近完全揭秘了这些变化。结果，如今胚胎学家熟知狗所展现的一系列成长阶段，不亚于学童熟知桑蚕的变态步骤。[1]

人们在19世纪经过对转化和变态的思考，形成了这样一个新问题：个体的生命周期（个体发生）内的诸般转化能够成为物种变异（系统发育）的有效模式吗？一个从属的问题则是：我们可以看到单个有机体**重新演绎**（recapitulate）进化过程的所有阶段吗？[2]

达尔文所描述的物种进化过程其实极度缓慢，但快速的叙事令他很难准确地传达这一缓慢。个体发生和系统发育也许就此在读者的思想中混淆为一体，甚至混淆在文本的句法结构之中。

达尔文的观点受到类似诟病的最知名章节就是《物种起源》第1版中下面这段，描述了像鲸鱼一样张着嘴游泳的熊正在水里抓昆虫：

> 即便在如此极端的例子中,倘若昆虫的数量源源不绝,而且这个地方并未存在更能适应环境的竞争者的话,我们可以看到熊这个族群能轻松地通过自然选择变得越来越具备水中生物的结构和习性,嘴部愈来愈大,最终会成为同鲸鱼一般可怕的生物。(215)

埃勒加德(Ellegård)评论道:"反对达尔文思想的论者似乎特意在利用'熊'和'鲸鱼'之间的含混,这类词可以用来指代个体,也可以指代属或物种。"

游泳的熊如此特别,如此具有喜剧性,甚至一个具有同情心的读者真的会乐于沉浸在梦一般的意象之中,想象一只只熊的嘴巴越来越大,变态成为"非常貌似鲸鱼"的东西。而类似塞奇威克(Sedgwick)这样的反对者终于可以伺机嘲讽这一理念:"达尔文似乎相信,只能生活在北极海盆漂浮坡地上的北极熊也能转变为鲸鱼。"达尔文在后来的版本中省略了上述文字。然而,对童话的通俗想象以众多方式揭示了达尔文的理论;上述嘲笑和混淆恰好体现了其中的一种方式:倘若其他中高级形式可以生存,为什么美人鱼不可以呢?"带着这样的范围和适应性……我们无法确定极限的所在——半人半马怪、树妖、树精……(以及也许)美人鱼曾经也在我们的海洋中游弋过。"[3]

大规模转化的理念也可以具有宗教的意义:

> 因为倘若低等动物的变化如此奇妙,又是如此难以发现,那么为何更高级别的动物不应该有更加奇妙的和更加难以发现的变化呢?而且,作为万物当中最

第4章 达尔文式的神话

优秀、最成熟的人类,难道不可以比其他物种经历某种更加奇妙的变化吗?正如(伦敦)世博会远比(《爱丽丝梦游仙境》里的)兔子洞要奇妙得多。[4]

99 但在转化这个论题上,最大程度地吸引了维多利亚作家的版本乃是一个重新演绎的版本,它提供了微型化和魔幻速度所带来的诸般欢愉。整个进化论过程被浓缩在胚胎之内。斯蒂芬·杰·古尔德(Stephen Jay Gould)在《个体发生与系统发育》(1977)中对转化理论做了充分的阐释。

"重新演绎"对当时的严肃科学家而言有着实验意义上的吸引力。海克尔和韦斯曼(Weismann)都将它视为达尔文学说产生的最重要的发现。[5] 对韦斯曼而言,它作为理论工具出现在对于毛虫的颜色模式适应性意义的研究当中;对海克尔而言,它似可作为基本模式用来解读一切生物类型的历史。胚胎可用于重新演绎(或浓缩)其所属物种的成长。因此,胚胎似乎给进化发展的更早阶段提供了视觉和实验性的证据。

19世纪更早些时候,人们着迷于生长,而上述转化理论则是当时这种风潮中特别且尤具影响力的分支。将个人生命周期同物种成长的阶段相媲美的尝试不仅含有真正的实验性趣味,而且代表了在此通过微型化的方式试图改造进化论的另一种尝试。为了理解达尔文的理念以哪些形式大量进入同时代的文献,我们有必要对各种生长理念加以简析,并以此来补充对达尔文的语言和叙事的研究——其中某些成长理念属于19世纪欧洲文化所特有,某些则依旧存在于我们当今的时代。

二、生长与转化

生长乃是超越了意识范围以外的基本的感官体验。我们的生长均始自母亲的孕育，继而由婴幼儿时期进入成年；这是一个没有人能够清晰记忆的体验。生长是一个不可见的过程，只能记录在回忆当中。因此它只能被智性地表述为叙事，其意义基本上只属于生长自身的过往。它为一切类型的生物所共有，但其表现的等级则异常地不同，宛如从蜉蝣到橡树一般的差异。共同的经历以及与之相关的共有的健忘症赋予了生长在意识中的地位，这个地位可以被解读为同等的神秘或迂腐。倘若它超越了意识的界域，就一定超越了语言的界域，也就无法加以言说。它先于叙事存在，但其自身就是叙事形式，而且基本上以过去式进行叙事：你**已经生长**；我生长了。然而，身体生长的体验存有潜在性（latency）这一共同特质，这使得生长成为代表所有隐性进程的一个可能的隐喻，尽管这一进程始终实质性地**在那里**进行着。

第一个等效关系介于精神生长和心理生长之间，即思想成长和个体身份的成长。当然这两个进程相互关联，而且感受力的生长如同身体的生长一般先于语言。但思想可以达到能分析自身成长的程度。

> 起自早先的日子，
> 幼儿的我
> 首次以触摸式交流
> 同母亲的心做无声的对话，

> 不久之后，我努力展示那方式——
> 这婴儿般感受力，
> 作为我们存在的伟大的天赋权利
> 一直在我自身增长着、维持着。[6]

身体的生长会保持其自发的本质，即不受外界影响的力量。它可以作为理解大量个体经历的模式加以激活；只有经过长时间的回忆才能记录下这些经历，且在此期间任何单个的意识均无法理解它们。200年以来，对身体生长这一模式的参照在历史编纂学、社会学、心理学以及政治理论当中已是常规惯例。有些过程无法逃避且无可逆转：身体生长便是其中之一。弗吉尼亚·伍尔夫（Virginia Woolf）在《往事札记》（"A Sketch of the Past"）一文中如是论道：

> 然而，多少也被带入那幅景象里去的是对运动和变迁的感知。一切均未保持长久的稳定。人们必然感受到万物靠近，接着又消失了，时大时小，以不同等级的速度经过这个小生物的身边。人们必然感受到她在不断发展，这个小生物正在被其四肢的生长驱使着向前，她无法阻止或改变这一生长；她被驱使着，如同植物钻出了地表，直到根茎在生长，叶子在生长，蓓蕾在绽放。这一切无可描述，使得一切意象过于静态，因为一旦如此说出口，旋即成为过往，一切就此改变。[7]

此处伍尔夫抓住迅即性，安静地扩展了童年生长过程的万花筒。进化论与决定论暗含的特别的组织形式借用了生长经历中不可逆转的趋前序列（onward sequence）这一理念，无法回头，尽管该组织形式可能在同等程度上包括汇聚与分叉。这个进程也无法保持静止，"再次发作"（recrudescence）也不是一个被进化观易于吸纳的概念。

创造性想象和自然秩序二者之间的等效性经由生长的模式得以确认。最令人印象深刻的模式转换存在于机体论（organicism）当中：这一理论自18世纪末开始提供了大量的文献和思想模式，用来解释个体的成长、社会关系、艺术品进程、历史进程，以及社会中不同类型的知识之间的关系。[8]它断言以下三者之间构成等效：自然和社会的进程，整体内各部分之间有机的相互依赖，以及整体与部分之间的相互依赖。它既是整体的又是分析性的隐喻，允许对各种整体性及其元素加以探究，不否定任何一方，也不偏倚任何一方。机体论与其说是时间取向，不如说更倾向于空间取向。它描述了一个组织形式——提供了成长的一个**研究路径**，但并不必然总是和生长相关。生长和机体论并非可以互相替换的概念。生长乃是我们所有人共有的一种体验，而机体论则是从类似体验中转换出来的观察，进而组成可以从一个研究领域移动到另一个领域的论断。

生长先于意识，因此意识从未能够充分解释生长，或者说也无法解释意识自身。首先，因为生长的完整周期无法容纳在意识当中；其次，因为生长的意识从未能够**在某一时刻**彻底完成。生长的两个基本要素是时间和运动。转化和变态可以即刻发生，而生长不可以。因此，生长在一定程度上等效于历史。华兹华斯在《序曲》（*The Prelude*）中记录了不断回忆的重复体验，这一体验每时每刻都不一样，却又作为重复时刻的混合体加以铭记。

> 我亦屡屡打开村舍的门闩
> 在更早的时日,就在春日的歌鸫
> 啼鸣在晨曦的初始,
> 群山环伺
> 我独自坐在凸起的高地上
> 孤寂面对山谷的一片静谧。
> 我该如何追溯历史,又在何方
> 寻觅感知的源起?
>
> (59—60行)

102 倘若时间是生长的第一基本要素,运动则是第二个。这一运动很可能是内在、隐性的,(在某种程度上)向外扩展开去。柯勒律治在下段文字中生动地呈现了这种力量:

> 我感受到一种敬畏……无论是思量一棵树、一朵花,还是沉思全世界的植物,这些都属于自然生命的伟大器官,我都能感受到这种力量。瞧!随着升起的朝阳它开启了外在的生命,进入到同一切元素开放的共融之中,吸纳了这些元素,亦让它们彼此吸纳。同时,它扎根散叶,呼吸吐纳,将日益冷却的气体和更加芬芳的香气蒸发出来,将一股修复性的元气——同是空气的养料和氛围——吐入滋养它的大气之中。瞧!一接触到光亮它便会反馈与光亮相似的气息,却伴随着同样的脉搏实现了自身秘密的生长,同时继续以收缩的方式

将其扩展后所提炼的一切稳固下来。瞧！看它如何在整体最为丰富的环境中维持各部分不停息的适应性运动（plastic motion），同时成为全体安静而基础的自然生命中可见的生物体（organismus）。因此，经由混合，此端（extreme）变成了彼端的象征。[9]

华兹华斯和柯勒律治共有的思想资源在于，二者都感受到意识的最远端世界，且认识到这样的体验并非偶然。他们重组了"感知性数据"（sense-data）的各个范畴，以创造一个更加类似于占卜的条件。比如，笔者脑海里浮现出华兹华斯《序曲》中的几个著名片段：男孩滑冰的场景，在湖面划船时山峦耸立在他的面前，掏鸟窝时他紧靠在遭受风蚀的山腰上的场景，露茜白日快乐地徜徉在自然的山岩、石砾和树林之间。所有这些场景均以运动作为他们最初的感知体验。华兹华斯将那些与"生长"相关、与均衡和迷失方向有关的时刻重新释放到意识之中，这些时刻往往会在成人的感知之中消失，而又通常是我们童年最强大的时刻，包括摇摆和眩晕。

我们也许就此认识到华兹华斯和柯勒律治对于达尔文相当重要的一些缘由：重视生长和过程，而非结果和确证。这便是达尔文智性培育中宣泄性的要素，是有机生命的根本体验。

《序曲》的副标题是"一位诗人心灵的生长"*。在第一

---

* 此处growth译为"生长"，原因同上注，同时强调本书作者意在暗示华兹华斯笔下的诗人心灵宛如生物体"生长发育"的历程。

代浪漫主义诗人当中，原初的兴趣在于生长自身的过程，而非其确认的结果或者早先的意图。这既不是"教育小说"，也不是精神自传。"教育小说"强调个性完全融入社会的规约——于是结局总有削弱、和缓的意味：婴儿阶段的万能、青春期的傲慢必须让位于被惩戒之后的妥协，接受个体在社会之中被削弱后的自我的层级。我们通常会对这样的结局感到失望。多少类似的情况则是，精神自传沿着曲折的路径，不可避免地走向赎罪的终点。

玛丽·雪莱（Mary Shelley）在《弗兰肯斯坦》（*Frankenstein*）中逐步描写了一个怪物；她塑造了一个被剥夺了"生长"经历的生物，如机器一般被制造出来，机体却又是零零碎碎组装而成。概念和材料之间存在着鸿沟。尽管作为生物他经历了一个人全部的文化成长的历程，却被排除在人类之外，因为他从未有过人类的原初体验——身体生长的体验。他必然是丑陋的，仅仅在智性的意义上被孕育为人；他的诞生源于外在的劳作、拼装以及电流之下的冲击。

书中明显排除了性；弗兰肯斯坦的新娘作为他的妹妹被抚养长大，而且他拒绝给怪物制造伴侣，畏惧它们此后会进入自然秩序而难以控制。怪物未被创造出来的伴侣是该书决定性的缺失。弗兰肯斯坦禁止怪物通过交配和生殖进入自然秩序。新婚之夜，就在弗兰肯斯坦走进洞房之前，复仇的怪物杀死了新娘伊丽莎白。故事最动人的部分在于怪物叙述了自己在知觉和文化上的成长，以及他努力要表达人类的情感——然而他毫无宣泄的途径，因为没有任何互惠交换的可能。

不到19岁的玛丽·雪莱已育有一个孩子，知晓怀着孩子的感觉。在《弗兰肯斯坦》中，她探索了思想无节制地趋向创造性[10]——一种不受自然约束的创造性，但这种创造性却又如此经常地在寻找约束的边界，尤其在浪漫主义时期。寻找的途径乃是一种隐喻：它宣告自身在人类的创造性成果方面同自然界的程序有着等效的安抚作用。但文学和文学的想象同自然秩序并没有内在的等效性。

通过弗兰肯斯坦同其怪物之间的关系，玛丽·雪莱展现了人工选择中更为糟糕的情形。她借助《弗兰肯斯坦》，创造了一个绝望地看向有机形态以外世界的作品。它甚至表明，从人的肉体拼制出来的怪物貌似人类，但倘若"有机形态"不允许完全诉诸那些秘密的、前意识以及超意识的生长经验——这些经验是创造性的充分条件，那么"有机形态"自身也许不过只是生命的幻象而已。

成长的概念之于我们的文化和成年后的体验如此重要，以至于我们忘记了这是一个**需要学习的**（learnt）概念。变化不可逆转，这一进化论设定强化了我们对个体生长的观察。这有助于提醒我们这两个概念并不必然关联。我们最小的孩子还不足3岁大的时候，他经常会说"等我又是个宝宝的时候""奶奶很快就成了小女孩"，或者"等妈妈长得更大点，爸爸带着我""等妈妈做宝宝的时候我会如此这般"。生长一路向前，不可逆转，而且生长也会终结——这样的观点尚未固定下来；也许孩子当时正在做着生长上的尝试和测试，然而却同对他而言貌似存在的自然秩序相违背——在此秩序之中生长可以变化、逆转和间歇性发作。死亡则是他的个人生命体系中颇为重要的缺席。

第4章 达尔文式的神话

"万物变动不居,且无可消亡。"奥维德在《变形记》中的这一论断标志着变态的理念和达尔文的进化论之间存在一个关键性区分。达尔文的理论要求灭绝,死亡从生物个体扩展到整个族群。变态则绕过了死亡,表达了延续、存活;根本性的自我的位置发生了转换,却未遭到转化的抹杀。在某些情况下,进化论看起来类似变态的更古老的概念——时间将变态拉长,转化得以勉力维持,但难以大放光彩。两种理念都寻求将变化理性化,但手段各异。

无论是生理学、地质学、植物学还是神话,变态都是关键性概念。(1755年林奈出版了《植物变形记》[*Metamorphosis Plantarum*],歌德则在1790年发表了《植物变形论》[*Versuch die Metamorphose der Pflanzen zu Erklären*]*。)但第三个关键术语在19世纪的思维当中架构起变态和转化这两个概念,这就是"成长"(Development)——赫胥黎在本章开篇引用的那段文字就以大写的方式给予这个词语以重要意义。1828年,冯·拜耳将他的研究命名为(按照字面可以理解为)《动物的成长故事》(*Ueber Entwickelungsgeschichte der Thiere*),而这部作品为斯宾塞的进化理论提供了基础。

瓦丁顿(C. H. Waddington)在《生物类型的性状》

---

* 歌德这本论著的德文比较贴近的英译应为 *An Attempt to Interpret the Metamorphosis of Plants* 或 *Essay in Elucidation of the Metamorphosis of Plants*,目前国内唯一译本(范娟译,重庆大学出版社2018年版)的封面和版权页所给的英文书名是 *The Metamorphosis of Plants*,中文译名为《植物变形记》,但书中未能找到所据英文本版本信息,且译者在"前言"中又将该书同时译为《试论植物的变形》(第2页)。这里为了同林奈的《植物变形记》加以区分并和德文书名保持一致,因此译为《植物变形论》。

("The Character of Biological Form")一文中评论认为,"时间的流动"乃是有机形态的成分:

> 科学本质上关乎因果关系,而因果关系只有在存在变化的情况下才能发生。因此,生物学家主要感兴趣的正是类型上的各种变化——在个体成长之中,进化之中,或在功能的影响之下。[11]

人们不妨将对于**变化**的强调也延展到叙事的法则上。变态和成长为叙事提供了两种极端的秩序:在众多维多利亚小说的组织结构中,我们可以看到二者之间的张力以及意欲让二者之间和谐一致的努力。

因果关系受到小说家和生物学家相似的关注。狄更斯特别典型地展现了两个问题:一个是隐藏的关联性所产生的能量,这也是其叙事体系的特征;另一个则是交谈中险恶的狡猾,比如《董贝父子》的这个片段:

> "亲爱的路易莎,您得注意自己的咳嗽。"托克斯小姐提醒道。
> "没什么,"奇克夫人回答道,"不过是气候的变化。我们必须预料到会有变化。"
> "是指气候变化吗?"托克斯小姐以她特有的纯朴的表情问道。
> "任何事情的变化,"奇克夫人回答道,"我们当然必须预料到。这是个充满变化的世界。卢克丽霞,任何人如果企图对抗或回避那些显而易见的道理,都

会使我大吃一惊，并会大大改变我对他们是否通晓事理的看法。这个道理就是变化！"奇克夫人带着严肃的哲学意味，高声喊道："哎呀，天哪，哪有什么**不变**的！即使是蚕，我本以为它不会在这些方面给自己找麻烦，可是它却连续不断地变成各种意想不到的东西。"

"我的路易莎，"温柔的托克斯小姐说道，"总是巧妙地举出好例子来加以说明。"*

变态强调突然失去关联，过去与当下出现明显的裂缝。如卡西尔在《语言与神话》（*Language and Myth*）中所言：

> 神话的意识并未将人类的个性看作固定的、毫无变化的事物，而是将一个人生命的每个**阶段**理解为新的个性、新的自我；而且这一变态首先彰显为他所经历的名字的变化。[12]

再命名和再描述既启动了变化，又对变化加以确认。然而随着对新型产物的强调，人类个体的变态或者植物、岩石的变态均依靠身份这一理念。名字在变化，但成分长久不变。

> 万物难以保持自己的类型，而大自然这个伟大的复兴者不断地从其他形式中制造出新的形式。要确信，整个宇宙万物不会消亡，仅仅会变化以及更新其形式。

---

* 本段译文参校《董贝父子》吴辉译本（译林出版社1991年版）。

我们所称的诞生，其实只是排除了过往的一个新开端，而死亡不过是前一个状态的终止。尽管事物也许偶然地在此地彼地之间穿梭往返，但万物的总量始终保持不变。[13]

变态的运动既是横向的，又是发展的。进化论的运动受基因控制，同样的基因解释模式出现在实证主义、更为传统的马克思主义（认为资本主义发端于更早的封建社会和氏族社会）以及弗洛伊德的理论之中。

这便是在强调不可逆转的生长和延续，基于此我们可以理解维多利亚时代的奇幻（fantasy）这一通俗形态所产生的力量，即奇幻打乱了生长的必要序列。因此，"梦游仙境的爱丽丝"再次变小，随即发现自身及身体各部位发生了不恰当的体积变化，所依照的只是她咬食了蘑菇的哪一边。

孔德以发展的方式将历史体系化，从而把"神话的"倾向置于人类文化的开端，因此表明它是一个业已被超越且落伍的阶段。乔治·爱略特的《米德尔马契》试图表明，神话化反过来乃是人类进行解释和体验的长期且重要的方法。[14] 以泰勒为典型代表的众多维多利亚人类学者将神话的基本功能看作准科学的、能够解决问题的活动。然而，神话化的方法也许在解决问题的同时也悬置了问题。它允许持久地思考不可调和的矛盾要素。胡威立评论认为，几乎无法同一时间持续关注两种相对立的理论。[15] 达尔文的理论不仅破坏了更加早先的序列，而且将相对立的故事容纳**其间**。其启发式叙事进程导向了相反的方向，理论则可以被引申为各种

第4章 达尔文式的神话

力量零散而无序的发挥，或者可用于产生确定性，确保不可逆转的向上生长（而达尔文自己的**生命树**意象即强调了垂直性）。

诺思洛普·弗莱在《神话、虚构和错置》("Myth, Fiction, and Displacement")一文中评论了神话的"古怪趋势"——"黏合在一处，构建起更大的结构，于是就有了创世神话、人类堕落与大洪水神话、神祇变形与死亡的神话、诸神婚姻与英雄世系的神话、起源性神话、末世论神话"。[16] 达尔文学说呼唤众多此类的神话元素，同时以倒置（inversion）的方式挑战了其他神话元素。例如，达尔文讨论"诸神婚姻"及"英雄世系、人类堕落与大洪水"等问题时，存在一种"倒置了的高贵"。他的神话历史剔除了来自崇高神祇的传衍，反而展现出艰难传承自沼泽地的未知祖先，却坚称这个故事是崇高的。进化论有可能追溯一种新形式的"探求神话"（quest myth），并将天堂乐园从过去转换到当下：过去由一些简单的类型组成，当下则生机勃勃、多彩多姿。

进化之中隐含着的故事多样性，对于**进化自身**是其文化想象力的一个要素：重要的不仅在于所叙说的具体故事，更在于事实上所述故事种类的繁多。丰饶和选择既内在于理论，又属于接受程序的一部分——接受同理论的一致性则在分析的层面上造就了确证性。

例如，尽管人类与其他所有物种间亲缘关系的故事曾具有平等主义的冲动，然而成长的故事则倾向于恢复等级制度，将整体的人类——尤其维多利亚时代的欧洲人（即我们这样的人种）——置于等级的顶端。（借助此类例子，笔者指涉的是维多利亚人以及当下我们大多数社会民众很大程度上所呈现的性别上的支配权。)

实现这个等级制度的途径在于重新引入单一生命周期的模式，该周期的生长样式具有身体和智力的二重性，并且从童年一直持续到成年。成长延展为进步的理念，随之产生了这样的假定：充分成长后的成人获得且被赋予了控制力；文化嬗变的过程就是改良的过程；从猿到人的历程可以通过各族群成长的不同程度加以绘制。

一对相似的对比故事可以追溯至进化论对超级丰足和丰饶的强调，这两个故事高度重视多样性以及对既定标准的偏离。与此同时，选择的有效性（甚至功利主义）的概念反过来又强调顺从（compliance），因为有机体必须遵从环境的种种要求。达尔文证实了变态，提供了一个新的创世神话来挑战堕落论，将生命树、知善恶树合二为一，且使之成为意义的中心。他对于自然秩序的呈现在乐观的阐释与悲观的阐释之间摇摆不定，给喜剧和悲剧的解读留下空间。在此引用一下弗莱所说的范畴："在喜剧的视域里，**动物界**乃是家养动物所组成的一个世界群落"（参考鸽子和人工选择的案例）；而"在悲剧的视域里，动物界则被视作野兽、猛禽"。

> 我们目睹自然界外表上的光明和愉悦，并经常看到食物极大丰富。但我们并未看到抑或我们遗忘了正在四周欢唱的鸟儿绝大多数以昆虫或种子为食，因而它们也在持续地毁灭着生命。或者我们忘记了这些歌唱的鸟儿、它们的鸟蛋或雏鸟也多被猛禽和野兽所毁

灭。我们也并非总是能记住：尽管食物现在相当丰足，但并非四季常年皆是如此。（116）

而在喜剧的视域当中，"**植物**界乃是花园、树林或公园，是生命之树或玫瑰本身"：

> 我发现了一株雌树距离雄树恰好60码，并从不同的树枝上摘下20朵花，将柱头放到显微镜下观测。可以看到所有柱头上毫无例外地都有花粉粒，部分柱头上尽是花粉。由于好几天都没有刮风，花粉便无法被风从雄株吹送到雌株。天气已然寒冷且相当恶劣，因而对蜜蜂不利。然而，我们所观测的每一颗花朵的雌株却有效地受精了，缘于这些蜜蜂为了采蜜穿梭在树木之间，结果意外地粘上了花粉。（140—1）

从悲剧的视域来看，"这就是一片险恶的树林、荒地或荒野，是死亡之树"。[17]

> 多种树木之间的斗争几百年来该是何等地激烈，每一种树木每年都散播着数以千计的种子；而昆虫同昆虫之间则是无尽的战争——昆虫、蜗牛、其他动物同捕食它们的鸟兽，都在竭力增殖，彼此相食，或者以树、树的种子和幼苗为食，又或以最先丛生于地面而抑制这些树木生长的其他植物为食！（126）

达尔文当时看到了自然界的多重矛盾，那种生死间的互动，却也将它们组织成相对的控制力，即"人工选择"和"自然选择"，其间愈强大的曾经也愈温良。从这个程度上说，他传承了基督教的文化遗产。

达尔文对生命的变异性青眼相加，在其书信当中记录了幸福和放松的时刻，如同灵光乍现：睡梦中，他看着小树林中生物互相嬉戏的生态场景。在那一刻，他并不在意知识或起源。[18]这是一个纯粹的滑稽时刻。然而，有时候这样的时刻又以以下二者相适配：一是因生活饱受折磨产生的苦痛意识；二是找到苦难的起源，从而避免神所具备的虐待狂角色，此时的神负责从道德的角度分配苦痛：

> 最终，它未必是合乎逻辑的推论，但在我的想象中，可以令人更加满意地看到这样的本能：比如杜鹃幼鸟将其义兄弟驱逐出巢，蚂蚁将同类据为奴隶，姬蜂的幼虫寄生在毛虫活体内。我们并不将这些视为特定优赋或特创出来的本能，而是视为一个普遍法则的细小结果。（263）

《人类的由来》比《物种起源》更加细致地应用上述思想，并采取了某种类似寓言故事的形式。《人类的由来》题目本身随即暗示了一个双重而又逆向的故事——人类的系谱。"由来"（descent）*一词可能意味着人类从亚当的神话中堕落，抑或从其灵长目祖先那里实现基因上的传衍（或传

---

* descent一词仅在该书题目中按照惯例译为"由来"，其他时候均依据《物种起源》译为"传衍"。

承）。在《物种起源》中，人类在文本的空隙中出没，时而受到召唤，时而遭受冷落，总是处于注意力的中心之外，遭受斜视的怀疑，逼迫读者必须走上秘密探寻的道路，寻求给这个排挤了人类的文本一个以人类为中心的意义表征。抑或，这使得人类以换喻的方式完全**成为**了理解其他物种的工具。

初看上去，"适者生存"似乎只是进化论思想当中少数单向叙事的故事之一——而此同义反复结构使之成为对机体论的讽刺。如柯勒律治所论的叙事应有的样子，（以最为彻底的方式而言）这就是一只衔尾蛇。适者生存恰恰意味着最适合生存者得以存活。这意味着不是差异，也不是最为充分的成长，而是迅速适应自身环境的现实要求——而这些要求也许就是偏离正轨、悲伤抑郁、咄咄逼人、消极被动、强大的权势，或者其他某种偶然的特质。因此，机缘便重新进入到进化论叙事具有决定论潜能的组织结构之中。

然而，达尔文热衷于再三强调社群的重要性——他再次提出人类同源论者的立场，一切物种互相关联，所有人类来自共同的祖先。由此，如众所周知的那样，政治影响就此产生：这将达尔文安放到他所希望的位置，坚决反对有些人欲将其他族群从"高加索人"中分离出去的想法。

人类拥有共同始祖的理念使得成长的理论（无论族群的或物种的）都有了平等主义的基础，从而将神话的内涵置于科学语言的控制之下。

爱德华·泰勒，也许是最伟大的早期人类学者，在《原始文化》(*Primitive Culture*)（1871）中评论道：

倘若假设有关人类与低等哺乳动物之间关系的理论只是高级科学的产物,将是极度错误的。即便在较低的文化层面上,迷恋思辨哲学的人已被引导着去解释猴子为何同这些人自身非常相似,解释的方案令他们满意;但我们必须将这些方案界定为哲学的神话。其中,有些故事包含着从猴到人向上嬗变的思想,多少接近于上世纪的成长理论。和这些故事相伴的则是其他一些故事,它们反过来解释了猴子如何从之前人类的阶段退化下来。

尽管泰勒宣称独立于达尔文和斯宾塞的学说,但他的确使用了进化论的组织体系来解释所有的阶段,通过这些阶段不同的文化开始理解自己的环境和心理。[19]他认为进步和退化的理念都是成长理论的一部分,并将神话视作利用当下前沿科学知识来解决问题的活动,因而创造了"阐释性的故事,这些故事产生于那种探究种种缘由且一直困扰着人类的求知欲"(354)。泰勒提到高山上发现的贝壳和珊瑚化石可能的形成原因,并将其作为从神话和传说中浓缩出科学论题的例证。他指出,阐释性故事依赖于明显具有更大可能性的解决方案,而科学理论则与我们意识上习性的证据背道而驰。

不可能性(unlikeliness)既是制造神话的特质,又是科学论证的特质,抑或后者更甚。伏尔泰(Voltaire)早先反讽地提出:与其说贝壳证实了"大洪水"的存在,倒不如说已经被十字军战士丢弃在前往"圣地"的途中。泰勒说,只有在"对阐释性故事的信任同我们的概念不相吻合"之时,我们才将这样的故事认定为神话（355）。在这种相对主义的阅读中，神话在说者与听者的间隔中固定下来。

泰勒总结神话式的天赋行为——"它的力量和顽固性"——体现在以下诸多方面：

> 凭借各种进程令自然生机盎然且拟人化，通过夸大事实、扭曲事实来构造传说，错误地理解文字从而使得隐喻固化下来，将推论性的理论和甚至更加虚幻的虚构作品转化为虚假的历史事件，神话以某种方式进入以奇迹为主题的传说，给任何浮动的想象加以名称、地点的界定，将神话事件改编为道德案例，并将故事持续不断地明确为历史。（375）

泰勒分析了虚构的类型，将之归入进化的序列：

> 传说在充足的规模上经过分类后，便展示出一种成长的规律性；而缺失动机的设想作为理念几乎无法解释这种规律性，后者必然需要归因于构造的法则。（376）

他将泛灵论看作神话创造式成长的原初阶段。

尽管泰勒式成长的前提引导他使用了维多利亚时代的习惯性表述（如"低等种族"和"野蛮人"），他的研究认可全世界和有史以来"实在的文化"以及各个民族富有想象力的能量。对于所谓的高等族群，泰勒揭示和挖苦了他们野蛮的愚昧，这种愚昧使得这些高等族群以神话的方式将土著民族退化为猿猴,从而方便自身去猎捕和屠杀。

> 由此我们便不难理解野蛮人为何在那些猎捕者眼中也许仅仅是猿猴,无异于丛林中的野兽;猎捕者在野蛮人的语言中只听到了类似非理性的咯咯叫声和喧喧吠声,于是完全无法欣赏实在的文化。而一旦有了更好的认识,即便最原始的人类部族也总能展现出其实在的文化。(343)

我们回忆起泰勒当初将《水孩儿》(*The Water Babies*)* 看作一部现代神话。

上段文字同金斯利的这部关乎退化的寓言中可怕的结局相互契合。在这个寓言当中,名字意为"为所欲为"的种族的最后一员被迪谢吕(Du Chaillu)射杀**。后者于1861年出席英国科学促进会的会议,并讲述了"大猩猩国及其习俗",引发了极为广泛的关注。[20]

> 接下来500年间,这个部族因为糟糕的食物、野兽和人类的猎捕而全部离世,只剩下一个年老的大家伙,面颊像个起重机,站着足足7英尺高。此时,迪谢吕先生走上前去,向他开了一枪,大家伙站在那里咆哮着,捶打自己的胸口。他记起来祖先曾经也是人类,于是

---

* 《水孩儿》(1863) 是19世纪英国儿童文学家查尔斯·金斯利(1819—1875) 的著名童话作品。
** 此处发生在《水孩儿》第6章,迪谢吕(1831—1903) 乃法裔美国探险家。

> 想说"我难道不是人类,不是你的兄弟吗?",可是却已忘记如何使用自己的语言。然后他又想叫个医生,也忘记了该如何表达。结果只能说出"呜波布!",随后死去。(275)

"我难道不是人类,不是你的兄弟吗?"这句话正是韦奇伍德陶瓷公司在废奴运动中镌刻在圆形陶瓷制品上的文字。

丧失语言的能力乃是退化的最终阶段。金斯利笔下的传说展示出人类退回到原始阶段,继而进入动物本初的状态,而泰勒则坚持认定被猎捕的部族具有理性的语言,只是白人未能加以理解。

成长的理念一旦全部转移到人类身上就含有了家长制的设定,因为可以认定观察者正处在成长的顶峰,回看历经来路的艰辛跋涉后才到达今日的高光时刻。欧洲人被当作拥有卓越成长历程的类型,而其他被研究的族群则在"生长"的图谱上大大落伍。生长的意象又一次在单一生命周期中遭到错置,以至于全部族群均被视作"人类童年"的一部分,如同孩子们一般受到保护、引领及惩治。

然而,人们仅仅偶尔了解到将欧洲人视作成年父母,同时视其他族群多少处在童年和青春期的等级之上这一隐喻,且认为它预示着未来第二代族群间的支配模式。

在19世纪50年代到70年代之间,关于语言与神话的论点充满了退化观与成长观之间的斗争。在神话学家和人类学家看来,进化观和自然选择观同语言近在咫尺——因为语言被当作那个区别人类和其他动物最为关键的标志。而且在这场论争中,达尔文否认将人与动物分开看待,强调动物也具有交流的能力。泰勒一类的作者和马克斯·缪勒一类的作者，二者方法上最主要的差异在于：泰勒使用人种学证据来评估神话的创造，而缪勒则完全使用语言学证据。大体而言，在社会材料的解读上，缪勒支持退化论，而泰勒支持进化论。作为伟大的梵语学者，缪勒在分析神话与讨论语言的结构和根源方面影响深远；其神话分类中最引人注目的范畴之一是"对文字的错误理解使隐喻固化下来"。显然这个范畴建构的基础似乎在于缪勒对神话与思想间关系的再现。

1877年，亨利·休利特（Henry Hewlett）在《康希尔杂志》（*The Cornhill Magazine*）上列出了当时六种不同的关于神话的意义和本质的理论：病原学的（神话是阐释性的故事）；词源学的（神话基于词语的误解）；神话历史观的（神话是对真实人物进行回顾和虚构化的故事）；诗学的（神话是纯粹幻想的故事）；"物质的"（神话是现象的理性化过程）；寓言的（神话是以编码的方式揭示古人的智慧）。罗伯特·阿克曼（Robert Ackerman）[21]指出休利特并未直接将泰勒在1871年《原始文化》中所宣扬的泛灵论纳入分类范畴——泛灵论提出，神话来源于古代各民族的一个习惯，即赋予一切物体以生命。

R. A. 普罗克托（R. A. Proctor）在《天文学的神话与奇迹》（*Myths and Marvels of Astronomy*，London，1884）中写道：

> "天文学的神话"（astronomical myth）这一表达最近出现在从法语翻译过来的书的扉页上，意思上相当

于天文学错误的系统。然而,这不是我在此使用的意义。天文学的历史呈现的记录包含了一些相当令人困惑的观察,后来的研究者没能加以证实,但也未能轻易地加以释疑或解释。洪堡将这样的观察描述为属于非临界周期的神话,也正是在这个意义上我在这篇文章中使用了"天文学的神话"这一术语。

制造问题,而非解决问题的观察:这就是普罗克托所理解的神话源头。众多维多利亚神话书写的重心在于神话"**解决问题**"的功能。但此处普罗克托也聪明地抓住了神话"**拒绝阐释**"的特质。正是在抵制和阐释之间这一难点上,可以确定众多维多利亚作者富有想象力地借用了达尔文主义。

缪勒和达尔文一样寻求共通的起源。具体而言,他所研究的乃是如印度—日耳曼系语言的"根源"所表达的共通起源。他的语言研究始自两个前提:首先,"野兽和人类之间的一个巨大障碍就是**语言**"(340)。其次,存在着"语言的共通起源"。和达尔文一样,缪勒也是人类同源论者,相信世界上所有族群均出自共同的世系:

> 人们指责我研究中存有偏见,暗地里信奉人类拥有共同的起源。不否认我的确持有这一信条,而且如需证实它,这个证据就是达尔文《物种起源》一书……但我敢对对手说:看谁能找出我在哪一段文字中将科学论点和神学论点混杂一处了。

缪勒将自己的法则同达尔文的法则相比拟，此举更加引人注目，因为他对"自然选择"所持的态度并不确定，抑或他将其重新命名为"自然淘汰"——将重点放到弱者或难以生存者的失败以及灭绝与损失之上。他时而赞扬该法则广泛的适用性，时而又完全予以否认："这是一个众所周知的事实，研究者至今也未曾动摇，即自然不可能进步或改良……19世纪蜜蜂的六角形细胞和之前任何更早的时期比较起来，在规格上一般无异"（31）。他在写作关于达尔文作品重要性的演讲稿过程中，似已逐渐改了主意；这个转变源于达尔文的进化模式同缪勒自己的研究如此地贴近。于是缪勒信服于自己的一个观点：达尔文提供了一个新的"思想工具"，一种全新的语言学路径，可通往迄今从未展开过的思想资源。[22]

我们需要一个理念，能将必然性和多变性都排除掉，也就是将普遍的合作和个体的努力包含在内。这一理念对蜜蜂无意识的蜂巢工程和人类有意识的建筑行为均无法适用。然而，这一思想在其内部却能将这两类行为结合起来，并将它们提升到一个全新的、更高的层次。倘若我补充说同样可以用它来解释各种化石王国的灭绝和新物种的起源，那么你会猜到这个理念和术语——我们所需要的正是**自然选择**的观点，它在需求中被发现，也在发现中被命名。它是一个新的范畴——新的思想引擎。如果说博物学家自豪于自己的名字同自己所发现的新物种紧密依附在一起，那么达尔文先生也许会更加自豪，因为他的名字将会永久依附在一个新的理念、新的思想类别之上。[23]

"自然选择"就是一个体现了字面含义的术语。而这对于缪勒而言至关重要,因为依据他的理论,神话急速地介入语言并令其退化,语言则受制于隐喻与神话二者的退化。

缪勒相信神话具有破坏语言和思想之间关系的力量,这正是其理念当中最能吸引同时代人想象力的一点;这隐藏在他自己的神话分析体系,即与太阳相关的神话中。他在很大程度上猜想语言具有取代思维空间的趋势,仿佛语言是一个整体:

> 以太(ether)是一个神话——从特质变为实在——一种抽象化的过程,无疑有助于物质推理的目的,但意向上与其说为了代表任何通过感官或理性可以把握的事物,不如说为了造就当下我们的知识视野。只要它在这个意义上加以使用,作为代数上的X和未知的数量,它就不会造成伤害,如同将黎明说成复仇女神厄里倪斯(Erinys)或将上天说成宙斯(Zeus)。而当语言忘记了自身,麻烦便会开始,令我们以名为实、以特质代替实在、以名称(Nomen)代替神力(Numen)。(579)

缪勒自己体现出同作为"语言的疾病"的神话相对抗的敌意。此敌意表明他已经无意识地将它转化为一个英雄般的对手,这很大程度上基于他所谴责的那些原则。观念史对于缪勒就是思想与语言之间的巨人之战,而隐喻则成为瓦解这一切的中介。

> 只要任何词语在使用时欠缺一个明确的步骤上的概念，从原初意义到隐喻意义，都会存在瓦解神话的危险。只要这些步骤遭到遗忘，而人为的步骤取而代之，我们就有了神话；或者，也许我可以说，就有了病态的语言……然而，透过神话术语方面芜杂而有毒的植被，我们总是能瞥见最初的那个根茎；神话就是围绕着它蔓生开去，继而蜿蜒生长起来。（358）

对于缪勒来说，存留下来的民间故事、童话和传说都是高级神话体系遗失后的残骸。他在印度—日耳曼语系的根源中发现语言存在不可移动的基石，带着对于起源的专有尊崇，缪勒珍视这些基石。他和达尔文一样感受到了那"少数几种或单一类型"的牵引，然后也和达尔文一般专注于这些类型所衍生的众多变种。

三、转化、退化与灭绝：达尔文式的传奇

达尔文的理论强调超常的丰足与极度的富饶，趋向"怪诞"（the grotesque）。与其说自然被视作节约使用的对象，更多地则是视为消费。过度的生产率确证了幻想的景象，接下来我将说明维多利亚时期的奇幻文学固着到众多问题上的某些方法：一些是达尔文理念**之内**的问题，与更古老的世界秩序相关的进化理论则**揭示**了另一些问题。作家们能够不断扩展困难的领域，同时又在奇幻的临时性之内保持安全的状态。

115 在《奥兰多》(*Orlando*)(1928)当中,弗吉尼亚·伍尔夫将维多利亚时代的特征界定为繁茂的丰饶、惊人的生长以及爆炸式的阴云:在一段绚烂华丽的文字中,她描述出那个时代带有压迫感的繁殖力(fertility),并以夸张来模仿夸张,从而揭示出维多利亚文化中泛滥而潮湿的、忧郁的浪漫主义。书中伍尔夫笔下的回忆录作家"尤斯比斯·查卜"(Eusebius Chubb)完全折服于此种丰足:

> 数不清的树叶在他的头顶嘎吱作响,闪闪发光。对于他而言,仿佛自己"脚底下将要踏上百万片树叶铺成的沃土"。花园尽头的篝火在潮湿的土壤上逸出浓烟。他思忖着,不会有地球上的大火有望烧掉这片宽广的植被覆盖物。环顾四周,尽是葱葱郁郁的植被。黄瓜"在草地上滚动着,跌到他的脚下"。大簇的花椰菜层层叠叠地向上高耸,直到堪比榆树的高度,简直让他的想象产生了认知偏差。母鸡不断下蛋,没有特别的颜色。此刻,带着一声叹息,他记起自身的"多产"和可怜的妻子简——屋内的她正痛苦地经历着第15次分娩。他自问,又怎能去责备那些家禽呢?

于是,伍尔夫评论道,"这个惊人的繁殖力"成就了大英帝国,"因为双胞胎比比皆是","由是……句子逐步扩展开来,形容词大量增加,抒情诗演变成史诗,而一个专栏长度的短文就可以写就的微小琐事如今却达到了十卷二十卷的百科全书规模"。[24] 达尔文300页的《物种起源》是他较长时间研究成果的"摘要",看起来非常成功地进行了压缩。

地球和生命体的繁茂且颇具威胁性的超强多产性既令人安心,又令人恐惧。度量(measure)和不可度量的论题对于维多利亚时代的感受力至关重要。

R. H. 哈顿(R. H. Hutton)评论阿诺德的《批评论集》(*Essays in Criticism*)时,曾讨论到后者对于度量的热爱,认定这一热爱的对立面乃是"难以满足、不可度量的渴望所展现的泛滥,智性绝无可能立足于斯"。达尔文的成长理论在很大程度上依靠于那种"难以满足、不可度量的渴望所展现的泛滥",依靠于两性间无法平息的激情、生存的活力、生产的充沛以及生长的反叛。在此程度上,达尔文的理论乃是带有恶魔色彩的理论,强调动力、反常和意志力。它不是一个随时会和度量或理性的理念相协同的理论。

丁尼生(Tennyson)惊愕于同样的问题:

> 一个万能的造物主却创造出如此痛苦的世界,有时候对我而言实在难以信奉,如同隐藏在万物背后难以辨认的物质。自然界无以复加的丰饶也同样令我惊惧,从热带森林的增长到人类繁衍的能量——新生儿的洪流。[25]

相反,对于达尔文来说,热带森林乃是自然美最完满的典范,而"新生儿的洪流"只归属于自然界普遍存在的催生果实的能量。

马尔萨斯寻求遏制和削减人类旺盛的生产率,而达尔文则论及"人类的生育过于缓慢"。在金斯利的《水孩儿》中,大量的水孩儿都是被忽视、抛弃的多余生物,社会对他们缺乏关爱，认定毫无用处。他们回归到大海中胎儿般的生存状态，享受着大洋里的丰沛环境，同时又遭受到作为道德家的两姊妹的惩戒——一位是体态丰满、充满母性的"己所欲施于人"夫人，另一位则是机智而苛刻的"自作自受"夫人。

金斯利强调了海洋深处充实的生存状态，生命的游戏超越了功用或数量。[26]其寓言的表述方式隐约提出了一个同样出现在达尔文理论中的奇特问题："性别的差异何时进入生命的经济结构之中？"

在达尔文对人类始祖的描述中，我们总是看到"共同亲本"（one parent）的字样——一个和大自然高度接近的无性别的始祖。他对于变化和成长的描述（对于地球上生命的散播、持续生殖以及灭绝的描述）乃是对于生殖能量的描述。的确，进化的进程依赖于性别分工。但他直到在《人类的由来》中才高度强调性的动力和选择。他的确在《物种起源》第4章讨论到性选择，将它描述为"雄性之间为占有雌性所做的争斗"，而雌性（以矮脚鸡为例）"数千代以来选择了最悦耳动听、最为美丽的雄性"（136—7）。然而，该讨论仅仅持续了两页，主要的篇幅都在讨论自然选择，达尔文在此思想阶段清晰地赋予了自然选择以最首要的意义。因此达尔文的描述总是在强调生产率而非团体，强调生殖作用而非性的欲望。他在描述自然的一种完整的经济结构，其间生产会采取众多类型，而且他继承了其祖父在《植物的爱意》（*The Loves of the Plants*）中浪漫的抒情色彩，尽管未加发展。[27]因而，《物种起源》的风格和理论均含有抒情而热情洋溢的色彩，而非怀疑主义和过度节制的特点。

他的写作强调杂乱和丰沛，依赖向着狂乱的多产蓬勃而生的自然——这一系统在与人类的关系中既相互疏远又可充分满足感官。有机体或身体成为转化的媒介，生产则成为创造变化的手段，肉体的世界在生殖中得以延续。在达尔文提出的关于生命的方法论当中，对于地球上生命的延续而言，生产、生长和衰朽均同样重要。

有机体和生命业已逝去，生命的残骸成为地球最后的压舱石。意识到这一点对于维多利亚时代的众多作家颇具吸引力，对于伊拉斯谟·达尔文来说就是如此。区别于17世纪头骨揭示的"吾等皆凡人"（memento mori）的死亡警示，地质学家的锤子揭开了历史所残存下来的形态。G. H.刘易斯在《动物生命研究》（*Studies in Animal Life*, London, 1862）中竭力要在这一意象中找到确证：

> 我们的大地母亲由生命的残骸形构而成。由残骸构成的动植物则建立起自然坚固的构造。若干地质时期之前，这些细小的"建筑师"分泌出细小的果壳，成为它们的宫殿。继而在这些宫殿的遗址上建造起我们的帕台农神庙、圣彼得教堂、卢浮宫，等等。闪光的生命星球就此旋转起来！一代接着一代，当下成为未来的母体，正如过去是当下的母体；一个时代的生命组成了通往更高一级生命的序曲。[28]

这一解读相当宏大且关乎（皆是大理石、毫无黏土成分的）死亡的周期。它借用维柯（Vico）的周期与螺旋上升的意象——一系列向上攀升的旋转——进一步强化了自身。

就物种的延续、甚至于物种对新条件的适应而言，确切的回应和分散的关系对于个体的生存相当必要。但超级丰富的资源及浪费是这类生存的首要条件，而多样性则是成长的媒介。达尔文和穆勒（Mill）一样，都强调**多样性**的创造性。穆勒在《论自由》（*On Liberty*）开篇即引用了达尔文挚爱的威廉·冯·洪堡（Wilhelm von Humboldt）："人类成长具有最为丰富的多样性，因而具有绝对而基本的重要性，此乃……重大且主要的原则。"[29] 去掉"人类"字样，你也就有了达尔文扩展范围之后显著的重心。

多样性的价值乃是达尔文思想所强化的新的重心。对超强生产率的赞颂可以回溯到更早的历史。比如，在12世纪伯纳德·西尔维斯特（Bernard Silvester）的《宇宙志》（*Cosmographia*）中，我们看到：

> 生殖的不可征服的大军和死亡激战，
> 重焕自然的生机，令万物长存。
> 它们拒绝垂死之辈的死亡，堕落之物的堕落，
> 亦不许可人类这一物种系谱的消亡。[30]

诗人斯宾赛在《仙后》（*The Faerie Queene*）第3卷中描述阿多尼斯（Adonis）的花园时，提供了一个经历着无尽重生的循环世界：一切植物、花朵和生命体从花园向外川流不息，又从后门"回归"。它们参与到一个不断填补的多产循环之中：

> 那里养育的生物千姿百态，

> 更有各种古怪的形态，无人能识，
> 每一种皆处在五彩的苗床中
> 排列有序，一排排尽显妍丽。
> 有些适合匹配智慧的灵魂，
> 有的适合造就走兽或飞禽。
> 而丰硕的鱼类，各色各样，
> 恣意地出没，无穷无尽，
> **大洋**似亦无法容纳。[31]*

然而，生物的数量从未减少——"仍永久地具有丰富的存量，/从原初即创始于远古"。

尽管生命有着循环的本质，但斯宾赛的时间意味着虚无主义的毁灭，因为它意味着个人的毁灭。然而在《善变》（"the Mutabilitie"）诗章中他进一步走向问题的中心：阿多尼斯"永恒地善变"，并"在连续的变化中造就永恒"。大自然认定，"万物"

> 经变化扩大了自身的存在；
> 又最终转向自身，
> 终由命运创造了它们自己的完善。[32]

万物渴求变化，于是发现自身的形态不断得以完善。

为了使得可变异性（mutability）能够被容忍，它绝不能包括不可逆转的变异观。这便是自然选择所强加的新的恐

---

* 本段译文参校《仙后》邢怡译本（北京时代华文书局2015年版）。

惧。在循环或洪流当中，事物会重新发现持续存在的类型，但在变异中则不会。当人们从人类自身来重新解读进化论时，个人主义被置于全新的、几乎难以容忍的张力之下，后者源于达尔文所强调的变异性。所有的偏离、每个个体，都因为拥有变异和变化的可能而具有潜在的价值。但众多个体都必然垮掉或被挥霍掉，留不下印记和任何结果。它们至多会作为欠缺历史意义的一部分过去而得以复原："你我的遭遇之所以不致如此悲惨，一半也得益于那些不求闻达、忠诚地度过了一生的人们，此刻他们正安息在无人凭吊的坟墓中。"*（《米德尔马契》，"尾声"）

进化论意味着一个历史的新传奇：一开始不是花园，而是大海和沼泽。没有人类，只有虚空——或者软体动物的帝国。无法回到一个此前的乐园：最初的世界毫无舒适感。那里没有固定的完美物种，有各种类型的洪流，地壳在频繁运动之中，将各个大陆分割开来。流动的意识，物质世界的意识，宛如无尽向前的进程，延展为一个经常令人痛苦的意识，即人类只是无法阻止的运动和转化之中的渺小元素。既然人类的史前不存在不能恢复的完善，那就不可以怀旧。传承也是逃离——逃离一切原始和野蛮，后二者从来不可能被真的抛诸身后。

在达尔文学说的多样性背后沉睡着的是某个遥远的创始者类型，因为在史前或意识之前而难以恢复。"那个单一的类型"这个理念自身就成为一个崭新而强大的怀旧源头。

---

* 此处及下文《米德尔马契》译文均参校项星耀译本（人民文学出版社2007年版），如有直接采用该译本的段落则另加注解说明。

在这一时期我们看到人们有决心将科学与哲学从源头论、从最终原因的研究中解放出来。但是尽管典型的叙事形式是历史而非天体演化论，其动力总是朝向身后。描述成长的活动也许是历史，但它总是不断寻求进一步回到过去，深入地走向起始时期那令人舒适的限度。弗洛伊德的伟业就是这种痴迷现象的分析性形式，它与个体相关，但我们发现在他之前这种痴迷就存在于对（语言或物种之）"根"（roots）的专注中。[33]因此，尽管达尔文学说随后带来了异质性的探究，然而一元论的理想一直持续其间，比如可以在爱德华·卡朋特（Edward Carpenter）的《文明之原由及对策》（*Civilisation: Its Cause and Cure*, 1889）一书中看到以下这段文字，该篇文章的标题是《未来的科学：一种展望》：

> 因此进化论应用于整个有机界的王国，上至人类。类似"树叶变态"的观点，进化论抹杀了各种差异……从软体动物到人类存在一个持续的变异——所有差异的界限在飞速运动和摇摆，等级和物种不复存在。而科学仅仅关注到**一件**事物，而非众多事物。那一事物究竟是什么？是软体动物，一个人，抑或其他什么？我们是否会说人类可以被视作软体动物或阿米巴虫的变异，或者将阿米巴虫看作人类的变异？……无法回答。由此，结果就是：**进化论学说的出现标志着科学**（从这个词语的通用含义上讲）**的毁灭**。因为进化乃是持续地将任意的差异和里程碑抹杀掉，这些差异和里程碑依靠自身的存在而**构成**了科学，而且一旦**进化**覆盖了无机和有机的大自然的全部领域（不久

之后就会如此),整个大自然便在科学面前飞速运动和摇摆,科学也就认识到自身的差异**具有**任意性,进而反过来最终毁灭科学。[34]

卡朋特抓住了进化论所隐含的类型上的共时性,但同强调起源的遥不可及相比,这一解读就不那么常见了。人类如此缺少对起源的理解,时间上无尽地扩展又倍显凄凉;面对这一点,众多第一次阅读达尔文的读者毫不奇怪地偏爱进化传奇的逆反形式:那个朝向复杂性并涵括了生长、传承和成长的逆反形式。由是观之,进化论可以成为探求式神话的新形式,承诺持续地探索并创造出未来作为奖励,因为未来如今仅存在于自然秩序的变迁意义之上。

在达尔文之前,对地质时间的认可已然开始改造意识,并赋予海洋和海洋生物以一种新的力量。莱伊尔在《地质学原理》第1卷里评论道:海洋鲜活地见证了人类所在的时间与空间领地的狭隘性:

> 甚至现在,江河湖海和大洋的水域充盈着生命,也许可以说与整个人类无直接关系——而是人类从未掌控、亦无法掌控的地球体系的一部分,以至于在生物所栖身的我们星球的地表之上,绝大部分区域依旧对人类的存在毫无感知,直到后来岛屿或大陆被确定为人类的居住地。[35]

海洋丰沛的生命不仅与人类的意义毫不相干,而且在伊拉斯谟·达尔文看来乃是人类生命的**原初和起源**(*fonts et* *origo*)。他的格言"一切源自牡蛎"令后世感到持续的焦躁和不安。当人们意识到自己源自贝壳类那般不具备语言能力、勉强称得上有机体的物种时,便特别地感受到冒犯。而查尔斯·达尔文倾尽数年时光专心研究了蔓足类动物,即那些"数量无限、遍布全世界岩石之上"(298)的寄生类甲壳动物,因此他没有这种傲慢。

高斯(Edmund Gosse)、金斯利和刘易斯等人的海边生物研究的话语证实了这样的道理:特别在19世纪50年代到60年代早期,对海洋生物学和海洋栖居生物的迷恋相当流行,这来自人类感受到自然的馈赠或者自然中蕴含着大量的创造物。

我们在分析与进化论相关的思想运动的时候经常发现,可以观察到将新的理论向创造论语言回归的冲动,但同时不安又如影随形。在金斯利的作品中,仁慈与不安均源自对创世论的重述。灭绝成为阶级的寓言,"贵族"般老派的海雀拒绝长出新式的翅膀,于是孤独地在其岩石上荒诞而悲壮地走向消亡。

> 汤姆非常谦卑地向她走过来,鞠了一躬,而她说的第一句则是:
>
> "你有翅膀吗?能飞吗?"
>
> "喔,天啦。女士,我不能。我可不该想到这样的事情。"机智的小汤姆说道。
>
> "那么我愿无比欢快地和你交谈,亲爱的。如今看到没有翅膀的物种相当令人耳目一新。的确,而今每一种类似鸟类的新生物,他们都得有翅膀,而且都会

> 飞。他们飞翔的目的是什么？将自己提升，超越生命中恰当的位置？祖先生活的时代里，鸟类没有试图想过拥有翅膀，没有翅膀照样过得顺心顺意，如今他们却都来笑话我，就因为我守着这个古老的好习性。"[36]（287）

倘若"物种的产生和灭绝源于缓慢作用且依旧存在的原因"（《物种起源》，457）的话，那么"自作自受"夫人就会指出：

> 大家现在都说我能借环境、选择和竞争等等将野兽造就成人类……可是得让他们记住这一点：每个问题都有两面性，有上山的路就有下山的路。而且，如果我能够将野兽造就成人类，以同样的环境、选择和竞争法则，我也能将人类转化为野兽。（276—7）

金斯利的奇幻想法在一个层面上持续不断地揭示出隐含在达尔文作品中的社会模型，即（马克思带着讽刺的口吻提及的）那些流程，其间达尔文所系统构造的自然秩序复制了维多利亚社会的众多形态：劳动分工、竞争、家庭结构。但达尔文对其社会形态的挪用之中存有一种批评的元素。和达尔文类似，金斯利享受着亲属关系的扩展——这个"大的科"（the great family）在人类的系统中必须包括扫烟囱的男孩和科学家，同时又将植物、动物和人类生命之间的关联予以道德化的处理。

更加引人注目的是，金斯利强调了达尔文挪用马尔萨斯思想时曾遭遇的难点。达尔文的理论著作如此大地趋于扩大化、扁平化，结果在追随马尔萨斯模式强调人口泛滥之时产生了未能解决的不安。达尔文强调超强生产率的创造性需求，从而改变了马尔萨斯理论的内涵。像达尔文一样，金斯利将丰饶理解为善意而非威胁。他将汤姆从社会强加的贫穷且边缘的地位中解脱出来，从而挑战了马尔萨斯式的社会观。水淹没了入口，汇成新的进化洪流，从而导致了汤姆的死亡。河流融入大海，汤姆又回到生命进程的开端。作为汇聚在深渊之中众生的一员，他回到了最为原初的状态。

帕莱、达尔文和金斯利均特别乐于阐述各种转化的进程，然而他们所理解的思维模式又变化万千。

> 而且，动物生产出自己的**类似物种**，这究竟如何或者在何种意义上是真实的？蝴蝶以益生菌代替嘴部，拥有四个翅膀和六只腿，却生产出带有颌部和牙齿的14英尺长的毛虫。青蛙生产出蟾蜍。黑色的甲壳虫带着薄纱般的翅膀和硬壳覆盖物，生产出白色、平滑、柔软的毛虫；蜉蝣生产出为鳕鱼做诱饵的蛆。这些生物历经生命、行动和快乐的不同阶段（而且在每个阶段都被赋予工具和器官，适合于生物所具有的暂时性特质），最终成长为成年动物的类型和形态。[37]

在上述帕莱对生命周期的描述中，两件事让人读后印象深刻：一是强调快乐，二是坚持认为转化和趋异（divergence）乃是以自我繁殖为目标的探索历程的不同阶段。生命成长为类似成年的形态,这在上述两种意义上都标志着生命的终结。几次变态的历程趋向身份的定型,也意味着**认同亲本类型**。经过努力得到的相似性乃是理想所在,而非努力后得到的趋异性:"在同等程度上,既谋划着促进满足我们之于美好事物的感知,又致力于避免过于偏离伟大的造物主从一开始建立的创世秩序。"这是一个非常重要的传统模式:其间周期服务于身份的确定,并终结在成年形态的最后阶段,而各个生命阶段的各种需求均从属于这一周期。该模式依赖于单一的生命周期,尽管这意味着演替(succession)亦在寻求自我繁殖和相似性,而非变化。同样在"教育小说"中,正在"生长"中的自我逐步让自己成长为适应于社会的样式,并将这些样式加以内化。

帕莱表达了感官的即时性转化后的**欢愉**,尤其在下述过程中可以触感到的对比状态:"黑色的甲壳虫带着薄纱般的翅膀和硬壳覆盖物,产生出白色、平滑、柔软的毛虫。"不同的纹理并置在一处,激发起触觉的反应,却没有产生任何等级关系和物质上的拒斥。在上面引文的前一句中,他坚持强调蝴蝶和毛虫童话般的巨大差异,比如从6只腿成长为14英尺。帕莱话语中的游戏与艳羡的成分在达尔文的描述中存留下来。达尔文不同意生命周期内的一切成长均趋向复杂性,他这样反驳道:

> 发育过程中的胚胎在组织结构上普遍会提升:我使用这一表达,但我也意识到不太可能对或高或低的组织结构的含义加以清晰定义。然而,要说蝴蝶比毛虫高级,恐怕无人会提出异议。但在某些情况下,人

们普遍认为成体动物在等级上要低于幼体，比如某些寄生类甲壳纲动物。这又要再次提到蔓足类：第一阶段的幼虫拥有三对足、一只非常简单的单眼、一个吻状的嘴部；它们大体上依靠这张嘴捕食，因为它们的身体外形增长不少。第二阶段对应蝴蝶的蛹期，此时拥有了六对构造精美的泳足、一双巨大而美妙的复眼和极其复杂的触角，但此刻嘴部闭合且功能不够完善，因此无法进食。这个阶段的使命在于，借助发育良好的感官搜寻一个合适的地点，并依靠灵敏的游泳能力到达那里安顿下来，以实现最后的变态。这一切完成之时，它们的生命形态便得以固定下来：足部现在转化为可以抓握的器官，再次获得了构造良好的嘴，但失去了触角，两只眼现在重新转化成一只细小、单一、非常简单的眼点。在这个最后完整的状态中，也许可以将蔓足类动物视作比其幼虫状态具备更加高级或低级的组织结构。(420—1)

"六对构造精美的泳足、一双巨大而美妙的复眼和极其复杂的触角"：达尔文的孩子们曾因这句话如此煽情而大笑不止，告诉他听起来像个广告。当然，写下这些字段的时候，达尔文自己都没有意识到，他所运用的较为古老的语言关乎神的意旨和精巧的设计——"六对构造精美的泳足"。但又不同于帕莱所强调的各种生命状态的"暂时性特质"，达尔文在前一段中强调："幼虫努力适应生命的状况，这种适应简直同成体一样完美、一样美丽。"

因此，达尔文分析认为，"**活跃期**"可能就是获得最高级、最美丽的组织结构的时期,并不一定必须处在成体时期。这个探索的时期无论出现在生命周期的哪个阶段都被赋予了最大的价值。在另一个极端,他则以幼虫成长为"补充性雄体"(complemental males)为例:"后者的成长已确定具有退化的特性,因为雄性仅仅是个容器,寿命短暂,且缺失嘴、胃部或其他重要器官,唯有再生产的功用。"依照达尔文的记述,蔓足类动物在"最后的变态"后"生命形态便得以固定下来",这个过程乃是与收缩和损失相关的运动:"两只眼现在重新转化成一只细小、单一、非常简单的眼点。"达尔文所描述的转化在各种运动中涉及获得和损失、成就和退化。

新的知识和理论躲藏在早先的话语之内,继而又"以新的面孔"现身——达尔文话语的这种特质便于金斯利和玛格丽特·盖蒂(Margaret Gatty)这样的作家挪用他的分析,这些挪用以幻想的方式将进化论理念、社会理论和基督教教义之间的联系予以道德化。金斯利将变态表现为社会喜剧:在达尔文对"补充性雄体"所做分析的基础之上,有一幕场景展示了那只外形丑陋却着装文雅的蜻蜓所经历的狂欢般的变态。如此,金斯利经常创造性地将尖刻的观察和居高临下的姿态任意地混合一处,同时创造性地持续复活了欢愉,仿佛末日审判就在眼前:

"那么,结果你妻子怎么样了呢?"

"喔,她是个平淡无奇的生物,这是事实;她只想着下卵。如果她选择来,又有什么理由呢?如果她选择不来的话,我为什么不能独自来呢?——所以我就来了。"

而且他一边说着,身体的颜色一边变得时浅时白。

"怎么啦?你病了吗?"汤姆说道。但他没有回答。

"你就要死了。"汤姆说,看着他跪在那里,像鬼魂一般苍白。

"我可不是,"他头顶上发出了一个微弱的吱吱声,"我已到了这里,穿着舞会上的礼服:而那则是我的皮囊……"

……因为这个小淘气鬼已经彻底从自身的皮囊里跳出来,皮囊立在汤姆的膝盖上——眼睛、翅膀、腿和尾巴,简直鲜活依旧。

"哈,哈!"他说道,猝然一动,继而轻快地上下跳动着,一刻不停息,好似犯了圣维图斯舞蹈病一般。"现在我难道不是个帅小伙吗?"

的确如此,此刻他身体通白,尾巴是橙色的,眼睛里混杂了孔雀尾巴上的各样颜色。而最为奇特的则是,其尾巴末端的尾毛比此前长了四倍。

"啊!"他说,"如今我会看到极乐世界。我的生活成本不高,因为你看,我没有嘴巴,没有内脏,所以永远不会饥饿,也不会胃痛了。"(115—6)

然而,帕莱模式的年轻幼体历经各种转化,竭力回归到亲本的形态;金斯利和达尔文一样,都避开了这一模式。相反,金斯利提出了变化、变异和新的开端三者的价值——而这属于其达尔文式和社会主义的思维方式。

在《水孩儿》中，金斯利用奇幻来批判社会现实主义。就社会现实主义而言，汤姆乃是马尔萨斯式大众的一员，为社会所快速消费和抛弃，成了一个扫烟囱的男孩，遭受其师傅残暴的压迫。金斯利使用了此前在《埃尔顿·洛克》(*Alton Locke*)中使用过的双重结构。这个男孩淹没在大海中，发现自己回到了创世周期的开端。此处和孩子相关的万物有灵论其实将他解放了出来，回到了更早的进化生长的阶段，但在金斯利更早的作品中进化的经历则是一个幻觉的梦境而已。[38]

12年前，金斯利曾在《弗莱泽杂志》(*Fraser's Magazine*)上公开声辩，认为儿童已被剥夺对想象力的丰富需求：

> 在上一代人当中——而且，唉，这一代亦然——很少甚至无人关心每个聪颖的孩子都具有的之于浪漫、奇妙、崇高事物的热爱……新教与想象毫无关系——事实上，问题在于：有理性的人是否有想象力？既然成年男女和儿童都具备这种令人烦恼的官能，那么魔鬼是否并非想象力的始作俑者？[39]

他想要用儿童具有转化力的眼光来阅读这个世界，在儿童看来万物同等奇妙和亲切。[40]《水孩儿》中最后成为"科学巨匠"的汤姆渴望能重回婴孩状态一个小时，但要保持充分的意识，这样他就可以在休息的同时知晓所发生的一切。小说的叙述者阐释水孩儿回归自然的历史之时，却评论道："我是认真的吗？喔，亲爱的读者，不。你难道不知道这只是一个童话故事吗？都是为了乐趣而假装发生了这一切，因此就算是真实的,一丁点你也别信。"

这是个纯粹的童话故事,讲述过程中带着奇妙的自发性:小汤姆是爬烟囱的清扫童工,浑身漆黑,在一个到处弥漫着触觉、视觉和味觉的世界中成长和受难。

> 他们穿过矿工的村庄,此刻户户门窗紧闭,鸦雀无声;接着穿过了税卡,然后出来进入真正的村庄里,缓慢而沉重地走在黑色又脏兮兮的路上,两边是矿渣堆成的墙垒,唯有近旁的旷野里传来矿井机械的嘎吱声和重击声。但很快道路就恢复了白色,墙壁也是,墙角边草儿茂盛、花朵艳丽,上面尽是露珠。(11)

又如:

> 从一片石灰岩壁底部的低矮岩石洞中涌出大股喷泉,从寂然无声到汩汩流出,再到潺潺地涌出,清澈到你都无法分辨出水和空气的交接点,继而在地下流淌。一股水流大到足以转动磨坊机,流淌在蓝色天竺葵、金色金梅草、野生覆盆子和长着雪状雄穗的稠李之间。(14—5)

浑身被烟灰熏得漆黑的汤姆总是受到"那个爱尔兰妇人"的监控。他下错了那个大宅子的烟囱,掉到一个小女孩的卧室里,结果像动物般被赶离庄园,滑落到一个陡峭的悬崖下,却来到了一位老夫人的教室里。他在忙乱和幻想的情绪中走出安置他睡觉的外屋,心里想着"我得洗干净自己",于是

走进河水之中。他

> 来到小溪的岸边，躺在草地上，看向特别清澈的灰岩水中，每一颗底部的卵石都明亮而光洁。此时银色的小鳟鱼看到他黑漆的面庞，顿时惊慌四窜。他的手指伸到水里，感觉好凉好凉好凉。他说："我会成为鱼，在水中游荡。我必须干干净净，干干净净。"
>
> 于是他特别快地脱掉身上的衣服，本就破烂的衣裳很容易被撕碎了一部分。他又将可怜的又热又疼的双脚放入水中，然后是双腿；整个身体浸入越多，脑海里就越发回响起教堂的钟声。(63)

当然，他的确淹死了，但是直到长大后再读这本书时，笔者才意识到这一点，因为隐含的意义使得我们感觉到的只是汤姆的需求和收获：一次凉爽的、回归自然的休眠。[41] 的确，关键也在于：他并**未**淹死，而是从人类成长的普通周期里解放出来，获得了重新生长的许可。于是他就有了鳃，成了一个水孩儿，完全自由自在地在水中游荡。胚胎的意象昭然若揭，整本书拥有典型的前弗洛伊德式讲述风格，似海洋般宽广而丰富，其间一切属于本初经验的元素都未加阐释地得以展现出来。

这既是一本让人发出刺耳笑声的书，又是一本令人痛苦的书。它充斥着那个时代所有的麻烦，从宗教的、政治的到思想的方方面面。有些篇章颇为野蛮残酷：龙虾和水獭之争；那只贵格会的素食乌鸦被同类啄食而亡。另一些则让我们瑟瑟发抖：汤姆拾起石蚕，在后者完成转化之前将其身体撕裂,"而当汤姆和她说话时,她无法回答,因为她的嘴巴和面部被紧紧地绑在整洁的粉红色皮肤上,如睡帽一般"。一切都以强大的感官体验呈现出来,金斯利尤其注重触觉和味觉。

金斯利在捍卫儿童权益方面正在成为具有鲜明立场的作家,不仅仅只是保护了爬烟囱的小男孩们,但该书的出版的确有助于加速终结这场漫长的舆论之战,旨在反对雇用男童扫烟囱。他将格拉姆斯展示为一个笨拙且愚蠢之徒。随着小说的进展,金斯利又以富有想象力的方式深入曝光了成人世界方方面面的愚蠢行径,比如建议给四个音节的单词施加重税,"诸如异端邪说、心血来潮、唯灵论观、似是而非"这些词语。甚至那些在书中饱受敬意的科学家却不愿意承认其所知的有限性。"教授"很快将汤姆扔回到大海中,因为他刚刚告诉艾丽世上不存在水孩儿这种东西。然而,金斯利这样提醒小读者们:

> 当你提及周边这个美妙的伟大世界之时,你绝对不能予以否认或质疑。最睿智的人也只能了解世界狭小的角落,而且如伟大的艾萨克·牛顿爵士所言,最睿智的人也不过是在无垠大海的沙滩上捡拾到卵石的孩童而已。(78—9)

金斯利寻求在充满残酷和美的世界中保存宗教意义的方法,并通过内含在进化论中且新近受到进化论认可的转化观发现了这一方法。金斯利是查尔斯·莱伊尔的朋友,和达尔文、赫胥黎往来通信,并在进化论的论战中站在他们的立场上反对自己的朋友菲利普·高斯（Philip Gosse）。高斯认为化石之所以深植在地层之中，乃是上帝用来检验人类的信仰的。作为第一拨接受达尔文理论的参与者，金斯利激起了人们不安的思考，《水孩儿》特别自然地成为其间的产物。

达尔文学说强调随机的变异，反驳常识和表象。对于像眼睛这般精准的器官居然源自随机的变异这种说法，达尔文和很多人一样也惊叹难以置信。达尔文学说重新恢复了那些**奇妙的事物**，金斯利紧紧抓住了这一点："过于**奇妙的事物**就不会真实地存在？不要这样臆想。"1863年他在给莫里斯（Maurice）的书信中写道：科学家"发现如今他们业已消灭了那个介入一切的上帝——如我所言，上帝就是魔法大师——他们不得不在下述二者之间做出选择：意外事件组成的绝对帝国，抑或鲜活的、无时不在的、永世劳作的上帝"。[42]

在其自己的进化论版本中，金斯利强调了生命周期内的转化观，比如水蜥、石蚕、鲑鱼和蜻蜓。

> ……他在岸边看到一个非常丑陋和脏兮兮的生物坐在那里，身形约有他的一半大，六只腿，胃部巨大，头部看起来极其不可思议——有两只大眼，脸部同驴子一般。（106—7）

就在转化的最后时刻，

> 它变得强大而坚实起来。身体上开始出现那些最

可爱的颜色——蓝色、黄色和黑色，呈现为点状、条状和圆形。其后背展开了四个巨大的闪闪发光的褐色薄纱翅膀，而两只眼睛则变得极大，几乎占据了整个头部，似万颗珠宝般熠熠生辉。（108—9）

金斯利将进化论描述为一系列社会寓言，正如小说中具备审美意味的、名唤"为所欲为"的这群生物逐步以自然选择的过程从高雅的人类退化成大猩猩。然而，他超越这些个体故事，强调了创造的丰足性、深海里云集的低等生物世界，以及在此充足的创造性当中个体肩负的转化自身的责任。卡莉嬷嬷以"爱尔兰妇人"、"己所欲施于人"夫人、"自作自受"夫人等各种身份屡次在书中登场，汤姆在历险的结尾却发现她正坐在池塘里的一块白色大理石上，善良的鲸鱼们正在来回游弋。

> 从宝座的底下不断地游出数百万只新生的物种，游进了大海，形状和颜色之众远超想象。他们都是卡莉嬷嬷的孩子，她一天天在海水中造出来的孩子。
>
> 像应该拥有更多见识的成人一样，他当然期待看到她在修剪、拼贴、配置、缝补、敲打、修改、锉制、刨平、锤打、翻转、修饰、铸模、测算、凿制、剪短，等等，就像男人们制造东西的时候所做的一样。
>
> 然而，她却没有做这些，仅仅安静地坐在那里托着腮，两只好看的大眼睛盯向海里，蓝色的眼睛和大海一样碧蓝。（313）

此后,

> "夫人,我听说您总是用老的野兽创造出新的野兽。"
> "那都是人们幻想的,我可不打算费力去创造东西,我的小可爱。我就是坐在这里让他们自己创造自己。"
> "您的确是位聪明的仙女。"汤姆思忖道。他的想法相当正确。(315)

这位夫人不去做持干涉主义策略和雄性思维的上帝,却提供了一个彻底具有"女性思维"的创造原则:一个持续而静态的存在,以多产来表达神性。

如金斯利所见,达尔文强调随机的创造力、奇妙的不可能性以及变态的现实(这一现实具有如达尔文所说的"明显的意义"),从而将一整片思想的领域从童话中解放出来,变成了实际的存在。到了书的末尾,汤姆恢复了人的生命,已然"己所不欲亦为之",完成了探索的历程,最终"生长"为

> 一个伟大的科学家,能够设计铁路、蒸汽机、电报和膛线炮等等,通晓一切事物的内情,除了母鸡下的蛋为何没有变为鳄鱼,以及其他三两件只有"考克斯格鲁人"(the Cocqcigrues)*来了才能解决的小事情。

---

* 据大英百科全书在线版,"考克斯格鲁人乃是一种想象的生物,代表绝对的荒诞,属法语词源,法国作家拉伯雷和英国作家查尔斯·金斯利均有使用"。

而这一切他全都自当初在海里做水孩儿的时候学来的。（385）

成了孤儿的汤姆回到了子宫，在大海里带着鳍畅游，后来他到了成长的那一刻，有可能重生并拥有与维多利亚时代英格兰扫烟囱的男孩**迥异**的未来。这便是金斯利的这个故事在组织结构上的讽喻之处和进化观之所在。

金斯利凭借其所描绘的灭绝、退化、再演化、成长等意象，以非凡的洞见将达尔文学说转换为神话。《水孩儿》的第一批书评当中，有一篇刊登在刚刚创办的杂志《人类学评论》（Anthropological Review）1863年第3期上。金斯利当时是伦敦人类学协会荣誉会员。[43]该评论称："人类思想的巨变经常伴随的重要标志在于诗性或讽刺性文辞的问世。"金斯利的作品对达尔文的思想和言辞作了毫无保留和未加分析的回应，代表了其吸收进化论的第一个阶段：一方面大体抓住了达尔文思想中的新观点，同时也保留了一种创世论的经验观。

达尔文在1861年第3版《物种起源》中引用过金斯利的书信片段：

> 一位著名的作家兼神学家写信给我，称"他逐渐认识到下面两件事是同等高贵的与'神'相关的理念：一是'神'创造了少数原初的生物类型，可以自行发展成为其他所需类型；二是'神'需要采用崭新的造物行为来弥补由其律法所造成的各种虚空"。[44]

像莫雷（Morley）和米瓦特一样，众多批评家依据其不同的信仰攻击达尔文思想进程中的拟人化倾向。赫胥黎在《自然中人类的位置》(*Man's Place in Nature*)的开篇即宣称传说、传统和神话具有一种预示的功能：

> 现代的考察以严格的过程来考验古老的传统，于是后者普遍地足以消退为幻梦，但独特之处在于，这种幻梦经常最终以某种方式成为了半梦半醒的状态，预示着一种现实。奥维德为地质学家的发现埋下了伏笔：大西洋岛是一种想象，而哥伦布则发现了一个西方的新世界。尽管半人马和半人半兽的森林之神这些古老的生物类型仅仅存在于艺术范畴内，但这些生物与其说具有基本的身体架构，不如说更加接近人类，然而野蛮程度又完全相当于半羊或半马的神话复合物，因而它们如今不仅众所周知，更是臭名昭著了。[45]

这类批评文章和金斯利的作品处于同一时期（其中头三篇发表在1863年1月），都讨论到"人类与低等动物的关系"。赫胥黎探究的"类人猿"在金斯利作品中媲美于退化了的"为所欲为"一族，后者最终回归并跨越了人同"野兽"的分界线；它们丧失了语言的能力，"在黑暗的森林里郁郁寡欢、闷闷不乐，从未倾听过彼此的声音，直到几近遗忘了对言语的全部感知"。

赫胥黎和缪勒这样的学者对语言持类似的看法，认定语言就是分开人与野兽的楚河汉界：[46]

> 我们对人类高贵性的尊敬将不会因为知晓人类在本质和造型上同野兽具有一致性而减弱,因为只有人类拥有可以交流的、理性的语言这个奇妙天赋,并借此在其世俗的生存期内缓慢地积累和组织起语言的经验,而这种经验在其他动物那里几乎会随着个体生命的终结而彻底丧失。[47]

人的语言及人在自然中的位置——这个双重议题乃是19世纪六七十年代神话研究和人类学的中心论题,且同退化论、进化论二者间的冲突息息相关。此类讨论于是占据了《物种起源》的论证当中人类遭抑制后所留下来的空间。

成长的概念同退化或进化的概念在很多人的思想中是互补的。达尔文的论点强调个体化和趋异化的动机,削弱了自我繁殖的力量,不允许有机体向一个预期完善的目标演化,那是人工选择而非自然选择的方法。"在人类有条不紊的选择当中,繁殖者为了某个具体的目标进行选择,而自由的杂交则整体上终结这种选择。"(《物种起源》,148)冯·拜耳、洪堡、孔德、斯宾塞和达尔文这样的各派论者都拥有一个共同的前提假设,即发展意味着增加复杂性(尽管达尔文坚称复杂性并非发展造成的单一后果)。复杂性众多的后果难以预测,更难以控制。斯宾塞在《心理学原理》(*Principles of Psychology*)中宣称其论点依赖于

> 对发展假说的隐性依附。该假说认为:多姿多彩、无限变化且具身存在的生命产生自最低级、最简单的开端,其间的步骤逐级演化,从同质、微小的生殖细

胞进化成复杂的有机体。[48]

《人类学评论》认为:"人类思想的巨变"经常导致"讽刺性文辞"。玛格丽特·盖蒂的《大自然寓言集》[49]（*Parables from Nature*）（系列二）既机智地讽刺了成长和退化的理念，又巧妙地抓住了达尔文句法结构中思辨的条件性元素，这类元素使得人们很难否定达尔文的思路。"低等动物"采用秃鼻乌鸦的视角；在秃鼻乌鸦这一代言人看来，人类很显然是一种退化了的同类。[50]而秃鼻乌鸦成为研究**起源**所需的恰当的人类学专题：

> 因此，这些生物——我们既畏惧又讨厌的这些人类，他们的起源的确是所有研究题材中最有用处的……他们对待我们的态度和我们对待他们的感情从未被放到一个恰当的落脚点上，直到我们了解到一些关于这些人自身的本质。

于是秃鼻乌鸦就进入到准达尔文式的条件句句法结构之中：

> 朋友们，人类并不比我们高贵，从来都不是，他们不过是我们自己族群中一个退化了的兄弟！的确，我自信且大胆地回望数千代之前，看到**人类**曾经就是**秃鼻乌鸦**！像我们一样，浑身覆盖着羽毛；像我们一样待在树林里，来回飞翔而非行走，栖息而非蹲在石头堆的盒子里，而且像我们现在一样心满意足！
>
> 这是一个大胆的提议，我并非要求你们立刻赞

同。但如果以各种方法进行测试,你就得承认依据这个提议就能够解释此前无法理解的事情,描述那些否则无法描述的事情,尽管我无法提供可见的证据。因而,我恳请你们:如果不能相应地给我一个更好的提议,那就不能无理地拒绝我这个答案。**倘若事情并非如此,那么究竟会如何?** 这便是我立论的所在。要记得我们已经定下的格言:万事都**应**得到解释,并且**能够**解释。

这让我们想起《物种起源》里类似的逻辑转换,比如:

> 自然选择**也许**能改变一种昆虫的幼虫,**令其适应**与成虫所遭遇的完全不同的很多坎坷生涯。这些演化**无疑会**通过相关法则**影响到**成虫的构造。……因此,反过来说,成体的变异**极有可能经常会影响**幼虫的构造……在动物整个生命中仅用过一次的构造倘若对其高度重要,**就可能**经自然选择多少遭受**改变**。(135;重点为笔者所加)

盖蒂夫人攻击了两种假定:一种认为自然界能给予充分的解释,第二种认为广阔无垠的时间轴使得一切皆有可能。比如帕莱就认为:"然而岁月积聚在一起,新的岁月又积聚过来,绵绵不绝,我们的祖辈即使数百年的生命累计却不过沧海之一粟,又能如何?在那样一个时期一切皆有可能。"[51] 帕莱对有关本能欲望的论点早已提出过类似的反驳。盖蒂继而嘲讽达尔文,称《物种起源》背后还有大量未加应用的事实,也嘲讽他对其友人研究的接纳。因此她演绎了一种双重混杂物——关乎达尔文论证的诸多方法和隐藏在其后的人类中心论;后者相当程度上属于发展理论,而且应该注意到,这种人类中心论自身就隐藏在对达尔文拟人论的大量攻击的背后。如赫胥黎所论:"是否母爱经由母鸡展示就变得恶毒?抑或狗所拥有的忠诚即显卑下?"[52]

维多利亚人纷纷着迷于变态所体现的转化和局限。盖蒂夫人该书"系列一"也包含了一个名为"转化"的故事,其间一只毛虫难以相信自己有一天会成长为蝴蝶。以水中精灵和丑小鸭为主角的两个故事则是此类故事中最有名的典范——乔治·爱略特似乎对二者所持的兴趣含有颇多感伤的成分。恰好与决定论信仰相伴的是增强了的对复杂可能性的认可,这些可能性也许属于转变、转化、变态,甚至返祖。

在达尔文坚持自然选择和族群灭绝的观点之前,人们可能会想象可以回归到更大规模的史前世界。莱伊尔和后来的巴克尔(Buckle)*类似,将物种的变化归因于**气候**的变化,因此他才可能去思考那个"伟大岁月"的夏日光景:

> 那时动物的属种也许就回归了,它们的记录都保存在我们各大陆的古老岩石当中。巨大的禽龙也许重现在森林里,鱼龙潜回海底,而翼手龙则将在桫椤丛林的树荫里再次穿梭往来。珊瑚礁会延长至北极圈以北,大量的鲸鱼和云鲸在那里遨游。海龟会在海滩上下蛋,

---

* 亨利·托马斯·巴克尔(Henry Thomas Buckle,1821—1862),英国历史学家。他试图将自然科学的方法应用于历史研究。

海狮在那里休憩,海豹则在大块的浮冰上漂游。[53]

莱伊尔的思想一方面包含了这种可能会逆向返祖的感觉,另一方面可以同时感受到人类的**暂时性**和世界的现存秩序——然而当他想象变化时,他将它想象为故态复萌和回归。"比如,故态复萌会发生在事物的那些古老状态之上,那些家养的动物几代之后便恢复了狂野的本性,而花园里的花朵和果树则返祖为同亲本株相像的状态。"故态复萌意味着简单化——返祖到更早的类似状态。

半个世纪之后,在1885年出版的《寻找伦敦》(*After London*)中,作家理查德·杰弗里斯(Richard Jefferies)设置了一个简单化了的自然界,描述了为数不多的动植物物种。此类话语具有分类学和礼拜仪式的双重特征。小说第一部分的标题是"重堕莽荒",同开篇首段舒缓人心的牧歌体相悖。该段诉诸口述传统的慰藉效果:"老人们说听父辈提过"关于人类堕落之前原初的春天,"伦敦发生灾难之后的首个春天,世界到处一片葱绿",一切变得简单起来,"整个国家看起来一模一样"。[54]

莽莽丛林

老人们说听父辈提过:就在庄稼传到父辈手中不久,世界开始发生了显著的变化。伦敦发生灾难之后的首个春天,世界到处一片葱绿,整个国家看起来一模一样。(1)

后续章节出现了"看起来一模一样"带来的危害——黑莓疯

长:"这些黑莓和石楠立即从四面生长开来,近20年来一直长到了最广袤的田野的中心,汇聚在一起。"对于猫而言,"一段时间过后,几个变种尽皆消亡,只留下性子较野的一类"。还有两种牛、四种野猪、三种绵羊、两种马。所有这些物种都得到了优雅而细致的描述。只要这个世界不出现人类,一种强健的分类学意义上的严肃态度就展现出秩序感。失落的历史同范畴的描述混合在一处:

> 现在发现的两种野生物种显然源自古代先祖使用的马匹,这个事实的证据在于,它们明显地相似于我们至今仍在使用的马匹。最大的野马几乎全黑,或者类似黑色,体积上多少比我们现在拉货车的马小一些,但体格相当。然而,这种野马长期享受着自由,因而要迅捷得多。
>
> ……传统意义上说,古时候有体型瘦一些的马匹,速度上比风还快,但如今这类著名的赛马品种无一幸存。过于纤弱而无法抵御户外的风雨,抑或是野狗已将它们赶尽杀绝?灭绝的根源已无从考证,但它们终究消失许久了。(12—3)

在这部作品中三种情形比比皆是:物种灭绝,一批具有统治性力量的物种具有令人窒息的力量,以及原始状态下丧失了变种。《物种起源》的开篇已然呼唤读者关注个体在人工家养状态下要比在原始状态下具有更大的差异:

> 在较古既已栽培的植物和家养的动物中,当我们

观察同一变种或亚变种的不同个体时，最引人注目的一点是，它们相互间的差异通常远大于自然状态下的任何物种或变种个体间的差异。植物经过栽培，动物经过驯养，并世代生活在气候与调理迥异的状况下，因而发生了变异，方才变得五花八门、形形色色；倘若作如是观，我想我们定会得出如下结论：此种巨大的变异性，是由于我们的家养生物所处的生活条件，不像自然状态下的亲本种（parent-species）所处的生活条件那样统一，而且与自然条件也有所不同。*（71）

回到"原始英格兰"，意味着几种遍地滋生的物种以暴虐的统治力根除了众多的变种和物种。社会同样以暴政、压迫和奴役为特征。整个国家的中心则是"广袤而死气沉沉的沼泽地"，覆盖在伦敦残留的废墟之上：

> 于是庞大的伦敦大都市的低洼地皆成了沼泽，高地覆盖了灌木丛。那些最大型的建筑物都已倾覆，因此在高地上除了林木和山楂树外空无他物，低处则是柳树、香蒲、芦苇和灯芯草。那些残垣断壁的废墟进一步阻塞了溪流，尽管还没有完全让它回流，却也到了差不多的境况。即使有水流从中渗出，却也难以觉察，而且没有一路流向高盐度海洋的通渠。这是一片广袤而死气沉沉的沼泽地，无人敢入，否则死亡必将成为终极的命运。

---

* 本段采用苗德岁译本。

> 这大片泥污发出致命的蒸汽,令动物无法忍受。黑色的水流上漂着褐绿色的浮渣,从泛着恶臭的河底翻腾而出。大风将瘴气聚集起来,可以说将它挤压在一处,随后可见化成了低垂在那里的云团。云团并没有超过湿地的边界,似乎因为某种持续存在的引力而待在原处。然而,对于我们来说,湿地上的云团是个好东西,因为此刻的蒸汽最为浓密,那些野禽离开了芦苇,飞离这片有毒区域。污泥中没有鱼、鳗,甚至蝾螈。一片无生命的区域。(37)

杰弗里斯笔下黑暗奇幻的真正主题乃是灭绝。自然的复苏并未创造丰富的生命,而是将之根除。湖上的那些毒气驱赶着鸟儿错误地选择迁徙,巢穴中留下尚未破壳而出的年轻后代;沼泽地被腐蚀的水域和周边的陆地上尽是"数百万人腐朽了的尸体,他们陆续死于过去数百年间,彼时伦敦尚未毁灭"。翻滚的巨浪曾追在菲利克斯的身后,从"庞大的管道、下水道和地下通道"所散发出来的毒气遇见"上升的大潮",便产生了这巨浪。水体因污染而恶臭,文明整体上坍塌、灭绝。书中荒野里的人、吉卜赛人、牧羊人之间不断爆发种族大屠杀的战争,贪婪而狡诈的氛围笼罩着准封建的王廷,其间重复出现的母题便是灭绝、猎杀少数粗俗物种和残暴的殖民。这样的书写尤其直率而黑暗,冻结了《物种起源》里对于完善和持续趋向复杂性的生长的承诺——这一承诺最终支撑起达尔文的结论。这本小说讽刺了达尔文如下关于昔日知识的预言:

> 当我们更好地了解到迁徙的众多途径,并考虑到地质学现今及今后所揭示的以前的气候变化和地平面的变化,我们必将能以令人敬仰的方式追溯全世界的生物此前迁徙的状况。(《物种起源》,457)

重重猜想和各色传统可以帮助我们从杰弗里斯的这部作品中瞥见微亮的光芒,地平面的确发生了变化,迁徙自然接踵而至:

> 民众挤满了所有的船只,去逃避饥饿,船只扬帆而去,此后再无音信。
> 而且据说,太空中一个巨大的黑体所组成的通道产生了某种引力,造成地球比以往更加倾斜或接近它的轨道;这样持续一段时间后便改变了磁场电流的流向,从而以难以理解的方式影响了人类的思想。迄今为止,人类生命的流动业已向西而去,但此刻磁场却发生了逆转,于是人类普遍开始想要回归东部。(16)

对雅利安人那些源头的呼唤在缪勒的神话研究中相当突出。《寻找伦敦》表明:人类意欲追寻第一个家园和失去的高雅文化,也许是个错觉,它的另一面强劲地表达了现世的退化进程。[55] 达尔文式的论争使得随后19世纪七八十年代的维多利亚人加剧了种种恐惧,这恰好浓缩在杰弗里斯的作品之中,即堕落也许是同发展一样强大的能量,而灭绝则是比进步更可能发生的宿命。

第三编

回应篇：乔治·爱略特和托马斯·哈代

第5章
乔治·爱略特:《米德尔马契》

一、关键性影响

同时代的评论者经常批评乔治·爱略特在作品中一味使用科学典故。的确,亨利·詹姆斯(Henry James)就曾这样抱怨道:"《米德尔马契》(*Middlemarch*)太多地呼应了达尔文、赫胥黎两位先生。"[1] R. H. 哈顿则反对爱略特在《丹尼尔·德隆达》(*Daniel Deronda*)开篇一句中使用"能动的"(dynamic)*一词,认为科学味和学究气过浓。[2]小说这样写道:"她究竟美不美呢?一瞥之间可见她充满能动的特质,那么赋予此特质的形态或表情的秘诀又何在呢?"任何现代读者都有可能对哈顿这一具体的反对意见感到惊讶,这种惊讶应该会提醒我们:如今语言已失去了科学的影响力,但在某种程度上,当时爱略特及其最初的读者依旧感受到语言所承受的科学性的争议和影响。倘若按照詹姆斯的评论去阅读《米德尔马契》的序言,那些如今读起来平淡而普通的话语顿时焕发出令人看法不一的各种力度。[3]序言的末段以讽刺的口吻明确地讨论到那些关乎女性社会

---

* dynamic 一词在小说中可以译为"充满活力的",此处译作"能动的",旨在保留该词的科学特质。

命运的问题:

> 倘若女性存在某种能力水平上的不足,好似无一例外地只有计算个位数的能力,那么女性的社会命运也许就凭借科学被精确性予以统一对待。同时,不确定性依然存在;女性有着相似的发型,在畅销的散文或韵文言情小说中有着千篇一律的形象,实际上则完全不同,"变异"(variation)*的局限性的确并非任何人想象得这般狭窄。(1;1:2—3)

只需要从这一段若干备选词语中挑选一个:"变异"。"'变异'的局限性"便是物种相关争议的一部分,而且关乎在多大程度上通过物种的特点来描述它们。它们也属于这样一个论点:关乎物种在外形和作用上的相似度能否算作"真正的亲缘关系"或者"同功的(analogical)或适应的类似"——也就是对于环境压力所做的共通的回应所产生的相似性。尽管达尔文所用的例子与爱略特的相距甚远,但遵从了相同的论证进程:"作为厚皮类动物的儒艮同鲸鱼之间、所有这些哺乳类动物同鱼类之间,存在的相似性都是同功的,而且体现在体形和鳍状前肢上。"(410)对于环境的回应可以使得非常多样的生物在外形和行动上相似:"女性有着相似的发型,……实际上则完全不同,'变异'的局限

---

* 英文 variation 在爱略特的小说中译为"差异"或许更能为小说的中文读者所接受和理解,此处为了凸显本书作者将爱略特同达尔文的思想加以联结的初衷和隐喻,特译为"变异",以同上下文对达尔文理论的评述保持一致。

性的确并非任何人想象得这般狭窄。"

在达尔文的论述中,每一物种内部的**变异**乃是进化论成长的关键点。多样化(diversification)与类型(type)不相吻合,但却是他在《物种起源》首章通篇强调的创造性原则,该章的标题便是"家养下的变异"。爱略特同样采用了"变异"这个词语,蕴含了当时众多争议性的潜流,并将其应用到"女性的社会命运"之上:"家养下的变异"对于她们成了一项艰难的事业。因此,爱略特对此种表达的应用乃是一个具有论争性的标志,预示着她即将呈现给读者的这部"家庭史诗"(domestic epic)* 会意味深长。

有些批评家则对这最具时代关切的用语的内涵击节叫好——在这些关切之中,情感和智性没有分开,而是最为完整地昭示着彼此的存在。考尔文(Colvin)用这些术语评论了《米德尔马契》中医学知识与意象的运用,[4] 而爱德华·道顿(Edward Dowden)尤其抓住了那个时代科学理念、科学设想所产生的混乱对于语言的影响:

> 她确实已经在小说中应用了"能动的""自然选择"此类词语,批评家看到它们就立刻竖起敏感的耳朵,作出惊恐之状……语言作为文学这门艺术的工具,其范围处在不断扩展当中。而在一个充满了科学思想的时代氛围中,最本真的迂腐将是拒绝接受时代最新赋予的语言路径。倘若作品对同时代的科学运动毫不

---

* 此处的domestic一词可以类比达尔文笔下的"家养下的"英语原词"domestication",二者为同根词,于是有了科学共通的意味。

敏感，本质上便不具有文学性……有教养的想象则会被科学运动所影响，正如诗人斯宾赛那个时代的想象就受到了他所使用的文艺复兴时代的新古典主义神话的影响。[5]

此处同斯宾赛的比较尤其公正且有力。从科学那里获取到了富有文化气息的语言，如同新古典主义典故里的语言一样，提供了可控范围之内富有想象力的影响力，为作者和首批读者所共享。[6] 它提供了词语语法元素上富有想象力的位移、在语言中所占据的新的经验空间、对一些词语种类的确定，以及大大提升了双关语的威力，其间各种感知在意识的监控之下构成均衡的态势。这些效果标志着这样一个时刻的到来：一个特别的话语（discourse）发展到了最充分的程度。这个时刻表明，早先看起来相互之间毫不相干的经验受到了新的影响。[7] 在这样的"换位"（transposition）时刻，情感可以找到其在语言上最充分的表达。

我们可以在《米德尔马契》的几个著名片段里发现那个时代科学类著作具体的源头，比如利德盖特（Lydgate）在科学探索上富有想象力的外延：

> 但这形形色色的灵感与利德盖特都没有缘分，他认为它们太庸俗，太想入非非。他重视的是另一种想象力，它能穿越外围的黑暗，经过必然相连的曲折幽深的小径，追踪出任何倍数显微镜都看不见的微细活动。引导它的是一种内心的光，那种最精美灵巧的潜在"能量"；凭着这光，哪怕最不可捉摸的微粒，它也可以在

理念照亮的空间,把它们显现出来。(1:16:249)*

刘易斯在《生命与心智的问题》(*Problems of Life and Mind*)一书中引用了约翰·廷德尔**的下述这段话:

> 的确,同感知之上的思想可以接触的庞大区域相比,大自然中各种感知的领域几乎趋向无穷小。天文学家对进入其望远镜范围之内的彗星稍加观察,就可以计算出该彗星在望远镜范围之外的路径。同理,依据感官的狭窄世界所产生的数据,我们可以让自己适应其他更加广阔的世界,而单单智性本身即可以穿越这些世界。[8]

刘易斯和廷德尔都相信这些理念的复杂内涵(即智性超越了各色的工具,热量和能量在意象上代表了生产的、转化的力量,而在无外力协助的感官之外,则是浩瀚且多元的各色世界)。

和廷德尔类似,爱略特强调想象所产生的一切不同的进程具有一致性:预感同样激励着小说家和科学家的事业心,他们同样乐于探索事物的意义——即使工具和外力协助的感官均无法确定那些事物;亦同样乐于使用证据又超越证据。廷德尔在"里德讲座"(Rede lecture)的结尾做了如下评论:

---

* 本段采用项星耀译文,"能量"一词为译者所改。
** 约翰·廷德尔(John Tyndall,1820—1893),爱尔兰实验物理学家,亦是维多利亚时期重要的演说家。

> 有些人认为自然科学对想象力产生了毁灭性的打击……但我想,这一个小时的讲述一定已经让你们相信,自然科学研究和富有想象力的文化可以携手同行。在科学这一话语的大多数情况下,我们都获得了想象这个官能的支撑。我们一直在描绘我们从未看到过或听到过的原子、分子、振动、波动,这些也只能借助想象来加以识别。[9]

爱略特同样认同这种超越现实的意象、隐形世界的意象。显微镜和望远镜使得现实可以呈现世界、等级和存在物超越我们具体感官组织之上的多元性;这两种仪器对实证哲学产生了强大的消解力,这种实证哲学拒绝认可超越可见的现世之上的可能性。显微镜和望远镜当时乃是独特的浪漫唯物主义支脉中的影响性因素——这一支脉感受到物质宇宙中集群式的神秘性,并在当时的科学作品和文学当中占据统治地位。可能性的延展远未逃避神秘化,而是借助科学工具进行科学设想;这一延展此时其实赋予了推测性的,甚至虚构性的话语以崭新的权威性。所有的计划不能停留在当下——它们依赖延展、趋向未来。

我们也许可以为爱略特的"科学"话语找到一个更加有名的例子:小说第20章中的著名片段同赫胥黎的《生命的物质基础》("The Physical Basis of Life")一文高度相似。前者讨论了感受力的限度;后者1869年2月发表在《双周评论》上,阐释了人类的感知会以下述方式体现出迟钝的特性:

热带树林正午时分美妙的静谧终究仅仅源于我们听力的迟钝。倘若耳朵能捕捉到那些细小的"大旋涡"发出的低音,比如能听到组成每棵树的无数活细胞内混乱的杂音,我们当无比惊异,仿佛听着一座呼啸声四起的大都市。[10]

在《米德尔马契》中我们可以读到:

存在于生活的频繁交往之中的悲剧因素仍无法将其自身融入人类粗犷的情感之中,而且或许我们的心灵难以忍受悲剧的要义。如果我们对一切人类寻常生活都有着犀利的眼光和感受,那就像听到草儿的生长和松鼠的心跳,而本该静谧之处出现了震耳欲聋的喧嚣,结果让我们惊吓不已。(1.20:297—8)

在《生命的物质基础》中,赫胥黎让读者关注到众多人面对唯物世界观所体验的宗教恐慌,并将之同马克斯·缪勒的"太阳神话"观相比较:

我相信:那个时代很多最杰出的思想家都意识到这个伟大的真理,就像梦魇一般对他们产生着压力。日蚀之际,大片的阴影侵蚀了太阳的表面,野蛮人顿时感到恐惧和无力的愤怒;思想家们正是带着类似情绪仔细观察着他们所理解的物质主义的进步。物质不断前进的大潮威胁要淹没他们的灵魂,不断勒紧的法则枷锁般阻滞他们的自由。惊惧之下,他们唯恐人类的道德本性因其智慧的增长而堕落下去。[11]

赫胥黎宣称：科学的物质观远未贬低这个世界，而是**扩展**了自然秩序内互联性的范畴，即便它同时压抑了"心灵和自发性"。

为了更加贴近问题的本质（以及打破优先性问题的稳定性），看看下面这段刘易斯[12]的文字——出自1868年为《双周评论》撰写的"论达尔文先生诸种设想"的系列文章：

> 让我们花点时间看一看可在所有有机体内观察到的相似性和多样性。一切皆有**共通的基础**，均构建自同样的基本元素：碳、氢、氮、氧……除了这个**实在物**（substance）的共同体，我们现在必须确认一个**历史**的共同体。[13]

刘易斯的论点尤其借鉴了克洛德·贝尔纳的研究，后者建立在比夏（Bichat，即利德盖特的导师）的研究基础之上：

> 那个伟大的法国人率先提出了这样一个概念：生物体本质上看并非先单个然后再联合起来加以研究从而得到理解的关联物或器官，而必须视作由某些基本的网状物或细胞组织所组成，各种器官——脑、心、肺等等——便由这些网状物或组织聚合而成……这个伟大的发现者并没有超越将组织视作生物体的最终事实，这标志着解剖分析的极限所在。然而，这并不妨碍另一位思想者提出一个问题：难道这些结构就没有

某种**共通的基础**吗？它们皆始自这一基础，正如你们的绸衣、薄纱、网眼、缎子和丝绒均始自生丝。(《米德尔马契》，1：15：223—4)

刘易斯在自己的文章中将"共通的基础"加了斜体，该词在《米德尔马契》非常相似的语境下再一次得到应用，而且依据刘易斯对数种"有机物元素"(organogen)的分析，如果从"后来的答案"倒推，我们可以更加准确地理解，为何利德盖特的问题——"何为原初的细胞组织？"——未能以"较为正确的方式"提出来。

不存在单一的"原初的细胞组织"，正如不存在单一的解开"一切神话谜题的钥匙"。刘易斯在关键的一点上同达尔文的历史观相异：单一祖先的理念。相反，刘易斯提出，"生命初期的地球好似一个巨大的胚芽膜状物，多元衍生的每一个点产生了其自身生命的形式"。这个对复数性而非单一性的强调之于《米德尔马契》所生发出来的论点至关重要。尽管这一论点表面上存在分类学的有序化状态，却在作为起因的类型学之下建立起个体的多样性，并将此视作独有而深刻的"逆向性"事业——"畅销的散文或韵文言情小说"。

《米德尔马契》是一部吸引读者关注它的组织结构的作品：各卷的命名都强调了范畴化("等待死亡""两种诱惑""三种爱情问题")。但阅读的过程导致了差异和变异性。甚至我们在观察人类如何紧密地遵从事件的分类学之时，却了解到人与人之间在感受和思考上又何等地不同，因为多萝西娅陪同卡苏朋等待死亡与玛丽·高思陪同费瑟斯通等待死亡的情形截然不同。所有的**关系**（relations）都是不同的。人际距离也不同。利德盖特此刻和整本书的计划相一致，"向往着展现生活脉络当中那些愈加亲密的关系"（1：15：225）。爱略特同时强调从众和变异性，借当时的科学理论强化了更加古老的文学组织形式。在达尔文的理论中，变异性是创造的原则，而类型则使得我们有可能追踪共同的祖先和共同的亲属关系。这使得我们有可能去评估：在多大程度上共同的环境能将彼此差异的生物塑造得颇为相似。

维多利亚时期对于"单一生命"（One Life）的浪漫追求已然在时间上回溯，变成之于起源的追求。在《米德尔马契》中，"关系"与"起源"处在特殊的历史序列之中："除了这个**实在物**（substance）的共同体，我们现在必须确认一个**历史**的共同体。"我们看到，爱略特后期小说中充斥着对科学的理念和推断的想象，这种想象能够达到华兹华斯在《抒情歌谣集》第2版序言中的期望。[14] 对于小说家爱略特而言，"具身体现"（incarnation）总结了一切最大的困难和最大的酬报。正如道顿所示，爱略特既展现又延伸了富有想象力的、情感的内涵，同时代的科学发现和实践为她的文化提供了这些内涵。她利用"这个时期的关键性影响"，回应了人们所共有的种种焦虑，穿梭在种种共有的争议之中，并且创造了对日常语言的科学性潜质和对科学术语的日常性潜质同等敏感的读者。比如体现在"能动的"这个表达当中，或者体现为道顿自己的短语"关键性影响"所暗含的几乎已被抹杀的科学指涉。系统和探究这二者的群体性和新颖性之于爱略特的创作而言至关重要。

我们指出她的创作从科学家的文字中借鉴了具体的相

似点和源头，与此同时，下面这一点很值得强调：这并非简单地缘于某些科学篇章打动了她（尽管显然存在这样的篇章）；相反，这关涉种种争议和探究，而那些相关的科学文本均介入其间。在所有这些争议当中，有两句箴言一直受到讨论、批评和赞赏："自然之力量即运动之力量"和"进化乃是普适性的过程"，而这两个原则被理解为相互的扩展。两个法则一方面具有普适性，另一方面强调变化而非自我复制；二者可以视为相互的确证。两个法则自身带有叙事独特表达的众多特质，即时间的延展性，包括序列、流转的关系、从一个阶段向另一个阶段的复杂运动。这两个法则以一种重要的方式分道扬镳——运动并非必然意味着转化或变化。然而，进化意味着转化或变化。[15]在《米德尔马契》中，两个法则的历史面向得以表达：不断延续的历史运动带有确定的节奏，个人则陷在这一节奏之中。尤其在《丹尼尔·德隆达》中，爱略特的主要论点就发端于毫无转化的延展同不可逆转的变化、发展之间的矛盾。

在与《丹尼尔·德隆达》（1876）同年出版的《罗德里克·哈德森》（*Roderick Hudson*）一书序言中，亨利·詹姆斯认识到艺术家面临的众多问题，因为"的确，具有普世意义的是，关系在哪里也不会停歇"，但他所理解的自己的职责并非要复制这一过程，而是"通过其自身的一种'几何学'手法"对这一过程加以干预，从而找到令人满意的手段将"事物的延续性"封闭起来，这"对于他而言就是事情的全部"。

> 的确，具有普世意义的是，关系在哪里也不会停

歇,而艺术家的精致问题永远仅仅在于:通过其自身的一种"几何学"手法,画出那个圆圈,这些关系在其间将乐于以这样的方式呈现自身。艺术家身处这样的永久困境当中,即事物的延续性对于他而言就是事情的全部。

即便在詹姆斯的词语中也存在着一个暗含的假定:正是科学的水平代表着持续的实在性——"的确,具有普世意义的是"。艺术家必须以反虚构的方式进行创作,这种方式将会容纳无法容纳的内容。借助圆圈的几何意象或者显微镜、望远镜的圆形观测眼,小说获得了一个清晰的焦点,启动了探究,并将之引向结局。[16]

在《米德尔马契》中,爱略特将她自己的创作事业同"伟大史学家"菲尔丁(Fielding)的"丰富的评论与闲话"加以区分:

> 我辈作为后来的史家,不可能随意学他的样子。我至少在解析某些人类命运方面大有可为,看清这些人类命运曾经如何造就和交织在一起,而我能掌控的一切光亮必须聚焦到这个特定的网上,不让它们分散在包罗万象的大千世界中。(1: 15: 214)

借用地质学家哈顿的话来说,一个思想系统保证"看不到开端的残痕……或终局的远景",该思想系统的各种问题却从19世纪中期开始已对作家们产生了影响。1861年在《弗洛斯河上的磨坊》中,爱略特这样写道:"我理解在自然科学中，在持有宏大的关系性视角的思想看来，不存在微不足道的事物，每一个单一的物体都意味着一大批条件。观察人类的生活当然也是同样的情形。"[17]然而，在其后期小说中，可以注意到这种无限的内涵或无限的延展具有两面性：既具有诱惑性，又具有艺术和存在两方面的危险。

道顿所写的评论后面附上了对爱略特职业生涯的长篇回顾，但爱略特吸纳科学理论尤其达尔文理念的过程是渐进的，有时候也颇受困扰。

达尔文的《物种起源》1859年11月甫一问世，爱略特就开始阅读并在日记里记录道："今晚我们开始读达尔文的《物种起源》一书，看起来写得一般：有趣的事情比比皆是，印象却不够深刻，缺少闪亮和井井有条的论述。"两天后，她又在一封信里认为该书"详细陈述了支持'发展理论'的证据，由此也开辟了一个新时代"。[18]

达尔文这本书让人类在拥挤而充满争斗的自然界中流浪，且在这个世界当中难有专属的栖身之地。看起来爱略特起先对这样一本书的反应是出奇地欠缺热情。当然，她的反应不久就得以改变——但那些初始的印象却令人回味。一开始她被自己所熟悉的同时代的论争所误导：她之前已读过拉马克的书，并且在19世纪50年代早期应《威斯敏斯特评论》邀约写过一篇文章讨论他的作品。拉马克提出了一个依赖于学习的发展理论：每一代人都在学习和周遭环境打交道，并将其学习的成果作为习得的特征传给后代。她还读过钱伯斯的《自然创造史的遗迹》，该书对进化论理念做了不够准确但颇有影响力的普及性宣传。她赞赏莱伊尔的成就，后者扩展了地质的时间尺度，从而为进化论理念提供了必要的前提条件。她还熟悉赫伯特·斯宾塞19世纪50年代的进化思想。一开始爱略特简单地将达尔文视作对上述思想的综述者，认为达尔文只是借自身的科学地位确立了这些思想的重要性，因此她未能觉察到达尔文所做工作的新颖性，也未能抓住他在进化式变化的主要**机制**上的洞见，亦即自然选择的机制——这一过程依赖个体**恰巧**因符合环境的需求而生存下来，依赖细小而偶然的变异。此类变异使得个体及其后代更好地适应世界，一直生存下去，直到世界变易、优势迁移到他处。这个理念很大程度上相异于爱略特自己的道德观，结果毫不奇怪，她未能立即把握住该理念的内涵。

无论何时，当爱略特直接指向自然选择这一理念时，那种带着一丝嬉笑的浮夸的风格顿时就显现出来，那些造成她内心深处的不安却又无法摒弃掉的想法驱使她走向此种风格：

> 请你在坠入爱河时，首先确认恋爱的对象毫无累赘。倘若无法确认，就让他去找个贫穷的家庭教师，后者庸庸碌碌、毫无前途。我对这些鳏夫可没有耐心，他们总是期待女人对其心存怜悯，而自己却对真正孤苦伶仃的女人没有半点怜悯。他们总是想要拥有最好的，的确——他们自身总是足够好，只有最好的人才配得上他们。他们会说：这便是**自然选择**的上佳原则；我承认这一点，但它不过就是自负的绅士们的**选择**。[19]

同样尖刻而尴尬的腔调可以在《丹尼尔·德隆达》中读到：

人们无法对朱丽叶·费恩产生嫉妒,这个女孩方方面面都如同正午的集市一般平平淡淡,只剩下她的射箭之术和素朴无华本身。此外,最后一点便是她的面容酷似父亲:上颚突出;向后消退的额头看起来颇似那些更加聪颖的鱼类的额部。(当然,考虑到女性后代中此类意外情况较高的发生率,已达婚龄的男性或者新潮英语所说的"新郎候选人"都应该在镜中客观地打量自己,因为即使他们以自然选择的方式挑选了比自身颜值更高的伴侣,却并不必然能抵消掉自身颜值低的现实效果。)[20]

更加令人感到悚然的则是爱略特晚年的一篇文章,题目是《未来种族之暗影》("Shadows of the Coming Race"),出自1879年出版的《西奥弗拉斯特斯·萨奇印象记》(*The Impressions of Theophrastus Such*)。这篇文章更是蕴含了令人不安的、潜在的预言力量:

> ……新兴的可怕的远景昭示着人类的进化如机器,逐步将自身最终淘汰出局……可以看到自然选择的进程必然将人类全然赶出舞台……于是,那些更加羸弱的族群将会消亡,正如所有适应能力弱的在获得适应力之前那样。这些族群生物体的调整却恰好伴随着一个狂热的自我意识——自以为可以推动决定族群发展的发动机……于是这个星球上满是如深层的岩石般失明失聪的人类,他们会实现和人类语言一样细腻、复杂的变化,并启动一切我们称为语言效能的精巧网络,

但没有敏感的印象、敏感的冲动：我们可以说，或许存在无言的演说、狂想曲和讨论，但那里甚至不存在享受此种静谧的意识。[21]

"和人类语言一样细腻、复杂的变化，并启动一切我们称为语言效能的精巧网络"——这里均被同化为人类的语言及其效能。

唯有回首思考，才可以清楚地看到达尔文的论点有多少通过平行类比和描述找到了叙事上的表达；而爱略特在起初评论时还尚未充分理解这一点，因此她认为达尔文缺少"闪亮和井井有条的论述"。[22]

19世纪60年代末到70年代，爱略特后期创作了两本最伟大的小说：《米德尔马契》和《丹尼尔·德隆达》。在这两本书中，达尔文的洞见以及这些洞见引发的种种难点进入小说创作的肌理之中。此时爱略特已然完全吸收了进化论理念的内涵，而1868年刘易斯论达尔文的系列文章起到了催化剂的作用。

二、结构与设想

在1873年的一封信中，爱略特强调了其小说蕴含的意义在多大程度上通过**形式**（form）加以表达。编辑希望能从她的作品中节选"妙趣横生的睿智之语"，爱略特则回复道：

我希望自己的作品不是断章的合集，而是一个个整体，所以如果我的作品未能引导读者更多地理解从头到尾整体的意旨，那就是个错误。我总是非常认真小心地预防任何可能被称作说教的东西，而且倘若我居然允许自己的论述或对话（或任何方面）脱离我作品的**整体结构**，那也就违背了自己的法则。[23]

爱略特坚持将结构视作意义的承担者，坚持语义与形式之间保持一致，这种坚持借用了当时科学倡导的惯例和柯勒律治的"有意味的形式"（significant form）这一概念。她在《米德尔马契》开篇将该书描述为一系列旨在研究"人类历史"的实验："神秘的混合物如何在'时间'不同的实验中发挥作用。"克洛德·贝尔纳指出："实验"应该和观察区别开来，实验者在角色上会更加主动地去组织活动，甚至带有破坏性。实验者打破了自己所观察到的状况：

> 你会问：那么观察者和实验者的区别在哪里？情况是这样：有人将各种简单或复杂的调查方法应用到对现象的研究中，且对各种现象不加改变，只是作为自然的产物加以收集，那么我们就可以称其为观察者。有人则应用各种简单或复杂的调查方法来改变自然现象，或者为了某种目的改造自然现象，而在他们所处的环境或状况之中，自然并未自行展示在他们眼前，我们便将他们称作实验者。[24]

在《米德尔马契》的组织结构中，爱略特创造了一系列结构上的比较———系列的相似性有可能使得差异性显得相当可贵。但在相互联结的多元性之中，爱略特同时批判了这样的行为，即试图对不同状况下的人类行为做单一要素化的描述。

对于今天的我们而言,"实验的"这个词和艺术相关(比如实验小说、实验戏剧),展现出一个自由广阔、具有探索性和创新性的规划,经常缺少或者避开了既定的结论。但对于维多利亚作家而言,强调"实验性的"(即以实验为基础的)新的科学方法论,意味着这个词体现了仔细的控制、对差异的精确表达,以及针对证据采取的经验的而非形而上的研究方式。这当然就是左拉(Zola)所谓的"实验小说",直接关涉克洛德·贝尔纳"实验医学"的相关概念。在理解《米德尔马契》时,我们也许可以期待发现,小说在科学和医学上的各种关切不仅表达了主题、人物和观点,而且表达了结构的秩序。无论真正理解了作品,抑或没能理解,我们都将发现同科学程序之间的类比至关重要。

在这种情境下,小说和科学之间就以对立面的方式构成类比关系。一个趋向神秘和扩展,正如小说中年长的布鲁克先生精练而又荒唐的陈述:"我自己一度深入到科学之中,但我觉得意义不大,**它可以导向一切可能,让你莫衷一是**。"(1:2:21,重点为笔者所加)另一个则趋向确定和证明——而这里小说剧情同科学设想之间的各种相似之处成为关键所在。

19世纪下半叶的小说尤其追求权威的组织结构的各种来源,这种组织结构能够替代有神论叙事者乐于信仰的神一般的万能和全知全能。这一时期伊始,科学一度逃避了同魔法世界或超自然知识世界的合谋,后者已被如约翰·迪伊(John Dee)这样的文艺复兴科学家在研究中归于更加接近虚构的领域。生物学与生理学的实验流程要求具有客观性，诸如比夏（《米德尔马契》中的利德盖特就追随他的足迹）和后来贝尔纳这样的研究者就强调重复、试验和记录。这些因素以振奋人心的方式将科学的方法同虚构的程序分离开来，而虚构自身在整体性上无法适用于重复的测试。

在小说的组织结构中，科学对于重复和比较的强调几乎可以上升到像《人兽》（*La Bête humaine*）或《米德尔马契》之类的作品中分类学组合的高度，这两部小说通过使用相关例子强调了物种形成和变异性。但它们都超越了分类学，进入到对于过程和关系的研究之中，亦即从居威尔（Cuvier）和比夏的模式转向达尔文和贝尔纳的模式，从结构转向功能和历史。这场科学思想的运动则从描述转向叙事：时间成为理论的一个内在成分，于是将科学家的客观洞见带入到小说家的程序当中，从而提供了另一种确证。

莱伊尔《地质学原理》第1版的题词引自普雷法尔（Playfair）的《哈顿式理论图解》一书，首句是："在全球的一切革命当中，大自然的经济发展都是步调一致的，而大自然的法则则是唯一抵制了普遍运动的事物。"[25] 相信存在这些永恒但隐身的自然法则，这一信念给爱略特（以及左拉）提供了在作品中一探究竟的动力。他们试图追踪和揭开这些自然法则，这种追求乃是二人小说中最深层的剧情。进而，法则的固定性遭到揭秘，并用于确证这些揭示了法则的小说。

与此同时，他们对个性的热烈向往促进了能量上艰苦的流动，介于对法则一丝不苟的揭秘和人类充满激情的、无法满足的需求之间。这个任务旨在追踪和揭示那些基本且固定的自然法则，作家的小说旨在遵守这一任务，他的权威取决于这一任务，但他的创造性则集中体现在人物之上。对于固定法则的强调存在必然的意义，恰恰是因为这一强调乃是最后固定下来的要素，存留在"重申变化的剧场"（the theatre of reiterated change）里。因此小说家不得不重新探索一个组织结构，其间法则否定人类的经验，同时漠视人类的存在。作家们不由得质疑下述设定：人类的理性可以**发现**自然法则，因此这些法则乃是以人类为中心的理性秩序的组成部分。在一个像爱略特这样的作家那里，现时科学思想所提出的各种系统被有意识地挪用。科学家的**方法**变成了应用的方法，科学的理论意味着小说新的组织结构。

自然法则和个体需求之间相互悖逆乃是文学最古老的主题之一。到19世纪后期，这一主题却取得了新的显著特色，因为它和最先进的科学论点同步发生。科学和小说里具有决定论意味的剧情拥有多种组织结构，后者总是在强调个体无可避免的牺牲，然而这一组织结构激发起了狂怒而非默许。个体性和有意义的剧情之间的鸿沟开始扩大。

剧情必定看起来和隐秘的组织结构相等同；这一结构超越单个灵魂（psyche）的控制，而且在某种程度上单个灵魂也无法知晓它。它从不可能单独产生自主观的个体。甚至在妄想症的剧情里，妄想狂相信"他者"是剧情的制造者，无论读者会在多大程度上不安地寻求着反面的阐释。妄想狂既是自我又是他者。19世纪小说的剧情乃是阐释的极端形式：它固定了现象间的关系，预计着未来，然后赋予其自身的预言以真实的形式。在此程度上它实现了自我确证：其结论确认了所给线索的有效度。

此类剧情认定隐藏之物会被揭开；当剧情完成之际，相关的描述会涵括现有知识的边缘以外的一切，后者也会被带入描述之中。从这个独特的意义上说，剧情和设想的本质有共通之处，这一共通点以其因果的叙事寻求最终将其自身的地位从理念的状态转化为真实的状态，剧情则通过在读者那里激起多重设想达此目的。一个具有确定功能的序列从这些设想之中被挑选出来，给剧情的线索提出的所有疑问提供一个完全的解答。这一时期的科学假设试图寻求确证其自身，途径乃是如贝尔纳那般试验，或如达尔文被迫采取的类比和历史的路径。

爱略特在《米德尔马契》的首句便使用了历史的和实验法的意象："凡是关心人类的历史，希望了解这奥妙而复杂的万物之灵，在时代千变万化的试验中，会作出什么反应的人，谁……"* 内在于"人类历史"的则是平行的"自然的历史"。在第二个从句中她提出：小说家对时间大范围的控制给了自己一个特别的实验工具，如贝尔纳坚持认为的那样，此类工具应能突破我们无外界帮助的观察所具有的限度。

实验中的时间被严格管控。证据与观察融汇**在时间之中**，并被标识出来。贝尔纳坚持认为，假设和可能性尽管出现在实验过程的前前后后，但在实验期间必须将它们放置在一边。人们具有以确定性为目标进行推测的冲动，在《生命与心智的问题》中，刘易斯就控制这类冲动的相关问题评论道：

> 我们急于找到阐释，于是乐于将设想接受为真理。**思想上急于预测的冲动勾勒出各种特质，并预见各种**

---

* 此处采用项星耀译文。

结果。我们没有停下来确证预测是否与事实相符,而是继续依据这些预测来论争和行动,仿佛这一思维的远景就是最后的定论。[26](重点为笔者所加)

爱略特在这部小说中控制推测及其内在趋向终极定论的冲动,方法之一便是坚持"放置在一边"(to set alongside)。此法使得横向关系和因果关系得到强调。无紧密个人关系的人物彼此在事件与感情上具有亲缘关系,爱略特揭示了这种关系的不断加深,从而打断通往结局的运动。然而,与此同时,这一手法不断揭示了这样一个发现,即在明显相像的事件同个性一起构成的秩序之中,多样性在多大程度上存在着。

刘易斯依随达尔文的思路评论道:"让我们永远不要忘记:物种并不存在,只有个体的存在,所有这些个体彼此间多少具有差异性。"[27]紧接着这句话之后,他引用了达尔文的生命进化树的篇章。达尔文业已强调,要寻找任何有关物种理念的特别而普世的权威观只能是徒劳。系统论者极易忽视身份上的真实区别,而通用的语言则经常记录着这些区别:"情况很可能是:如今被普遍认为只是变种的类型今后可能被认为是值得赋予具体的名字,如同樱草和药用樱草;在这种情况下科学的和通用的语言将会和谐一致。"达尔文总是欢迎这样的"和谐一致",因为它对具体和特别事物的强调提供了一条走出本质主义的出路:

> 总之,我们将不得不像那些博物学家对待属种那样对待物种,他们承认属种只是出于便利需求的人为

组合。这也许不是一个让人欢欣的前景，但我们至少不会再去无谓地追寻物种这个术语未经发现、无从发现的本义。(456)

在《米德尔马契》中，利德盖特和费厄布拉泽之间展开了最为公开和直接的论争，事关分类学和形态学，也事关样例和结构分类学二者的多样性，尽管小说并没有给予直接的评判。利德盖特并不欣赏费厄布拉泽对昆虫及所谓"新物种"的收集：

> "我猜想，"费厄布拉泽说，"我已经对这个地区的昆虫学做了详尽的研究，目前正在研究动植物；可至少昆虫我做得不错。我们这里明显富有直翅目昆虫：我不知道是否——啊，你拿起了那个玻璃罐——你关注它而不是我的抽屉。你真的对这些东西不感兴趣吗？"
>
> "我还是更在乎这个可爱的无脑怪物。我从未有时间让自己关注博物学。很早我就对人体结构迷恋不已，如今更是和我的职业最为相关。"（1：17：261—2）

这里看起来，博物学集中研究变种，生理学集中研究人体结构。但这部作品自身的组织结构和卡苏朋对于"一切神话的关键所在"的追寻表达了关乎类型群体的相同问题，而卡苏朋追寻的这一关键所在令他无缘生活的世界。他的分类学毫无活力，虚构的作品必须避免类型学的诱惑。

1865年在《实验医学导论》中，贝尔纳陈述了正在发展当中的实验方法,为生理学首次奠定了医学理论和实践方面的基础。他持反活力论(anti-vitalist)的论点,旨在重点描述并建立探究的流程;在他看来,实验科学意图仅仅考虑产生一个现象所必需的具体条件:"事实上,实验科学在一种现象中仅仅考虑产生该现象所必需的具体条件。"(Ⅱ:Ⅰ:第Ⅵ节)[28]刘易斯在阅读该书过程中,这是第一个做了标记的片段。贝尔纳进而指出科学存在两个特别的危险:过度的具体性和过度的普遍性——这种普遍性创造出脱离现实的理想的科学。这些危险对于医学尤其显著,会过度强调个案。他将自己的实践和那些关心"宇宙环境"(milieu cosmique)的思想家的实践区别开来,并作为医学实践者和生理学家发明且强调了"内在环境"(milieu interieur)这一术语。

爱略特创作《米德尔马契》之时,选定从事医学研究且有着牧师般情怀的年青医生利德盖特,将其塑造为受到小说所处时代的智识和情感问题困扰最深的人。利德盖特在19世纪20年代末跟随比夏工作,并寻求事物多元性之下所隐藏的统一性。在其医学实践中,他拒绝陈词滥调和权威说辞,乐于借助实验来进行诊断。但小说中的他误入歧途,如同做病理学研究时所犯的错误一样,他并未将其所有的想象力充分用来研究"爱情和婚姻的复杂特性":

> 很多人因为具有生动的想象力而受到褒赞,将想象力挥霍在冷漠的描绘或廉价的叙述之上:报告遥远星球上非常贫乏的谈话;描绘路西法下到人间完成他的邪恶使命,成了一个丑陋的巨人,生着蝙蝠的翅翼,

口吐磷火。种种夸张的放荡似乎折射出生活乃是病态的梦魇。但此类灵感在利德盖特看来都相当庸俗和轻浮，与之相比的想象力则揭示了任何倍数显微镜均不可见的微细活动，后者在那外围的黑暗中经过必然相联的曲折路径加以追踪，这些路径来源于作为能量经过最终提炼后的内在光亮，能够在被理念照亮的空间中将甚至最轻盈的微粒显现出来。（1：16：249）

"必然相联"受到推理性想象的控制，于是便开始强调理性的自由；这一理性首先使用、进而又超越了观察。爱略特的词语在这里朝向超验的层面（"轻盈的微粒""被理念照亮的空间"），同时那被特别延展开来的序列（生着、那、来源于、但、通过、的、经过、这些）关乎联结性，表达了向前和向内的运动观，并借用了一系列日益完满的关系。上一段文字开篇即指涉叙事。最终，科学的想象、医者的想象以及小说家的想象三者之间的一致性在利德盖特的沉思掩盖之下来回穿梭，这个一致性最终圆满地转向可以同等应用于科学家和小说家各自事业的描述方式：

他这边已然抛弃掉一切廉价的发明，在这些发明中无知自觉颇有作为且安之若素：**他迷恋那种属于研究之"眼"的艰苦发明，暂时框定了研究的目标，并将它修正为越来越精准的关系**。他想要穿透预示人类苦难和欢乐的那些微小过程的昏暗不明，这些过程就是隐形的通道——痛苦、狂热和犯罪最先出没之地，是脆弱的姿态和转变——它决定了幸福或不幸福的意

识的成长过程。(1：16：249—50；重点为笔者所加)

一瞬间，"关系"一词可以表达之于爱略特什么是该词诸多意义的节点——叙事与各种关系。

多重类比创造出《米德尔马契》中互联性的网状物（web）。爱略特笔下具有智识的人物均专注于源头——类似"原初的细胞组织""一切神话的关键所在"，但是整个文本则是以变异性的方式加以组织。《米德尔马契》使用结构类比及其"暂时性构架"来创造实验式的情境，它更加犀利地抓住焦点，必要的时候转变焦点和再聚焦，以不同的意识测试各种情境，批驳了单一视角的主观性。这本小说里的各种标题（"等待死亡""三个爱情问题""死者之手""两种诱惑"）设定出明显的相似性，从而掩盖了众多的差异性，这些差异性引领我们超越结构、熟悉功能。在一个不再由确定的物种构成的世界之中，外在形式和潜在意义之间的斗争开始得以展现："她正在经历一次重生般（metamorphosis）的巨变"，爱略特这样描述多萝西娅，"其间记忆将难以适应新生官能的种种躁动"。各种关系成为一切生命的组织性原则，《米德尔马契》通过否认对源头甚至演替的追寻来强调这一原则，成为单单关注"亲缘关系网"的作品，在一个特定的时空中设定了各种关系，于是便造就了这样的感觉：一切皆可知，甚至一切终可知晓。

达尔文关于自然选择和单一祖先的论断含有普世主义的倾向，对此刘易斯颇有保留。他在1868年给达尔文的信中写道："我认为，任何不持偏见且其理性官能并非处于发育初期的博物学家都必定认可您的原则,但我倾向于认为:许多官能的细节乃是官能结合之后的简单结果,因而和优势无关。"此处刘易斯抓住达尔文分析当中隐含的有特定目标的或者社会化的元素,并以同样的方式来理解"单一祖先"观隐含的有神论基础。在《生命与心智的问题》中他讨论到"知识的限度",他自己唯一认可的"普适"事物乃是事物的不可变异性,只要产生不变特性的条件保持不变;刘易斯进而谴责了"大自然超经验论的统一性"(6:39)。

在阅读《米德尔马契》的过程中,读者同样逐步谨慎对待任何"超经验论的统一性"——无论是事件、结果,抑或感受。在认识论上,这一经验产生的途径在于系统地沿着剧情线进行设置,以及对明显相似的事件加以搭配组合。同样的情形是,展现个性结构之内的变异(如罗莎蒙德),并非为了暗示转变或转化。"尾声"一章的首段强调了非连续性,文字上否认了最受喜爱的意象——"短纤织物"(spun fabric),至少否认了该意象所代表的平整性:"因为无论多么典型的生活的碎片,皆非平整网状物的样品:承诺也许无法得以实现,热忱的开端也许尾随着衰退(declension);潜在的力量也许能在很久之后等到机遇;昔日的一个小错误也许就促成了重大的检讨。"(3:455)

衰退和萌芽,以及各种潜在性的实践或萎缩,都发生在时间和历史的媒介之中。现实的广度萎缩为简略的过去,读者便成为这部作品之中"多重决定论"(over-determination)的媒介。被提前中止的未来陷入鸿沟:一边是人物的时间体验,另一边则是我们在文本中回溯至19世纪40年代(或者距今150多年)的检视式阐释。模式已然明晰，又已然消逝。"日趋向善"的说法正受到检测。将我们的时间和他们的时间沿着剧情线展开，便可以提供另一种控制，来让我们认可"实验性"方面共通的要素和分歧。互相联通、必然相联——这样的意象显然同分歧、相异性的意象相冲突。然而爱略特和同时代其他作家一样，都使用了**"网状物"**这样一个隐喻和隐喻化的形态来容纳这些相互冲突的模式，这个隐喻本身既是弹性联通的产物，又是张力和冲突的产物。

三、亲缘关系网

达尔文讨论过且让爱略特着迷的两个主要问题彼此相互联通，即**"关系"**的问题和**"起源"**的问题。这些先入为主的议题始终控制着其后期小说的主题和结构。《物种起源》使用了"错综复杂的亲缘关系网"这一隐喻，表明这两种理念相互依存。讨论传衍和形态学的时候，达尔文这样写道：

> 我们可以清楚地看到：事实上一切现存和灭绝了的类型如何可以被组合为一个大的系统；每一纲里的数个成员又是如何经由最为复杂的、辐射状的亲缘关系线连在一起。我们很可能永远无法解开任一个纲的成员间错综复杂的亲缘关系网。然而，当我们清晰地看到目标，却不必看向某个未知的造物计划时，我们也许有望取得确定但缓慢的进步。(415)

达尔文的隐喻让人印象深刻，并非因为其新颖，而是因为它以特别的维多利亚方式将两种"网状物"的模式结合在一起，并且增加了第三种模式，这一模式将这一意象阐释性的、富有想象力的可能性进一步复杂化。"每一纲里的数个成员又是如何经由最为复杂的、辐射状的亲缘关系线连在一起"——这个空间的样式意味着一个蛛网。"我们很可能永远无法解开任一个纲的成员间错综复杂的亲缘关系网"——而这有已织就的纺织物的意味，亦有进一步不受空间约束的化学亲缘关系的意味，搅乱了网状物受空间约束的秩序。而相关性的不同程度进而意味着"亲缘关系表"，根据该列表亲属之间的性关系成为禁忌，而对家族关联这方面的介绍则需要进一步探讨。

对于现今的我们来说，蛛网很可能是"网状物"一词占支配地位的关联物。但对于维多利亚人而言，织就的纺织物似乎已成为具有支配地位的指涉。网状物意象在维多利亚作品中比比皆是，对于诗人和小说家如此，在科学家和哲学家的作品中一样普遍。穆勒在《逻辑体系》(*System of Logic*)中写道："自然存有的规则乃是不同线索所构成的网状物。"刘易斯在《信条的基石》(*Foundations of a Creed*)里写道：

> 若干线索也许脱离了存在的普遍网状物，然后重新织入一个特殊的组群，即主体，而这个有感知力的组群迄今又同更大的组群——客体——不同。然而，无论这些线索可能具有何种不同的安排，它们总是那个最初的网状物的线索，并未改头换面。[29]

在这两个引用之中，转化的缺失至关重要。线索保持依旧,尽管仅仅是整块织物的一部分而已。廷德尔寻求表达无尽的运动,此时的他通过一个隐喻实现了目标:这个隐喻同时借用了波浪和网状物两种概念——编织的过程在此成为"前景",而非完成了的织物本身。

> 黑暗也许因此可以被定义为安静的以太,光亮则是运动的以太。但事实上以太从未安静过,因为在光波缺失的地方总会有热波在其间高速穿行。宇宙之中这两种类别的波动不间断地混杂在一处。在此处从数不清的中心涌出的波彼此间穿越、耦合、冲撞、交错而过,免于混乱或最终的灭绝。来自天际的波并没有将来自地面的波挤出生存空间,可以看到每一颗星出现在所有其他星波际运动的复杂轨迹当中。(星际间的以太波)在空间中有条不紊地融合在一起,每一颗都带着不可破坏的个性,仿佛单单这颗星就已经打破了宇宙的安宁。[30]

蜘蛛、织物和人类细胞组织:亚历山大·贝恩(Alexander Bain)在《大脑与身体》里这样描述神经:"它们是一系列银线或者各种尺寸的绳索,从各个中心区域向身体的各个部分发散开去,既包括感官表层又包括肌肉。"[31] 身体体系里的各种网状物——血管、神经、细胞组织——允许网状物这个隐喻移入到私密的生命的有序化活动之中。细胞组织和衣料是相近的意象,网状物和树亦然:"绳索……发散开去。"网状物则能够提示"内在环境"——可以理解为身体和大脑两种体验内的关系,以及社会内部的相互联通。

例如,哈代在1886年3月4日的日记里写道:"人类被展现为一个庞大的网络或细胞组织,其中某一点上发生振动之际,所有部分都会颤动,就像受到轻微触动后的蛛网。"

宛如织布的网状物也表达了获取知识的过程。笛卡尔之前就已经使用这个作为启发式教育法的意象。[32]丁尼生诗中的夏洛特岛女郎总是忙于在其织物的反面编织,而且所模仿的真实世界仅仅能在她身后的镜子里显现,她只是通过镜子来观看外面的世界。这个织物意象中的叙事元素之于爱略特特别有用。网状物的存在不仅是空间中的相互联通,而且是时间中的演替。这正是达尔文在进行谱系组合时所强调的意象。

维多利亚人对于这一意象的理解隐含了若干联系,这些联系对于现在的我们似乎并非不言自明:一个是科与亲属,另一个则是起源的理念。

罗伯特·钱伯斯引用了赫歇尔对空间中身体的论述。"真正的亲缘关系"再一次通过网状物意象(如在论达尔文的部分已经引用过的)区别于单纯的类比。赫歇尔写道:

> 我们从这个关系赋予我们的视角来思考行星体系的构成要素,此时打动我们的不单单只是类比。这些要素作为彼此间独立的个体,不再有一个整体的相似性,而是围绕着太阳运转,各自遵循独有的特质并借着这个自有的独特纽带同太阳联结起来。相似性此时可以理解为一种真正的**科(family)的相像**;它们捆绑在一个链条之上——交织在相互关联又和谐一致的一

只网当中。[33]

"相互关联的一只网":赫歇尔以空间为秩序的科成为达尔文的传衍序列。赫歇尔描述中科的和谐意味在达尔文那里获得了基因上的现实性。在他关于类别的最成熟、最深刻的讨论中,"亲缘关系网"同等表达了亲属关系相互联结和传衍的能量。在前一节里,达尔文已经提醒我们关注"树"的意象:"一棵树上面我们可以确认这个或那个树干";又提示科的传衍意象:"一个占据统治地位的族群祖先的众多后代。""我相信,"他写道,"这个传衍的元素就是那个隐藏起来的联结的约束力,博物学家按照大自然的系统规则一直在追寻这一约束力。"

网状物和链条的形状不同,这个意象在形式上的特质对达尔文至关重要:"任何纲内若干从属群体**不可能归于单一的归属之下**,但似乎**丛**聚在几个中心点的周围。"(171,重点为笔者所加)序列具有很大的分散性和多样性、相当曲折,结果体现为网状或循环的形式,而非单纯的趋向线性的进程。

达尔文在其他地方两次发展了和网状物相关的"纷繁的纠葛"(entanglement)这个意象:"即便植物和动物在自然阶梯中相距极其遥远,也经由复杂的关系网而纠缠在一起。"在下一段他接着写道:"当我们看到纷繁的河岸上**丛**生遍布的植物和灌木**丛**时,便禁不住将它们不同比例的数量和种类归于所谓的'机缘'。"然而,"不同种类的树木之间什么样的斗争"……"昆虫和昆虫之间什么样的战争"导致了上述的比例呢?(125—6)达尔文在其第一次论及"纷繁的河岸"的文字中强调了混乱和斗争，以及在相似和不相似上引发幽闭恐怖般的相互联通。在"结论"中他再次提及这个意象，此时丰饶及和谐的相近性取代了冲突：

> 凝视着纷繁的河岸会很有趣：众多类别的植物覆盖此处，鸟儿在灌木丛中歌唱，各种昆虫在四周掠过，虫儿在湿地里爬行。同时，思考到下面这一点也会很有趣：这些有着精巧形态的生物都由作用在我们四周的自然法则所创造，彼此各异，却又以如此复杂的方式相互依存。（459）

结尾部分这几页言之凿凿的文字将强调的重心放到生命微妙的丰富性和变种之上，放到复杂的相互依存、生态的阐释之上，一起编织出丰满的美学图景。

达尔文的理论赋予了这一组共通而相近的隐喻（树、科、网、迷宫）以新的意义，其中没有一个隐喻对他是特别的。但在他的论证中，隐喻和现状之间的鸿沟业已封闭，虚构的意味浓墨重彩起来。虚构的见解被确证为物理意义上的事件，网状物亦不再是等级模式。它可以表达水平状和延展性，但在位置上不会像梯子的横档或"在单一的归属内"那样固定。然而，网状理念所强调的重点则是固定的模式和完成后的限度。[34] 达尔文在讨论形态学之时提出了"错综复杂的亲缘关系网"，旋即总结了这个意象的趋向：

> 人类的手用于抓握，鼹鼠的足用于掘土，还有马的腿、海豚戏水所用的鳍、蝙蝠的翅膀，所有这些都

> 应该建立在同一个型式之上,而且应该包含着相似的骨头和同样的位置构造,还有比这一现象更加令人好奇的吗?(415)

未偏离正轨的模式及其各式用法引发出属于小说家范畴的问题。爱略特意识到网状物意象中变化各异的力量,《米德尔马契》第15章便借助持续但非常有差别的指涉表达了这一点。在该章开篇有名的那段文字中,她指出"菲尔丁是'伟大的史学家',他坚持如此自称",并将自己的写作实践同菲尔丁的进行了比较:

> 我辈作为后来的史家,不可能随意学他的样子。我至少在解析某些人类命运方面大有可为,看清这些人类命运曾经如何造就和交织在一起,而我能掌控的一切光亮必须聚焦到这个特定的网上,不让它们分散在包罗万象的大千世界中。(1:15:214)

这种网状物和大千世界不能共存,研究全片织物的织布者需要一个聚焦的光点。的确,(如同望远镜的圆形观测眼一样)这个光点聚焦进而创造出一种整体性效果。

接下来,叙事指向了人体意象的网状物及其相近的迷宫意象,后者后来在《米德尔马契》中非常重要。比如,1861年《麦克米伦杂志》(*Macmillan's Magazine*)发表了达尔文妻子的侄女茱莉亚·韦奇伍德(Julia Wedgwood)[35]的文章,其中就讨论到进化论和迷宫的关联。我们来读这一段:

> 从亲本族群那里的小规模的偏离无穷无限……这一无穷性也许可以视作造物主之手所造就的迷宫，造物主借此给出了一个关于更高存在状态的线索，所依托的原则则在正确方向上回馈所迈出的每一步。

《米德尔马契》中下面这一段则描述了利德盖特的科学兴趣如何得以唤醒：

> 他打开的那一页题头是"解剖学"，而率先吸引他注意力的文字讨论了心脏瓣膜。他并不太熟悉任何形式的"瓣膜"，可也知道瓣膜就是两扇折门，通过这个裂缝突然一道亮光惊醒了他，他第一次领悟到人类的身体系统具有良好的调节机制。博雅教育当然让他自由地阅读了学校里经典作品中不甚文雅的片段，但就身体的内在构造而言，除去一般的神秘感和污秽感之外，他倒从未多想。无论怎样，他知晓自己的大脑位于太阳穴的小口袋里，但他并不了解血液的流通原理，就像不明白纸张的功能如何替代了黄金一样。但使命感就此到来，就在他从椅子上起身下来之前，世界已然之于他焕然一新：他预感到各种无穷的进程填入广袤的空间之中；他本以为是知识，结果却是他所不知道的东西，后者强行将这些广袤的空间同他隔离开去。从那一刻开始，利德盖特感受到了求知欲的成长。（1：15：217—8）

"预感到各种无穷的进程填入广袤的空间之中"，血液循环，瓣膜引发"突然一道亮光惊醒了他"——所有这一切互相贯通的隐喻表达了获取知识的过程。而这类意象在比夏已经建立的"原初的网状物或细胞组织"概念中触及真义（1：15：128）。利德盖特的沉思进一步涉及细胞组织，这一次又是起源的问题："生丝"的"某种共通的基础"。

> 比夏的成就已然在欧洲的众多思想潮流中引起激荡，利德盖特迷恋于追随比夏的事业，渴望展示出生命机体中更加内在的关系，努力在实际状况之下更加精准地界定人类的思想……最为原始的细胞组织是什么？利德盖特借此提出了这个问题——尽管还没有同期待的答案特别对路，但这般错失研究的真义倒也是众多探求者相似的遭遇。（1：15：225）

编织成"绸衣、薄纱、网眼、缎子和丝绒"的各式线条共有一个基础。蛛网的意象再一次在"众多思想潮流中引起激荡"，利德盖特的工作则是要展示"生命机体中更加内在的关系"；关系和起源都隐含在这同一个隐喻之中。这个组织结构就此进入这部作品的结构，而结构这项事业既关乎形态学的相似性，又关乎变异。

在《米德尔马契》中，爱略特寻找出超越单一意识的方法，创造了包容和延展的感觉。万物皆无终结。她通过三个途径发展出多重性：创造叙事者和读者之间的开放关系，参与其他人的内在世界，对理念的世界不设限。当她在小说中使用显微镜意象时，并未屈尊去寻找在规格上更加细小的手段；相反，她承认我们身边存在看不见的多重世界，各种新的理解方法会揭示这些世界，却不会减弱多重性事实中内含的神秘性。经验的同步性等效于小说家的艺术，而《米德尔马契》因对潜在的多重关系的感知而具有了更加丰富的内涵，并允许这些关系保持其潜在性。

《米德尔马契》结构中的一个基本原则便是有意义的重复和变异。科学和神话在作品中创造了各种方法，从而超越单一的知识，进入分享的、匿名的因而具有更深度创造性的知识。神话尤其提供了集体洞见的延续性，以对抗单个理解者的道德失范。神话作为一种手段丰富了"关系"概念，我将在下面的讨论中重点关注如何运用这样的神话。

作为作品的《米德尔马契》多少不同于作为小镇的"米德尔马契"。这个简单的基本区别值得强调，因为作品中米德尔马契镇的居民如此自信，结果它不仅居于英格兰的中部，更是居于世界的中央；这本书的广阔内涵为这个城镇创造了一种规模效应，巴黎、罗马和伦敦相形之下倒显得单薄和狭小起来，但我们读者也被迫认识到它的平庸性。乔治·爱略特即玛丽安·埃文斯，终究逃离了米德尔马契镇。小说里叙事者的任务就在于提醒我们：思想的、美学的、精神的诸般世界并不必然在乡村社会中兴盛发展。个体的自我以及米德尔马契集体的社会自我受到框置和定位。爱略特在小说中创造了一个双重时间——她自己及其首批读者的"此刻"，以及19世纪20年代末的"此时—彼刻"。她以自己的时代为参照将小说里的那些人、那个时间的思想关切点进行了仔细的标记和设定。这种关系经常是反讽的，比如她对"改革法案"的处理；有时候又是预见性的，比如从显微镜的发展中所汲取的意象；偶尔有几次则出现了价值观上的混杂,比如第1章首句就将多萝西娅塑造为真正的前拉斐尔派圣母。

对于这部小说中有思想的人物而言,典型的关注点在于统一性的视点,但这种统一性试图将世界上各种异乎寻常的多样性加以解析,重新归入一个单一的答案:一切神话的关键所在,原初的细胞组织,带有寓意的绘画(拉迪斯拉夫嘲讽诺曼:"我认为**并非**整个宇宙都在艰难地寻求理解你那些晦涩难懂的画作。")(1:19:290)。卡苏朋和多萝西娅出于各色缘由不安于罗马的混杂性,此处不同文化的遗迹在地形上彼此拥挤在一起,显然缺少意义上的等级分明:

> 她们陪着她游览最好的画廊,到那些主要的观景点,参观最辉煌的遗迹和最壮观的教堂,但最终她都选择驱车前往城外的低地平原;在那里她可以独自一人感受身处天地之间,远离悠久历史带来压迫感的假面舞会——其间她自己的生活似乎也成了一场身着奇装异服的假面剧。(1:20:295)

在小说的后半段她生命的重大危机时刻,拂晓时分,天地间遍布着非个人化的具有永恒意味的人物,突出了人类命运普通又神秘的特性:"大路上走着一个男人,背上有捆包裹;一个女人抱着孩子。多萝西娅可以看到田野里人影晃动——也许是牧羊人带着他的狗。"(3:80:392)在那个家庭的意象(尽管我们并不确定那是一家人)和可能存在的牧羊人的意象中,有着基督教神话体系的回声——但回声在这里被分散和落实到人间。这些人物的人生均有价值,恰恰因为他们就是一个个都在追寻着各自关切点的人类个体:"她感受到了世界的浩大,人们正在纷纷醒来——继续劳作、继续坚忍地生活。"在这部作品中,神性的存在必须单纯地透过人类的生活来表达自身。

神话——不同的文化在宗教、准科学上的感知——能够存活下来,缘于它们讲述的故事关乎人类或类似人类的形象,从而满足对于重现的需求。文化经由各自的神话加以定义,但神话比产生其自身的文化要长久。卡苏朋枯燥地校勘神话,依据神话所属"时代"的权威性重新加以编排;这一工作同爱略特笔下对各个神话体系丰富多样、范畴广泛的召唤构成鲜明对比。卡苏朋不能接受神话多变的本质,因为复兴与具象超越了其对想象力的把控。多萝西娅也许之于拉迪斯拉夫是首诗,但她从未在任何意义上成为卡苏朋的神话。

卡苏朋在某种意义上经由神话得到评判。(卡苏朋其名最早源自17世纪,这位同名者曾撰写了一篇专论**攻击**约翰·迪伊,后者是伊丽莎白时代巫术科学家,自认为已经发现了揭秘宇宙的关键钥匙。)攫取性的感受力只是扩张、收集和消减,而创造性的感受力则承担起理解联结和制造联结的双重责任。在多萝西娅身上,知识和感知积极地相互促进,因此她有学习的能力而卡苏朋必定远离学习;这在二人对待艺术和基督教传说的态度上尤其如此。

爱略特放弃了浪漫自我的荒废了的私密和新古典主义的道德类型,她正在追寻群体的洞见。在《米德尔马契》中,叙事者在评论、对话、隐喻之中织入源自一大批神话体系的典故:古典的神话、民间传说与戏剧、吟游诗人创作的骑士传奇与典雅爱情、《一千零一夜》、圣徒传记、神话学、格林兄弟作品集、基督教传说与殉教史。大多数引用并没有故意加以强调，似乎意不在引发读者对语境的警觉。然而，如果我们探究语境，这些典故总是产生对于一致性的洞见，这种一致性介乎任何个体的体验和遥远他者正在亲历的世界之间。

因此，比如早先拉迪斯拉夫和多萝西娅之间发生了这样一幕：他告知多萝西娅她是一首诗，此时他其实已经在指责她想做殉道者的想法：

> 我猜想你有着某种错误的信仰，把痛苦当作美德，并想以自己的生命成就殉道……你的谈话仿佛揭示出你从未经历过青春时代。这是怪异的——仿佛你的童年见识过死亡的景象，如同那个传说中的男孩。你伴随了一些可怕的理念长大，这些理念尽选择吞食最为甜美的女性——就像到处都是弥诺陶一样。（1：22：336—7）

拉迪斯拉夫的语言能量随时准备将无生命的隐喻转化为神话（怪物成了弥诺陶）。思想和信仰的迷宫容纳着这些怪物。然而，在追问弥诺陶的意义之前，另一个我们不太熟悉的典故值得沉思：传说中的那个男孩是谁？他和殉道思想的关联何在？答案似乎指向安斯卡（Anskar），一位9世纪前往斯堪的纳维亚的传教士，他童年就见到了预示自己终将殉道的景象。到头来，他却死在自己的床上，在最后的时刻怀抱着为上帝殉道的满腔信仰，但他的殉道却**未能令他成为殉道者**。[36] 这个令人好奇的、詹姆斯式的故事深藏在拉迪斯拉夫提到的典故背后，它同多萝西娅的诸般问题和命运之间美丽的适切度具有完整性和潜在性,此乃关乎《米德尔马契》记录的"错综复杂的亲缘关系网"的特别例证,也关乎藏在文本之内的典故所组成的迷宫般的潜文本。

爱略特同时运用各色神话结构,尤其关乎圣徒的生命和古典神话。她特别受益于安娜·杰姆逊(Anna Jameson),这令她充分认识到"基督教传说或童话"的价值。二人有私交;爱略特在创作《罗慕拉》(Romola)时就借鉴了杰姆逊夫人的《修女会传说》(Legends of the Monastic Orders,1850)和《圣母传说》(Legends of the Madonna,1852)。而《神圣的与传说的艺术》(Sacred and Legendary Art,1848)对于《米德尔马契》则有着特别的意义,杰姆逊在该书中的主要论点是:在圣徒神话体系中,我们拥有同古典神话在复杂性和精细程度上相当的视觉与象征系统。人们熟知古典神话,却对中古基督教传说的象征体系普遍无知;杰姆逊将二者加以对比,在一定程度上可能令现代读者感到难堪:

> 谁会把美神维纳斯和智慧女神密勒瓦、女灶神维斯太和亚马逊女战士弄混?谁又会忍受裸体的朱诺或没有胡须的朱庇特?……然而……我们通过褐色服饰、削发的头顶和瘦骨嶙峋的、热忱的容貌,逐步了解了阿西西的圣弗朗西斯,可是我们又该如何将他同圣安东尼奥或圣多米尼克加以区分呢?[37]

在小说第19章开头,爱略特讨论了浪漫主义的到来以及拿撒勒画派(众多艺术史家将他们视作前拉斐尔派运动的先驱者)着力追求的宗教和象征上的艺术特色,此刻她相当直接地采纳了杰姆逊夫人的论点。

> 彼时的旅行者,无论是脑袋还是口袋里面,常常未能携带充足的基督教艺术的知识。甚至那个时代最为卓越的英国批评家(海兹利特[Hazlitt])都将圣母升天画中鲜花似锦的坟冢误认为画家想象中的一只装饰性花瓶。(1:19:287)

爱略特期待19世纪70年代的读者把握一场运动的开端,开启之于他们时代的感受力至关重要的象征主义体系。在人类无知的审视之下看起来仅仅是装饰性的、零散的信息,实则从属于一个广泛而隐性的意义系统,这同样也是杰姆逊夫人的中心论点。

在紧接其后的下一段中,爱略特提到"一个年轻男人……满头浓密的卷发……他刚刚看完梵蒂冈的贝尔维迪尔(Belvedere)躯干雕像[*]",这个阿波罗式的人物自然就是威尔·拉迪斯拉夫。那一刻,两个男人正看着"一个生机勃勃的妙龄女孩,身形不逊于阿里阿德涅,身穿贵格会式的灰色褶衣……",她就在"当时称作克里奥帕特拉的、斜卧的阿里阿德涅"附近(1:19:288)。在对多萝西娅的描述中,双重时间体系就此出现:关于阿里阿德涅可以提供解密迷宫路径的知识,从历史的角度来说是小说里的人物想不到的,却被爱略特召唤为她自身及其读者所共有的"生活常识"。

---

[*] 梵蒂冈博物馆贝尔维迪尔收藏的男性雕像四肢残缺,具体源头不可考,据说雕塑家为古希腊雅典的阿波罗尼奥斯(Apollonius)。

如爱略特经常所做的那样，带来文化信息的拉迪斯拉夫被赋予一个中间的位置，他在两章之后揭晓了这样一个思想，即多萝西娅"伴随了一些可怕的理念长大，这些理念尽选吞食最为甜美的女性——就像到处都是弥诺陶一样"。对于诺曼而言，这位女性是"基督教的情操所赋予生命的古典形态——类似基督教意义上的安提戈涅——宗教激情控制下的美感实物"（1∶19∶290）。然而，如果就古典神话而言，她既和阿里阿德涅相关，同时也是"多萝西娅"。她不可能成为圣特瑞萨，那么圣多萝西娅又是谁呢？答案将在杰姆逊夫人作品的第2卷中发现：圣多萝西娅兼具殉道者和宗教上的新娘双重角色。

她于是被引领着走向死亡，而正在前行之时，出现了一个名唤提奥菲勒斯（Theophilus）的年青人。他是城市的一名律师，在她第一次被带到总督面前时曾在场。此刻他正以嘲弄的口气向她喊道："哈，漂亮的姑娘，你是来找你的新郎吧？我请求你，给我你说过的同一座花园里的花果吧：我很乐意品尝品尝！"多萝西娅看向他，斜着头，微微一笑，说："啊，提奥菲勒斯，我应允你的请求。"因此他和周围的人大声地笑起来，而她则欢快地继续走向死亡。她来到行刑台上，跪下来祈祷，这时突然身边出现了一个俊美的男孩，头发如阳光般闪亮：

一个面若银盆、光芒四射的人儿，
眼中荡漾着数不尽的圣恩。
他手提一个篮子，盛着三只苹果、三束新鲜采摘的芬芳玫瑰。多萝西娅对他说:"将这些拿给提奥菲勒斯,就说多萝西娅送的,出自那座花园,我这就先于他前去那里并等待他的到来。"她说着这些话,接着引颈赴死。

与此同时,天使(因为那就是天使)前去找寻提奥菲勒斯,发现他一边在想着多萝西娅承诺的礼物,一边欢快地大笑不止。天使便将来自天堂的花果篮子放到他面前,说:"这是多萝西娅送你的。"旋即消失。此刻能有什么样的文字表达提奥菲勒斯的惊奇呢?[38]

这个"俊美的男孩,头发如阳光般闪亮",带来了花果,似乎让我们感觉很熟悉。在这本小说里,拉迪斯拉夫时常拥有阳光的意象,这样的光芒不仅来自阿波罗,也出自圣多萝西娅的"面若银盆、光芒四射的"天使。缪勒的太阳神话和杰姆逊的圣徒故事强化了拉迪斯拉夫阳光般的闪亮,鼻子上的小波纹就是"变态/重生"(metamorphosis)的预备,其头发折射光线的方式同卡苏朋先生阴郁的形象形成对比(也许对比得过于轻松),甚至同小说开头卡苏朋对自己所做的理想化描述也构成了对比:"我的思想大抵上宛如一个古老的幽灵,在世间游荡,竭力要在脑子里建构出它曾经的模样,尽管只剩下一片废墟、面目全非。"(1:2:23)

这些难以把握的幽灵指涉无法保障人性的完美,但的确扩大了指涉的范围,指向拉迪斯拉夫代表的易犯错误的当下。卡苏朋无法把握经验和知识不断发展的本质。他被困在探究埃及神祇的论文当中,无力理解现世同其作品之间存在的任何关系。他不仅对德国的神话研究(应该包括格林兄弟讨论民间神话和语言学的作品）一无所知，而且对基督教圣徒形象研究的重要意义亦所知甚少：

> 关于圣母、圣徒们的意义多萝西娅感觉自己正在获得相当新颖的理念。无法解释的是，圣母都坐在张披华盖的神座之上，背景一律是朴素的乡间；圣徒们则手握建筑模型，或者颅骨上碰巧插着一把把刀子。此时她开始了解一些过去看起来怪异的东西，甚至领悟了正常的意义。然而，这一切显然不属于卡苏朋先生的知识范围，引不起他的兴趣。（1：22：327—8）

这意味着卡苏朋认为这门知识不值得关注，正如他在一段辛辣的文字中将丘比特和普赛克（Cupid and Psyche）神话*贬斥为"寓言……极可能来自一个文学阶段的浪漫的发明"；它"在我看来不可能被认定为真正的神话产物"（1：20：302）。翅膀的拍击、爱神的城堡、夜晚的肉体、普赛克重回爱神身边的艰辛路途——所有这一切均在卡苏朋想象力的经验之外。他的认知扁平单调，无法立足神话之上。他的方法只是攫取，无法向四周辐射。他将"世界的世代（视作）一套盒子状隔间，彼此没有根本的联结"（1：22：325）。他因神话的多重性而不安，这种多重性即不同神话体系从各种角度折射意义的方法，一种充满启示却又缺乏完全相关性的感觉——爱略特自己则到处借用神话类比物的体验来探求这种

---

* 指古希腊神话中发生在爱神厄洛斯（即古罗马神话的丘比特）与公主普赛克之间的爱情故事，古罗马阿普列乌斯的《金驴记》首次有详细记载。

感觉，这些类比物在强调变异性的同时也接受了形态结构意义上共有模式的"灵魂化身"(Soul)。

科学的或艺术的想象最终"能够在被理念照亮的空间中将甚至最轻盈的微粒显现出来"；与之相反，卡苏朋先生已然丧失了对神祇的感知，而对于爱略特来说这一感知在于联结和关系：他"迷失在狭小的密室和蜿蜒的楼梯之中"，无法认识到阿里阿德涅能够将他解放出来，进入阳光的世界；"他的手稿"中满是"针对其他人的太阳神祇观的怨怼评语"，"他已对阳光变得冷漠起来"（1：20：303）。

19世纪70年代初，马克斯·缪勒从太阳的象征主义角度对神话的解读乃主流的思维方式。爱略特在这部小说中召唤这个体系来描述拉迪斯拉夫，并以后见之明评判卡苏朋，但她并未允许这个体系统治她所创造的世界。科学意象的范围远远超出了利德盖特成功完成的任何研究。小说中神话传说的变种包含着一个自由广大的多角度的意义世界，超出了卡苏朋先生的认知。最为重要的是，爱略特采用的这些内在性的世界表明任何对经验的单一解读都会产生误导。为了有效性，自我必须呈现为以部分代表整体，单一的聚焦包含着一切，而单一的蜡烛有助于实现内省的观照。

如若女仆擦拭了你的穿衣镜抑或平滑钢板的平展表面，便会在各个方向上形成细小多样的纹理。然而，此刻在镜子前放置一个点燃了的蜡烛作为光亮的中心。瞧，那些纹理看起来有了自身的形状，似一系列匀整的同心圆一般，围绕在那个小小太阳的周围。可以看出来，擦痕到处均匀地散开，只有你的蜡烛才产生出

> 这个同心圆的惊人幻象,烛光构成了决定视觉变化的唯一根据。这一切便成了一个隐喻。(1:27:403)

这样的迷宫乃关键所在。不断重复的网状意象表明:纷繁的纠葛与创造性秩序同时并存,又超越了二者,形成了人类身体的脉络与细胞组织的网状物——这便是人类自身。

迷宫、网状物、树、显微镜:这些概念之间的相近性之于《米德尔马契》具有重大意义。但爱略特也需要一种巨大的差异和无甚关联的感觉,而上述任一意象都难以表达这一感觉。在更早期的一封书信中,爱略特就已经使用网状物这一意象来表达冷淡的统一性与无变异的过程,而她需要逃避二者:"个体不断演变和呈现自我,如果一个人想要拥有书写这一自我的自由,而不必像机器一样生产出一模一样的材料或编织出同样的网,就不可能总是为同一批公众写作。"[39] 编好的织物因其平整而充分展现了人生各种潜在的可能性,但《米德尔马契》的"尾声"却对这一意象大加否定:"因为一段生活,不论如何典型,绝非整齐匀称的网状标本。"*

网状物和生活并不毗连,同样网状物也无法等同于机体说。大剪刀和纺纱机让人不断想起这个隐喻的最古老用法。在该书最后一节,网状物的意象不断地被提及,却从未得以复原。在末段开头,这个意象的力量重新聚集起来,但稍纵即逝,又随即遭弃:

---

* 此句采用项星耀译文。

她那质地优雅的思想此后将完好地传递下去,尽管并未广泛为人所见。她全部的秉性宛如居鲁士从中挖掘了无数壕沟的大河,将自身倾注到遍布大地的沟渠之中,即便它们终将寂寂无名。(3:尾声:465)

"质地优雅"意味着蛛网和乐器的震颤,而"质地优雅""完好地传递"二者的并置连同"传递"之前四次持续不断的尾音"i"[*]激发起"(细胞)组织"的意味,从而延展了这个并置。接着意象变成了无名的河流,河道纵横,即灌溉版的迷宫。

---

[*] 原文英文重复了四次t音,从而同后半句的"tissue"(意为"细胞组织")首音呼应;翻译因语言差异所限,替换为尾音i(发汉语yi音),造成同稍后"组织"一词的尾音呼应。

第6章

乔治·爱略特:《丹尼尔·德隆达》与未来生活之理念

小说《丹尼尔·德隆达》中的未来总是挥之不去,属于那最纯粹而又最费力的虚构领域。这是爱略特首次在其作品中质疑未来之于往昔的依赖。在创作生涯更早期,她就在"普世序列的伟大概念"之中发现了一种元宗教意义上的安全,即"将一切现象逐步简约到既定法则范围之内,最终拒绝奇迹的发生"。[1]因果序列已然成为她作为小说家在道德和实践两方面的组织原则。

在《丹尼尔·德隆达》中,复苏、共时性、奇迹、阐释,以及难以平息的人类的需求扰乱和压迫着因果序列。在《米德尔马契》均变论的有序化活动之中,事件无论看起来多么具有灾难性,都能看到起因源自细微而初始的运动、坍塌、压力、腐蚀和阻塞,被一个带着无尽耐力的眼光尽收眼底:无论是阳光下天使长乌列(Uriel)的眼光"正注视着星球历史的不断进步"(如爱略特在《米德尔马契》里所述),抑或是爱略特作为小说家的眼光——免受她自身各种角色的倾向性、主观性的控制。尽管腔调颇为忧郁,但小说的结果让读者感到安心,因为它创造了一个无限可知的世界。这部作品给我们提供了对于关系和联结不断增加的洞见,我们读者的发现则和这洞见同步——尽管《米德尔马契》的序列并未分享一种发展的乐观感觉,这种发展为我们记忆中爱略特最早期文章里人的改良做好了准备:"人类发展的每一个过去的阶段都从属于我们共通拥有的族群教育;低劣人性所陷入的每一次错误、每一种荒唐也许可以看作一种实验,我们可以收获这种实验带来的裨益。"实验的发现所具有的进步本质体现在1851年的隐喻之中——爱略特转向了一个具体的地质学意象:"正确的概括会赋予最小的细节以意义,正如伟大的地质学的归纳以每一颗卵石来彰显众多法则的运行,通过运行这些法则,地球最终调适成为人类的宜居之所。"[2]

在《米德尔马契》里,概括依旧令人感到舒适,既因为它增加了意义,又因为它设置了范围。该书的组织结构强调人物的一致性和变异性。序列和类比丰富了我们对人类命运的亲属关系的感知,即便二者标记出命运的钳制和限定。[3]结果,该书虽伏脉千里,却未导致混乱的状态:小说没有表现出混沌感或冗余感。一切噪声都可以恢复成信息。

在《丹尼尔·德隆达》中,传衍和延展乃有序化的原则,同时也是这部小说无法解决的两个问题。达尔文在1871年出版了《人类的由来,以及与性相关的选择》,从而将进化论的论辩焦点转移到人类自身的遗传和未来之上。他将其研究工作的目标设定为:"首先要考虑,人类是否像其他每一类物种那样从某种既有的形式传衍而来;其次要考虑人类发展的方式;再次需要考虑人类所谓的种族之间存在的各种差异有何价值。"[4]传衍、发展和种族是《丹尼尔·德隆达》的中心议题。性选择及基因选择上的社会、经济要素乃是该书论辩的部分主旨——

> 绅士甲：女人应该何如？先生，不妨去问问
> 适配男士们的品味。这个星球上所有存储的资源——
> 钢铁、棉花、羊毛或化学制品——
> 一切物质都适用于我们人造的功用，
> 按照需求打造成不同的样式：
> 市场的脉搏令指数忽高忽低，
> 依据崇高的规则。我们的女儿们必得嫁人为妻，
> 而后必得由着男人们选择。
> 男人的"口味"（taste）就是女人的"考务"（test）。你记下了这句话没有？
> 真棒，我觉得。——这句语感相当对仗且稳重
> 带着"可"（t）和"恶"（s）的重复节奏。*[5]（第10章题词）

对性选择的约束也属于达尔文的论辩主旨。他带着赞许的态度引用了"古希腊诗人忒奥格尼斯（Theognis）"作于公元前550年的诗句。诗人指出："财富经常阻止性选择的恰当行动。"达尔文下列所引诗句为约翰·胡克汉姆·弗雷尔（John Hookham Frere）的英语译文：

> 但在我们所做的日常配对中，

---

* 英文利用了taste和test中t和s音节上的重复节奏，汉语只能尽量在靠近语音相应位置上获得重复的感觉。同时，为了体现出原文对父权思维的讥讽，末句故意译作"可—恶（读wu音）"二字，且语音节奏上和上文"口味""考务"暗合。

> 价格就是一切：为着金钱的目的，
> 男人要娶：女人在婚姻中便得出嫁……[6]

这个婚姻市场也是达尔文、忒奥格尼斯同理查森（Richardson）的《克拉丽莎》（*Clarissa*）以降的小说家们共同的主题，但在《丹尼尔·德隆达》中，两性间配对和关系的相关问题并非具有专门的基因或优生学意义。"我不确定自己想成为祖辈的模样，"德隆达说，"对我而言它看起来并非那种最值得稀罕的源起。"（1：15：242）

爱略特最初想要写的作品本该题为《未来生活之理念》（*The Idea of a Future Life*），[7] 却始终没能写出来。但它的关注点从未遭弃，尽管她很早就放弃了解决个体永生的问题。爱略特在讨论1842年巴特勒《类比》（*Analogy*）的评论中夹杂了严厉和怀旧：

> 告别生命与不朽已揭示出来的确信，屈身于老年人的伟大情怀（他们带着渴望一边看向自己世俗职业的地平线，一边好奇地平线之外究竟有何物）。要做到这二者，付出的牺牲可不小。但我却无法相信，这样的信念——不朽乃人类的命运——会对产生高尚英武的美德和最崇高的顺从必不可少。

更早之前，艾萨克·泰勒的《另一种生活的物性论》（*The Physical Theory of Another Life*, 1836）已给爱略特留下了深刻的印象，这带给她逃避当下人生的强烈表达："这本书相当珍贵，令我感到狂喜，其强烈的程度不亚于正在上学的女生第一次读到长篇小说时的感受。"[8]泰勒所提供的意象包括调和、个体的扩展和知识，它们助她体验到狂喜的解放感，如同首次进入虚构世界的体验。的确，"未来生活"就是绝对的虚构类型，无论是个体不朽的理念，日常生活设想的、多重的预测，抑或受到进化论强化后对未来的感知——这种未来感始终关注这个世界上生活的未来。

这本讨论"更久远的生活"的作品任何时候可能都显得早熟，因为爱略特整个创作生涯都在持续关注这一论题，并最终在《丹尼尔·德隆达》中予以最为集中的呈现。就在她开始研究"未来生活"之时，爱略特阅读的第一批书籍当中包括威廉·瓦博顿（William Warburton）的《宗教自然神论原则所彰显之摩西神圣使节，源自忽略犹太教规未来之赏罚状态相关教义》（*The Divine Legation of Moses Demonstrated on the Principles of a Religious Deist, from the Omission of the Doctrine of a Future State of Rewards and Punishments in the Jewish Dispensation*，1738-41）。[9]

爱略特对**个体**生存的信念疑虑重重，这或许强化了她着迷于研究种族、文化和思想的生存与发展，尤其在19世纪70年代，她典型地迷恋思想的进化。她很早就将未来生活之理念加以世俗化。结果，传衍、必然的相联（普遍法则的特别运作）、地球的变化与转化（在个体之内以及通过各种文化的演替）——所有这些概念均具有感情和智识上敏锐的力量。况且，当时的天文学家和物理学家们都在频繁地讨论地球自身的未来（即它的生存或朽灭）这一问题。

然而，也存在着另一种未来的特性，令孜孜不倦的小说家爱略特念兹在兹：对于她而言，技术的问题总是深深地同感情的、道德的问题融合在一起，且在智识上充满了同等强度。有个问题自身呈现出无可辩驳的复杂性，那就是关乎小说中的未来。乔治·亨利·刘易斯曾提及进化的过程，认为"它使得内在的东西显性化"。它同样揭示了这个世界各种潜在的可能性，但并非所有的可能性都能实现。对于转化和冗余的双重强调——强调发展、积淀的序列，伴随着丧失掉的可能性和持续衰弱的能量——将未来置于"前景"之中。同时，进化论随之带来一种责任感——负责形塑未来，这种责任感在弗朗西斯·高尔顿（Francis Galton）的作品中得到大力的褒赞，同时能够将其自身表达为优生学和社会规划（social planning）。[10] 达尔文后一阶段对于性选择的强调意味着有一种新的形塑力同理念、价值相一致，同个体意志或集体意志的行动相一致，但同自然选择显著的偶然性相悖。在关于"世界的多元性"的争论中——这一论题自17世纪以来已然相当重要——重走到前台的问题是：未来生活出现**在未来**吗？芬达奈尔（Fontanelle）将多重可居住世界之问题放到宇宙这样的尺度上，这个问题也可以被体悟为关乎个体身份的问题。[11] 当应用于多样的个体经验时，"我们是唯一的存在吗？"这个问题就有了一个清晰的答案："否。"如我们在《米德尔马契》中所见的那样，爱略特的后期作品日益着迷于共时性和多元性。

就形式而言，长篇小说（novel）尤其依靠未来，以提供各种欢愉。读者在**持续地**阅读。只有少数小说（例如马尔克斯［Márquez］的《族长的秋天》［*Autumn of the Patriarch*］）冒险地采用无尽的自我复制和文本的扩展，以便让读者获得无处不在的欢愉。小说通常依赖焦虑和希望所产生的驱动,依赖预测和设想所带来的各种欢愉。但在文本之内,未来以隐蔽的方式转换为回忆。我们将要阅读的未来已然由作者加以书写,由人物加以体验。语言具象化为作品。爱略特的《米德尔马契》及其之前的所有作品都将回忆塑造为作品主题的一部分。未来之理念将决定论的不充足性置于"前景"。我们无法完全知晓未来,亦无法进行有理有据的预测。聚在一起的当下和往昔无法形成一个足够的权威:阐释总是受到确然性的阻碍。此时爱略特所面对的问题就是:如何解放未来,使其进入恰当而强大的不确定性状态,却又令其成为故事的一部分(她更早的时候亲近过实证哲学并执意认同决定论,使得这个问题更显突出)。

恰当地说,未来是**无可名状的**,但小说中的未来倾向于隐性地处于控制之下,因为它被涵括在作品的范围之内。然而,同样清晰的是:往昔和未来并非"如盒子般间隔分明":达到**认知**的状态便意味着一个转换点,彼时其他人的往昔有可能变成我们的未来。在《丹尼尔·德隆达》中,往昔和未来进入一种可疑的夹层状态:讲述的秩序和经验的秩序混淆在一起,从未能得到彻底地重组。这部作品将未来生活之理念带入我们的注意力中心。

在《丹尼尔·德隆达》之前的爱略特所有小说中,时间是可以中止的。未来通过后裔得以体现。描绘这一风格类型的意象可以列举如下:《亚当·比德》(*Adam Bede*)的末尾,村舍户外的黛娜、亚当和孩子们;《罗慕拉》(*Romola*)中苔莎的孩子们;《米德尔马契》则更加模糊地暗示了多萝西娅的孩子。但在《丹尼尔·德隆达》的结尾,新的后代没有诞生，丹尼尔已然成为莫德凯理想继承人的化身，并代表种族和文化上的演替和后裔；关德琳则无儿无女。《米德尔马契》强调生命力的延续超越个体之外。对于个体而言，摒弃意志，摒弃对事件焦虑不安的、决定性的控制，这样的行为艰难却不可避免。这在主题上通过对威尔·拉迪斯拉夫们以及遗赠物的迷恋来表述——那些脆弱且常常令人呆滞的努力试图让未来屈从于我们的目的。卡苏朋和费瑟斯通阴魂不散，紧抓未来，让未来变得无情起来。然而，他们的尝试必将失败，因为他们不可能涵括未来所有的多形态特性（multiformity）。

意志的作用和性选择的作用成为爱略特后期作品的主要论题，"预测"这一理念亦然，它是19世纪70年代科学写作者关注的对象。W. K.克利福德1872年向英国科学促进会致辞，题为"论科学思想的目标与工具"。他强调预测以及在何种程度上我们可以依赖往昔的统一形态，认为从生物学到社会学，各门科学一切新的推理必须依赖科学的进化法则。然而他又宣称："我们无权下结论……说事件发生的秩序总是可以得到解释。"[12]

在《丹尼尔·德隆达》中，因果和预测被带入我们关注的焦点中。材料与作者之间不再存在（其早期作品所体现的）关键性的、未被书写的时间空隙。她自己成年的这段时光未能出现在此前的小说中，这一点意味深长。但在《丹尼尔·德隆达》中，爱略特重新进入历史，且避免了后见之明产生的令人忧郁的安稳。这部小说的背景设定距离当下较近，没有给了解当下情况的读者预留空间。决定论不再受结构的确证，这一结构处在稳定的回忆之中。

这部作品质疑**传衍**是否足以实现经验的有序化,因此传衍不再像早些时候在《米德尔马契》里体现的那样暗含在原初的读者/文本关系之中。我们并未被赋予特权的历史制高点,因此《丹尼尔·德隆达》和《米德尔马契》具有不同种类的"时间实验",下面这句话出自前者:"科学严格测算一切;即便如此,科学要想进步,也需在探索上富有激情——能提前感受到发现新事物之际的躁动,且具有一种全神贯注的信念,从而克服众多实验的失败。"(2:41:358)

爱略特在其"笔记本707"中引用了孔德,后者多少令人颇感意外地提到"因果关系的幻象"。《丹尼尔·德隆达》里的大部分活动都旨在介于明显的因和明显的果之间建立起多种新的关系。爱略特始终感知到行为的不可维持这一特质,这些行为像声波一般传播。但她在这部小说中也探索了那些无法表演的元素的影响:无法表达的冲动、尘封的思想、被隔绝的激情。这些未加释放、半梦半醒的力量也会形塑未来吗?奇幻为自我的诸相创造出多维度的帝国或牢笼,这些自我的诸相虽未加以实践,但一直都持续地呈现在那里。而我们对其他人未经传达的人生加以设想,于是我们的这些阐释或推测活动成为了我们自己未来行为的一部分。"我们想象有些思想对于另一个人的思想正在产生重大的转化性影响,化学过程所能展现的美妙结果莫过于此。"(2:35:222)

这部小说充满了各种问题,而疑问乃最能召唤未来的言辞类型。的确,问题如果要获得一个完整的感觉,就一定需要未来——以答复的形式提供各种满足感。问题哺育了设想、可能性以及急迫变化的感觉。在阐释和预测这样的活动中，我们耗费了日常人生的大部（同时并未在习惯上将此类活动带到意识层面）。书中的人物和读者都被迫获得一种超自然地提升后的意识——意识到我们在习性上依赖预言。以下这些词语（以及其他类似的词语）持续出现在小说中：预测、预感、预报、准备、凶兆、预示、预备、预知、焦虑、"未来的幻影"、"丑陋的景象"、暗示、设想、测算、敬畏。

在《米德尔马契》中，小说不断引导读者穿过一个历史化的、阐释后的世界，这个世界具有三个特点：因果相当分明且置于演替之中；相似性和差异性并置，以便我们带着同情进行权威性的考察；一切皆最终呈现为可知的和可阐释的事物。《丹尼尔·德隆达》则让我们和未来处在一个令人眩晕的关系上。不再可以权威性地将原因归于事件：文本中提供了多重的可能性和预测；我们非常频繁地遭到可能性的逼迫，而无法有选择的可能。不可知的感觉尤其强烈，存在于时间的省略号、章节间的空白中，这些空白中断了延续性而未将章节编织到一处；也存在于信息的缺失处，诸如关于格兰德考特的历史。预见、预期以及意识在现象学上从一个可期的结果草率地跳到另一个结果——这些在读者那里不断地得以自我复制。有关确证、非确证的一幕幕活动就此被带入意识和沉思的层面，在这些活动中，我们的思想习惯性地翻腾并做出选择。读者必须用他自身的敬畏来滋养书中被封闭的邪恶意象，同阅读柯勒律治未及完成的《克里斯托贝尔》(*Christabel*)一诗的感觉必定一样。爱略特并不再创作一部自足的小说，不再涵括（进而稳固）自身的源起和结论。[13] 同步性和序列之间存在着一种令人眩晕的交替关系，而且二者不太可能得以轻易区分。

这本小说大部分时候都在关注各种思想——热烈的思想多半无法找到通往实践的路径。此处,生殖作用与具身体现二者组成的生物模式仅仅提供了部分答案。被隔绝的经验构成了秘密的心灵世界,其间物理学、天文学和声学的类比尤其意味深长。克拉克·麦克斯韦尔1870年曾在英国科学促进会年会上给数学和物理分部做过致辞,爱略特的"笔记本711"引用了如下文字:

> 环形旋涡——回旋的环状旋涡一旦在单一形态的、无摩擦的、无法压缩的液体中形成,**就会一直运行下去,总是由同样数量的最先流动起来的液体组成**。而且这个旋涡一旦遭到触碰,其自身的弹性就会使之产生反弹,因此旋涡永不会遭到切割或破坏。[14](第67张纸)

永无休止的理念意味着转化的**缺失**,这个理念在这部作品当中是情感和智识上一个严肃的主旋律。

《丹尼尔·德隆达》首章的题词将科学的虚构之处和诗歌的虚构之处加以并置,从而强调了各自的不足。正文首段质疑了开端的概念,即便它同时又将开端付诸实践:"人类若不假装有一个开端,就一事无成。"难道要将开端等同于起源吗?是否有可能搜寻出起源之处最原初的出发点?来源的理念与发展的理念之间是否存在必然的联结——抑或这种习惯上的联结自身充满思想意识上的纷争?这些就是该书所有相关问题中的其中几个;这本小说将记录所有相关问题,它们也隐含在上述开篇文字之中。贯穿整个19世纪70年代

的上述问题都很关键,而达尔文的理念及其所引发的回应则赋予这些问题大量情感和智识上的特色。以下是小说首章的题词:

> 人类若不假装有一个开端,就一事无成。即便是"科学",那个严格的测算者,也被迫起始于一个假装存在的单元,而且必须固着在星辰无休止旅途的某一点上,而"科学"恒星的时钟将假装时间就在零点。而他那位风格并不那般严谨的祖母——"诗歌"——总是被理解为从"正中间"(in the middle)开始,但经过一番深思之后,看起来她的行为方式同"科学"差异不大:因为"科学"也前前后后地估算且将自己的单元分割为数十亿之数,并且真的将指针的起始点设置在"正中间的"(in medias res)零点。怀旧无法将我们带回真正的开端。这是一个将一切加以预定的事实;无论我们的序幕在天堂还是人间,它都只是这个事实的一小部分存在,而我们的故事借着这个事实就此展开。("题词")

1874年12月,R. A. 普罗克托在《当代评论》(*The Contemporary Review*)上发表文章,讨论"我们地球的往昔和未来";在文章当中他借助最基本的天文学和进化论的证据,讨论了世界一切最有可能的开端及其未来。[15] 此前爱略特阅读过普罗克托更早期的文章《赌徒式的迷信》并做了笔记,而且在《丹尼尔·德隆达》开篇场景中使用了此文的观点和信息。她的题词清楚地表明业已阅读并吸收了《当代评论》中文章的内涵。普罗克托指出：科学"向我们展示了空间或时间上不存在可以理解的限度"，而且"至少就科学向我们所呈现的个人的无限性而言，这种无限性被展示为不可理解的，就像……其他不可理解的无限性一样"。"就科学而言，存在作为个体的上帝理念——这一观念是不可理解的。"然而，"与其说科学不会不赞同存在无限的物质能量（相反，这其实必须被视为极有可能存在）或存在无限的空间或时间（这必须视为确定的），倒不如说科学不会不赞同存在无限的个人力量或智慧"。（74—5）

普罗克托进而讨论太阳系的起源及其"进化历程"。在每一个阶段他都强调往昔和未来的无可限制的广袤空间；在讨论太阳系必已经历的每个阶段时，他最终认为我们到达了这样一个点："一道鸿沟将最早的生命形态同地球上生命的开端本身分隔开来，我们试图跨越这道鸿沟去追溯现存生物体的进化，而观察对此所助寥寥"……"我们不可能指望能确定地球史真正的开端"（76）。这也是达尔文的观点。

普罗克托这篇文章的结论如下：

> 据说进展必定意味着一个开端和一个终结；然而当进展与绝对的空间或时间相关时，情况则并非如此……进展仅仅意味着相对的开端和相对的终结……这个终结看起来如此遥远，我们的地球趋向这个终结点，而太阳系趋向的那个终结点更是无限地遥远，推而广之则是我们所在的银河系的终结点、类似银河系的其他星系的终结点——所有这一切终结点（每一个依次将其自身向我们展现为宇宙本身的终结这一天文

学概念)与它们自身相比都只是各个时代的开端,即便这些开端——向着它们我们数次追溯所在的星球、行星星系及其所属星系的历史——仅仅是之前状况的终结;这些状况相互追随,一以贯之,无穷无尽。(91—2)

《丹尼尔·德隆达》有一些关注点同爱略特的"笔记本707"相通。比如,在笔记中她综述了C. D. 金斯伯格(C. D. Ginsburg)《卡巴拉》(*The Kabbalah*,1865)里的材料,且对孔德关于"天文学在不同阶段对思想发展的影响"(第75张纸)的描述做了注解。对于《卡巴拉》她做了这样的综述:"众多原初的世界遭到了破坏,人类的生命类型亦不在其间,直到创造出当下的新世界。"(第19张纸)她在注解孔德的同时讨论了我们太阳系的发展和可能发生的"热力死亡"(thermal death)。爱略特后来在《丹尼尔·德隆达》中写道:"人类宛如星球一般,有着可见和不可见的历史。"

普罗克托强调"真正的开端"是不可恢复的,如《丹尼尔·德隆达》首章题词所述:"怀旧无法将我们带回真正的开端。"和他一样,爱略特在题词当中以典故和提炼的方式强调了开端和终结二者间相对主义的关系,即彼此相互转化的路径。她提出,"科学"必须由"一个假装存在的单元"开始,而"科学"的"那位风格并不那般严谨的祖母——'诗歌'——总是被理解为从'正中间'开始"。

克洛德·贝尔纳曾作如下评论:

拥有绝对的真理对于科学之士而言并不那么重要,

> 只要他确知各种现象彼此间的关系。的确,我们的思想如此受限,对事物的开端和终结均无从知晓。然而,我们可以把控住二者之间的中间状态,即那些紧密围绕在我们周边的一切。[16]

贝尔纳的总结同时强调了空间和时间:"那些紧密围绕在我们周边的一切。""正中间的"(in medias res)*位置并不能赋予我们绝对的解读和领悟的能力。然而,"正中间"的文学概念使得这个主题具备了核心特性,该主题被放到一个最充分的点上,越过这个点就形成了从往昔进入未来的弧线。主题将自身置于正中间的位置,可以涵括其自身的过往、启动未来。然而,爱略特的题词阐明:我们无法充分地意指往昔或未来。一切可以复原的都是"假装的",一种时间在"零点"的假象,一种"仿佛"(as if)的哲学。[17]在《阅读的行为》(The Act of Reading)中,伊瑟尔(Iser)评论道:"尽管所给的材料旨在构造一个心灵的意象,但惟有虚构的元素可以建立起连贯性,这一连贯性足以赋予材料以现实的表象,因为连贯性并非现实的既有特质。"[18]

爱略特从《丹尼尔·德隆达》的开篇就暗示连贯性具有不稳定的本质,坚持要我们读者认清小说的多元性。达尔文在《物种起源》里已经强调过变异的偶然性,即在无目的论的意义上具有丰富的可能。如恩斯特·迈尔(Ernst Mayr)所论,自然选择"奖励昔日的事件,即生产出各种成功的基因重组,但并不为未来做出计划"。[19]弗朗西

---

* 叙事学将其译作"拦腰法"。

斯·高尔顿的各种优生学理论试图将进化论应用到未来，而达尔文自己在《人类的由来》一书中强调性选择中机缘和意志的作用（无论受到社会压力怎样的限制），这便将对于遗传的质疑置于"前景"。上述论题在这部小说中占据重要地位，并将犹太人和英国人捆绑在一起。然而，这部小说同样也在强调可能性的多重性、作为一种创造力的巧合性，以及未来之引人入胜的不可预测性。

预言和占卜的效果取决于它们得以确证之时我们的**惊讶程度**，二者对未来不可控的多样形态致以敬意。在《丹尼尔·德隆达》中，爱略特调查了预知的范畴——从开篇关德琳的赌博场景体现出的对运气或某种"体系"的依赖，到莫德凯开启预期意象时的自信满满。于是该书就进入达尔文理论的那个核心问题：是否存在一个提前预知的或者终极的计划？目的论自身是一种虚构吗？——我们是否自我保护式地将一切机遇解读为神意？这个问题对于如此关注往昔与未来叙事的作家而言一定具有特别困难的意味。对于有先见之明的小说家而言亦然——他业已遮蔽了自身的无所不知，却发现很难去除掉自身的无所不能。作者作为源起者的问题在《米德尔马契》中从未得到令人满意的解决，而《丹尼尔·德隆达》则将此问题慢慢推入公开的视域。

这部小说的首页既提出了问题，又有着隐秘的意味。爱略特让题词示范了它自身所做的论断。她没有给予题词以叙事者所作导论般的权威性，相反将之放到边缘的位置，成为允许我们在沉默中跳过去的那个部分，也是明显可以加以选择的部分。然而，如果我们跳过题词转向正文，那就丧失了导论，旋即一头扎进一个临时性的问句："她究竟美不美?"——其间我们既不知晓主语指谁,也不知晓思考者。题词是次一级的开端——但它的出现使得正文的开篇也只能成为一个存在问题的开端。原因在于:这个预备的段落当然**是**文本意义的必要序曲,并概括了文本的诸般问题。我们需要阅读它——需要假装有个开端。通过调侃开篇段落的形式关系,爱略特从一开始就表明:(叙事者)权威性论断的起源是要被问题化的。在题词中,叙事者直接的权威被取消了,代之以没有起源的、设想下的"客观性"(impersonality)。文本的头几句将询问以可疑的方式放置在叙事者同人物的意识之间,放在充足的意识同注意力的沉思性观察之间——这种注意力尚未完全聚焦到它的客体之上。

这部小说打破了均变论序列的内在一贯性,强调的是错误和失误、阐释上的困难,以及知识上不可避免的非完整性。无论就意识、事件或世界而言,开端都是无法复原的起始点,也是小说开篇的主题。爱德华·萨义德《开端》(*Beginnings*)一书中所谓"开端的意向"——延续下去的承诺或者至少是规划——在《丹尼尔·德隆达》的论点和展开叙事的过程中始终是主要的力量。[20] 小说的结局就是开端——作者或首批读者不可能辨认出它究竟是虚构的还是历史:犹太复国主义的国家是海市蜃楼吗?

如我们所见,在《米德尔马契》中,人物追寻根源、关键点和原初的组织形式——回归到能够将现在和往昔的多样性统一起来的某个单一的源头。然而,这一叙事活动关注**关系**并强调那些多样性,而小说中的人物却带着柏拉图式的急迫性设法将这些多样性改写为单一性和"理念"。这一争议随后进入《丹尼尔·德隆达》一书的情感和叙事秩序当中。

作为理念的**这个开端**(the beginning),而不是"**开端**"的理念,隐含的确定性、稳固性同运动、进化的法则相悖。孔德将运动与存在视为一体,而爱略特在《丹尼尔·德隆达》的创作笔记中引用孔德《实证主义概论》(*General Introduction*)的一段,这段话与小说中所论及的私人生活、公共生活以及遗传问题有关。在该段文字中,孔德警告读者不要给予回顾的精神以过高的权威:

> 历史的精神有着一种自然的倾向,使我们鄙视总是执着于结果而不考虑意向的情怀。这种精神也许由此深深地误解了其真正的使命,以便对那些企图通过贬低私人生活来放大公共生活重要性的社会中最顽皮的腐化分子进行某种系统性制裁。然而,所有这些智识上的危险都在结束时到达这样的时刻:我们依据社会动力的真实本质来奠定这些动力,也就是说,像其他科学门类一样,让运动统一依赖于"存在"。(第84张纸)

在小说《丹尼尔·德隆达》第11章末尾,一行间隔之后紧跟着两段结尾,为小说所坚持的下述观点做出辩护:尽管公共事件更加令人瞩目,但私人生活一直都在其间发挥着重要作用:

> 一个(像关德琳这样的)女孩善于让生活保持欢

快,并整日沉浸在与此相关的各种琐细思虑之中;人类历史上难道可能存在比女孩的这种意识更加纤细、更加无足轻重的线索吗?也是在这样一个时代,思想充满了新鲜的活力,层出不穷,而普世的亲属关系正在猛烈地宣告自身的存在。此刻,世界那一边的女性不甘心为丈夫儿子们在共同的事业中勇敢牺牲而伤悼,而在我们这一边,节衣缩食的男人们则听闻着这份心甘情愿的牺牲,体现出十足的耐心。这是一个人类的灵魂应着脉搏苏醒的时代,脉搏已然在其体内默默跳动了数百年,直到它们全数造就了一个恐怖或欢乐的新生活。

在这部伟大的戏剧中,女孩们及其盲目的愿景又有何作用呢?她们就是"是"(Yea)与"否"(Nay)*,决定了男人们为之痛苦和奋斗的那份善行。正是从这些纤弱的脉管中人类情感的财富得以诞生,一代一代,永无止息。(1: 11: 181—2)

关德琳的故事也像犹太复国主义国家的故事一样,仍在进行之中;作为虚构剧情的发源地,这些故事尚未被历史的回顾所固化或削弱。这一时期,孔德、爱丁顿(Eddington)、克拉克·麦克斯韦尔、克劳修斯(Clausius)、达尔文、亥姆霍茨——他们都在各自领域之内(社会理论、物理学、进化论

---

* 这里的"是"与"否"应出自维多利亚作家托马斯·卡莱尔的代表作《旧衣新裁》(*Sartor Resartus* [1833-34]),原文为"永恒的是"(Everlasting Yea)和"永恒的否"(Everlasting Nay)。

和基因理论、声学、天文学)强调了所有现象中不可停歇、不断扩展的运动。这一运动方式可以表达为演替、声波、星星永不停止的运行、故事的传播、热能,以及物种的不稳定性。

然而,运动并非单一方向的,也不必然意味着仅仅是向心力或离心力。在这一点上,它异于从过去经现在趋向未来的惯常的时间概念。这一不可逆的时间观从《物种起源》对转化和灭绝的强调中获得力量。《丹尼尔·德隆达》的主题、有序化和对话均在探索和质疑类似传衍、演替的系谱性时间观,并质疑其能否提供足够的解释。

在"笔记本707"当中,爱略特引用孔德对于人性的定义:"汇聚(converge)在一起的人类所形成的持续的整体"(第82张纸)。汇聚创造了一种身份认同的类型,并不要求研究开端;汇聚乃是小说重要的组织原则,生产其自身的形而上学:德隆达尤其具有汇聚的天赋,在其他人需要的时刻和他们相遇。但在小说的有序化过程中,汇聚也显现出更加险恶的特征:"相汇的溪流"一章就追踪了格兰德考特与关德琳以及德隆达与米拉之间的相遇历程。

溪流相汇,然后一道向外流向大海,不再回到起源之处。但正如小说开篇所确认的那样,人类需要一个开端的理念,而在这部小说中众多人物都必须探寻自己的起源。丹尼尔·德隆达与米拉都在找寻他们失联的母亲,而犹太教的母系承传赋予这一找寻以特别的意义。对于丹尼尔而言,寻母确保了他的未来,尽管母亲对自己的冷淡阻止他回归到可知的起源。在这一点上,他们二人和关德琳形成反差:后者关注可能性和未来。她有她的母亲,对于她和类似包括梅里克一家人在内的其他主角而言,母亲乃情感的源泉。

这部小说浓缩了那个时代共同关注的问题中相当多意味深长的焦虑。追寻起源乃探究起源的本质和起源与发展之间的关系,这在19世纪70年代早已成为智识上的热潮。孔德和达尔文早先已经回避了对绝对起源的研究,转而支持过程和转化。在《物种起源》第6章《理论的诸项难点》中,达尔文评论道:"神经如何对光亮产生敏感,就如同生命自身最初如何起源的一样,对我们无关紧要。"(217)这样的论断产生了论辩的力量,将物种的发展放置到地球生命发展史的后期。达尔文《物种起源》的书名表明了一个起点,其论点却避开对原初起源的讨论并以历史替代了宇宙进化论;书名同论点之间的悖论关系不仅引发我们对过程产生兴趣,而且也引发了我们对那些毫无记录、也许也无法复原的开端的兴趣。

小说《丹尼尔·德隆达》中历史的时代背景同其创作时代之间相差20年,在此期间,"起源"(origins)一词处处可见。瞥一眼1876年与《丹尼尔·德隆达》同年出版的最新心理学—哲学期刊《心智》(*Mind*),就可以看到"起源"这个词作为立论手段频繁出现。比如翻开7月的第3期,可以看到亥姆霍兹的《论几何公理的起源与意义》、弗林特(Flint)的《论联想说与道德理念的起源》,以及马克斯·缪勒的《论集体的与抽象的术语之起始意向》。该词已然成为智识讨论的必要条件,且涵括了一个内在的论辩,即我们要做的恰当研究是否应是天体演化论(即事物在开端时期的状况),抑或是传衍(即事物如何演变到如今的样子)。这场论辩随后引发了进一步的推测:未来的事物将会是什么样子？因此，当就克罗尔（Croll）论《太阳最可能的起源与年龄》一文记笔记的时候（该文讨论了燃烧与热死亡），或者当阅读皮克泰特（Pictet）的《雅利安人种起源》（*Origines des races aryennes*）之时，爱略特都将这样的思考置于一系列复杂的、相互关联的探究与争议之中。她对于雅利安人种起源的兴趣并非仅限于一种"背景"研究——该研究经常被认为服务于《丹尼尔·德隆达》的另一半犹太主题的研究。的确，如完全以二元的方式来理解该小说里的犹太人和英国人，就会错过这样一点：爱略特在这部小说中探索的不是对立的两极，而是共同的源头，犹太人和英国人彼此特别强烈地相互关联的共同的文化、故事和基因遗传；而这一点就提出对传递（transmission）的种种质疑。

这部小说中的一个关键问题乃是类型学问题：有可能存在新的运动、新的故事吗？有可能令传衍的连续断裂从而重新开始吗？（正如丹尼尔的母亲所尝试的那样。）——抑或基因遗传乃最能决定我们的因素吗？（正如丹尼尔的历史所表明的那样。）虚构有可能提出新的可能性吗？抑或它会发现其自身必然要重述旧故事，以避免吹毛求疵的新奇元素？这种新奇元素在书中同关德琳任性的少女梦相关联——不切实际地幻想着去探险，并在两性关系中占据支配地位——这些少女梦以昙花一现的方式表达了一种深度需求：

> "你究竟想要做什么呢？"雷克斯说道，毫不做作而又满腔焦虑。
>
> "喔，说不好！——去北极、越野赛马、去东方像

海斯特·斯坦霍普夫人（Hester Stanhope）*一样做个女王。"关德琳轻狂地说道。她张口就来，但要想说出更深层次的答案可能会令她不知所措。

"你的意思不是说你永远都不会结婚吧。"

"不，我不是这个意思。只是我结婚的方式该和别的女人不一样。"（1，7：99）

整部小说一直在激烈探讨的一个问题就是：与女人相关的故事是否有可能存在新剧情？第31章的题词暗示了这个问题：

> 你们狂热地投身于
> 无人航行过的水域、无人到过的海岸。**
> ——莎士比亚

"笔记本707"提醒我们注意之前关德琳的故事：

> 可以将"关"（Gwen）视作不列颠的维纳斯……关德琳或蝴蝶结夫人，也许出自意为白色眉毛的"关达尔"（Gwendal）；看起来关德琳乃古老的不列颠女神，很可能指向月亮。

因此她相当于不列颠的黛安娜（Diana）女神——射手和月

---

* 海斯特·斯坦霍普夫人（1776—1839），又称"海斯特女王"或"沙漠女王"，英国贵族、探险家和考古学家，曾放弃贵族生活前往中东各处探险。
** 此句引文出自莎剧《冬天的故事》（*Winter's Tale*）第4幕第4场，译文参考方平译本（《莎士比亚全集》第9卷，上海译文出版社2014年版）。

亮女神,代表着贞节。

> 关德琳乃布鲁图斯家族的后代,母亲是蒙茅斯的乔弗蕾(Geoffrey of Monmouth)、康沃尔公爵考雷尼斯(Corneus)的女儿。关德琳嫁给布鲁图斯始祖之子洛克韩(Locrine)为妻。后洛克韩为了一个叫爱思特里德(Estrild)的漂亮的日耳曼女战俘抛弃了她。关德琳于是向他开战,将其杀死;爱思特里德及其女萨伯尔(Sabre,又名阿维恩[Avern])成为阶下囚。随后,这位妒火中烧、誓言复仇的王后将母女二人皆淹死在河中,由此该河流被称为萨布瑞娜(Sabrina)或赛维恩(Severn),威尔士语即哈维恩(Havern)。(第10—11张纸)

小说中的关德琳倒不似上面这个被抛弃的女人产生那般强大的破坏力,尽管她的人生也包含了溺水和复仇。但此处关德琳的名字指涉亚瑟王的故事(作为"亚瑟王宫廷里的一位美人",她也是"卡拉多克·弗拉克弗拉斯[Caradoc Vreichfras]的母亲,卡拉多克[Cradocke]即亚瑟王圆桌骑士中杰出的卡拉多克爵士"),意味着一段隐埋的历史和一半神话、一半族裔的回忆,都流动在表面的文本之下。《罗慕拉》(Romola)中的一切百科知识遍布在作品的表面,而《丹尼尔·德隆达》中的神话体系、语言、种族之间的对等性在隐喻中得以揭示,这些隶属于这样一个论点——该论点利用进化论在各种全新关系中所设定的材料,大多数情况下秘密展开,并在各种结构、各种语义中以几乎同等的方式加以表述。早先对《丹尼尔·德隆达》的分析如果以达尔文的作品为参照,读起来会相当不同。

一场与同质性、异质性二者相关的论辩,同种族研究当中的论辩类似,呈现在对于语言和神话的研究之中。18世纪末,赫尔德(Herder)在《论语言的起源》(*Abhandlung über den Ursprung der Sprache*)(1772)一书中认定,最原初的语言是冗余且复杂的,随着语言的发展才日益简单起来。这个观点与马克斯·缪勒所持的观点完全相反,后者追随格林的观点强调根源之美。[21] 赫尔德自己的神话理论坚持强调单一的指涉系统:所有的神话都是以"太阳"为中心的神话,均和阐释各种气候现象相关。这种对神话艺术中太阳的坚持彼时被复制到天文学中。在19世纪70年代,包括达尔文在内的很多人都受到亥姆霍茨理论的影响,认为未来太阳将不可避免地因温度上的冷却而走向灭亡。[22] 与太阳相关的神话不仅是对往昔的一种范畴化表述,也活跃在19世纪六七十年代人们的焦虑之中。关于地球未来漫长的生命周期,普罗克托提供了经过测算后的确证,我们看到其间便有太阳神话的作用。《丹尼尔·德隆达》呈现出同样的问题意识,表现在天文学的意象及其投射出来的组织结构上。这一问题意识竭力以家族的传衍方式来呈现往昔和未来,却又持续地表明未知的未来所具有的危害和风险。

就在爱略特准备创作以及写作《丹尼尔·德隆达》的那段时期,众多神话系统相互联结的本质特征正是一个受到热烈争论的议题。这些相互联结的存在是传递的结果吗?它们可能只是逐渐到达意识层面,是人类想象力的类型需求的后果吗?是否存在一种有待发现的无意识的形态学,如同物质的有机生命一样持续不断且无可逃避?《物种起源》在讨论分类的一章中专辟"形态学"一节,达尔文在文中这样问道:"人类的手用于抓握,鼹鼠的足用于掘土,还有马的腿、海豚戏水所用的鳍、蝙蝠的翅膀,所有这些都应该建立在同一个型式之上,而且应该包含着相似的骨头和同样的位置构造,还有比这一现象更加令人好奇的吗?"爱略特在其笔记中就记录了古埃及类似"灰姑娘"故事的众多变体。

各种达尔文式经验上的组织结构支持了众多结构主义的分析。比如,1928年弗拉基米尔·普洛普在《民间故事形态学》(*The Morphology of the Folktale*)的开篇这样写道:

> "形态学"这一术语意味着对于类型的研究。在植物学中,"形态学"这一术语意味着研究植物的各部分组成要素、这些要素彼此间的关系以及它们和整体的关系,换言之,就是研究植物的结构。
>
> 但"民间传说的形态学"又如何呢?很少有人会想到可能存在这样一个概念。
>
> 然而,有可能对民间传说的各种类型加以考察,这将如同有机体结构的形态学一般准确……
>
> 笔者感觉以目前的方式,本研究能够为每一位民间传说爱好者所理解,前提是他乐于追随笔者进入民间传说多样形态的迷宫里去,而最终这个迷宫之于爱好者又会很明显地具有惊人的统一性。

而距离《丹尼尔·德隆达》出版之后不久,弗洛伊德就将开始探究类型学问题,即与无意识相关的不可分割的象征。

就在爱略特为撰写《丹尼尔·德隆达》不断做准备之际,她一直在研究一系列文本,这些文本既对文化进化和种族问题产生影响,也对人(humanity)的问题产生影响,而人的问题则是相对于国家的地位或族裔的起源而言的。爱略特再次转向孔德的《实证政治体系》(*Positive Polity*),该书出版不久即在19世纪70年代初由弗里德里克·哈里森(Frederic Harrison)等人译为英文。她广泛征引书中的观点,比如以下这段评论:

> "祖国"(Fatherland)的概念一度和"家园"(Home)的概念共存,如今面临被"人"(humanity)这个概念吞噬的危险(第96张纸)。在《实证政治体系》中孔德提出(I,333):"我们将'人'视作基本上由死者构成,唯有他们能完全适合我们的判断……即使我们承认生者可以加入'人'这个概念,除了极少数情况,其他都只是暂时性的行为。"

爱略特评论说:"倘若我们的职责是面向'人类'的,那么该如何将生者以及将要到来的人们排除在外呢?"《丹尼尔·德隆达》中的一个核心概念便是强调,"人类"的范围不仅包含现在的生者,而且也包含"那些将要到来的人们":

一个人长期处在贫困与无名之中，遭受疾病的折磨，意识到自身正走在日益临近死亡的阴影之下，却在不可见的往昔和未来中过着高度紧张的生活：无视自己的个人命运，除非命运有可能给某个构想出来的善造成阻碍，而除了偶尔电光火石的时刻之外他从不愿分享这个善——那一天非常遥远，太阳从未温暖他，但他却将自己灵魂的欲望投射到一天的时光之中，带着健康青年的个人动机中经常缺失的激情。这便是某种超越了父母之爱变形后的宏大景象，却能历经、摒弃、忍耐和抵制绝望下的自杀冲动——一切皆源自那些细小的愿景，未来的一幕幕在焦虑而渴望的凝视之下变得鲜活起来。（2：42：388—9）

音乐、神秘主义者、神话、词源学以及心智的进化皆为这部小说的创作笔记的主要论题：爱略特对中古音乐、帕莱斯特里纳（Palestrina）的作品以及格里高利圣歌均有涉足，并大篇幅讨论葫拉（Hullah）的音乐史著作。如布鲁克纳（Bruckner）的作品所显示的那样，此时帕莱斯特里纳又重新对教堂礼拜音乐的创作产生影响。爱略特对于早期音乐的强调尤其突出，比如她不同寻常地大量引用中古作家的文本：不仅仅有乔叟，而且特别涉及《良知之痛，或14世纪良心之愧疚》（"Ayenbite of Inwit, or Remorse of Consciene XIVth Century"）*这样的作品，后者同《丹尼尔·德隆达》

---

* 1340年的一本中古英语祈祷手册，作者是肯特郡的本笃会修士丹·米歇尔（Dan Michel）。

的情感高潮息息相关——格兰德考特死后关德琳的痛苦；丹尼尔之母备受压抑又不情不愿的愧疚，她带着不凡的音乐才华为了自己的职业生涯孤注一掷。爱略特的笔记引用了很多诺斯替教神秘主义者和托马斯·阿肯披斯（Thomas à Kempis），并指出佛教中与圣杯传奇的类似之处："这种钵盂（Patra）乃佛教的圣杯，日耳曼学者已在圣杯的传奇中追踪到关于东方源起的显著迹象。"又引用了于勒（Yule）版本的《马可·波罗》（Marco Polo），继续引证以彰显圣杯的印度起源及其意义："圣杯从世间消失，上帝的律法随之消亡，暴力与邪恶愈来愈横行天下。"正如格里高利圣歌同犹太教会堂的古老圣歌、吠陀梵语的圣歌相关，"不列颠的风物"亦与佛教的、亚洲的传说相关联。这便赋予了爱略特笔记中大量亚瑟王、凯尔特的材料以更大的意义；她解释了关德琳名字的起源和阴郁的叙事格调，这个名字所具有的意义不仅指向亚瑟王的典故，而且像犹太神秘哲学的材料一般，好似地面上凸起了某个小点，暗示着不同传说体系之间联结成一个系统。这些传说体系在同等程度上包括北欧的、犹太的、阿拉伯的和印度的体系："衍生自印度的亚历山大哲学（Alexandrian philosophy）*。"

在给斯托夫人（Harriet Beecher Stowe）的书信中，爱略特曾点评"傲慢及睥睨一切的专横所构成的精神特质"，认为英国人正是带着这种精神对待犹太人以及所接触的所有"东方民族"：

---

* 该派哲学源自公元后埃及的亚历山大，旨在以希腊哲学的视角阐释各家（尤其希伯来）宗教教义。

如果可能的话，最令我热衷而行之事莫过于激发人们去想象这样一幅愿景：以人性的方式去理解作为其同类的那些彼此间习俗与信仰大相径庭的种族。然而，我们这些西方人孕育于基督教之中，希伯来人对于我们则有着特别的恩惠，而且无论我们认可与否，我们之间都存在着宗教与道德情操上一种特别深刻的友好关联。还有什么比下面这件事更让人厌恶的呢？——听到号称"有教养"的人开着吃火腿的小玩笑*，却展现出他们自己在某个方面毫无真才实学，即其自身的社会、宗教生活同他们认为可以机巧地加以侮辱的那个民族的历史之间究竟是何种关系。他们压根不知道基督就是犹太人。而我发现在拉格比公学受过教育的人居然认定基督说希腊语。我于是感受到，他们毫不知晓奠基了我们大半个文化世界的历史，亦无力对任何类型的生命发掘出兴趣，除非它包裹着同样的外衣下摆，并似我们自己的生命一般活跃；这种无知和无力就非常接近最为糟糕的反宗教。关于这一点的最佳阐释莫过于，此乃思想狭隘的标志，或者用通俗的英语来说就是愚蠢——这仍旧是我们文化的正常水准。[23]

上述这段文字经常被引用来证明爱略特同情犹太人。但很少有人注意到，她在强调英国人、犹太人和东方人在历史文化上相互关联。英国的岛国性质造就了民族文化的贫乏

---

* 以示蔑视犹太人的禁忌。

而非富足,而整本《丹尼尔·德隆达》都在强调英国人的愚笨以及对自身同其他种族、文化间联结关系的失察:

> 我们英国人是个混杂的民族,在我们当中任意找出五十位,就能呈现出众多不同的身体构造或面部装饰的方法。可是必须承认:我们的主流思想并非要表达一个生机勃勃、充满热情的种族,却总是心怀大的理想,现实对他们仅仅是个添头罢了。(1:10:49)

英国的探索和离散总是通过殖民和帝国来实现统治力。英国人在旅途之中总是拒绝容纳他者,而休憩之时则表达了一种弃绝:

> 这对仪态端庄、皮肤白皙的英国夫妇流露出英国民族通常的古怪特性:二人举止骄傲、面容苍白、处事冷静,不带丝毫的笑容,如同实现了超自然命运的生物体一般行事。(3:54:207)

当然,这一切最为直接地呈现在格兰德考特身上,他继承了叔叔的财产:

> 德隆达先生为人友善,令人颇感亲切,然而倘若他成了继承者,必定让人感到遗憾的则是,他并不像雨果爵士那般拥有一副典型的英国人面孔。
>
> 格兰德考特同马林格夫人一同出现的时候,看起来没有因为具有外国的特性而受到质疑:当然对此事

的满意度并不彻底。如果一个人有幸继承到两项老式家族的地产,又能拥有更多的头发、更加鲜亮的肤色和更加生动活泼的面容,该是一件多么值得庆贺的事情。而体面的家族逐步衰退,后代多为女性,财产则一齐落入到肤色苍白的唯一男性继承人之手——这便成为世事的大势所趋,似乎再引述一些其他事例即可解释这一点。人们普遍认同:格兰德考特所能配得上的一切恰恰就是他的身份——天生的绅士,而且事实上,他看起来有着继承人的派头。(2:36:251—2)

英格兰日益削弱的能量直接同其坚持的男性传衍息息相关。类似的是,关德琳母亲的麻烦来自生养的都是女儿,她们救赎自身的唯一希望便是嫁个好人家。遭到格兰德考特抛弃的情妇格拉肖夫人就有个私生子身份的儿子,因而他无法享有继承权。爱略特扩展了这本书里"教养"(breeding)的意义,从而将英国绅士的老话题带入极力延展之后的思想关系之中。经过雨果·马林格爵士的养育,丹尼尔的"教养"将他造就为英国绅士,后来他借由自己的犹太传统以及**母系一脉**对犹太教文化的传衍,发现了自身真正的文化传承。但他并未放弃成为一个英国人。同他相似的克勒斯莫便是"德国、斯拉夫、闪族幸运的结合体"(1:5:65)。德隆达同样受益于自己基因和文化上的多重传承。此时,传承不再是关乎本地社区一两代人的事情,而是从生命的基本形态,尤其是从传递的问题开始转化的事情:种族与文化如何相互关联以及如何变化?转化必然趋向更好吗?往昔、当下和未来是否在一个稳定的连续体之上?这方面的探究是否存在稳定的限度?

爱略特的笔记和诸如《理性主义之影响》此类更早期的文章曾在理论上表述了上述这些问题(这些问题在更多的情况下作为感情而非理念相互交流)。它们又以一种典型的思想活动在《丹尼尔·德隆达》中找到了自身的存在形式,即"威塞克斯一隅之内"的人们所具有的个体性的人类命运;这些问题在更多的情况下作为情感而非理念相互交流:

> 一个人如果不能深入研究心理的功能和遗传的神秘性,不能全面理解人类的历史发展以及不同时代彼此间的依赖关系,那么即使他的思想具有各种丰富的感受力,当有人不加分辨地攻击传统的强制性影响之时,此人必然总会或多或少感到不安。[24]

在《丹尼尔·德隆达》中,爱略特探究了"遗传的神秘特性"以及传统所产生的强迫性兼解放性的影响。在这部小说中,她有时公开探究,比如在"手与旗帜"俱乐部所进行的广泛讨论;有时通过事件,比如关于珠宝的继承权问题;有时通过自身的感受,比如关德琳对求爱的强烈抵制和哈姆-厄伯斯坦公主对于母亲身份的强烈抵制;有时则通过叙事秩序,比如爱略特避开了带有因果权威性且占据统治地位的时间序列。

她在笔记中记下了那些通过词源学陈述了"遗传的神秘特性"的引用和评论,包括将意义转化为隐喻、进而转化为实体存在物,对单词含义的某些方面的遴选,以及感官上的演替和转化。语言成为一种生存和转化的原则,对于处在犹太神秘哲学传统中的《丹尼尔·德隆达》而言起到核心的作用，使得莫德凯在其与丹尼尔当下关系中加入了对书面预言的解读。在德隆达与关德琳之间的热烈交谈中，能量被转化为直接引述。书面用词、会话、叙事乃至思想的表达，均是环境中联结性的行为，该环境蕴含着众多未加言说、令人费解、高深莫测的可能。但考虑到很难充分地记录"差异之处"，爱略特如今也将描述的意图同"愚蠢"联结在一起。她在笔记中重点强调了一句话："**'真理总是具体而微，尽管语言普遍共通。'约翰·奥斯丁**（John Austin）。"（第107张纸）词语刻意将细节删除。无论单个词语、故事抑或个体的传衍，都没有展现出任何简单的线性进程。转化和分离是语言中的强大能量，同在群体中一样强大，在故事和基因序列中亦然。爱略特在《丹尼尔·德隆达》中以疑问的姿态提出了众多可能的重大发现，其中包括人类可以"向东"而去，"从而发现掌握语言的新要诀，以便讲述各个种族的新故事"。

就众多维多利亚作家而言，对种族问题的迷恋本质上就是一种对阶级的迷恋。种族和阶级都提出了相同的问题：传衍、系谱、流动性、发展和转化的可能性。达尔文在《物种起源》中以纹章学的术语引入了系谱的隐喻。萨克雷则在一篇早期文章当中展现了种族与阶级的理念如何浓缩在一处："同远方异域的种族相比，我们对自己国家的居民其实更加视之为'异域'、更加无知。"狄更斯则愤怒地揭露了以《荒凉山庄》里杰乐拜夫人为代表的人物对身边的人缺乏同情之心，相反却关心异域非洲的原始部落。

林奈的著作强调物种的分类与稳定性,这被隐性地带入对种族的考察之中。他更多地论及"杂交物种"(hybrids)。人们倾向于假定种族是可以延续的,尽管存在着杂交。虽然可以划分为"亚变种"(sub-variety)进行分析,但是不同种族仍按照等级各归其属。而这种等级无可更改,因为它基于身体特征而非环境的条件。

在关乎种族的论争中,犹太人是一个特别的难点——一个流浪的部族、源于亚洲的部族,却不符合应归属"亚洲人种"("Homo Asiaticus")的一切特征。他们有着专门的基因,具有历经沧桑却保持不变的文化。在某些方面他们最为理想地代表了概念上稳定的种族群体。的确,保罗·布洛卡(Paul Broca)在人类学学会(the Anthropological Society)第一批出版物中就以犹太人为例,反对进化观,旨在证明不同种族的多元发生说:

> 单一发生说论者已提出反对意见,认为相距遥远的人类定居地距今时间过短,试图永久确立人类不同种型的论据很少超过三四百年,而这段时光尚不足以产生种族的转化。因此,他们认为,应该是在漫长时间更替当中逐步产生了这种转化,有一些转化始自人类的诞生,另一些转化则始自大洪水时代。
>
> 然而,研究埃及人的油画就会发现:一方面,人类属种当中最主要的类型彼时即已存在,与今日无异,而彼时至少远在耶稣基督诞生2500年之前。
>
> 再者,犹太种族历经1800余年,遍布差异巨大的不同气候的区域,如今身处世界各地,均与法老时代

的埃及犹太人无异。[25]

同样,犹太人可以作为达尔文和《圣经》的证据,用来解释最受"神佑"(favoured)的种族如何能在生存斗争中存活下来。他们失去了家园,这意味着他们以敏锐的方式彰显了国族与种族、种族与文化之间关系的整体问题。他们显然不能被看作欠发达的种族之一——拒绝灭绝,并未因种族大屠杀、流散和通婚而彻底消亡。他们是一个古老的、神选(或者"神佑")的民族,以解释学而非转化的过程——通过解读和再解读——在文化上生存下来。

正是在这个语境中,我们应该阅读《丹尼尔·德隆达》中与思想议题相关的最为开放的论争。莫德凯所说的"哲学家"(一群"奉献给思想的穷人")的俱乐部隐约类似于"那些伟大的传播者……用自己的双手辛苦劳作,获得微薄的面包,但为我们保存和扩大了记忆的遗产,并将以色列民族的灵魂如陵墓里的种子一样鲜活地保存下来"(2:42:370)。爱略特以挪揄的口吻在论辩开场前对不同种族的自然条件这一概念稍加提及:"纯粹的英伦血统(倘若水蛭或柳叶刀能给我们提供这方面的典型结果)*并未在聚会上占据主导地位"(2:42:372)。

俱乐部所讨论的话题关乎转化和发展:这方面的话题一定是革命性的吗?可以不断增进吗?它会是不断进步且向善的吗?[26]论题开篇引用了雪莱在《解缚的普罗米修斯》

---

* 水蛭或柳叶刀意指中古以来的传统医学使用二者从人体血脉中去除所谓毒素,从而净化血液。这里爱略特借此意象讽刺种族的纯洁血统论。

里描述雪崩般效果的文字：

> 思想不断堆积，直到某个伟大真理
> 开始松动，继而众多国度应声四起。（2：42：371）

同地质过程的比较成为19世纪的一种类比，人们用它来频繁描述科学发现和社会革命的到来。欧内斯特·琼斯（Ernest Jones）在其致劳动者的诗歌中借用该类比的革命性价值，缪勒则强调它科学的影响力。在讨论的开端，尽管把这个类比放在论辩的场景之中，它提出了过往和未来之间特殊类型的关联——过往不断地缓慢推进，事件快速赶超当下，从而混乱地脱离当下并进入未来。

《丹尼尔·德隆达》中发生在"手与旗帜"俱乐部的会谈关乎以下三者的交织：演替、发展与进步的理念，"社会变迁的缘由"，以及"理念的强大转化力"。众人自由地使用实用的、科学的及政治的类比讨论了理念的无意识传播：

> "莉莉说到这点，于是我们就转向了社会变迁的缘由，而当你进来的时候我正在论述理念的力量，这一点我认定为最具转化力的缘由。"（2：42：374）

"但是倘若你将随时准备好的混合当作对能力的测试"，帕实说道，"一些最不实用的理念就会击败一切。这些理念得以传播却难以得到理解，进入语言当中却未及加以思考。"

"它们可以依据不断变化的气体分布得到传播，"马拉布勒说，"工具如今日益精良，人类可以去记录理论的传播，途径就是空气中可观察到的变化和神经上相应的变化。"

"是的，"帕实说，黝黑的面庞以相当俏皮的方式闪着光，"存在国族的理念；我敢说野驴正在吸入（这种气体），越来越成为一种合群的动物。"（2：42：376）

帕实的俏皮话提炼了意识形态的和进化论的变化的问题。他想象着孤独的野驴捕捉到有关国族理念变迁的风潮，它们进而以拉马克式的求生方式改变了习性。他将对国族理念的需求同施加压迫的国家、"落后的国家"联结起来。在欧洲，民族主义正走向消亡："整个进步的潮流正在对抗民族主义。"讨论随之触及其中心问题：变化必然是一种进步吗？

"变化与进步融合在发展的理念之中。人们正在探索发展的法则，依据这些法则而产生的变化必然是进步的；也就是说，倘若我们把任何与变化相反的概念称作进步或者改良，那它就是错误的概念。"

"你称这些变化为发展，但我真的不明白你如何借此得出那种确定的结论，"德隆达说，"依旧将存在与我们自身意志和行为相关的不同程度的必然性，存在不同程度的加速或滞后的智慧。依旧也会存在这种危险——将应该遭到抵制的倾向误认作必然的法则，并为了这一法则而不断调整自身。"（2：42：377）

倘若存在的话，那么意志的角色和抵制的角色何在？莫德凯介绍了"复发"(recrudescence)这一核心理念,即"复兴那个有机的中心"(388)。

回归与更新——二者的力量乃是神话的有序化要素之一,进化论最不认可。的确,达尔文曾承认过"幼态延续"(paedomorphosis)这一概念,即有些特质在成年期之前消亡,却又在未来代际中重新出现。他也说过:进化上的伟大进展并非必然来自最为"先进"和专门化的形态,而在19世纪60年代他承认那些长期潜伏的特征有可能会重新显露出来。然而,回归、品尝永远新鲜的盛宴、永不枯竭的泉水、经由再解读而非新文本产生的复兴——这类理念乃是神话意象,都是树状、前行、不断累进的进化论意象所无法接受的。"犹太人是停顿下来的民族。"莫德凯就此反驳说,他们(给回归的精神)带来了永远鲜活的**解读**:

> 精神是活生生的,让我们将它塑造为持续的栖居——因为流动而持续——这个精神便会一代代传下去,而我们尚未降生的子孙们将富有众多的遗产,并拥有建立于无可变化的基础之上的希望。(2:42:386)

莫德凯所诉诸的目的论关乎亲属关系,关乎达尔文解释性的"传衍上隐藏的联结(bond)"——"这些联结将变化捆绑并神圣化为依附性的生长——如此将它同亲属关系一起神圣化:过往成为我的父母,而未来则向我伸出孩童般诱人的手臂"。然而,小说里的另一个人物米勒则以"单一发生说"的方式将家族或部族的意象加以普遍化,单一发生说的方式排除了专属的犹太论点:"我们都经由亚当相互关联……而且我猜想我们不想虐待任何人,无论肤色是白色、黑色、棕色或黄色"(383)。他拒绝犹太人对道德和成就的特别要求。叙事者表明莫德凯已然超越了家庭的隐喻,尽管超越的方式不尽了然;而论辩的结局则是对复原的激烈讨论,回归家园,以及完全实现了种种预言。与圣经解释学传统相对峙的则是存在于其他犹太人当中的理性主义论辩的影响力,他们将寻找巴勒斯坦视作毫无公信力的迷信,但德隆达将它同其他成功的民族主义运动(比如马志尼[Mazzini]所引领的19世纪意大利民族主义统一运动)等同视之。

莫德凯最终声称最强大的发展原则在于人类的选择:"我们这个种族的神圣原则乃行动、选择以及明晰的记忆。"(2:42:396)爱略特赋予这场激烈的论争以足够大的分量和空间,一如她处理德隆达与母亲之间充满激情的论辩。类似的场景在这部小说中并不多见,小说多数情况下关乎隐秘的情感,人物完全陷入一片混乱的流言之中,此类流言负载着未加言明的痴情。因此这些场景以十足的分量和智识的气派颇显不凡。它们的功能在于公开地确认理念的压力;这些理念在小说中作为情感的运动轨迹,正反互动,伏脉千里,隐约出没其间。寻求变化的意志和寻求变化的选择之间的关系、变化和必然的进步之间的混淆——这些都是重要议题,其间的主要力度源于它们急于测试进化论理念是否有可能应用于人类的生活。

当然,这些理念并未在达尔文那里找到单一的源头。爱略特在19世纪40年代已开始阅读黑格尔。约翰·奥克森福德(John Oxenford)论叔本华(Schopenhauer)和费希特(Fichte)的文章已经发表在爱略特时任代理编辑的《威斯敏斯特评论》上，首次让叔本华在英国成为论辩的对象。[27]她在19世纪50年代读过拉马克和斯宾塞。但到了19世纪70年代，爱略特赋予《丹尼尔·德隆达》以人类学语境，在推进英国国民生活的可能性方面挑战了相对主义和悲观主义；在此语境下，她通过小说对《人类的由来》所激发的当时有关种族与文化的论辩予以回应。下一章我将考察的两性关系的论辩就是她对达尔文性选择观的回应。

对进化论理念的乐观主义解读坚持思想面向未来的发展，并假定人类的物质进化的彻底性，这意味着选择的行为能够导致控制和发展。然而，尽管《丹尼尔·德隆达》的大部分直观的论点看起来的确朝向这个方向，却也存在着隐藏的逆流。

这部小说的具体内容的确比俱乐部的讨论所展现的更加大胆。小说关注突然的命运转折：关德琳失去了金钱，其家庭财富遭受双重暴跌；格拉肖夫人给她传递信息（众多这样的命运转折使用书信形式，书信的功能相当于希腊悲剧里的信使或复仇者）；丹尼尔发现自己的身世；格兰德考特的溺亡。对很多这样的事件，读者多半已有预感，却没有**足够**的预感——同读者大胆的预想或所期冀发生的情景相比，实际发生的结果更加激进、更加令人痛苦，也更加绝对。因此，虽然小说从未公开讨论过革命，却存在着一种革命的**效果**。[28]这样的剧情设置不再证实由均变论的积淀和弱化所组成的渐进世界。事件持续超越了读者的预想，这一思路创造出极端性的感觉。这种感觉也出自旁逸的希冀和可能性——后二者在意识当中自由地运动，并借助未能实现却始终存在的、未被撤销的可能性，使得气氛浓厚起来。一系列消弭目的论的事件产生自人物的多重希冀，但既没有对这些想法加以确证，也没有完全照着来。在这个间歇性、剧烈变动且持相对主义观念的体系里，当下在其对各种未来的合成中看起来总是无足轻重，而同这个体系相对抗的则是传衍所含有的天然的目的论。基因的传衍和系谱的时间似乎提供了稳定的、个人欲望无法消除的演替。然而，《丹尼尔·德隆达》不存在丝毫有关丰饶的力量——左拉曾将此种丰饶确立为对于死亡的回应——仅仅存在有关个体需求的、狂乱的黑暗，或者有关基因演替的、无法展开讨论的秩序。

小说花了很多篇幅回答开篇的问题："她究竟美不美？"开篇也涉及一些和丹尼尔邂逅关德琳关系不大的内容，但丹尼尔在赌场内急切地关注着关德琳的行为和运气，这令我们读者相信两人未来必将发生关联，读者的这个反应孕育自小说的情节。德隆达赎回关德琳项链的行为体现了开始的邂逅以及后来寻求支配和救赎的艰苦斗争，也使得二人的关系优先于德隆达和米拉的关系。在**叙述性**时间上，关德琳拥有先在的优势；但在**客观的**时间顺序上，丹尼尔早在一年之前就已经卷入米拉的命运之中。然而，对于读者而言，尽管有后来的信息，关德琳和德隆达之间的关系无法摆脱首要性，因为我们**最先认识他俩**。因此，在文本的传衍之中（其间事件的更迭时而源于循序渐进，时而源于剧情在进展中已做好了在那一刻叙事的准备），二人之间的关系看起来是最源起性的事件。而且相对于关德琳和格兰德考特的关系，叙事的序列授予了关德琳和德隆达的关系以先在的权利。这一叙事的权威对应于客观时序的权威、社会纽带的权威,并将另一种生殖和传衍带入读者的意识,即文本及其有序化二者的生殖和传衍。这种有序化并不依靠因果或道德歧视,而是将其自身准确而平稳地放置在机缘和意向的交汇点。我们**碰巧**首先得知他俩的存在,但原因恰恰在于作者选择以那样的方式来讲述这一情况。

在读者对后来故事的理解中,丹尼尔和关德琳似乎是以邂逅来推动整个剧情未来展开的先驱者。因此,叙事序列衍生的活动可以涵括断裂、跳跃以及时间的逆转,这类活动提醒我们:传衍的有序化或因果的有序化之外,还存在其他权威的有序化形式。

亚里士多德在《物理学》(Physics)一书中将时间等同于运动,将它描述为移动(motion)的可以量化的面向,从而强调其否定的、稍纵即逝的特质:

> 它(即时间。——译者注)的一部分乃是过往,不再存在;余下的则是未来,尚未诞生。无论是无限的时光还是我们截取了一定长度的时间,都完全由不再存在的和尚未诞生的所组成。我们又如何能将一切非存在物的构成理解为以某种方式共同存在呢?[29]

这样的时间概念清空了时间的权威性所拥有的当下,使得时间仅仅成为以"非存在"(non-existence)为起点和终点的单行道。在《丹尼尔·德隆达》中,当下充斥着先例的存在,背负着过往的羁绊,亦将其自身卷入多重未来之中,但所使用的并非仅限于基因的或生物时间的模式;也存在想象力的**外延**(reach),可以向众多方向运动,而且包括空间、预言、复兴或革命。"这也是很有可能发生的事情，依据阿加松（Agathon）*的下述名言：'众多不可能的事情将会发生——此乃可能性的一部分'（引自亚里士多德《诗学》）。"（2：61：351）因此，在第41章的下列题词中，德隆达沉思于莫德凯先知般的精神：

> "这个问题关乎热情澎湃的后代都具有家族的相似性：究竟是先知抑或追逐梦想的梦想家，究竟是'人类的伟大恩主、解放者'抑或整日空想于发明创造的虔诚奉献者——上自信奉其自身未加言明的灵感的第一个信徒，下到将会制造出能永久运动的理想机器的最后一个发明家。"这个人类激情的亲属关系拥有同终极死亡场景的相似性，不可避免地在事实当中填充了滑稽的嘲讽和拙劣的模仿。（2：41：354）

形态学和类型学只会引导我们走在通往解读的道路上。越轨与新的可能性隐藏在相似的形态和结构之内。因此在小说《丹尼尔·德隆达》当中，爱略特设计了一种时间的空间模式和传衍的树状体系，而全书主要的难点就在于需要在这二者之间做出判断——究竟应该由时间还是由传衍来占据主导地位？

---

* 阿加松（约前448—前400），古希腊雅典的悲剧诗人。此处引文出自《丹尼尔·德隆达》第41章的题词。

第7章
传衍与性选择：叙事中的女性

19世纪七八十年代间，进化论的深远影响日渐显著，尤其体现在达尔文的各种学说在社会和心理上的作用以及它们对于两性关系的影响。《物种起源》中一个重复出现的关键性隐喻是"大的科"在纹章学意义上的记录："一切真正的分类都有系谱的意义。"（404）演替和遗传形成了"隐藏的纽带"，将所有自然的往昔和当下编织在一起，一如演替和遗传组织起社会、支撑起霸权。但达尔文强调了在自然秩序内演替具有平等主义的潜力："我们没有书面记录的系谱，必须以类型的相似性来塑造我们传衍下来的社群。"（408）自然中的变异并不在意志的控制之下；它们是随机、无意志的，从而碰巧赋予某个特定环境里的个体及其后代以优势或劣势。

然而，在其19世纪70年代两部主要作品《人类的由来》（1871）和《人类和动物的表情》（*The Expression of the Emotions in Man and Animals*，1872）中，达尔文公开将人类带入进化论的论争当中，既强调自然选择（即无意志的选择），又强调**性选择**。个人意志和内在化之后的群体价值观在性选择的过程中举足轻重。

因此，进化论同社会的、心理的及医学的理论相互之间的交叉时兴起来，变得相当重要。性选择概念中生物学和社会学之间的纽带更加紧密，人们经常在这一概念下探究什么样的感情、价值观和反射作用帮助个体和种族生存下来。传递下来的特质使得各色文化和种族的个性各有特点吗？女性的生殖能力自然地起到传递种族血脉的作用，那么她们的角色何在？两性之间的关系又如何促进了人类的生殖和发展？

在《人类的由来》中，达尔文引用叔本华来讨论"爱的把戏"（love-intrigues）同种族未来的关系：

> 对于人类尤其未开化的野蛮人而言，就身体的构造来说，有众多的原因干预性选择的行为。文明社会里的男性大多迷恋女性心灵的魅力、财富，尤其社会地位，因为男性所娶的女性很少在等级上低得太多。和妻子只有普通相貌的男性相比，成功娶到更美女性的男性将不会拥有更多的机会来繁衍一长串的后代，除了其中少数人依据长子继承权来分配财产。至于相反形式的选择，也就是女性选择更有魅力的男性，尽管文明民族的女性拥有自由或者接近自由的选择权，野蛮人社会的女性却没有，但是女性的选择很大程度上也受到男性的社会地位和财富的影响。而这些男性在生活上的成功大多依赖自己智识上的能力和精力，或者其先辈这方面能力的结晶。我们不需要寻找任何理由就有必要对这方面主题来详加讨论，因为就如德国哲学家叔本华所论："无论是喜剧还是悲剧，一切爱的把戏的最终目标的确比人类生活的其他一切目的都

更加重要。它全力所围绕的目标不过就是下一代的组成……它并非任何个体的祸福,而是整个人类族群未来的祸福尽皆在此。"*(893)

尽管达尔文在这段话中提出,"文明民族的女性拥有自由或者接近自由的选择权",但他也在《人类的由来》整本书中多次清晰地指出:与所有其他物种(对于它们而言,**雌性**都最为普遍地掌控着选择权)相反,人类则是由雄性统治着选择权。这一反转产生了关键性的难点:"男性在身心上比女性更加强大,因而和其他动物的雄性相比较,野蛮状态下的男性会使女性困在悲惨得多的禁锢之中;因此,令人毫不惊讶,男性本就该获得选择的权力"(911)。进而,尽管达尔文敬慕女性的"心灵的魅力",却又对美高度重视,甚至上述文字所出现的那一章便有着这样的副标题——"论各种族依据不同审美标准对女性进行长期选择的结果"。

性选择的概念对于美的重视亦将论辩引入美学领域。在1880年第5期的《心智》中,格兰特·艾伦(Grant Allen)撰写了一篇重要文章,讨论"人类的美学进化",大量吸取《人类的由来》一书的观点,特别是性选择观。他坚称:这个"性选择的理论……对于美学家而言(乃)头等重要","女性和人类外形之美如今是而且必须一直都是所有人类的核心审美标准"(449)。艾伦笔下的美的概念凸显了优生学的理念:"对于任一物种而言,美丽的就必然同等地健康、

---

* 以下《人类的由来》一书引文均参校潘光旦、胡寿文译本(商务印书馆2011年版)。如有完全采用该译文的段落,则另作说明。

正常、强壮、完善,且适宜繁衍下一代",否则"该族群或物种必然迅速走向灭绝"。

人们如此重视"根本而典型之美,这种美体现在完全达到了正常的具体类型的标准",从这个方面出发,就可以更加充分地理解哈代为何热烈地将"德伯家的苔丝"赞扬为"一个几近标致的女人",尽管这一赞词明显单调乏味;也可以更充分地感受到《丹尼尔·德隆达》开卷语的迫切性:"她究竟美不美?"爱略特笔下过于活跃的、带着个人主义色彩的关德琳对求爱不感兴趣,畏惧进入传衍的世界,代表着19世纪70年代进入思想领域的众多困扰。她拥有另一类型的美——偏离规范,转向格兰特·艾伦所明确说明的充满活力的极端情形。

亨利·莫兹雷(Henry Maudsley)的《心智病理学》(*Pathology of Mind*)是1879年对1867年的《心智的生理学与病理学》(*Physiology and Pathology of Mind*)修订后的新版本。在这个修订版中,莫兹雷陈述了一个有关疯癫的进化观理论。该理论的野蛮的进步主义观尽管在致敬达尔文,事实上却更加靠近斯宾塞的假定,即道德的适者生存同物质的适者生存存在着相似性。然而,对于产生疯癫的具体条件,莫兹雷也是一位杰出的观察家。他进而分析年轻女性因生物的、教育的和社会的决定性因素比同龄的男性更易诱发心灵错乱:男性可以按照当时女性所在文化体系的标准对她们加以性选择,上述分析因此充分解释了这些女性为何会面临众多问题:

> 我以为,这个时期的女孩子比青年时期更容易遭

受苦难，而且不难理解其中的缘由。首先，相较男性而言，女性的情感生活同其智性的成长进度匹配程度更高，生殖器官对于大脑的影响更有力量。其次，女性的活动范围如此有限，而且同现在的社会事务中男性所拥有的工作途径相比，女性在生活中可能的工作途径如此稀少，不能像男性那样通过各种健康的目标和追求来给情感提供替代的出口。第三，社会情感默许男性可以沉溺于非法的性行为，却彻底禁止另一个性别这样的行为。最后，月经的功能始自女性的发育期，随之给其精神状态带来间歇性紊乱——有些情况下几近疾病，而月经则因各种心灵和身体的缘由很可能导致不规律的、压抑的状况，这些状况会在某个时候严重影响女性的心智。(450)

因此，小说中过去常见的主题——求爱、感受力、姻缘配对、女性之美、男性的统治、一切形式的**遗传**——在《人类的由来》问世之后就被赋予了新的难点。诚如达尔文经常做的那样，他的作品强化又打乱了长久应用的主题，从而将它们转为新的问题。爱略特微妙地展现了这样一点（哈代则更加坦率）：两性关系中社会的、心理的、生物的矛盾以及此关系同基因演替的认同对于两位小说家重读传统的虚构主题至关重要。在创造虚构的能量上，重写与抵制同吸收、汲取一样重要；二者同达尔文作品之间的关系使达尔文的作品提供了这两方面的冲击。达尔文让男性成为选择者，他对普通秩序的这一逆转使得大家关注与其他物种相对的人类传衍中的社会成分。在《人类的由来》中，达尔文借用古希腊文学来加强他的论证。在哀悼财富对影响性选择的作用时,他引用胡克汉姆·弗雷尔对忒奥格尼斯诗句的译文:在"牛和马"方面,我们选择

> 良好的种群,没有缺陷或恶习。
> 但在我们所做的日常配对中,
> 价码就是一切:为着金钱的目的,
> 男人要娶:女人在婚姻中便得出嫁。

对于达尔文而言,爱的把戏和婚姻市场涉及人类物种的未来。正是这种超越个体命运对生殖和灭绝的沉思,使得此类话题担负起新的影响力和反抗力。从个体发生到系统发育的转化,亦即个体发展和物种发展的相似性比较,再一次成为特别富有悲剧潜力的想象力资源。

爱略特和哈代都强调女性的个性同其繁衍后代的角色之间的不协调。《苔丝》中的牛奶女工作为相异的个体,却都狂热地充满着对安玑·克莱*的欲望。小说这样描述她们:

> 卧房里的气氛似乎同女孩们无望的激情一起躁动着,残酷的自然律令施加于她们的一种情感压迫下来,让她们辗转反侧,极度兴奋而又痛苦。这种情感她们此前既未期待过,亦未渴望过……她们作为个体彼此

---

* 此处人物姓名及以下与小说《德伯家的苔丝——一个纯洁的女人》相关的引文均参校张谷若译本(人民文学出版社2015年版),如有整段采纳的译文则另行说明。

间的差异被这种激情所驱除,每个人都不过是强大爱力下女性机体的一部分。(174)

在《苔丝》中哈代利用了返祖现象(atavism)这个概念。苔丝是一个贵族县郡世家的乡村后裔,保留了其祖先的某些遗传特征,尽管哈代强烈地认定苔丝的美来自母系农民这个支脉,来自那些世家大院之外谋生的底层人。达尔文"大的科"的意象在此得以重估,在下面二者之间徘徊:一边是社会等级的各种旧理念;一边是哈代以"后达尔文"的方式坚持认为,如苔丝所代表的那样,身体之美与秉性之美提供了唯一真正的"标准"。

喜好研究古物的教区牧师告知苔丝的醉鬼父亲德北菲尔德,说后者拥有贵族血脉,灾难性地开启了事件发展的整个序列。此时,德北菲尔德很自然地问道:"那我们德伯家住在哪里呢?"牧师回答说:"你们家哪里也没有了,你们灭绝了——作为一个县郡世家……就是说,灭绝了,逝去了。"霸权将那些无力存活下去的算作灭绝。性选择的固有行为尚未遭到人类特有的社会压力和男性统治的扭曲,必然导致安玑同苔丝的结合。哈代想表明,社会对于贞操的重视不可能见容于自然的伟力:"她已被迫打破了既定的社会法则,但她的环境并不熟知此类法则,因而无须将她自己想象成这个环境中的异类。"(114)哈代热情地描述了苔丝的纯洁和健康,直接同惩罚性的同义反复背道而驰,这种同义反复的话语将存活者提升到必然适合存活的高度。他提出,至少在女性和穷人当中,那些适合自身环境的人必定没有"逝去"的人那般完善,而依据当下社会压迫性的标准所进行的性选择则会让我们"迅速走向灭绝"(格兰特·艾伦语)。

派特里克·格迪斯(Patrick Geddes)和J.亚瑟·汤姆森(J. Arthur Thomson)在《性的进化》(*The Evolution of Sex*, London, 1889)一书中评论道:

> 从最早的时代开始,哲学家们就认为女性只是未能完全成长起来的男性。达尔文的性选择理论确定了男性一直享有优越性和限嗣继承权。斯宾塞则认为女性的成长很早就遭到生殖功能的抑制。简言之,达尔文笔下的男性事实上是进化成功的女性,而斯宾塞笔下的女性则是受到抑制的男性。

性选择的理念造就了生物的和社会的决定因素复杂地混在一处,这些因素决定着传衍、传递和性角色。莫兹雷认为,女性构成中的"情感的"和"再生产的"元素必然比男性构成中的更加强大。达尔文说:"普遍公认的是,就直觉、快速感知,或许还有模仿这些方面的能力而言,女性比男性更加显著,但至少上述官能中的一些是较低级族群的特征,因此也是业已逝去的、低级状态的文明的特征。"(858)然而,二人都赞同:女性的教育最终加强了他们视作女性专属的自然特质。

进化论和心理学理论的交汇新近变得重要起来,是因为这一交汇需要开始考虑:什么样的**情感**与什么样的反射作用能帮助个体和整个种族存活下来?那些传递下来的特质是否使得各色文化的特性愈加清晰?詹姆斯·萨利(James

Sully)在《感知与直觉》(*Sensation and Intuition*,1874)中强调进化论的研究同心理学的研究应相互依存,因为斯宾塞和达尔文可能是正确的,而且

> 这些遗传传递的过程已然历经人类无数世代,如今刚刚来到人间的婴儿以其原始的神经组织接收到非常确定和强大的道德倾向,无论是作为某些概念模式的一个前提条件,抑或作为在特定方向上情感易受感染的本能力量。[1]

斯宾塞讨论过婴儿的恐惧,达尔文讨论过动物的基本良知,萨利引用二者作为情感的例子,以证明人类通过世代和物种来累积经验。他强调有必要理解"哪些条件决定人的行为对同类的影响",并提出,对"政治措施"的完整描述"极有可能涉及对传递下来的冲动和习性这一现象的体认"。

在《丹尼尔·德隆达》中,爱略特以特别的强度凝炼了19世纪70年代众多情感与思想方面的问题,并将部分构想的恐惧放进这部作品。焦虑乃这部作品所生产出来的情感,读者在多重预知的、具有高密度意识的阅读任务中分享着这种焦虑,同样分享焦虑的则是小说里的人物,他们试图控制往昔与未来。

读者被迫陷入一个困境:阅读小说时,寻常的预言性和思虑性的活动——他的任务在于完成设想——自身已成为一个虚构的话题、一个充满着恐惧和反讽的话题。读者参与到一个阐释学任务当中,然而在这个任务中,被阐释的文本充满了空隙;借用该书一以贯之的隐喻来说,这个文本以多种

异族语言写就,或者说我们不是这些语言的母语使用者。[2]

然而,这一点将集中在这部小说各种表征的一个情感弧度之上。因为莫德凯也热切地以未来为支撑物,即便那样的未来不久就会给他带来死亡;其情感生活集中在这样的意志之上:为他自己找到一个能将其愿景转化为行动的精神上的继承者。他在搜寻"第二灵魂"的过程中,希望能"实现那个经过长期孕育的类型"(2:38:307),并将这个灵魂类型得以实现和具象化的过程描绘为"生长"世界的一部分:"充斥其心灵的思想……于他而言……过于紧密地同事物的生长交织在一起……结果必然有着进一步的命数"(2:38:299)。这种机体论的隐喻被用来闭合身心之间、种族与文化之间的差距。心智被赋予了首要性——它想象着身体所成就的一切。

莫德凯和关德琳二人在小说里都体验到了对未来的预见力。爱略特对唯灵论的那些时髦而充满奥秘的表现颇感不耐烦。达尔文家族管理的一个中介机构曾举办过相关展览会,爱略特与刘易斯现身不久便很快离场。但爱略特不耐烦的对象仅仅是唯灵论表现形式中干预主义的琐碎性。她给《丹尼尔·德隆达》附加了一个预言性的题词,强调我们如何通过恐惧抓住未来,并将未来转化为当下的行动;在这一点上恐惧的作用甚至超过了欲望。另一部小说《菲利克斯·霍尔特》(Felix Holt)最为公开地展示了爱略特对希腊"复仇"概念的感知。这不仅基于她认可行动的无可阻止的结果,而且基于结果的**偶然性**(chanciness):需求和恐惧二者变幻不定,突然爆发为行动,且这些行动确证了其自身所做的预测;或者说,在更低的情感的"温度"上,存在这样一种感觉:"这个世界上一大批勉强可被称作可能性的事物仅仅是一种愿望的反射"(1:9:143)[3]关德琳对那些将一切故事归入类型学的决定论模式不屑一顾。她试图为自己编造一个新的故事,不满足于以婚姻为结局的传统故事模式:"千里眼通常都是错误的:她们预见到可能性,我则不喜欢可能性,总是很单调。我只做不可能的事"(1:7:98)。尽管小说的语言和事件带着反讽并体现了关德琳的欲望,欲望符合这部作品自身的问题——习性、传衍和种种新的未来。

> 成就不再以激荡人心的方式允诺给她任何卓越的名声。至于那些为她着迷的绅士们——那些徘徊在她四周的仰慕者们,显得温柔又忧伤,会用神秘、激情和危险所带来的浪漫悸动实现婚姻生活的多样化,而她既往的法语阅读给过她一些这方面女孩子所特有的想法——她想象着这些人会是个什么样子,他们却遭遇要命的情境:不仅没能让她着迷,反而感染到她的疲惫与憎恶……结果只好想象前方的历程来安慰他们自己,也必然会提前尝到食欲上的欢愉,然而关德琳自己的食欲已然日渐衰退。让她如她自己所愿,带着生命的各种变数游戏人间吧,同时不确定的阴影也纠缠着她。她对自身和命数颇为自信,却已转成痛悔与恐惧,她不再信任自己或未来。(2:35:233—4)

有可能写出一个新的故事吗?神话诠释学重视共同的解读以及神话系统间的相似性,这是否意味着全世界人类的心智都仅仅知晓为数很少的故事,且仅仅指望去改变这些故事的表象?从马克斯·缪勒到卡西尔再到列维-斯特劳斯的作品,存在一条清晰的传衍脉络,都强调叙事的种类均具有终极的稳固性(fixity)。

在这一点上,爱略特最后这部小说《丹尼尔·德隆达》寻求多种方法以超越这种稳固性。她难以对付强大的未来——那个超越她自己死亡的不可掌控的时期——正如她这样提到莫德凯:"度过漫长的一天,太阳虽永难温暖他,他却将自己灵魂的欲望抛置其间。"关德琳被困在她所处社会给年轻女士设定的合适故事当中,其歇斯底里又具有预言性的种种幻想瓦解了进步论的叙述,这类叙述应该停歇在一桩令人满意的婚姻之中。

在这部小说中,我们被阻挡在确然的解读和确定性这两个高潮面前——其一在格兰德考特去世之后,其二伴随着丹尼尔·德隆达东方之旅的到来。在两种情况下,爱略特都拒绝提供给我们已完成的历史,从而赋予故事本身充足的新鲜感。我们必须向前并深入地琢磨,这对于有可能是新故事的第三个故事的意义至关重要——这个我们从未被告知的故事是关德琳的未来生活。

爱略特抵制"唯一神的毫无结果的神秘感",在此采取的形式是将她的目光聚焦在未来不可知的复杂性上,从而逃离历史。尽管《丹尼尔·德隆达》有着政治上的渐进主义,但她却在思考不要将时间(如同空间一样)放在一个方向上。在这本书中,欲望的弧度不断趋向未知,承认毫无结果有时候好过传衍,拒绝将当下的文化或国家意识视为绝对的存在,知道各种故事都是珍贵的,而且可以承认新的事物尚未被纳入一种文化。虚构能否将达尔文所提出的男性接管的选择权交还给女性？而且女性的写作可以塑造未来新的故事吗？

人可以逃离基因的、文化的遗传，逃离系谱的律令吗？丹尼尔的故事也许否定了这种可能性，除非他**选择**自身的文化认同为犹太人。此刻，传衍同意志相互结合。另一方面，关德琳超越了自己的婚姻，没有给可恨的丈夫生育孩子，从而避免成为演替的系谱世界中的一部分——这个世界将个人的选择转化为亲属关系，并使个体融入由传衍和传递下来的价值观组成的世界。在该书的结尾，她依旧孑然一身，未来不可预料，进入不确定的未来之中，那里并非所有的选择都遭到压制或者得到清晰地确定。关德琳的世界也许是硕果累累、希望满满的世界，但也许不是。也许有可能变成单一身份认同的世界，未经性选择控制力的转化。迄今为止，她已在婚姻市场存活下来，在这个市场里，她的美及其对奴役的抵制同样引来一个喜爱掌控的男人的追求。小说结尾，她最后一次坚持自己的意志，从而解放了德隆达，并以混杂的时态将一切尚未争取到的事物想象为现实："你绝对不要再为我悲伤，那样对我而言会更好——将会更好，因为我已经结识了你。"（3：70：407）

对于关德琳来说，这一苍凉却又带来活力的自由能够存活下来，恰恰是因为它临近该书的结局。她已然穿过剧情并进入文本结束之后的不确定性之中。激情的人生已在她身上开始进入负面的状态，开始畏惧孤独。这种强烈的负面性袭扰着她的个性，最终在这片未被形塑的空间中找到这种负面性的创造性形态。在这片空间中她既孤独又不为人知：

"我会活下去。我要活下去。"没有任何趋向成就的运动,取而代之的是读者的疏离得到了满足。

"葡萄历经未成熟、成熟和干瘪三个阶段,一切都在变动当中,并非走向虚无,而是走向一切非当下的存在。"(马可·奥勒留[Marcus Aurelius]语,第57章题词[3:57:234])这句话显然在强调转化,《丹尼尔·德隆达》便结束于这一强调:"走向一切非当下的存在。"关德琳歇斯底里的畏惧同对个体毁灭的恐惧相关,与死亡和性同等地相关。然而她带着比德隆达更大的现实主义精神接受了二人分离的绝对性。小说的结局涵括了死亡——莫德凯的沉郁而富有尊严的离别,紧接着颇为恰当地开启了丹尼尔和米拉的东方之旅。

结局存在一种尝试,试图驱除对于未来的恐惧,对于即将到来的一切的恐惧,这已成为小说通篇隐蔽的能量。未来对于丹尼尔而言变形为一束长久的朝圣之光,因他正着手为他的人民恢复政治上的存在:"使他们又成为一个国家,给他们一个国家的中心,就像英国人那样,尽管他们也都分散到地球的各个地方"(3:69:398)。这句话很有趣地提及帝国的概念,而帝国同流散的等同则充满了不稳定的反讽。在一定意义上,对"祖国"的念兹在兹恰恰在一直强调自我及周遭之间的一致性,强调需要在自我及周遭之间构建和谐的呼应关系,爱略特在这样的周遭环境中提出:

> 可惜奥芬迪恩并非哈勒斯小姐少时的故乡,也没有因家族的记忆而永铭心间!人生一世,我想应该好好扎根于故土某地,在那里她或许能得到慈爱的亲属

> 之爱：因为大地的这片土壤，因为人们纷纷奔赴的劳碌，因为挥之不去的噪音与乡音，因为一切的一切将会在不断扩展知识的未来之中赋予那个早期的故土以熟悉的、明白无误的差异。（1：3：26）

在一定程度上，这和一个信仰相关：相信媒介同有机体之间存在关联，而且在这种关联中，有机体必然在放逐中遭到限制或扭曲。

德隆达的犹太同胞业已作为一个文化整体存活下来，缘于他们强调排外和基因的纯洁性，甚至达到了这样的程度：单单母系支脉的传衍即足以确证基因的遗传。

《菲利克斯·霍尔特》《米德尔马契》《丹尼尔·德隆达》是爱略特最后的三部小说，传衍、遗传、演替等问题在其中占据了统治地位。在《丹尼尔·德隆达》中，"传递"是个重要的术语："将我们族群的思想传递下来的大师们——那些伟大的传递者们"（2：41：370）。关德琳的个人意识及其在遗传过程中的地位引出了一些问题，这些问题对种族、亲属关系和累积起来的无意识冲动等相关问题产生影响："脉搏已在他体内悄无声息地跳动了数百年，直到所有的数量累积创造了一个令人恐怖或欢愉的新生命。"* 抑或用萨利的语言来说，"一种秉性趋向某些概念的模式，或者在某些方向上情感易感性的一种本能力量"。

"在这些纤细的血脉中，世世代代奔涌向前的便是这

---

* 该句引自《丹尼尔·德隆达》，句中的"他"指代人类。

些珍贵的人类情感。"女性既是人类得以延续的"血脉"所在——生育后代、传递族群的遗传，又代表着在每个特定文化中男性欲望的最高对象；达尔文对性选择的全新强调就将这样的角色凸显出来。女性倘若要在婚姻市场中被选择，并取得自己所期待的作为妻子和母亲的地位，从而成为这种统治性文化的负载者，那她们就必须主动适应男性的价值观，因此女性代表了对这种文化的批判。爱略特看清了性选择在何种程度上能随时成为服务于父权秩序的压迫性工具。

> 市场的脉搏令指数忽高忽低，
> 依据崇高的规则。我们的女儿们必得嫁人为妻，
> 而后必得由着男人们选择。（1：10：44）

这部小说里"生育"的含义既关乎阶级，又关乎种族。遭到霸权被排除在外，也许就是非婚生育或划分性别、种族的结果。阿罗庞特先生说：克莱斯墨"在地产的继承上难以占据先机，他有着一副十足外国人的长相"。在马林格夫人看来，她养育的几朵金花"刻意地凸显出她自己身为不幸的妻子，只生育了几个女儿，虽比没有孩子强点，可尽是可怜的生物，只余下她自己的疼爱和雨果爵士对她们美好的善意"（2：36：252）。因为马林格夫人没有儿子，格兰德考特将会继承地产。丹尼尔·德隆达是雨果爵士的"外甥"和传闻颇盛的私生子，因而也不能继承爵士的财产。格兰德考特的情妇格拉肖夫人生了四个孩子，他们的面孔"几乎就是母亲完美的缩影"，而父亲甚至自他们一出生就消失了。非法私生在这里完全强调了经母系血脉的演替。格兰德考特想同关

德琳结婚获得子嗣,以便替代格拉肖的孩子中唯一的那个男孩。因此关德琳让自己生不出子嗣,就此成就了自己的胜利。

爱略特在一封信中这样写道:"仅仅作为动物学进化的事实,在我看来,女性似乎有着最差的存在条件。然而也是出于这个同样的原因,我更愿意认定,在道德进化上我们拥有了'一件巧夺天工的技艺'。"[4]

她究竟在此处想表达什么意思呢?我想和达尔文在《人类的由来》中的观点完全不同:后者认为,女性在发展等级上无异于一个未能充分发育的人种,必然落后于欧洲的男性。相反,在"仅仅关乎动物学进化"这个表述中,我认为爱略特指的是女性的生育功能,即作为"血脉"的地位;她将此同道德进化相分开。什么是女性经验的专属特质且在其眼中能提供那"巧夺天工的技艺"?众多特质在她的多部小说中到处可见——忍耐的、忍受苦难的和带着爱心存活下去的能力。然而,在《丹尼尔·德隆达》中,爱略特也预先提出了惧怕的力量,即恐惧的能力,并视为女性的经验与潜能的特定条件;在一定程度上,《菲利克斯·霍尔特》也体现了这一点。进而她将"富有想象力的恐惧所构成的宏大话语"呈现出来,既是带有削减力的行动,又是解放性的经验。

在一切情感之中,惧怕最能从未来获取生命力——无论未来是一年、半生还是转瞬即逝的一秒钟。它是关德琳最为典型的情感,和她对支配力的热爱强烈地相互关联。此刻,我得出这个结论之时,恰好我所论证的三个术语碰到了一起:传衍的问题、母系理念的问题,以及——借用克尔凯郭尔(Kierkegaard)的作品名字——《恐惧的概念》(The

Concept of Dread）。在《丹尼尔·德隆达》中，可以看到"遭压制的经验固执的渗透"，即"恐惧的注入"，它从属于特别的条件与特定的女性力量。

德隆达第一次邂逅米拉之时，她正试图投水自尽，德隆达出手相救——就这本书剧情体系的反讽的预言风格而言，他的这一行为为后期格兰德考特溺亡的那个恶魔般场景提供了一个良善的版本。这一章结束的时候，德隆达思考该将米拉带到何处栖身：

> 然后他想起普鲁塔克在某个地方提到关于德尔菲女人们的美丽故事：酒神的女祭司迈那德们（Maenads）点着火炬游荡之后精疲力竭，于是躺到集市的地上睡觉。故事提到年长的主妇们如何来到集市，安静地围在她们四周站成一圈，看护着她们入眠。然后，女祭司们醒来后，这些女人又温柔地照料她们，一路安全地护送她们回到自己的地界。（1：17：291）

放纵后的女祭司筋疲力尽、沉睡过去，却受到一群年长主妇的看护，四周围成一圈，这的确为女性的整体身份认同提供了引人瞩目的意象。下一章开头则是下面这段题词：

> 生活是个多变的母亲：时而穿戴
> 漂亮的衣服与宝石，大理石阶拾级而上，
> 高昂着头颅，亦不曾转眸
> 看向服侍她的仆从。时而却寄居
> 阴冷幽暗的小巷内，饮着滚烫的杜松子酒

> 在赤贫的喧嚣中叫嚷。
>
> 然而对待这些
> 她宛如节俭的主妇,干净利落又行动灵敏,
> 带着开心的新鲜思想和迅捷方法
> 从贫乏的生活中寻找出多姿多彩。(1:18:293)

僵硬的抑或尖叫的形象——这些和节俭的主妇一样——都是母亲身份的可能性。

让关德琳感到困扰的是,她自己"隐约地时不时恐惧某些可怕的灾祸",部分缘于她体验过强加在自己身上的被动性,尽管她渴望掌控人生。受到困扰的部分原因也在于她具备的爱的能力仅仅聚焦在母亲身上,另外也缘于她打破了自己的纽带——不单单打破诺言,而且打破她同母亲那样的女性之间身份上的纽带——因为她违背了向格拉肖夫人说过的不嫁给格兰德考特的承诺。女祭司与主妇们就此发生了抵牾,分道扬镳。

该书的第一部分存在表演与行为之间一个相当程式化的脱节。关德琳收集了各色戏服,然后考虑在什么样的情境下穿戴它们。这些戏服演示了各种舞台造型而非戏剧本身(1:6:75)。她在真正涉足舞台之前,就将自己想象成瑞秋的对手。而且她以赫尔迈厄尼(Hermione)的雕像面目出现在舞台之上——神话中那位受到冤屈的母亲复活后将会重获爱情、重塑亲情,叙事将此登台的方式称为"对于表演的模仿"。这一幕最终在结束处遭到破碎、获得了解脱,关德琳的自由并非进入庄严的新生,而是进入预言性的歇斯底

里，此刻她看到控制板滑开，露出死亡的面孔，一闪而过。看起来舞台上行动的唯一形式在于预言，其所描述的某种标志性形式关乎可能会出现的未来。

母亲及其功能模糊地展现在爱略特后期小说之中。在诸如《弗洛斯河上的磨坊》《罗慕拉》这样的前期小说中，父亲乃是情感的宝库、长久向往的起源所在（在《罗慕拉》的提托同其继父的关系中，梦想沦为梦魇）。而在《丹尼尔·德隆达》中，母亲们乃是存在的源头、所追求的目标，父亲们的缺位却并不让人感到遗憾。在《丹尼尔·德隆达》中，大部分剧情都源自两个元素：一个是米拉和德隆达找寻自己未曾谋面的母亲，另一个则是关德琳同其母专属的情感关系。

正如刘易斯在其1868年《双周评论》的文章中指出的那样，达尔文对单一祖先的强调本身存在着确定的有神论和可能的父权制这两方面的残余。正如我们前面所分析的，刘易斯倾向于认同一个生殖细胞膜覆盖全地球的观点。而第一位撰写爱略特传记的马蒂尔德·布兰德（Mathilde Blind）曾聚焦爱略特题为《人类的传承》（"The Ascent of Man"）一诗里生命起源的狂欢意象，并从中找到了同刘易斯相关的观点。在这个狂欢意象中，"生命给自身构造了无数的形态"。[5]《丹尼尔·德隆达》如此执着于起源，却又不信任固定的开端。在这部作品中，母亲作为母体发源所在常常被近乎抹杀，从未得到复原，却依旧保持强大。

在爱略特《丹尼尔·德隆达》的创作笔记中，下面这段所综述的内容来自体现犹太教神秘教义的《卡巴拉》：

> 每个灵魂在原初状态下均为雌雄同体,直到降临人间后才分离成男女……然而有时候会出现这种情况:正是灵魂的孤独成为它虚弱的源头,因此灵魂需要寻求帮助来完成自己的起始阶段。在此情况下,她便选择一个陪伴的灵魂,后者拥有更高的福气或更强的力量。二者之中,更强者然后就成为事实上的母亲,便会将这病弱的灵魂孕育在自己的怀中,如同女性养育孩子一般养护她。(第112张纸)

德隆达同关德琳之间的复杂关系也许一部分来自其非父权式的本质:二人的关系几乎既有治愈的作用,又具有情爱的成分;德隆达被动地接收并持续地拥有关德琳的能量,尽管德隆达起着教导者的作用,但关德琳对他而言却有着近乎母性的关系。

另一方面,格兰德考特堪比作为自然界"居民"的生物,没有情感的表达,超越了达尔文在《人类和动物的表情》中的研究范畴。(爱略特在创作《丹尼尔·德隆达》时对这本书做过笔记。)

> 已经过去的短短七周似乎抵得上她的半辈子,丈夫拥有了她再也无法抵抗的**掌控权**,就像她同样无法抵抗本可以抵抗的触碰到鱼雷般的麻木感。**关德琳的意志此前看起来**是在小女孩式的掌控中**透着专横,可这样一个生物体的意志却带着富有想象力的恐惧所构成的宏大话语**:一道阴影便足以令关德琳的意志放松掌控。而且她发现自己遇上了一种类似螃蟹或蟒蛇的

意志，后者即使面对雷电照样毫不惊惧地继续捏掐、压碎的动作。（2：35：223；重点为笔者所加）

格兰德考特类似螃蟹或蟒蛇，他的意志以反身的方式起作用。另一方面，关德琳活在感情和投射的秘密骚动之中。在格兰德考特看来，关德琳颇为有趣，因为她可以臣服于他，可以给他生个子嗣。

爱略特作为小说家的创作实践存在童话的元素，其中的一个元素就是她笔下婚姻不幸的女性都很少有孩子：罗慕拉、多萝西娅、关德琳均无子嗣，尽管男主人公提托和格兰德考特都有着明显的生育能力。这些女性被免于必须参与传衍的模式，而在《丹尼尔·德隆达》中，这一点尤其质疑了下述设定：女性的地位受其基因角色的限定。

在该书的运作体系中，这个设定遭到了丹尼尔母亲的公开挑战（这位伟大的歌剧歌唱家送走孩子，以便自由地享受自己"多姿多彩"的人生），但是她又不得不痛苦地承受后果。而这就是文本中最为炫目和最具颠覆性的反讽所在。德隆达总是惧怕这样一个结果：米拉找到自己的母亲，后者却在一定程度上显得华而不实、疲惫不堪；而他自己对"那位母亲其他可能的现实状况"亦避之不及。但最终米拉寻母未果，德隆达却借助来自他"未曾谋面的母亲"的书信得到了关于父母身份的线索。原本他半信半疑，懊丧不已，以为自己是雨果·马林格爵士的私生子，因此这个线索让他释然。他继而开启了回归到母亲身边的旅程，希望她会重新进入自己的生活，给他慈爱，助他重生。描述他收到那封信的语言并未允许情感喷涌而出，一切都加以抑制："毫无色彩"、"有所保留"、"沉默寡言"、"拒绝预测"、"遏制进一步的猜测"(3∶49∶110)。小说对德隆达未来将会遇到什么样的团聚给出的进一步线索少之又少。的确,我们预见到他可能会是个犹太人,但我们没有预见到他为何丧失了犹太人的遗传特征。整部小说描述了一些意志力所操控的行动,而德隆达母亲的行为则是其中最为惊人的部分。

在这部小说的有序化过程中,作为哈姆-厄伯斯坦公主的德隆达母亲的重要性无可否认。就剧情而言,公主对于德隆达犹太身份的透露为他释放了一系列完全崭新的可能性,这些可能性同他的欲望奇妙地发生在同一时期——给他带来了使命、爱情、合乎逻辑的神话体系,以及一箱子的个人史文件。[6]

更加令人疑惑的则是这位公主同作品中主流意识形态的关联。她已将社会、亲属、宗教试图强加到她身上的一切束缚抛掷一旁,以便追随那个惊人的职业——一个了不起的歌剧歌唱家:

> 当时我想活出自己内心想要的生活,不要受到其他生活的阻碍。你现在一定在想我当时到底在做什么,我那时不再是公主了……我如今所过的顺遂生活中绝没有公主的存在。那时我成了伟大的歌者,既唱又演。身边的其他人都很穷困,人们跟随着我从一个国家到另一个国家,我在一种生活之中却体验着多姿多彩的人生。我不想养育孩子。(3∶54∶123)

于是她把两岁大的德隆达送走,去接受英式教育,而不让他在她视作犹太身份的陷阱中长大成人:"我将你从身为犹太人的枷锁中解放了出来。"她并未期待从德隆达那里获得敬爱:"仅仅因为我生了你,你就得爱我,而你却一生都没有见过或听说过我——我可没有这样愚蠢的想法。"(3:51:123)德隆达则问了她一个关键性问题:"你怎么能替我选择我的出身权呢?"她这样回答道:

> 人们认为每个女人都有着相同的人生目标,要么就得是个恶魔。我不是恶魔,可我也没有完全感受到其他女人所感受到的——或者说出她们所感受到的,害怕被认为与众不同。你在心中责备我将你从我身边送走,就意味着我应当对你说出同样的感受,就像别的女人说出对子女的感受那般。可我并没有那样的感受。我当时很开心得以摆脱你,但我并没有亏待你,我把你父亲的财产都留给了你。(3:51:127)

德隆达的父亲是他母亲的堂兄弟,他完全追随妻子的身份,习惯自我克制,将他自身完全交给了妻子,忠诚地服侍她。德隆达的震惊和愤怒将母子会面的情感传达给我们,坚持认定公主的选择已犯下种种错误——不履行母亲的职责,将他放任到一个鲜有道德情怀的社会。然而她所推动的这样一个论断,一旦受到认可便令人激动不已,即女性有权拥有其不同的动机、激情和需求,不必总是服从社会的假设或种族与遗传的需求,服从她所属文化的那些叙事。

这个论断事实上被德隆达的心愿所击败,他希望依附自己的文化遗传,这既缘于他同莫德凯的精神关联,又缘于这样他就能够娶到米拉。而且德隆达同其母亲之间的对立也来自后者需要魔法般的自我惩罚——在将死之际打破禁忌的她需要确保实现自我复仇，于是轮到她陷入陷阱之中。她认定自己嗓音尽失后，便为了安稳结了婚，如今成了一个大家庭里尊贵的母亲，却未曾关心过德隆达的人生。她的状况具有预测未来的力量——代表了一种可能的结局或者（或许更加准确地说）代表了关德琳**难以实现**的一种结局。公主伟大的艺术家身份足以支撑她自己有权做出种种选择，而关德琳的困境正在于虽有意志却无权威，虽有反抗之心却没有机会。面对其被限定的命运，她加入女权主义的挑战之中，却缺乏理论或实践的**意识**，最终因其狂乱的无意识而得以解放：

> 当然，婚姻及社会等级上的提升；她不可能期待保持单身的生活，而等级上的提升有时候不得不借助苦口之良药来获取——对于想要统领别人的男人来说，贵族头衔不会有多少助益，只有领导力才有意义。而这位四肢纤细、精灵般的20岁女子也想要统领别人，因为这样的激情也居于女性的胸怀之中。然而，在关德琳的胸怀中，这些激情居于严格意义上的女性体质之中，对于学养的推进或体质上的均衡并未起到侵扰性的作用。（1：4：52—3）

尽管**拥有**一个母亲会是件好事情，但爱略特就此提出**身为**一个母亲则未必如此。爱略特身为艺术家的生活和角色已然教给她关于继母角色的众多道理，很显然这一角色在其小说中付之阙如。《菲利克斯·霍尔特》里的特兰萨姆夫人过着隔绝的人生,活在充满想象的恐惧当中,在一定程度上缘于为一个男人生下了私生子,而且其思想中充斥着一种感受,即母亲情感中个性的控制力该是多么的脆弱,又有多少自我遭到湮没或被排除在外?

> 也许一个事实过多地被隐藏在背景当中,就是母亲拥有一个比自己的母性更大的自我,每当儿子们个头高过了母亲,他们就会离开母亲、接受教育或走上社会,于是她们为孩子们祈祷,阅读旧日的信件,对给自己的孩子们缝补衬衫纽扣的那些人既嫉妒又为之祈福,但即便如此,仍有大量的空暇依旧难以填满。特兰萨姆夫人当然不属于那些平庸无趣、崇拜他人,又温柔地泪水涟涟的女人。她拥有大家共有的梦想,即生下一个美丽的男孩子后自己的幸福之杯必然填满。她离开孩子多年在外旅行,结果发现最终眼前的儿子让她望而生畏,完全不听自己的话,而且在任何情况之下她都没有灵丹妙方去了解他的情感。(1:8:166—7)

特兰萨姆夫人代表着爱略特对"恐惧"这一特质进行的首次重大探索,并将它同女性的经验以及强加给女性的被动性联系在一起:

> 没有人预测过隐藏在那种外在生活下的一切——一个女性真挚的感受力和恐惧,却被隔离安置在她琐碎的习性和狭隘的理念之下,如同某种有着眼睛和心

跳的东西在瑟瑟发抖,也许正蜷缩在一片狼藉的垃圾堆里面。(1:1:43)

这将我们带回到两个概念:掌控和惧怕。于是《菲利克斯·霍尔特》第9章的题词这样引用道:

> 女人,生来就受制于惧怕
>
> ——《约翰王》

> 我以为
> 某种尚未诞生的悲伤,在命运的子宫中成熟起来,
> 正向我走来,而我内在的灵魂
> 无缘无故地颤抖起来。
>
> ——《理查二世》

不调和的或不理性的惧怕——歇斯底里——已在传统意义上同女性尤其怀孕联系起来。因此李尔王叫喊道:

> 啊!我这一肚子的气(this mother)
> 都涌上我的心头来了!
> 你这一股无名的气恼(Hysterica passio),
> 快给我平下去吧!
>
> ——《李尔王》*

---

* 本段引文参考朱生豪译文(《莎士比亚全集:纪念版》,人民文学出版社2014年版)。

这种关联已无法被维多利亚医学理论所抛弃。例如,在卡朋特(W. B. Carpenter)《精神生理学原理,应用于心智之训练与规训及其病症之研究》(*Principles of Mental Physiology with Their Applications to the Training and Discipline of the Mind and the Study of its Morbid Conditions*, 1874)一书的索引中并没有女人或女性的词条,也没有关于她们具体症状的词条。可是当讨论歇斯底里症和"感受力的普遍高涨"时,他不再像在其他地方那样使用男性的视角来描述病例,而是改称主格或宾格的"她"。他自然而然地在描述病患时转向女性,随后又加上了一条脚注:

> 这种病症不可能只属于女性。然而,**神经系统更大的易感性和意志力更低级的发育**乃生物性别通常的特质所在,因此从这两方面来看,女性的病例要比男性更加常见。[7](重点为笔者所加)

如此看来,女性"意志力"的理念指向她们欠发达的**控制力**而非欠发达的情感。卡朋特所建议的治疗方式就是转移注意力。他声称在病患身上所观察到的力量是颇为显著的:

> 她的注意力完全集中在自己的身体状态上,即使最为琐碎的表象都会被放大为严重的苦痛。另一方面,经常存在那样一种对各种声音的特殊识别力,以至于她偶尔能听到隔壁房间里的低声谈话,甚至(如作者所了解的一个案例所示)能听到下面二楼某个房间里的谈话。(700)

我们记得特兰萨姆夫人看向自己的儿子和这个孩子的父亲，但孩子和我们此时都不知道这个男人就是孩子的父亲："因此，特兰萨姆夫人并非在观察这两个男人。相反，她双手冰冷，看到他们出现，她整个人都在颤抖，仿佛在听着他们的谈话，看着他们的行动，而且异常敏锐。"（1：2：53）

达尔文后来的作品业已表明：惧怕是最原始的情感，和存活紧密相连。这是原始状态所必需的情感，但是在文明的状态中会受到控制和克服。它总是同无意志的、无意识的人格层次相联系。1865年爱略特本人在给乐基（Lecky）《理性主义之影响》（*Influence of Rationalism*）一书的书评中这样写道（很难确认这一段究竟多少是她自己的观点，多少是她对乐基所做的综述）：

> 惧怕要比希望更早诞生，要比任何其他的激情更有力地控制人类的身体系统，并始终掌控着更大批的不受意志控制的行动。人类道德发展的一个重要方面便是借助智力上的逐步增长来缓慢地克制惧怕，进而，冲动中越来越缺少动物性的自私，而作为动机的惧怕得到了压制。[8]

这段文字接下来澄清了动物性的恐惧和宗教的恐惧之间的关系："惧怕同不可见的'伟力'相关，并最终停止存在，除非同更高的我们称为'敬畏'（awe）的官能相融合。"惧怕是对危险的回应，也是对压迫的回应。在《丹尼尔·德隆达》中，惧怕被抬到意识的高度，对于关德琳而言尤其成为一种被拔高的疑惧模式，可以包括预知、自由以及可以抹杀一切的恐怖;带着这份疑惧她接到莉迪亚的珠宝,结果面色苍白,大声尖叫,仿佛遭了魔咒。

"富有想象力的恐惧所构成的宏大话语"令她敞开自我,面向忧惧、恐惧和多重性。这使她一边面对格兰德考特卑劣的意愿落尽下风,但同时又让自己敞开面对超越格兰德考特利益范畴的可能性,给自己提供令人眩晕的自由,而这种自由经常呈现出梦魇的一面。

爱略特描写了关德琳的憎恨和惧怕(这类情感不敢表达自身),这同达尔文在《人类和动物的表情》中"惧怕"一节的描述之间存在着紧密的连贯性。奴隶与主人、压迫者与被压迫者,以及殖民的领地——这类相同的意象在二人的作品中都起到了统领的作用:

> 然而,很少有个体可以长时间思考自己憎恨的人,而不会感到和显示出愤慨或暴怒。但如果那个罪魁祸首相当地无关紧要,我们体验的就仅仅是蔑视或轻视。另一方面,倘若罪魁祸首能力强大,那么憎恨便会转化为恐怖,就像一个奴隶想到残酷的主人,或者野蛮人想到嗜血而恶毒的神祇一般。[9](达尔文)

> 最为强烈的憎恨形式在于植根于惧怕之中的憎恨,这导致沉默,迫使激烈的情绪成为建设性的复仇之心,在想象中毁灭那个憎恨的目标,某种好似隐藏的报复仪式,由此被迫害者便为自己的暴怒创造了黑暗的宣泄口,并将痛苦安抚为哑口无言的状态。关德琳在脑海中秘密地持续体验着如此隐蔽的仪式,却没有达到

抚慰的效果——相反却产生了情绪激烈的恐怖所产生的效果。（爱略特）（3：54：195）

卡朋特依赖转移注意力以减弱歇斯底里的症状，达尔文和萨利也认为倘若情感不能得以表达就会经历损耗，但在《丹尼尔·德隆达》中，惧怕成为了意识的工具，而非遭到压制的某种事物。丹尼尔建议关德琳紧紧握住惧怕——他的建议不仅强调了细心和低调，而且将惧怕当作洞察和理解的手段："将你的惧怕拿来保护你自己，如同迅捷的听觉，会将结果热烈地呈现给你。尽力抓住你的感受力，并当作一个感官去使用，就像运用你的眼力一般。"（2：36：268）

关德琳感到懊悔并抗拒格兰德考特，这使得她对生育感到恐惧，因为它会成为遗传游戏规则中的重要一环，且会传递格兰德考特的支配地位：

> 有些不幸福的妻子因为自己会做母亲的这个可能性而得到宽慰，但关德琳感觉到要她自己生个孩子，相当于同意完成她已满怀负罪感的伤害。她陷入恐惧的状态，害怕自己真的会做母亲。这个意象并不属于那种甜蜜绽放的新生活，无法作为一个远景将她从无情无趣的单调生活里解放出来，而是另外一种意象。在那些易怒、令人绝望的阶段，希望的光芒以某种可能发生的偶然方式来临。栖身于仁慈的意外事件之上——这成为了避难所，以便逃离更为糟糕的诱惑。（3：54：194—5）

被动性和沉默可能是叛乱的手段。我们再来解读这部小说中相当重要的故事和寓言之中的另一个例子：米拉清晰地呈现了这样一点——可以通过自我奉献来表达强烈的自我存在。

"然而，"莫德凯相当坚持地说道，"女性特别被框定在那种一边放弃自我一边却感受到占有感的爱情之中，这就是能表达我的意图的恰当意象。我想在《米德拉什》（*Midrash*）尾部某个地方，能看到一个犹太少女深深爱上异教徒国王的故事，她是这样做的——进到监狱之中和国王所爱的女人互换了衣服，也许就可以替那个女人去死，将其救出去，让国王幸福地生活在和另一个女人的爱情当中。这便是那种超越一切的爱，在爱的目标中失去了自我。"

"不，伊斯拉，不，"米拉说道，声音低沉但坚定，"绝非如此。结果她在将死之际，却明白了自己的所作所为，于是想活着和国王在一起，并且感觉她自己要比另一个女人更好。是她强大的自我想要征服一切，结果让自己丢了性命。"（3：61：290）

女性追求力量和掌控，但《丹尼尔·德隆达》的**论点**却是：女性仅仅被允许以工具性或否定的方式来获取之。凯瑟琳·阿罗史密斯和米拉的力量都是这类属于执行作用的力量，她们屈服于自己的工具性。关德琳以短暂且受限的方式在射箭上获取了掌控的能力，带着如狄安娜女神般的贞洁精神稳若磐石，但在结婚后旋即丧失。活跃阶段的关德琳拥有的歇斯底里和惧怕让位于恐怖之下的禁闭与臣服——其思想

依旧活跃在一定范围内,但她的存在遭到具体的物化,心智处在飞速运转当中:

> 她为何不能反抗和挑战他?她渴望这样做。但她不妨先试着挑战自己神经的机理和心脏的剧烈跳动。她丈夫背后有支幽灵般的军队,无论何地,当她打算转身反抗之际,这支军队就能扑上来围攻她。她坐在那里,衣着亮丽,如同一个无助的白色意象,他则似乎非常满足地盯着她。她甚至都不能激烈地大喊大叫,或展开双臂,就像少女时代所做的那样。他的眼神中轻蔑的意味迫使她动弹不得。(2:36:260—1)

正是这种被诱导产生的被动性最终解放了她——骤然在其身外看到了那些被监禁和隔绝开来的幻想。她没有行动,僵在那里,没有抛出绳子,格兰德考特最终溺水而亡。

达尔文在《人类和动物的表情》第12章讨论"惧怕",描写了一个疯女人,他以富有同情心的方式表述了惧怕的强度及其亢奋的幻想的特质,但令人好奇的是,这些却未出现在维多利亚时代绝大多数对惧怕的心理描写中。这里我们必须要转向克尔凯郭尔,以便找到一个同爱略特具有亲缘关系的思想家。依据克尔凯郭尔的分析,恐惧利用了"可能性的自我中心的无限性";"女人比男人更多地生活在恐惧之中"(55),因为女人的生活比男人更加感性,最终的高潮体现在生育繁衍上。"恐惧不断地被理解为趋向自由"(59—60)。"被恐惧教育的男人会被可能性教育,只有那个被可能性教育过的男人才会在自己的无限性之中经受教育"

(139—40）。[10] 恐惧允许那些看起来受到限制的人发挥出可能性。

爱略特早期写过一篇散文，题为《女性小说家之愚蠢的小说》("Silly Novels by Lady Novelists")。我们可以在《丹尼尔·德隆达》中读到以下这段文字，令我们回想起那篇散文中强劲的讽刺意味。

> 关德琳内心反叛家庭条件的束缚，同等程度上又准备透过各种责任看清楚自己对于这些条件在感情上的基本需求，仿佛那些最大胆的推测一直在支撑着她。但她的确没有做过类似的推测，而且对任何类型的看重理论或者实践革新的女性大加讽刺，宁愿立即将自身同她们分得一清二楚。她开心地感受到自己与众不同，可眼界乃限制在优雅的浪漫故事范围之内：女主角在日记里尽情倾泻着所思所想，尽显微妙的力量、匠心和全方位的反叛，可她的生活却严格局限在时尚衣饰的圈子之中。而当她漫步到沼泽地时，可以说，足踏缎面鞋就部分地体现了她的哀婉。此刻，自然与社会已给引人注目的探险之旅提供了一种束缚，虽然她的灵魂燃烧着世界并非如是的感觉，且预备将一切存在当作燃料，却也被各种社会形态的普通网笼囚禁了起来，终究一事无成。（1：6：74）

因此，她的需求以及否定性的眼光——"灵魂燃烧着世界并非如是的感觉"——必定采取了保持距离的形式，而她的正直必定带着冷峻的意味。关德琳更多的时候是越拒绝越正确,越顺从则越错误,而且她受制于自己无意识或半意识的控制。预言性的幻想牢牢抓住了她(同样的力量也施加在莫德凯身上)。

>他即将死去,这个念头挥之不去,带着梦幻般的变化,化为这样的恐惧——自己的想法会遭到报复,他会将手指放在脖子上将她掐死。各种奇特的想法在她的脑海里似鬼魂般游走,在她更加得到确认的意识中没有任何中断,也没有在其间遇到任何阻碍:光天化日之下,黑暗之光隐隐出没其间。(3:48:94)

在两种情况下,事件对梦幻加以确证,但在关德琳那里,不存在延展,只有痴迷。二人与机遇的关系存在着一个与上文类似的对比:关德琳在赌博中找寻个人目的论系统,其间世界屈从于其需求的掌控;而莫德凯则等待和期盼着未知继承人的到来。传衍——"传递"——也许是精神契合之道,而非关乎实体的化身。丹尼尔划船顺流而下,此类平和的意象表明了控制和静止之间的均衡。思想的状况享有特权,它与自然历程相符,允许它在需要的时间到达需要的地点。这是决定论的心理化版本,很明显,允许个体找到方案来解决所遇到的问题。效果是,欲望在揭晓之前已被平息,当下和未来之间的延续性使得二者之间没有张力,小说中的这种延续性只和丹尼尔相联系。爱略特笔下的水渠具有双重意味:一个是土地里水漫过的沟渠,另一个则是思想穿过大脑所形成的当下生理意义上的"渠道",后者解释了记忆和习性的力量。漂流和划船之间的差异频繁地出现在爱略特的书中,代

表二者间以下差异:一个是对无意识力量的半意识的默许,一个则是意志上的活动抵制并试图控制住此类能量。

大海环绕着关德琳的希望和惧怕,宛如天文学意象一样表明无限空间的存在,这个空间遵循自身的时间和法则。莱伊尔和达尔文都强调大海可以在当下提醒人类自己的领地其实多么狭窄。于是小说第1卷《被惯坏了的孩子》的第9章开篇就有这样一段预示着不祥之兆的题词:

> 我来告诉你,伯托尔德,男人的希望究竟如何:
> 一个愚蠢的孩子因欢乐而战栗,
> 愿意将小小的仿造的钓鱼线抛进
> 满是盐分的大洋之中,
> 以天然磁石为诱饵,以一碗玩具为目标。(1:9:130)

尽管各种船只追随着帝国的流散划过海平面,但大海贬低了人对于权力的一切渴望。在《丹尼尔·德隆达》中,大海联系着无法描绘的未来,对于后进化论时代的小说家而言,它成了用来丈量人类的核心要素,并逐步代表了无法叙事的无意识。弗吉尼亚·伍尔夫和康拉德都通过大海来表达超越人性的一切,进而免受语言控制的影响。大海是那种土著的、毫无变化的元素,进化中的各种形态已从中涌现出来,但原初的形态依旧存留在大海之中,大海的潮汐则在永恒地更新、变化和保持。正是在这个元素之上,格兰德考特开启了他心存报复的游艇假日。

溺水而亡的意象已在小说前边的章节中多次出现。丹尼尔曾嘱咐关德琳:"将你的惧怕当作一个保护者",后来观察她的反应,"仿佛他目睹着她在溺亡,而他四肢却被捆绑起来"。(2:36:269)但它和镜子、窗户、磨砂玻璃、映像不同,并非一个无法摆脱的重复出现的意象。上述类似的意象冻结并复制着当下,没有向未来提供任何产物:关德琳的镜像则不断繁殖,但没有变种或进步——大海是它的所属之地,未受象征的约束。她在逼仄的空间里同她谋杀的幻想做斗争,同她所憎恨的丈夫一起锁在游艇的甲板之上:"无法表达的祈祷,并不比哭喊声更加笃定,常常从她的体内被清除出来,进入无边的沉默之中,绵延不绝,唯有她丈夫的呼吸、波涛的拍击或桅杆的吱呀作响时不时加以打断。"而在他们最后一次航行当中,格兰德考特相当娴熟(但并未足够娴熟)地驾驭着那艘小船;他在该章结尾说"我要掉转航向",但章节结束后我们并未看到关于相关事件的直接描述。就在此前,关德琳绝望地做着白日梦:"我们好似'飞翔的荷兰人'那样的鬼船,一路漂泊下去"(3:54:209)——之后一切便成为了那临时的、半梦半真的猜测与忏悔的世界。格兰德考特会游泳吗?我们一直都无从确认。那条绳子她握了多久?在跟着他跳海之际,她携带绳子了吗?

这部小说质询(interrogation)的典型形式如今由读者接管——且没有绝对的答案可以提供。在这个内省的秩序当中,永远不会有足够的知识出现。欲望与事件之间的障碍已然坍塌:"我一无所知——只知晓看到了自己身外的意愿。"那种对知识的否定从属于发狂的却又活跃而强烈的质疑,面向当下与未来的关系以及当下与当下的关系——既然其他人当下的意识创造了未来的解读活动，这些时态之间稳固的障碍亦不复存在。

该书对起源的专注成为了一种探索，但这一探索永远无法恢复其自身的开端。天体演化论看起来赋予了确然性——事物究竟是如何开端的呢？传衍乃反目的论的世界中可以被追溯的唯一计划，即达尔文所谓的"普通世代之链"（the chain of ordinary generation）。个体必须活下去，**仿佛**摆脱了决定论就能够活下去——而且至少说明万物皆无法得到安全的预知。这一次和《弗洛斯河上的磨坊》相反，女性没有溺亡。她被带到剧情的边缘，走出了婚姻的市场，走出了遗传的有序化。这是她的自由所能达到的最大范围。但对于爱略特的小说而言，这已然同她之前的作品大相径庭。

结尾柔和且带有预言色彩：丹尼尔即将启程前往东方，"去更好地熟悉我所属族群在那里遍布各国的状况"，"为我的民族恢复其政治上的生存"。我们没有看到他登船的场景，然而我们带着复犹主义愿景的阅读，当然同初读者的心态颇为不同。后者读起来好似不可能实现的幻梦，之于我们则是危险的现实。这是一个特殊的例证，关乎被付诸实施的未来，这一例证闯入文本和读者之间，将预言的、推测的、空想的一切转化为业已发生的事件：具有政治性，充满着苦难，并在我们自己的世界上持续爆发了百年之久。就一个具有相当浓厚的未来性的文本而言，其自身的结论居然被自己所打破，这倒颇为恰当。《战争与和平》不断地中断自身的叙事，以指出看似即兴的、个性化的行为和感觉中却存在着历史的必然性，而《丹尼尔·德隆达》则强调恐惧和欲望的范畴被压缩在单一事件中——经验中存活下来的诸种元素也得到强调，但**未能得以表达**，它们或诱惑人心，或具恶魔本性，只偶尔在发生的时刻被以驱魔的方式赶走。情感往往会频繁地躲避此类的冲击力，结果机遇与事件开始分享各种偶然性的特质。单一的未来不可能经当下推导出来，然而我们都靠预测而活。

在《米德尔马契》中，随着我们观察到《序言》中提出的种种实验在面前——演化出来，读者作为设想者的角色便遭到了抑制。而在《丹尼尔·德隆达》中，读者作为设想者的力量是一种基本的文本特质。那不断浓墨重彩的、偶尔会暂时发生的关乎可能性的"反剧情"（counter-plots），都是事件脱颖而出的情境，我们被持续地鼓励对这些反剧情加以规划。被隔绝的信息跳动在每个个体的当下，大多数情况下遭到遏制，引而不发，几乎很少被人识破；除了某个人了解他（或她）自己有意识的、潜在的思想，一堆幻想蜂拥而至，不必苦于转化为事件。这一被隔绝的信息构成了《丹尼尔·德隆达》独特的肌理。

具象的化身并非不可避免；极其巨大的探究所包含的思辨的无限性更贴近这部小说的规划。《丹尼尔·德隆达》关乎一切未及发生之事：关德琳并未谋杀格兰德考特，也没有嫁给德隆达。德隆达或米拉均未与各自的母亲达成期待已久的情感上的团圆；关德琳没能为格兰德考特生下子嗣。所有这些**欲望**被深深地理解为书中**行动**的力量，结果剧情成了一个任性的、有意识的否定形式：其力量来自隐藏了我们期待听到的故事，以及最终未能讲述故事本身。爱略特在其笔记中引用数个例子，关乎使得事情得以发生的创造性精神。

而我们从她写给斯托夫人的信中了解到她本希望事情能发生变化。在这部作品中，爱略特无法通过所借用的"传衍"这个隐喻来表达变化，尽管性选择的确是该书的主题之一。无论这部作品的创作初衷多么努力地趋向统一性，它最终必定将自身展现为中断的和不完整的存在。

第8章
为人类找到刻度：哈代小说中的剧情与书写

在《人类和动物的表情》中，达尔文将惧怕描述为首要的情感，其表达的方式几百万年来几无变化：

> 我们同样可以做出推论：惧怕的表情产自极其遥远的时期，和现今人类表达惧怕的方式几乎一致。比如，浑身战栗、毛发悚然、冷汗淋漓、脸色苍白、眼孔大开、绝大多数肌肉松弛无力，以及整个身体蜷缩下倾、一动不动。[1]

从维多利亚时代人类学的意义上说，惧怕乃是一种"生存"。如同某些原始部落，这种原始的情感一直毫无变化地留存到现代社会。和部落一样，它代表原初的人类状况，从而允许我们观察这些状况如何至今仍旧起作用。进而，同"原始"部族一样，惧怕在成长的隐喻中占据着同样的位置，是一种需要被控制、压制和超越的情感。理性被塑造为一种成人的情感，恰如西欧人乃成长刻度上的"成人"。因此，像原始部族一样，惧怕应当被控制。然而，它依然存在于那里，未被完全丢掉，亦不能完全受到统治。在成长的弧度中，惧怕令人不安地被理解为位于基底。它保留了自身反抗的力量，并且像叛乱一样很容易爆发出来。

19世纪晚期,帝国念兹在兹于惧怕,文化上高度重视勇气或"胆量",其间可以看到帝国的**一番作为**。这一关切于是激发了不少爱德华时代作品的灵感,尤其是康拉德的作品。例如,在《吉姆爷》(*Lord Jim*)中,返祖的惧怕感引导吉姆跳船逃生,抛弃了船只和乘客。后来他努力救赎这一胆小鬼的丑行,最终他勇于担当,做了一个"原始"部族的睿智顾问。而在《黑暗之心》(*Heart of Darkness*)当中,恐怖的对象处于人类情感的中心,恐怖所呈现的形式包括进入非洲丛林的旅行以及对"原始"部落实施的帝国统治,都是自我毁灭之旅。在这两种情形之下,对于惧怕的惧怕乃是最初开启一切的情感。

惧怕是由那些**经历**惧怕的人所营造的:仆人、动物、女性、臣属的种族。萨基(Saki)在其短篇故事《劳拉》("Laura")中精彩地提炼出不同的类别:劳拉不断地回去侵扰她朋友的丈夫,先后化身为女性、水獭和努比亚的黑人仆童。儿童、仆人、猎物、黑人种族和女性全都在这里营造恐惧。他们面对主人所感受到的惧怕赋予他们以恐吓同一个主人的力量。

在《丹尼尔·德隆达》中,爱略特表明"掌控"惧怕并非答案本身,必须要进入惧怕且"像感官"一般使用它。哈代在其日记中写道:"勇气已被理想化:惧怕又何尝不是?此乃更高一级的意识,立足于更深层次的洞见之上。"[2] 此处他将期待中置于惧怕之上的价值加以倒置,而当他归因到"更深层次的洞见"之上时,他在自然的秩序中揭示出了惧怕的力量。

在1888年1月的一篇日记中,哈代这样写道:"忧惧(apprehension)是想象之中的伟大元素,一种半疯癫的状态,这个状态常常将无生命的物体视为敌人之类的对手。"一周后,他又在另一篇日记里继续写道:

> 一本"感官小说"有可能存在这样的情况:感官的刺激并非灾祸,而是进化,并非物质上的而是心灵上的……物质上看,冒险本身就是兴趣的主题,而心灵上的结果却被忽略为寻常事物。从心灵上看,灾祸或冒险被视作毫无内在的意义,但给感官造成的效果则是有待描述的重要事情。[3]

此处强调了"感官"与"进化"、忧惧与泛灵论之间的互联性,能引导我们深入理解哈代创造性的特质。哈代分析了他所看到的一种创造性的亲属关系,介于原始文化和泛灵论意义上的"富有想象力的最高天赋"之间。这一分析来自他听到的爱德华·克劳德(Edward Clodd)的相关观点——这位达尔文主义者、不列颠民俗学会(the British Folklore Society)首任主席将上述亲属关系解释为文化的发展和"生存",使得哈代顿悟到一个崭新的概念:

> 12月18日:今天早晨,E.克劳德先生给我的问题——为何亚细亚劳工和多塞特劳工相距遥远却有着相同的迷信——提供了一个相当利落的答案:"人类的观念,"他说,"在文化相应的水平上,在相同的现象面前相当一致。你熟悉的多塞特农民代表着持续一贯

的、难以区分人群和事物的未开化思想；这种观念在最为纤细的类比上奠定了广泛的普遍原则。"(顺便说一下，这种"难以区分人群和事物的未开化思想"对于富有想象力的最高天赋而言也是共通的，即诗人的天赋。)[4]

忧惧的双重感觉对于哈代至关重要，包括惧怕兼苏醒的感觉——而且这些感觉并不互相对立或毫无关联。尽管恐怖可能是一种消抹一切的经验，惧怕则令经验愈加敏锐。它唤醒思想和感官。自我变得警觉起来，随时准备着，却又处于被动之中。这便是哈代作品的剧情和书写间的矛盾让读者准确感受到的情境。我们满脑子都是未来事件可能带来的不可容忍的忧惧，然而过程中的文本却将我们唤醒，令我们在感官上充盈着感知上的欢愉。这是哈代经常描写的，其笔下人物的部分经历。例如，精疲力竭的苔丝听着别的女性在一旁劳作：她"沉浸在一种知觉的状态中，没有自己的意志，**草儿的沙沙声和其他女工收割长穗的声音有着身体接触般的分量**"[5]（重点为笔者所加）。触觉和听觉在哈代的感知体系中特别接近，尤其同警觉所带来的被动性相关联。

哈代总是认可达尔文为对其作品和视觉方式产生主要智性影响的人。[6]关于二者的关联，学界已讨论颇多，也有就此对哈代单本小说所做的相当不错的研究。这里我想探讨一个更加普遍的问题，关乎剧情和书写的关系。多数论者强调二人在悲观主义上的联结点，即生命法则自身存在缺陷感。无可否认哈代的确感受到这一点。阅读类似下面这段文字，可以看到内在的文化进化论：

> 事实似乎在于：世世代代所构成的漫长历史已浇灭了幻想，并永久地替代了希腊人的生活观（或者其他什么说法）。希腊人还只是猜想，我们却已心知肚明；埃斯库罗斯所想象的道理，我们托儿所的孩子们都能够感受到。我们揭开了自然法则的缺陷，并看到人类因这些法则的运行身处困境，由此，从前那种老式的对于一般人生的欢欣鼓舞就愈来愈不可得了。*[7]（185）

埃斯库罗斯的想象（借助进化的发展）已成为现代儿童的感受。人类的困境源自法则自身的缺陷，这些法则对人类亦不加体谅。

> 一个令人悲痛的事实在于：人类这个物种相对其肉体条件而言目前过于发达，神经在这一环境中进化为病态的活动，甚至更高一级动物在这方面也是过度成长了。也许可以问这样的问题：若回归大自然——或者我们所指的大自然——从无脊椎动物跨越到脊椎动物的时刻，当时大自然是否并未超越她的使命？这个星球并不给更高的存在物提供幸福生活的材料，其他星球也许会，但人类不大能了解其中的详情。[8]

---

* 以下小说《还乡》的引文均参校张谷若译本（广西师范大学出版社2021年版），如有整段采用该译文的则另行说明。

然而，尽管哈代感受到进化的重担，但这不可能是全部的感受，或者说这不可能是他对达尔文作品的熟悉给我们带来的所有感受。尽管在演替和世代的长期序列中个体也许是微不足道的结果，但哈代的剧情安排却反对这种认知，并重新采纳了单一的生命周期作为他的衡量刻度。爱略特和狄更斯的小说倾向于将死亡涵括其间，而非以死亡为结局；相反，哈代的文本则致敬人类的衡量刻度，将男女主人公的死亡处理为结局。单一的生命周期不再是绝对但颇有争议的周期，而是正式表达了哈代的人文主义，通过使单一的世代携带意义的负载物，反对进化论式的改良主义或悲观主义。

哈代笔下的剧情几乎总是悲剧性的或邪恶的：它涉及个体的倾覆，借助不可避免的死亡，抑或"粗鲁的灾祸"式的阴谋诡计（或漠然置之）。众多的决定论系统被置于巨大的压力之下：众多幽灵剧情的演替就此现身。幸福的另类选择持续地离成功尚有一步之遥，却从未被现实的可怕事件真正抹去。读者痛苦于多重可能性的感知，其中只有一种可能性会发生，可以在时间、空间和现状当中得以确证。笃信固定法则，这是爱略特剧情的道德特质感知中的支撑性要素。在左拉看来，多产乃是生命给予死亡的答案。然而，每一个这样的剧情要素对于哈代都成了超现实剧情的一部分，超越了人类的掌控。临近《德伯家的苔丝》开篇处，哈代辛辣地评论道："有一类诗人的哲学因其诗歌轻松、纯净，如今被视作深邃而可信的思想。人们想知晓这样的诗人从何处获得了他为'大自然的神圣计划'代言的权威性。"达尔文在其"自然选择"的意象中试图分享华兹华斯的证言式语言，这种语言将自然认同为温良的规划，且从自然选择中塑造出一种比人类仅有的人工选择更加正确的形态。[9]哈代将此类规划解读为剧情，随后剧情便走向邪恶和重重陷阱，因为剧情的设计无须在思想上考虑个体的生命。产生剧情的需求压迫着人类的多样性。《苔丝》里的安玑·克莱开始让自己摆脱受其阶级立场约束的假定，即劳动者的统一性：

> 没有任何客观的变化，多样性代替了单调性。克莱逐渐和主人一家以及男女工人熟稔起来，开始以类似化学反应的作用将他们分别看待。于是领悟了帕斯卡尔的思想："智慧越多的人方能发现人群中有个性的人，而平庸之辈则很难发现人与人之间的差异。"那典型而毫无变化的乡巴佬不复存在了，而是分解为一众形色各异的同伴——这些人各自有各自的思想，有着数不清的差异之处。

然而，即便他意识到这些同伴"有着数不清的差异之处"，他作为女性欲望对象的存在却产生了一致性，因为挤奶女工们正在她们自发的性欲作用之下痛苦万分："残酷的大自然法则将一种情感强加给她们。"[10]

在阅读哈代的作品时，我们经常发现三重剧情衍生：塑造人物时处在焦虑地谋划和预测之中的剧情，希求式的评论性剧情（经常采取的形式是"为何没有人？"或"有人已经……？"），以及那种和"大自然法则"盲目互动的绝对剧情。这些法则无法在单一的秩序里加以理解。在哈代的小说中,所有衡量的刻度都是绝对的,但也是多重的。因此他包含了众多时间刻度,从爱敦荒原的地质时间到蜉蝣的世界。自然适应于人类,这一理念充分表达了《德伯家的苔丝》中病态的思想状态,结果"她异想天开的幻想间或会强化周围各种自然的进程,直到它们似乎都进入到她所幻想的故事之中"。这便是妄想狂的剧情之道:其间外在、内在和超在(ulterior)融为一体,结果(在大脑的辨析之中,在宇宙的混沌之中)对剧情源头的质疑无法得到补救。

哈代强调的各种系统比个体的生命周期更加广泛,且很少依据个体的需求;这一强调对于哈代的洞见至关重要。其虚构作品的多数辉煌来自他接受了人的独立和自我坚持——注定持续毁灭、遭受剥夺,却又助人复原。然而,这种对个体的强调之中隐藏着一个悖论:即便那些助人复原的能量,其出现的基本目的也是服务于种族的更长期需求;这些能量是生殖能量的一部分,用以抗争灭绝,而非抗争任何个体的死亡。

然而,哈代的作品强调忧惧、焦虑和必然的倾覆——这种倾覆被长久地预期,持续地躲避,同时又存在另一种到处泛滥的感官意识,同样强烈地与哈代对达尔文的理解相关,这便是对幸福的感官意识。伴随沉重的过往和初始的结局所带来的宿命感,一起到来的是一种充足感,一种"对欢愉的渴求"。如果一定要有表达的形式,那就表现在文本时时刻刻的充盈感之中。在《自我之歌》("Song of Myself")中,惠特曼(《苔丝》中曾被引用到)写道:

> 我已听到谈话者谈话的内容,开头和结尾的谈话,
> 而我并非在谈论开头或结尾,
> 从未有比现在更早的开端,
> 亦没有比现在更多的青春与岁月,
> 不会有比现在更完美的时刻,
> 现在之外亦无天堂或地狱。
> 只争朝夕啊,只争朝夕,
> 这世界总是在只争朝夕地繁衍生产。

225

世界在每一个时刻都是完整的,尽管总是被迫只争朝夕地奔向繁衍生产。惠特曼的世界是那种进化论思想形态的强大替代物,这种进化论思想驱使着往昔渴望成为当下,而当下则想象着一个更加令人满意的未来。惠特曼之于世界的充盈感却与那种"对欢愉的渴求"相联结,哈代将此渴求视为由狂喜和灾难同等掌控的人生。性欲的欢乐总是充满危险,不仅因为丧失的可能性,更因为与**生殖**相关联,后者作为法则如同庞然大物般降临在个体身份和个体生命周期之上,并加以碾压。

> 她紧抱着他的脖子,克莱第一次体会到一个热烈的女人如果像苔丝这般全心全意地爱一个人,那么她的热吻该是何等的滋味。"那么——现在你相信我了吗?"她红着脸问道,擦掉满眼的泪水。
> "对,我从未真的怀疑过——从未有过。"
> 二人在黑暗中赶着马车前行,在帆布底下抱成一团,任由马儿随便走着,雨水迎面打在了他们身上。

苔丝已经同意了,她可以早先一开始就同意。"对欢愉的渴求"渗透到一切的创造物当中,那种强大的创造力将人性据为己有,如潮汐来回冲刷着无助的海草一般。即便对于社会道德囫囵吞枣地勤学苦读,也控制不了这种渴望。(《苔丝》,218)

触觉和温度点燃了激情的一刻,五官的感知以最为亲密的方式展现出来。然后语言转向了一边,首先进入大海和运动的意象之中(仍旧将爱人之间的身体体验加以固化)。力量感和无助感转变为不和谐的音调,将"对于社会道德囫囵吞枣地勤学苦读"加以抽象化,洪亮中带着不严肃的戏谑。读者必须自行创造意义,而非沉浸在意义之中——感官和声音以类似的方式拒斥着读者,离间着相爱之人。

哈代笔下另一种自然的驱动力——"享受快乐的决心"——常常同生殖既相互关联又相互分离。他对这种驱动力评论道:"思及享受快乐的决心,我们在整个自然中看到它,从树上的叶子到舞会上头衔各异的名媛……仿佛遭到抑制的水流终将找到某处可能的裂缝流出。"(1888年8月)[11]在《多塞特郡劳工》(1883)一文中,哈代看到"劳工阶层"因受到阶级出身所限定的谦卑而拒绝相信幸福,并对此类观点加以讽刺:

> 惨况与热病潜伏在劳工的村庄里,借用最近一位作者论劳工阶层的话来说,他的前景只有工场和坟墓。他几乎不敢去多想,很少想过快乐,也很少有休养的希望。

相反,哈代坚称一个真正的观察者将会发现个性、生命和情绪三者的多样性。

> 他本可以明白:无论何地,倘若一种支撑生活的模式既不会令人厌恶,又不会绝对地不足,于是就会涌现出幸福,而且会涌现出这种或那种的幸福。的确,正是在这样的群体中幸福将找到她在地球上最后的避难所,因为正是在其间对于生存状况的完美洞见方能获得最长久的延迟。[12]

创造性的矛盾再一次得到了陈述。"于是就会涌现出幸福",对立于"生存状况":感官相对于法则,文字相对于叙事。在爱略特与哈代的比较研究中,更早期的一位批评家奥利弗·埃尔顿(Oliver Elton)由此将二者的差异定义如下:

> 爱略特事无巨细地描写生活,却又随时可能会错过生命本身的精神。这个精神具有毫无羞耻的激情,无忧无虑的欢乐,阳光下的陶醉——就她对这些事物的理解而言,爱略特给我们留下的感觉则是她相当不信任它们。[13]

相反,哈代的作品恰恰以这些方面为特质。他不信任激情、欢快和阳光,却又记录下来,看这些特质如何通过事件和时间遭到威胁、削弱和毁灭,同时每个有机体又是如何经由写作得以复原。

他不仅描述了"可怕的欢乐"——那种因性兴奋所产生

的"致命的欢乐",也描写了温和而未受到关注的幸福——某种如此"自然平实"的感觉,以至于无人予以评论。因此,《还乡》中只有游苔莎尝试在假面哑剧中**出演**,其他人则以同一种冷漠的方式经历着这些感觉,哈代以蘑菇的隐喻彻底将这一方式加以自然化:

> 这幕戏剧的剩余部分就此终结:萨拉森人的头颅被砍掉了,圣乔治成为胜利者屹立不倒。观者无人评论,宛如面对的是秋天里的长松菌或春天的雪珠花。他们对待这一幕同演员自身一样冷淡,它是一个开心的时段,必然要在每个圣诞节去自然平实地经历一遍;其他无甚可说。(《还乡》,157)

接下来这一段的隐喻则是细微的,且仅仅以横向的方法加以使用,将一种自然形式比作另一种("几乎同猫一般"……"蟾蜍像非常幼小的鸭子一般发出噪声"),直到最后一句"它们嗡嗡叫着,仿佛敲锣的声音一样"。人类近在咫尺,却几乎打扰不到这鲜活的世界:

> 3月就此到来,荒原现出冬眠渐醒的第一抹迹象。这一苏醒几乎同猫一般蹑手蹑脚。游苔莎居所前的土堤下面有个深潭,观察者倘若不来回走动、弄出各种噪声,这水塘看起来就无比地死寂和荒凉,但若安静地注目观瞧片刻,便逐渐显露出一片生机盎然的景象,一个胆小怕人的动物世界随着季节转化已然获得了生命力。小蝌蚪和水蜥蜴开始从水里向外冒泡,然后在

水下角逐；蟾蜍像小鸭子一般呷呷地叫，三三两两地爬向岸边；头顶上大黄蜂在日渐强烈的光亮中飞来飞去，嗡嗡叫着，仿佛敲锣的声音。(《还乡》，207）

哈代大部分释放出乐事的描写段落都展现出由邻近和互补的特点所构成的同一类喜剧，人类的存在微妙地停滞下来，令整个场景得以补全：

> 次日清晨，伊丽莎白-简推开包着铰链的窗扉，此时芳醇的气息带来了扑面而来的秋日触感，无比清晰，仿佛她正身处那个最遥远的村落里。卡斯特桥是周边农村生活的补充，而非代表其对立面的城市。蜜蜂和蝴蝶从城镇最高处的麦田纷纷飞向底部的青草地，不必迂回，只需沿着大街一路飞下去，且不会意识到自己正穿过陌生的地区。秋天里蓟花冠羽成团地飘在空中，飘入同样的街道，附着到商店的前门之上，又吹入阴沟。无数黄褐色落叶沿着人行道飘过，经由各家的门口悄然进入走廊里，好似羞怯访客的裙裾一般在地板上不情愿地摩擦出窸窣声。*[14]

对于哈代而言，叙事的问题和辛辣之处是居于感知与回忆之间的鸿沟："今日有今日的长度、宽度、厚度、颜色、味道和声音，可一旦成了**昨天**，它就是众多层次当中的一个薄薄

---

* 文中所引小说《卡斯特桥市长》均参校侍桁译本（上海译文出版社2002年版），如有整段采用该译文处则另行说明。

的层次,就丧失了质感、颜色或清晰的声音。"(1897年1月27日)[15]

哈代的书写追求可触摸的存在。正是在当下的时刻,人类的知识得以实践,人类的幸福得以体验。当下乃物质秩序的一部分,而过往则不再从属于该秩序。事实上,哈代同样具有我们已讨论过的达尔文作品中浪漫的物质主义观。

观察充满了感官的力量。爱略特和哈代二人同时以这样的话语描述物质世界——这些话语使得二人乐于采取乐观或悲观的解读,但它们作为**话语**的作用是经由观察带来种种的欢愉。刻度和距离的急速变化使得书写在以下诸种因素间穿梭:列举、重现、单一案例、多重记录、一再经历的物质生活的历史感。

至于植物,长久以来大家都知道众多淡水的,甚至沼泽里的物种分布广泛……我认为有利的散播方式可以解释这个事实……涉禽类经常去池塘泥汀的边缘,一旦被人惊散,必然最可能满脚带泥。我可以展示:这个目里的鸟儿是最伟大的迁徙者,偶尔可以在最遥远、最荒芜的远洋岛屿上发现它们。它们却不会降落到海平面上,因此脚上的泥土不会被冲洗掉;落地之际,必然会飞到它们经常去的天然的淡水栖息地。我认为植物学家们并未意识到池塘的泥里到处皆有种子……2月,我从一个小池塘边上三个不同的水下采集点取了三汤匙的淤泥,风干后净重只有6¾盎司;我将其盖上,在书房里放了6个月,然后将每株长大的植物拔起来计数;植物日渐繁多,总体达到了537种。然而,这黏质的淤泥竟然可以都容纳在一个早餐杯里!考虑到这些事实,我认为,倘若不是水鸟将淡水植物的种子运到了远方,以及这些植物的覆盖范围并未非常广大,那么上述情况就无法得以解释。(376—7)

达尔文这个暂时的解释以高度的想象力描述了以下场景:涉水鸟飞翔时脚上带着淤泥,突然惊散飞走,有能力到处栖息,避开大海寻找淡水。然后视角突然从散漫的想象转为实验的观察者,他的快乐在于"将每株长大的植物拔起来计数",而537这个数字精准地表达了数量之丰裕。达尔文将装有淤泥的早餐杯的家庭用品同飞翔到海上的鸟儿的自由空间相结合,从而得到一个否定表述下的结论,这些否定表述延迟并加强了结论的必然性。

"数百年来,鹭及其他鸟类一日日持续吞噬着鱼类,然后飞到其他水域,或者迎着风浪飞过大海。"达尔文的书写代表了自然进程可以带来的欢愉;这一书写记录了生活的多重刻度和感知所带来的便利与困难。他的证据并非仅仅具有实验性,而且更具想象性,并依赖感知和习得所产生的对陌生生命形态的认同。

达尔文所指涉的范围——其侧向体验的感觉——为人类在自然界中找到崭新的一席之地,处在"纷繁的岸边"的众多生物当中,尚无明确的身份。但他的书写赋予了作为观察者的人类同时观察并认同一切其他生命形态的能力,从而也放大了这样的意象:充满活力的鸵鸟;"从湿润的土壤里爬出来"的蠕虫;"各种醋栗产品在大小、颜色、形状和毛刺上的具体差异";单单"大黄蜂"自身就可以采集紫色三叶草的花蜜。

哈代则在为这类生命的现象"卑微地记录着各种不同的解读",而且宣称此乃"通往本真的生命哲学之路"。下述这句话是哈代为他1902年的《昔日与当下之诗集》(*Poems of the Past and Present*)所写的辩护,亦适用于讨论其小说的文本性:"未加调整的印象有其自身的价值,而通往本真的生命哲学之路似乎在于为生命现象卑微地记录着各种不同的解读,正如机缘和变化将这些不同的解读强加在我们身上。"[16]哈代和达尔文在此方面意见一致,因为机缘和变化在他们的作品中并非间断性的条件。相反,它们是经验从而也是语言的永恒媒介。然而,二人也都坚持将重复视作自然界中一切经验的基本组织形式。鹭、蚂蚁和植物都以并置的方式存在于对自然现象同等强度的回忆之中;当它们逐渐适应并接近人类世界之时,所产生的紧张与释放便会聚焦于这样的并置之上。

> 一旦蚁穴受到些微惊扰,奴蚁偶尔会出来,也会像它们的主子一样焦躁不安、守护着蚁穴。而当蚁穴遭到剧烈惊扰,幼虫或蚁蛹遭到暴露,奴蚁便会精神抖擞地和主子们一起将它们转运到安全之所……6、7月里我一直长时间观察萨里和苏塞克斯的好几处蚁穴,却未曾见到有一只奴蚁离开或进入蚁穴。(214—5,达尔文)

> 她面前一大群聚居的蚂蚁已横穿道路、开出了一条通道,蚁群辛辛苦苦、永不停歇、负重往来……她

记得这群繁忙的蚂蚁在这同一个地点待了数年之久，无疑过去的那些蚂蚁就是此刻在这里劳作的蚂蚁的祖辈。她向后靠去，以便得到更充分的休息，东边软绵绵的天空极大地放松了她的眼睛，就像百里香放松了她的大脑一般。就在她看着的当口，一只雄性的苍鹭从东边的天空飞起，头朝着太阳的方向飞去。它从山谷的池塘里飞来，浑身湿透，飞行之时，翅膀、大腿、胸部的边缘与轮廓迎上了闪亮的日光，浑身仿佛由亮晶晶的银子做成的。（296，哈代）

哈代的书写特点在于创造性的游移不定，来回的变化胜过了剧情的确然。生活本就分歧迭起、灵活多变，不断重组着各种新的可能性；这些可能性恰恰偏离了事件的毁灭性能量的路径。[17] 幸福和运气构成了其作品的两极。

这里幸福并非出现在叙事的诸般力量之中。的确，它总是同演替相抵牾，因而几乎总是同叙事相抵牾。相反，幸福如星丛一般，至多呈现为"一连串的印象"。哈代的行文从相当广泛的世界和相互矛盾的话语中采集材料，但他并不试图将不同的信息密度和谐化为单一的信息流："他也许是个阿拉伯人，或者一个自动装置；他或许会成为红色砂岩制成的雕像，除了手臂似骰子盒般机械地运动着。"（243）

有着坡度的人行道供观众们拾级而上，找到自己的座位，到了今天仍只是人行道而已。但整个地方到处生长着草儿，到了夏末时分，布满了干枯的草梗，

> 风吹过来便成波浪状，耳畔回荡的尽是伊奥利亚人一般的旋律，到处飞舞的蓟花冠羽时不时在草梗上滞留片刻。(《卡斯特桥市长》，99)

哈代以其富于联想的耳力将"阿拉伯"和"自动装置"并置一处，却要求读者感受到每个单词完全不同的情境。时间和多维度在不断转化之中。相似的是，方言"草梗"(bent)及其修饰词"干枯的"(withered)集合了由"w""r""b"等音节组合而成的声音模式："布满了干枯的草梗，风吹过来便成波浪状。"继而这个模式逐步消失；取而代之，我们就有了古典而科学的话语："回荡的尽是伊奥利亚人一般的旋律"(以其自身"m""l""n"几个浑厚的听觉声调，进而被带入"时不时"……"蓟花冠羽""到处飞舞"这些词语之中)。耳畔相互协调的众多欢愉挥之不去，但不再掩饰语义上的跳跃。

哈代和达尔文类似，将自身置于文本之中，成为观察者、旅行者，并作为一种有条件的当下存在，能够从几乎同一时刻的多重距离和多样视角看清事物。

> 一个行人若边走边观察每一个候鸟，就像文恩此刻的观察一般，他便能感受到自己正身临人迹罕至的异域。此刻在他眼前的就是只野鸭——刚刚来自北风呼啸的地方，这头飞禽自身携带了丰富的北极景象：冰川期的灾变、暴风雪的爆发、闪亮的极光效应、苍穹里的北极星、英国探险家弗兰克林的葬身之地——它这些普通的日常活动所及实则相当了不得。然而，

> 这只鸟儿注视红土贩子的时候,就如同众多哲学家一般思考:当下现实片刻的舒适抵得上十年往昔的回忆。(《还乡》,109)

这段书写的观测视角远近摇摆,并未停留在多重想象之中,而是如同爱略特一样创造出一个流转的空间和变化着的刻度。听觉和触觉变得清晰:

> 11月凄婉的狂风呼啸而过,吹出的音调同九旬老翁的嗓音唱出来的歌声余韵颇为相似。好似沙哑的耳语,纸一样的干瘪,如此清晰地拂过耳际,以至于听惯了之后,这腔调的来源可以经触觉在物质上加以细细地感知。它是极小纤细的植物合并一处的产物,而这些既非枝、叶、果、茎,亦非刺、地衣和青苔。
>   它们成了过往夏天死去干枯的石南花,本是鲜嫩的紫色,如今米迦勒节雨水将其颜色冲淡,10月的阳光继而暴晒成死皮。花儿的单个声音如此低回,结果数百种声音的合集也能从沉寂中显现,而整个斜坡上数不清的花语传到女人的耳畔,不过宛如干涩而断断续续的宣叙调。然而,今夜众声齐鸣之际,几乎没有一个音调的力量能比它令听者想起声音的源头。人们在心中体会到这些汇集起来的声音仿佛漫山遍野,风声一下子抓住每一个铃形花的小喇叭,进入其中,冲刷而过,又从喇叭嘴冒出来,顺畅的程度无异于刮过火山口一般。(《还乡》,78)

这种游移不定介于物质与记忆、近处与远方、真实与抽象之间，为读者创造了一种自由，即便这是不稳定的自由。它是某种存在，用来抵消事件的坚持不懈地渗透——依据这种渗透，哈代的剧情"多重决定"（overdetermine）着结局。我们总是对可能的幸福充满激烈情感，直到最后一刻：他借助不同层次的剧情维持着希望，借助多重视角支撑着自由。他在写作过程中激发起全方位的感官上的知觉，借此我们体内充盈着**生命**热情高涨的感觉，完全导致哈代的剧情驱动力如此具有毁灭感。触觉与声音二者精巧的契合让读者保持警觉，且始终挥之不去。众多读者在回顾阅读体验时都备感折磨、惊骇不已。但他也身处最受欢迎和受到广泛阅读的作家之列：我们的阅读体验不仅包含懊恼和受挫，而且时时刻刻提供经验的充盈感，支撑着我们坚持读下去。我们在结尾处遭受创伤，读者在回忆中几乎忘却了文本的丰富性，忘却和拥有在哈代的作品中都很关键。

德里达所说的游戏与历史两个矛盾命题在这里再次颇有助益。过程中的文本发生在当下，无须指涉那不在场的源头。它允许读者拥有一种自由游戏的感觉。但"大型剧情"（mega-plot）或许也隐含在一句话的微型形态之中，结果我们在哈代的大部分书写中**既看到了**德里达认为与卢梭有关联的"破碎的迅即性"（l'immediatété rompue），**又有**德里达解读后的尼采式思想："欢快地肯定了世间自由的游戏。"[18]

达尔文理论的两个要素在哈代的书写中有特别的个人意义，而且二者都指向不同的方向，在哈代力所能及的范围内形成了一种矛盾。第一个要素是达尔文对"规范性幸福"

(normative felicity)的坚持：尽管自然界不乏苦难，生存靠的是生命同获得欢愉的可能性之间的深度关联。

达尔文强调的另一个要素则是不完善的适应。[19]虽然单个的有机体依靠获得欢愉的可能性和"幸福感"（well being）两方面的引导，日积月累的变异所导致的成长过程却未能确保需求与适应之间完全的一致性。

"适应不良"（Maladaptation）让哈代念兹在兹，亦即"**事物未能成为**它们想要成为的样子"。[20]哈代将苔丝称为"一个几近标致的女人"，这个赞扬显然无甚光芒。就哈代对适应不良的重视程度而言，对苔丝的这个称赞可以正确地理解为达到最佳级别，这也属于同样令达尔文念兹在兹的一个论点，即关乎个体和物种的意义。然而，"几近"这个词也非常重要，其力度与其说在提出异议，不如说麻木不仁。"新年的想法。**事物未能成为**它们想要成为的样子；这种感受取代了有计划的兴趣，赋予这些事物一种崭新的、更加伟大的且属于未加计划的类型的兴趣。"[21]

要实现计划中的幸福和计划中的完善——这种紧迫性渗透到哈代的文本之中，但其中的辛辣则来自完善的种种失败之处——未能实现的完善、被扭曲的完善和被干扰的完善。这便允许读者认识到且渴求所隐含的关于成就与欢乐的众多剧情，它们从未充分地展现自身。完善的与枯萎的，温良的与怪诞的——这些剧情的转化经由拟人化的意象体系居中协调，这些意象在人与物之间变换边界，"代表将人与物混淆不清的思想尚未开化，但仍旧生生不息"。卡朋特此前已提出进化论干扰了一切这样的区分，体现为在软体动物、人以及有变化能力的普通生物形态的延续性之间摇摆不定。达尔文竭力想控制"自然的风貌"里的拟人论,借此表达深层次的情感和智识上的问题。面容、地表抑或"地貌"(physiognomy)*,这使得人类与自然界之间的种种差异就此取消。

> 当时它是一个同人类的本性完美契合之所——既不恐怖、可恶,又不丑陋;既非平庸、呆板无趣,又非无比的温驯,却又像人类一样受到轻视后依旧坚韧,进而以其郁苍的单调面貌,显得异常地伟大而神秘。宛如一些长久独处的人,面容中似乎自然流露出寂寥。它有着一副孤独的面容,显露出悲剧的种种可能。[22]
> (《还乡》,35)

人类并非同物质世界的其他方方面面完全脱节或者位居等级的制高点,他如今必然在一个"水平面"般的世界中找到一席之地,正如克林在《还乡》中所顿悟的一般:"它给了他一种纯粹平等的感觉,没有高高在上的优越,单单一个阳光下的活生生的事物。"

因此,为人类找到刻度这个问题变成了哈代作品中令人困扰和念兹在兹的论题。这一刻度既非不切实际地浮夸,又非处心积虑地简化。它会接受瞬间的消散以及外在系统的自主性(这些系统并不服务于人类),然而仍旧会呼唤达尔文经常重复的论断:"有机体和有机体的关系是所有关系中最为重要的一个。"(如14:449)达尔文并未给人类提供特

---

* 此处采用张谷若的译文。

权的地位,却又挪用诸如生命进化树这样更古老的神话隐喻,似乎要为人类复原一种连续性或整体性。在《林中人》(The Woodlanders)里,哈代再次使用了树的意象:首先体现为老人机敏的应对,这一点上小说以缩略的形式展示了人类学/心理学的意义,而老人的生命完全依赖于与其生命周期同步成长的那棵树,作品继而以完整的意象将人类置于服务自然界的位置。最让人印象深刻的则是,在类似下面这段文字之中,人类被视作自然进程的一部分(且无法充分把控自然进程)。文本的描述处处在暗示人类的身体,完善的意象同遭到歪曲、遏制的意象并存,而声音与触觉则几乎难以分开:

> 他们默然走过草席般的星状青苔地,穿过一堆堆杂乱分布的落叶时发出沙沙的声音,绕开根部四散铺开的树干,根部带着苔藓的外皮让它们看起来好似戴着绿手套的双手。他们又挤过积灰甚多的老榆树,庞大的树杈里面有着一湾湾雨天溢出来的雨水,沿着枝干如绿茵茵的瀑布般奔流而下。在那些年岁更久的树上,大块真菌长成了肺叶状。此处同别处无异,都淋漓尽致地表现出令万物使然的"未能实现的神意",同城市贫民窟里堕落的群氓所展现的情形一般无二。到处都是形状不规则的树叶,不完整的水涡,破碎的木条;地衣吞噬了树茎的活力,而常春藤则将本应颇有生机的幼树缠绕致死。[23](82)

此处变异被理解为遭到损毁和中断了的形态,而非创造性的分歧。"**未能实现**的神意"即"生存的斗争",显得明明白白,又沾染了污点:正如哈代在后面一幕场景中所写的那样,树木"挤在一处,为生存而搏斗,彼此间的摩擦和撞击导致的损伤令树枝七扭八歪"。此处他直接召唤出达尔文对那株生命"大树"的延展性描写:"在每一生长期中,所有成长中的嫩枝都试图向四周分枝出去,超过并消灭掉周边的枝条,这一方式同作为个体和群体的物种在生存大战中试图征服其他物种如出一辙。"(171)类似地,哈代也描写道:"死去的大树枝散在各处,如同博物馆里的鱼龙",这便凝炼了达尔文类似描述中的时间刻度——"树木从生长开始,就有众多的枝枝丫丫毁坏和掉落下来;而这些大小各异的掉落的树枝可以代表那些如今没有现存后代的整个的目、科、属,终究我们只能从它们的化石中加以了解"(172)。

然而,人类生命形态的介入在哈代的书写中扰乱了达尔文"生命之树"的确然性。林中之地同时也是腐朽、畸形、新的生长和"星状青苔"。哈代对各色时间刻度高度警觉,并且同样高度警觉于这些不同刻度间不易觉察的互动在何种程度上构成了事件和经验合成的网络:"从短短数月前……直到近在眼前,彼时花季已逝的花朵居然依旧未曾凋谢。"哈代曾在1865年12月的一篇日记中写道:"对于昆虫而言,12个月已然是一个时代,对于落叶意味着一生,对于啾鸣的小鸟意味着一代,而对于人类则不过是一年。"(157)而《苔丝》中这种观察已变得更加简约化和更加丰富诱人。"时间之冲突"(time-jars)便是标准。

> 在判断良好的基础上对事物加以计划,却又不明

智地予以实施;此时,召唤未必能有"召之即来"的结果,寻觅爱情的人很少遇到坠入爱河的时机。老天不会对可怜的人说声"你瞧!",好让幸福来降临;亦不会向高喊"哪儿?"的人回答"这里!"除非捉迷藏式的游戏已将有情人折磨得无比烦恼、筋疲力尽。我们也许很想知道:人类进步达到顶点和巅峰之时,这些过时的思想是否经一个更好的直觉思维指导相互联结,从而令整个社会机制的内部互动更加紧密,而非如今这般让我们到处颠簸、一路坎坷的艰难现实?但人们将不会预言甚至无法设想这种完美的未来是否有可能发生。(67)

为人类所书写的刻度对繁茂丰盈的生命进行了测量,却又削弱了它。最幸运的生物完全居于单一的时间刻度之内:对于人类而言,与此种生命的共情可能仅在瞬间。我们的习惯性经验属于多重时间,就此带来了不相匹配的剧情:姚伯太太穿过荒原去和克林、游苔莎二人重续亲缘,途中坐在一个池塘边上:

> 偶尔她经过这样的地点:蜉蝣们生活在一个个独立的世界当中,在喧闹的狂欢中度日,有的飞在空中,有的停在热烘烘的土地和植物之上,有的逗留在又热又黏、近乎干涸的水坑里。那些水量更少的野塘已经退化成冒着气的泥潭,能模糊地看到无数蛆状的无名生物正在那里欢快地上下打滚。她作为一个颇好哲思的女人,有时候就坐在伞下休息,一边观察着它们作

> 乐，因为对自己此次拜访的结果所怀的希冀令她的思想安宁不少。(285)

这里的"蜉蝣们"过着兴奋的欢乐生活，而"蜉蝣"一词说明了它们短暂的人生跨度，然而这段描述所产生的效果则充满了不间断的活动和不可阻止的快乐。哈代将它们称作"蜉蝣"，从而激活了那些另类的时间刻度——人类必定总是栖居于其间——这里在我们的解读之中，各色时间准则很难协调。姚伯太太正在恢复和儿子改善关系的希望，但读者（由于预先知晓了这一卷的标题叫"闭门羹"）预感她的旅程结束后会有事发生，而且不容乐观。人类的焦虑与嫉妒经过编码进入到对生物体欢乐的部分否认之中："能模糊地看到无数蛆状的无名生物正在那里欢快地上下打滚。"

进化论迫使哈代面对情感和创造性上的两个关键问题，即为人类找到刻度，以及在自然界中为人类找到位置。和达尔文一样，哈代的书写中弥漫着一种暧昧的拟人论——它以悖论的方式既否定了人类中心论，又在哈代的知识体系之内（但不在其价值体系之内）给予人类易逝的、次等的角色。

爱敦荒原自身做到了适者生存，因为它并非特别地陡峭或平坦，不适合人类耕作。荒原所感受到的"抟弄揉搓"源于"最近一次地质变化"。*

> 这些地表既非陡峭至极而遭到风雨雷电的毁坏，亦非平坦至极而受到洪灾与淤泥的侵害。这里有一

---

* 此处采用张谷若译文。

条老旧的大路,以及即将提及的一处更加古老的古冢——这两样历久不变,自身几乎已成为自然的产物。即便地面上凹凸不平的细小之处亦非镐、犁、锹的结果,依旧是最近一次地质变化的拉弄揉搓后保留至今。(《还乡》,36)

哈代的阅读与观察起到类似的作用:使得他高度意识到多重刻度、多重时间,以及意识(在规劝人类努力生活在这些刻度、时间当中的同时)创造出的独特问题。

> 夜晚时分,当人类的种种纷争与和谐偃旗息鼓,就普遍意义而言,在大半天时间里,万物皆无法缓和这个无穷大的星球浩宇的冲击力,它将那无穷小的人类作为观察者的思想彻底击垮,而这就是夜晚此刻的情形。[24](《塔上的恋人》,83)

人类的身体隐藏在关于这些宏大事物的描写之中,进而来到语言的表层向外扩展,抑或遭到打击:

> 即便地面上凹凸不平的细小之处亦非镐、犁、锹的结果,依旧是最近一次地质变化的拉弄揉搓后保留至今。……夜晚时分……万物皆无法缓和这个无穷大的星球浩宇的冲击力,它将那无穷小的人类作为观察者的思想彻底击垮。

在达尔文眼中,在总体上奇妙的世界中,我们感知到历史被拉长并超越了意识,同时感知到那些独立于我们观察之外的存在模式,而在哈代的眼中却更多地成为压迫和破坏的源头。哈代在界限之内甘之如饴,但他的书写皆与超越界限相关——时间的、空间的以及各种关系的界限。我们看到在这样的一个生平事实之中强烈体现出悖论:哈代不希望自己被"触碰",而他的书写却又到处可见触觉、手感与温度的经验。他对触觉的高敏感度同这样一个问题息息相关——为人类找到一个刻度来做出回应、表达经验。

在哈代的早期小说《一双蓝眼睛》(*A Pair of Blue Eyes*)里,下面这幕场景常常被用来讨论他和进化论理念之间的关系,尤其关乎莱伊尔对于地质时间的相关讨论。小说中,奈特发现自己趴在悬崖上即将掉下去,眼前是一个嵌在岩石里的化石,稍稍从岩石里向外突出,居然是只长了眼睛的动物:

> 这双早已化成石头的眼睛早没了生命力,此刻却依旧直盯着他。这是一种名唤三叶虫的早期甲壳类动物,和奈特相隔数百万年之久,但他竟然和这个小生物在二者共同的死亡之所相遇。但这确是他目力所及之处唯一曾有过生命的物质个体,也是曾经等待被拯救的唯一生物的残骸,就如同此刻他亟待被拯救一般。

> 这个生物仅仅代表着一种低等的动物存在形态,因为从未有过任何称得上智慧生物的高等物种曾在春季穿过这些由无数板岩状岩层所代表的古老平原。植形动物、软体动物、贝类动物算是那些古老年代的最高级生物,但每个地层所代表的巨大的时间段均和人

类的伟大历史毫无关联。这些低等动物所处的时代是辉煌的时代,却也是卑微的时代,而它们的遗骨依旧卑微。而奈特就要由这只小生物来见证他走向死亡。[25]

此处,人类依然感受到自身正处在创造链的顶端——但与细小化石的生命之间存在伙伴关系上的**不协调性**,这又令他受挫。然而,亲属关系得到认可,这是"曾有过生命的物质个体,也是曾经等待被拯救的唯一生物的残骸,就如同此刻他亟待被拯救一般"。

莱伊尔的腔调在哈代那里变得剑拔弩张起来,莱伊尔则忧郁中带着对宇宙这台机器的困惑:

> 同一个机器体系的运作居然伴随着如此多的邪恶,此间的原因远超我们哲学之上的神秘性,而且必然一直保持着这种邪恶,直到人类被允许去进行调查——不单单包括我们自己的星球和居民,而且包括和人类相关的道德与物质的广阔世界当中的其他各个部分。倘若我们的勘察能涵括其他星球世界和事件,所涉时期不仅限于最近的几百年,而是相当地不确定,以至于需要地质学帮助我们熟悉它们,那么一些明显的矛盾也许就此和解,一些难点也无疑会得到彻底地解决。但即便如此,由于我们的能力有限,而宇宙内在的时空二重体系实则无限,因此如有"所有怀疑与困惑的源头会清扫一空"这样的设想,那就过于自以为是了。(《地质学原理》第10版:第2卷,第29章,第144页)

我们有限的能力与宇宙无限的时空之间存有绝对的间隔,使得哈代的文本负载着功能失调和焦虑的双重感知。人类知识、人类情感的目标同人类自身二者之间的协调性产生了崩塌。在此情境下,为人类寻找一个地方和刻度这件事不是关乎侵占空间、经验的殖民化,而恰恰是关乎认同,自愿被外物渗入、自愿进入"可传递"的状态。被动性在特性和描写两个层面上获得了移植。

《还乡》一书的主题在于,"还"的状态其实近乎不可能实现。在进化的秩序中,不可能选择返回之前更早的状态。"在克林·姚伯的脸上隐约可见典型的可以预兆未来的面容。"(185)克林"这个本乡人"回到爱敦荒原,想要重新成为本地"居民",却同时又欲教育和改造当地居民。因而,他成为了一个"入侵者"——起到破坏和改变作用的外来力量。他期待"恢复到……先辈早期的形态"(《物种起源》,77)。然而,"通过实验本身,生命的状况发生了改变"。他下决心留在爱敦荒原而没有离开,这破坏了自己同母亲、游苔莎·斐伊的关系。然而,小说叙事的核心是描写克林,后者视力受到了极大的损伤,做起了荒原上斫常青棘的樵夫。以下这段文字具有短暂的完整感。

> 他的日常乃是显微镜下才能看到的稀奇生活,整个世界限制在自己周边几英尺范围之内。所熟知的尽是地上爬的和空中飞的小东西,个个似乎都把他当作和它们为伍。蜜蜂在他的耳畔嗡嗡叫着,很是亲近,大批爬到他附近的石南花和常青棘花上,结果将这些花儿压弯到地上。爱敦荒原独有的奇特的琥珀色蝴蝶

在别处从未见过，此刻正在伴着他的呼吸震颤着翅膀，落在他弓着的背上，并在他上下挥舞着钩子的时候同银光点点的钩尖嬉戏在一处。翠绿色的蚱蜢一群群地跳到他的脚上，却笨拙地落下来，翻着跟头，有的头朝下，有的背朝下，有的屁股朝下，如同技艺粗糙的杂技演员，毫无规律可言。其中沙沙叫着的蚂蚱时而在蕨叶下边同那些颜色素净且安静的蚂蚱嬉闹着。大个的苍蝇无视伙食房和铁丝网的存在，完全以野蛮的状态围在他的四周嗡嗡乱鸣，没意识到他是个人。出没于凤尾草丛中的长虫则带着它们最为闪亮的黄蓝外色滑行着，恰恰到了这个季节，刚蜕了皮，此时的外色最为明亮。一窝窝小兔子刚出生不久，就跑到小山丘上晒太阳，炽热的日光在一个个瘦小耳朵的纤弱肉皮上熊熊燃烧着，照成了血红的透明色，血管清晰可见。却没有一个小兔子害怕他。（262）

一切事物都是细致的，我们视觉上的各种欢愉加剧了触觉的欢愉，但克林却无法体会。持续性的拟人化手法提醒人类的存在，又以喜剧的方式颇为随意地模糊了人类的疆界："技艺粗糙的杂技演员""颜色素净且安静的蚂蚱""大个的苍蝇无视伙食房和铁丝网的存在"。人在这里和其他所有生物熟稔起来：蜜蜂"大批爬到他附近的石南花和常青棘花上"，它们的体重如同在显微镜下遭到放大，同人类居民不相上下。身体的温度又一次成为欢愉和经验的媒介，**经由**小兔子的感知（它们"跑到小山丘上晒太阳，炽热的日光在一个个瘦小耳朵的纤弱肉皮上熊熊燃烧着，照成了血红的透明色"),加上克林的在场,我们感受到同等的温度。达尔文文本中"郁郁丛生的"或"纷繁的河岸"布满了植物、鸟类、昆虫和爬虫;此处的哈代文本则为人类预备了空间,并未和其他物种完全隔绝开来:"却没有一个小兔子害怕他。"

所有分开的时间刻度和空间刻度片刻间和谐共处。由于克林的世界"限制在自己周边几英尺范围之内",加上"单调乏味的职业",他因而并未同自然界完全分隔开来。他的外套如今类似爱敦荒原自身的颜色,正如《还乡》第1章对荒原的描述:"文明就是它的敌人;自有草木生长开始,爱敦荒原就已经穿上了同样古老的棕色外衣——在特定的地层上自然生成、毫无变化的服饰。"开篇介绍性描述中,地形学的"特点"和"表面"此处呈现为人类的面容,但却是同荒原几乎难以分辨开来的面容("一大片橄榄绿的荆豆丛中现出一块棕色",在这里抵消了"荒原上细微的地势……白漫漫的大道"*)。这个核心描写给人以充足和怪异的感受,二者同样令人难忘。读者感受到一种充裕,但这种充裕无法长久地安然存在下去。

"还乡"只可能在时间和空间的最小范围内得以实现。"强加的限制"给予了种种欢愉,小说的其他部分则体现了克林不得不从这些欢愉中重拾自己的道路。

《苔丝》中存在一个多少相似的完整时刻,公开消弭了一切"远近之间的区别",其间"苔丝意识不到时间和空间"。此处,哈代阐明了万物有灵论的感觉:一切生命同等地机警和被动。空气中的氛围如此**"富于传送之力"**,"因此

---

* 此处采用张谷若译文。

那些没有生命的东西，也都变得仿佛有了两种或三种感官，即便不能说有五种"。"凡是地平线以内的东西，听的人都觉得就像近在眼前。"*在这样一个"静悄无声"的景况当中，散步的苔丝只听到了安玑·克莱的琴音，便被吸引了过去：

> 那是6月里一个典型的夏季黄昏。一片大气，平静稳定，都到了精密细致的程度，而且特别富于传送之力，因此那些没有生命的东西，也都变得仿佛有了两种或者三种感官，即便不能说有五种。远处和近处，并没有分别，凡是地平线以内的东西，听的人都觉得就像近在眼前。那种静悄无声的景况给她的印象是：与其说它单纯音响绝灭，不如说它积极具有实体。这种寂静，忽然叫弹琴的声音打破了。……苔丝现在站的地方，原来是园子的边界，有几年没整治过，现在一片潮湿，并且长满了富于汁液的牧草和花繁梗长的丛芜；牧草一碰，就飞起一片花粉，迷蒙似雾，丛芜就发出一种难闻的气味；这些丛芜开的花儿，颜色或红或黄或紫，构成一幅彩图，灿烂得耀眼炫目，不亚于人工培养出来的花朵。她从这一片繁茂丛杂的幽花野草中间，像一只猫似的，轻轻悄悄地走了过去，裙子上沾上了杜鹃涎，脚底下踩碎了蜗牛壳，两只手染上了藓乳和蛞蝓的黏液，露着的两只胳膊也抹上了黏如胶液的树霉，这种东西，在苹果树干上是雪白的，但是到了皮肤上，就变得像茜草染料的颜色了。她就这

---

* 此处连续三句引文均采用张谷若译文。

样,走到离克莱很近的地方,不过却还没让他看见。*(150)

黏稠的实物、呛人的味道、黏液、黏性——未经修整的花园乃是"繁茂丛杂的幽花野草",但描述它的语言却带着不安与憎恶,这种不安与憎恶却又屈服于极富诱惑力的接纳。苔丝展现了它但没有去描述它。她沉浸在这种挥之不去的生死纠缠当中,但并未沉浸在对此种纠缠的疏离意识之中。描述性的语言穿插其间,但"富于传送之力"。此处,超级的繁殖力作为生长的活动渗透入语言,甚至逾越了语言的边界。哈代的书写让人感受到了对此种充足性的抵制,也同样能感受到平静。

哈代笔下的生命从未衰退,但小说中作为生命主体的个体则很少能活到故事的结尾。

他的最后两部小说《德伯家的苔丝》和《无名的裘德》(*Jude the Obscure*)都有同生殖力相关的剧情,威胁并挥霍着个性。苔丝乃是"大的科/大家族"(great family)的晚期代表;对于一切生命而言,达尔文的"大的科/大家族"又缩小到享有特权的科/家族。安玑认为:苔丝家族具有历史意义的关注点是那个颇有派头的德伯家族的系谱——他实则曾颇为蔑视,不过是业已过气的旧势力而已。这个关注点如今却触发了他的情怀。(364)但她同样也经由母系从而很关键地代表了丰盈的繁殖力,这种繁殖力助力没有地位的普通百姓能够活下去,而"大的科/大家族"则悄然逝去。哈

---

* 此段引文采用张谷若译文。

代醉心于各种传衍理论：如同更早的时候读过《物种起源》《人类的由来》一样，他后来读过韦斯曼的遗传理论。[26] 安玑·克莱想象自己是"新"男性，但无法理解苔丝就是"新"女性可能的形态——兼具存活者与聪明的先驱者二重身份。从这个意义上说，苔丝死掉了，就此遭到了废弃。然而，这本书（充斥着马克斯·缪勒所论的太阳神话和太阳崇拜的观点）恰当地让我们又回到苔丝生命所代表的刻度之中。正是由于这个原因，书写本身依旧比剧情设计更加占据主导地位，从而让我们对苔丝故事的感受并未像《无名的裘德》中裘德和苏的故事那般苍凉。

《德伯家的苔丝》既让人感到可怕，又令人欢欣鼓舞。另一方面，裘德和苏则将自身视为先驱者，而且只有**作为**一种"新"秩序的先驱者才能充分实现自身价值。二人所生的两个孩子最终死去（裘德和前妻所生的"小时光老人"在一个晚期马尔萨斯式的悲剧中谋杀了他们："结束他们的生命是因为我们实在人数过多"），二人无法将文化的或物质的变异带入未来，注定只能在同当下的抗争中度过余生。正是在此意义上，裘德和苏偏离正轨，丧失了演替的可能，进而沦为了"怪物"。

在哈代的后期作品中，情节管控着"疑惧"。同达尔文一样，哈代所持的浪漫的物质主义观预示着要在演替的急迫性面前消亡。社会已然过度尊重演替、遗传、进步等理念。一味地强调成长，严重地伤害到复活和侧向的感知。

早在1876年的一段日记中，哈代就提出某种思路，更加接近于无情的"硬化"（hardening），而非他所提到的"融合"（merging）：

> 如果有可能将人类在20到40岁之间所领悟的一切压缩为一句话，那便是万物皆互相融入彼此——善入恶，慷慨入公正，宗教入政治，岁月入时代，世界入宇宙。带着这样的视角，物种的进化似乎不过在须臾之间，且是同一运动中的显著过程。[27]

对于达尔文而言，其书写所提出的剧情貌似（抑或有必要貌似）温良，而哈代则感受到邪恶的同义反复潜行其间："生存斗争"，抑或甚至是"适者之生存"，从而优先颂扬了征服者。那些生存下来的人名正言顺，但哈代同达尔文共享对物质生活最广阔的多样性的喜悦，即对特殊性、个性和丰足性的激情；此乃达尔文的叙事和理论中的反作用元素，却由哈代开启了这一矛盾。像达尔文一样，哈代在描述不以人为中心的自然界时感受到了拟人论的问题。然而，虽然他经常指涉人的身体，并借此记录下剧情荒诞的中断，但他的书写却召唤出感官的亲密感，并由此帮助我们理解物质世界。

《无名的裘德》的剧情将无可改变的事物同无正当理由的事物加以结合，宣告书写的无效。但哈代的其他作品同达尔文一样都存在着一种生生不息的信念，即相信"诸种复原之力"同时遍及语言和物质的世界。

第9章
达尔文及对其他生命体的意识

乔治·罗马尼斯（George Romanes）及其著作同我所选择的论题有着相当大的关联性，因而他在我的论证当中会有一席之地。他是达尔文在意识与本能的洞见方面最具创造力的继承者之一。在《动物的智性》（*Animal Intelligence*，1882）、《动物的心智进化》（*Mental Evolution in Animals*，1883）、《人类的心智进化与官能起源》（*Mental Evolution in Man & Origin of Human Faculty*，1888）这些著作中，罗马尼斯以例证与逸事的手法寻求建构这样一个不刊之论：在包括人类在内的一切有知觉力的生物体中，存在情感和意识的成长、延续及变种。然而，不仅达尔文的理论，更是达尔文这个人本身激励了罗马尼斯。他热爱达尔文这个年长的友人，在达尔文去世时陷入强烈的悲痛。在他写给达尔文的这首悼念长诗中，多个诗节以强烈的情感诉说了朋友去世时自己的感受，即绝对地体验到失去挚友后的悲痛；同时这首诗也向达尔文予以特别的致敬：

> 太迟了！太迟了！永远都太迟了！
> 啊！一切变化得翻天覆地——彻彻底底！
> 一个思想无法理解、度量或澄清的变化！

> 从最高的存在到沉默
> 而空洞的虚空！我所认识的那位活生生的人物——
> 那无与伦比的大脑，拥有非凡的构造——
> 这位朋友的魂灵向我的思想敞开——
> 一个有秩序的世界，本质上的确然性，
> 同这个星球无异——世界到处皆是
> 系统之中的系统，充满着理性——
> 却全然消失了——在我的眼前被抹得干干净净！
> 这就是那个巨变；由此我亦改头换面
> 如今为我而存在的那个宇宙就此结束，
> 它失去了一个世界——就是我那个永生的朋友。[1]

罗马尼斯已将其职业生涯用于研究智识与意识的各种问题。达尔文的死亡则以最令人痛苦的方式逼迫他面对意识、无意识和本能三者一起遭到清除的现状，亦即失去个体："一个世界——就是我那个永生的朋友"，却化成了"沉默/而空洞的虚空"。这进而是一个不允许进入旁观者思想之中的变化："一个思想无法理解、度量或澄清的变化。"而那个逝去的人在世的时候能够创造和掌控"系统之中的系统，充满着理性"；他"那无与伦比的大脑，拥有非凡的构造"。

个体死亡所引发的巨大损失包括个体记忆、肉身体验和思想三个方面无可弥补的损失，进化论在此之外可以提供物种延续的希望吗？扩大一切有感知的生物体之间亲缘关系的场域，也许可以给予某种宽慰。自然选择则给未来留下了在某种程度上扩展自身能力的希望。然而，在罗马尼斯看来，它最大程度上给予了从蚂蚁到灵长类物种彼此间"同类的情感与意气相投"的证据。对他而言,其他生命形态与人类之间在情感状态上的叠合是整个生命世界智性作用的最强证据。他列举以下这些情感作为动物的共同体验:"惧怕、惊讶、柔情、好斗、好奇、嫉妒、愤怒、戏耍、同情、仿效、骄傲、憎恶、美感、痛苦、憎恨、残酷、仁爱、复仇、暴怒、惭愧、遗憾、欺骗,以及作为情感的滑稽可笑。"[2]很可能在每一种生命形态中并非所有的情感都是活跃的,尽管我们后面会看到罗马尼斯与达尔文均对蜗牛是否具有同情心颇感兴趣。《动物的智性》首章开篇采用了一个否定句式,罗马尼斯借此强烈而又以悖论的方式维护自己的信念:

> 在观测到某种织毛虫的行动规律后,没有人会在感觉上质疑下述事实:这些小动物没有受到一定数量智性的影响。[3]

至少在众多同时代的人看来,某种意义上罗马尼斯对达尔文理念的拥护存在一个悖论。塞缪尔·巴特勒、萧伯纳等人当时认为,正是达尔文将思想从宇宙中驱逐出去。[4]自然选择拒绝接受单个有机体的自助能力,也的确没有给记忆以多少生存价值——尤其就跨代际而言,无论是人类自身或其他生命形态的代际之间。然而,达尔文自己则终身着迷于意识与本能、感知与理性、情感与反思、意愿与意向之间的关系。对于植物界的生命,他尤其受到运动与活动的吸引:植物向外攀爬、延展,并无视人们提出的与**意向**相关的问题。同样,动物的智性这一论题对于达尔文的学说而言亦至关重要。而他则带着闪亮的好奇心对人类的变种以及不同的推理、反思模式做出回应。

达尔文着迷于整个生物体范围内思想与情感的能力，这一点首次在其具有高度思辨力的19世纪30年代的笔记本中得以凸显，并在其主要的后期作品《人类的由来》《人类和动物的表情》当中成为论点的基石。这种广泛的着迷及其后果正是我想要尝试加以讨论的。我也想要思考观察、实验、共情在其作品中紧密相联的所有方式，思考这个组合在其学说中所产生的特别的论辩偏好。达尔文的理念如今在博弈论、基因图谱和对数中找到了存在方式。有必要强调当时他的思维方法和作品多么地隐秘和富有个性，而这一点又在多大程度上能支撑他在我们当今世界上确立卓越又常常矛盾的地位。

正如我在别处强调过的那样，人类的语言为达尔文的各种理论设置了种种问题。人类的语言被赋予了能动性和人类的指涉性。某事或某人引发了事情——这一观点很难予以摆脱，而一个幽灵般的"选择器"则不断纠缠着"自然选择"这一术语："生存斗争中优赋族群之保存"——由谁来"保存"和"优赋"？抑或"保存"和"优赋"什么？达尔文在《人类的由来》中写道："语言的那种半艺术、半本能的特点仍旧具有其逐步进化的印记。"[5] 能动性毗连着意向和意识。找到超越人类语言"瓶颈"的道路便是探索其他生命形态中的意识潜能。意向会在有机体生命的其他地方以何种样貌出现呢？而这又可能意味着哪些类型的意识？

在19世纪30年代的一本早期笔记（B：207—8）中，达尔文带着些许尖酸刻薄的味道做出如下评论：

人们经常谈论有智识的人类的出现是一件美妙的事情——而出现拥有其他感知的昆虫则更为美妙。昆虫的大脑极可能差异巨大，且最初的人类同第一个会思考的人种难以加以类比，尽管也无法划清界限。

不同的大脑、其他的感知、会思考的人种：于是达尔文将生物界古今栖息者的一切特质毫无等级区分地集中起来，又分散开去。最后一个提出异议的词组对于他的思维模式则至关重要："尽管也无法划清界限。"这个界限介于感官与意识、本能与思考、感知与理性之间。"自然选择"描述了一个集合，由极其缓慢、未经管理的过程所组成。具有超强生产能力的生命具备丰足的可能性，"自然选择"将这一点归属到以生存和后代的生产作为筛选路径的过程之下。但同时达尔文理论中承担变化的载体总是单个的有机体，对有机体的研究必须包括行为以及单个有机体之间的关系，这在达尔文看来乃一切关系中最为深刻的一种。

意识是个内含矛盾的术语：它意味着选择的能力和反思的能力，预示着行动以及复杂的互动。我们作为人类如何获得其他生命形式的反思过程？人类的语言不可避免地带有人类的成见和参照点，也许使得它多少不太可能渗透到其他生命的意识模式之中去。达尔文曾这样描述一种攀爬植物的情况："它借助无法感知的缓慢且间隔进行的运动方式，不断地向上提升自身"，这里的"无法感知"意指：观察者无力测量整个过程，而非指植物一方毫无感知。[6]在另外一个地方他被迫使用了人类情感的众多术语：

> 那些枝杈环绕在管道上,又突然弯曲下来,绕在锌板的边缘之上;但它们迅速带着我只能称之为"憎恶"的情绪,从这些物体上收缩回去,进而平展开去。(99)

乔纳森·史密斯(Jonathan Smith)在《查尔斯·达尔文与维多利亚视觉文化》(*Charles Darwin and Victorian Visual Culture*)[7]中提及,罗斯金在《普罗瑟皮娜》("Proserpina")一文中表达了对达尔文式植物学的沮丧之感。史密斯继而引用了罗斯金对一本匿名手册的如下评论(史密斯将这段评论同达尔文的物质观相类比):

> 他描述了行走树(walking tree)和有根兽(rooted beast)、食肉花和食泥虫、敏感的树叶和不敏感的人类,进而得意扬扬地总结认为:无人能说明白植物是什么,抑或人类又是什么。

这种分类范畴上的困惑不安乃是达尔文调研活动的关键点。

在其《自传》中,达尔文写道:尽管自己不信任"各类科学混杂一处的演绎性推理",

> 但另一方面,我并非典型的怀疑论者——我相信怀疑论的思维框架会伤害科学的进步,可以建议一个科学界人士以较多的怀疑论思维来节约很多时间。(可是)我遇到过不少人让我确信,他们由此经常阻止自己从事实验和观测,而这些实验和观测实际上会对科

学研究产生直接或间接的作用。[8]

达尔文警示读者应该注意，怀疑论虽节约时间却抑制探索，同时随之而来的则是他坚定的意愿——寻找反面事实来检测自己最中意的观点。居于二者背后的是强烈的好奇心。达尔文乐于实验和观测偏差数据，这种意愿同其所在的社会习俗相违背，甚至同他自己的爱好相悖，但这一意愿却居于其创造性的中心。正如达尔文谦虚地自述："我认为自己只是比普通人更善于注意到那些容易遭人忽略的事物，更善于仔细观察它们。"（55）因此，细小的差异令他着迷，但并未按照差异的**等级**对差异的**重要性**加以区分。但他又进一步说："从刚进入青年时代开始，我就有着最强烈的意愿去理解或阐释所观察到的一切——也就是要把一切事实按照一些普遍的原则加以分组。"（55）

对即便细小的偏差（"那些容易遭人忽略的事物"）着迷不已，又渴望在更加广阔的范畴下理解它们（"把一切事实按照一些普遍的原则加以分组"）。此双重（且明显大相径庭的）渴望驱使他调研植物、动物（包括人类），尤其是年少的儿童，同时也调研表情、蚯蚓、一切生物体，以及生活在千万年之前、如今地质学所保存的生命遗迹。

达尔文回应树叶翻转的瞬间以及大批通往悬崖峭壁的羊肠小道。因此他敏感于藤蔓的颤抖，也敏感于岩石和化石。其自然选择理论要想令人信服地起作用，必然需要时光飞逝所留下的广袤印记。同样，惊鸿一瞥的面部表情却显示出物种之间的血缘关联，又该如何将此二者拉近到一起呢？

为了理解植物的生存体验，一个个瞬间的空间观察也许颇为必要：

> 互相对峙的藤蔓在行动上相当富有独立性，因而当新枝长到可以自由旋转之时，最为缠结的莫过于每个藤蔓的最远端所延展出去的路线，于是恣意地在广阔的空间中搜寻某个目标并将其缠住。[9]

时光倒退到30年前，达尔文在"比格尔号"航海之旅中途经智利的梅普河（Maypu），身处河畔的他面对"激流的喧嚣""圆形的大碎石"，倾听到一种崭新的时间性运动："随着石头在激流中撞击发出的咔嗒咔嗒声，噪声宛如大海的声浪一般。"

> 我听着这些洪流激荡的声音，想起所有动物种类已从地球的表面逝去。而在此期间，这些石头日日夜夜发出共鸣的撞击声。我不由得自忖道：有任何山峦或大陆可以经受住这样的损耗吗？[10]

达尔文如此近距离观察到这些相对立的空间、时间的过程，凸显出其敏锐地对**存在**（being）的诸般形态所做出的回应。旅程中，面对其他人类的文化，他积极探查各种习惯性的推理模式，也找出了其他生命形态中不同程度与类型的意识。他努力持续调研在多大程度上（甚至究竟是否）有可能将**存在**同**意识**区分开来。他在《人类的由来》中坚称下述观点是极度可疑的："普遍概念的形构"和"自我意识"二者"专属于人类"。

达尔文对这些问题的痴迷最早可追溯到19世纪30年代的笔记（当时他随"比格尔号"作航海科考），并一直延续到其生命的终结。的确，这些笔记已开始探查仅仅30年甚至40年之后就会在其作品中公开面世的那些问题，即表情、儿童的成长、动物的抽象思考能力、梦在意识中的地位等相关论题；"梦无法回归童年"（《达尔文论人类》[*Darwin on Man*, 269]），而"当老年出现身体机能衰退之时，它们（即观念）则常常回归童年"。

达尔文在读书笔记（DAR：119：4v，1838—51）中提到布鲁厄姆（Brougham）1839年的专题论文，后者"论及与自然神学相关的科学主题，以及本能和非常优秀的动物智性"。[11]在他手头的那篇论文中，达尔文画出了重点内容：布鲁厄姆坚持认为动物有能力产生抽象概念，因而也有产生某种意识的能力。在笔记中，达尔文拒绝轻易地将行为归于本能，认为那是一种伪论点的形态：

> 纽波特（Newport）说达尔文医生（即达尔文的祖父伊拉斯谟）的下述论断是错误的：普通的黄蜂出于智性将苍蝇的翅膀掐断。它这样做应该总是出自本能或习性。——天啊，在黄蜂拥有类似这样的智性上，人们居然会有争议。

引人入胜的是，在达尔文这番为黄蜂的智性辩护之后，他在余下的句子中设想得更为深入，目的是要考虑黄蜂会**如何犯错误**，如同**他**自己一般：

> 然而，习性也许会使得黄蜂做出错误的行动，我也会做出类似的错误：把茶叶箱的盖子（从右边）掀开，却发现空空如也。[12]

这些私下记录的笔记条目呈现一种令人眩晕的自由、一种未加抑制的意愿——孕育出也许被看作荒诞的一切，也为了横跨众多范畴或将它们缠结在一起。在1838年M号笔记本中，达尔文书写了一个了不起的条目"人类、心智与唯物论"，竭力探查自己对于自由意志观念的接受程度究竟能有多深。他提出，嬉闹的玩偶有着自由意志；"如此，所有的动物乃至牡蛎都有自由意志，以及珊瑚虫（从更多意义上说，也许植物也是如此……如此看来，自由意志之于心智犹如机缘之于事物）"。[13] 19世纪30年代的达尔文的确时常推断记忆跨越不同的代际流传下来的可能性（塞缪尔·巴特勒探索过这一立场，后来的弗洛伊德亦然）。

> 如今，倘若关于音调和词语的记忆可以就此蛰伏，终其一生也无法为人所意识到的话，那么可以肯定的是：如同本能一般，无意识地从一代传到下一代的记忆并不会有多么美妙。[14]

这些自由、坚定而广泛的推断（人们可以理解他说的"不要持过多的怀疑论"）锻炼了他的想象力，将所能思考的边界不断向外扩展："我禁不住想到马也会向往广阔的视野"（17）。抑或：

> 因果的起源成为一个必要的理念，它同（我们想象中的）最低等动物的意愿是否相联结——如同水螅的向光性乃是某种法则的直接作用？植物是否具有因果的概念/它们习惯性的行为是否依赖于这样的信念/这样的理念何时开始的呢？（Barrett，72）

达尔文又在另一页写道：

> 我观察到：能找到长久出现的海市蜃楼同抓到最近距离的地质学思路……一样艰难。——产生如此思路的能力可以造就一个发现者。（12）

亦即，幻想曲未加抑制，却集中在与充分推理后的论点完全不同的水平线上进行"演奏"；准确地说，其**未加系统化**的范畴允许众多种类不稳定地"滑行"，允许"大门"敞开。

达尔文对于有感知的生命形态的兴趣和欢愉具有多样性，由此产生的亲近这些生命形态的特别方式也有着多样性；为了涵括这种多样性，我把本章命名为《达尔文及对其他生命体的意识》。然而，核心问题是：对其他生命体的意识意味着他对"单一自我"（one self）的意识并且有能力评估那种意识。这种对个体体验预备性的召唤和对报告、逸事的采用并不仅限于他的笔记。这些特征乃是彼时博物学研究方法所展现出来的19世纪个人主义的重要组成部分，同如今科学的专业精神大相径庭。我想在这里展示此类方法对于达尔文思维的价值，以及在何种程度上扩大了达尔文思想的范围。

达尔文在旅途中遇见了众多土著部落，有助于提升他的自我意识，并开始验证一直伴他成长的启蒙价值观。凡事皆有缘由，或一或多，这个问题是达尔文理论的关键论题。就在他开始撰写《物种起源》前夕，达尔文就已获得了一种激进的信念，即物种起源的"途径是自然选择"。他坚持认为自己的关切点不在于生命的开端，而是现世中可以观测到的差异、变化的诸种模式，而且过去诸种状态的证据诱发生成了此种关切。换言之，他关切于将过程图示化；甚至就在撰写《物种起源》之际，缺少遗传学知识的达尔文已经充分描绘了产生这个世界有机体多样性的各种缘由。

在《"比格尔号"航海志》(*The Voyage of the Beagle*)一书中，可以看到年轻的达尔文如何竭力将因果问题同他自己的各种观测加以匹配。我们也可以看到，有多少次当达尔文面对土著部落的诸般信仰之时，他便运用这些信仰去思考表象同其缘由之间的复杂关联。尽管他的态度经常富于强劲的怀疑论立场，却又在航程中乐于竭力探查事件的意义以及这些事件同未知现象之间的关联。如何可能做到将眼睛和心智融为一体呢？第14章专注于发生在1835年2月20日智利的骇人地震和海啸（这个事件至少在破坏的规模上同我们近来所目睹的情况类似，*达尔文后来将它记录下来并描述给欧洲人，以便向读者们展现这种破坏异乎寻常的规模）。达尔文在地震和大海啸爆发两周后抵达康塞普西翁（Concepcion）镇，从包括英国领事鲁斯（Rouse）先生

---

* "近来所目睹的情况"，指2004年12月26日印度尼西亚苏门答腊岛附近海域所发生的里氏9级地震及海啸。

在内的各色人等那里了解到关于相关情况的描述,而且根据报道了解到"塔尔卡花诺(Talcahuano)的俗众(the lower orders)"的想法:

> 塔尔卡花诺的俗众认为地震因一些印第安老妪所起:两年前她们遭到了冒犯,结果就堵塞了安图科(Antuco)火山口。这一愚蠢的想法值得玩味;据此想法,经验已让塔尔卡花诺人学会观察,同时在被抑制的火山活动同地表的震颤之间存在着一种关联。他们有必要将巫术应用到因果感知的失败之处,于是推断出终结火山喷发的原因。这一想法在此特定情形下显得愈加特别,因为在费茨罗伊舰长看来,有理由相信安图科火山当时根本就没有受到地震的影响。*[15]

这里,"值得玩味"(curious)这个达尔文最喜欢(总是迷人且经常充满激情)的词语立刻冒了出来,紧随着"这一愚蠢的想法"。达尔文并没有简单地对巫术的说法不屑一顾,而是开启了这样的反思:当地人努力将所观察、体验到的现象同因果问题联结起来。当地人将地震的到来同火山爆发的延迟相联结,达尔文认为这一观察相当有道理。在这段文字的结尾,达尔文对菲茨罗伊船长插入的评论颇感兴趣:后者认为地震同安图科火山无关,从而证实了那不过是"俗众"

---

* 本段译文同时参校了王瑞香译本(《小猎犬号航海记》,马可孛罗文化出版社2001年版)和李绍明译本(《不可抹灭的印记之比格尔号航海志》,湖南科学技术出版社2014年版)。

的观察。

如何去填平观察到的结果与解释之间的鸿沟？探究的精神总是让达尔文哭笑不得，即何为显著、何为隐秘的问题？如何去解释？当原因如此繁复、差异如此强烈之时，什么样的解释可以产生一长串坚实的因果序列？达尔文探究的能量津津有味地来自他所遭遇的民间解释：这些解释频繁地将外在的能动性归因为他所理解的某些内在力量。他们跨越了安第斯山脉后又发生了一件奇妙的事情，彼时他们正身处高海拔地带，气压较低：

> 就在我们睡觉的地方，水终究由于降低了的大气气压而沸腾起来，温度也比在低海拔地区更低；此种情形同帕潘（Papin）的蒸锅原理相反。因而在沸腾的水中放了数小时之后，土豆几乎还是坚硬如故。锅整夜放在火上，早上再次煮到沸腾，然而土豆仍旧无法食用。我偶尔听到两个伙伴讨论其中的原由，因而发现了这个情况。他们已然得出了简单的结论："那个被诅咒的锅"（是口崭新的锅），"选择拒绝将土豆煮熟"。[16]

达尔文简要地讲述了他们"缺少土豆的早餐"；自由意志赋予了蒸锅以泛灵论，这让他感到好笑（但仅仅就在稍晚的时候，他将在自己的笔记中对牡蛎和水螅的自由意志感到惊奇，虽然对蒸锅的自由意志没怎么评价）。

身边的这些伙伴都是达尔文欣赏的能士，他依赖于他们关于该地域的专业知识。同他们生活在一起的经历扩大了他的想象力，想象如何解释我们所看到的现象。往昔必然是其中的一部分，未见之物必然亦在其间。每一天苏醒后都必须忍受这样的现实：需要技术上的知识，却并不足以解释。情感是最为基本的要素。多重性乃存活的条件；而阐释上若过于薄弱，结果自然难言丰硕。达尔文思忖着如何在明显所见之物同大批遥远的、往昔的、尚且未知的现象之间建构各种联结，人们需要将这些现象构成一个具有因果关系的论点。

旅行加上家庭生活给予了达尔文众多材料，供他思索意识的形态以及同进化史的联结，而这种思索本身便是对因果关系的调查。对于达尔文来说，意识的一种意义是我们如今称为"共情"（empathy）的特质（令人感到惊诧的是，这个词语直到20世纪早期才进入英语词汇之中，然后便和"同情"[sympathy]区分开来）。共情（*einfuhlung*）意味着栖居于他人的思维过程和经验之中；同情（*mitgefuhl*）则意味着与这些过程和经验合作共处，而且会趋向那种"怜悯"（pity）所意味的分隔状态。达尔文在笔记中多次讨论到自己孩子的行为与话语，其中他注意到1842年外出十天后回家时他们的反应：当时3岁的大儿子威廉颇为害羞，从父亲的凝视中"略微挪开自己的目光"；女儿安妮的反应则有些奇怪，继而达尔文做了如下概括：

> 像安妮这样才一岁大的幼儿便带着一种盯着人看的眼神，这让我总是感觉颇为奇异——好似老人们只是看着无生命的物体一般——我相信的确奇异，因为这些幼儿看不到一丝一痕的意识表象——他们并没有在想自己正在打量的那个人是否也在打量他们。[17]

此处达尔文提出的"心智的理论"就是凭知觉跨越不同的意识而建构知识的能力:"他想我们想她在想"——这是人类成熟过程的一个组成部分而产生的能力,因而幼儿身上会欠缺这一能力。(我们现在对自闭症患者的困境充满关切和关注,可以注意到,其中一个令人注目的特点便是他们解读他人的意识时会明显遇到困难。)而且,罗宾·布莱克本(Robin Blackburn)及其团队近来已提出,沿着这样的认知序列进入到第五级水平时,人类就开始区别于其他灵长类动物:"我期待你想象着她猜想他预测到他们这样想的。"

这种共情的能力要比推理能力发育得晚。达尔文此处坚持认为:1839年4月他观察了婴孩的推理过程,结果观测到婴儿期的威廉大约在14周大的时候试图将父亲的手指放入自己的嘴中:

> (他)把我的手指放入嘴中,由于自己的小手挡在其间,因此像往常一样无法把我的手放入嘴中。于是就将他自己的手抽回,然后把我的手指塞到嘴里。——这并非偶然为之,因而算是一种推理能力。——也许其中也含有一点本能。[18]

并非偶然为之,而是"一种推理能力",也许还带着本能的色调:达尔文一方面着迷于认识、意向与理性之间变动不居的疆界——这些整体上组成了我们普遍所称的意识的大部;另一方面又着迷于本能、反射反应和无意识。他不可能满足于这种分类当中所隐含的各种层次分明的等级。

早先我提到过观测、实验、共情三者在达尔文众多论辩方法中的密切关联。在后来的作品尤其是《人类的由来》中,他竭力想在**他人**观测结果的基础上进一步展开论证。逸事法便是他广泛收集众多通信者所提供的例子——达尔文本人也是首次接触其中的众多通信者;后来罗马尼斯的作品遵从了达尔文的一些方法,而逸事法成为罗马尼斯作品的魅力和技巧所在。从罗马尼斯的一部分例子,以及尤其是达尔文的例子中,我们领悟到的关于维多利亚时期社会的组织和行为标准要比动物的组织多,此处共情成为拟人论。例如,罗马尼斯的一位名唤"韦斯特寇恩比(Westlecombe)先生"的通信者就给他提供了如下这则可怕的故事:

> 我的猫产下了小猫咪,两只存活了下来,其他都淹死了。我的狗虽然容忍这两只猫咪的存在,但并没有出于友情关照一二。到了猫咪几周大之际,我发现只能送走其中一只,于是决定杀死另一只,而最为快捷的死亡方式就是用手枪抵到那只猫咪的头后方射杀它。那只狗目睹了我在花园里的动作,于是几分钟过后,她嘴里叼着另一只猫咪的尸体出现在我的面前,狗杀死了另一只。如果那算不上推理的话,我真的不清楚什么才是。[19]

这是韦斯特寇恩比先生原本的自述,而罗马尼斯未加反驳或铺陈。

达尔文有时候也会陷入同样的习惯——罗马尼斯引人注目地引用过《人类的由来》中达尔文对朗斯代尔

（Lonsdale）先生的引述。下段是达尔文转述的两只蜗牛的故事：

> 隆恩斯代尔先生作为精确的观察者告诉了我这样的故事：他将一对罗马蜗牛放入贫瘠的小花园里，其中一只甚是体弱。稍后不久，那只强健的蜗牛消失了，它的黏液行踪暴露出它翻墙进入了相邻的物种丰富的花园之中。隆恩斯代尔先生断定它已经抛弃了病弱的伙伴，但过了24小时后这只蜗牛又回来了，显然也将其成功探险的成果告诉了同伴，两只蜗牛随后就沿着和先前相同的轨迹离开了这边的花园，越墙消失而去了。[20]

此处我们看到了探求、背叛、重续、回归以及大团圆的结局！达尔文引用这个例子在于展示："这些动物看起来也在某种程度上培养了长期深厚的感情"，而他并不仅仅只是指向粘黏的踪迹。这当然是个彰显人类具有讲故事能力的案例，同时也体现了人类相信所讲的故事。（罗马尼斯甚至在解读的层面上提出了不同的看法：认为它其实展现了回归家庭住处的能力，这需要动物跨越24小时之后仍具有某种形式的记忆，以及需要动物彼此之间有一定程度的"众多无脊椎动物所具有的"交流能力——达到表达"随我来"的层次。）即便在我们为此故事及其意味大笑之时，有一点很清楚：我们中很少有人了解蜗牛的记忆能力，也很少有人知晓蜗牛也许拥有某种超越人类感知的器官。

达尔文对观察和解读之道颇感焦虑，尤其是来自他人的观察和解读。他害怕失去私下作为经验主义根基的直接观测。批评者曾质疑他的例子,而《人类的由来》第2版则对此类批评做了大量反驳。例如,在某一页上达尔文引用的胡威立、任格尔(Rengger)、杜万瑟尔(Duvancel)、布雷姆(Brehm)等人所给的例证,均关乎猴子的母爱。布雷姆的例子事关一只狒狒,达尔文这样写道:

> 一只母狒狒心胸如此宽广,不仅收养了其他族群的幼猴,而且偷来了狗和猫的幼崽,并且一直将它们带在身边。然而,她的慈爱并未足以达到和这些收养的幼崽们分享食物的程度。对此布雷姆颇感惊讶,因为他养的猴子一般都将一切东西相当公平地分配给自己的后代。一只收养的猫咪挠了下这只母爱十足的狒狒,后者当然拥有良好的智性,因为她对猫咪的行为大感惊诧,于是立即查看了猫咪的脚部,然后不费多大力气地咬掉了它的爪子。[21]

说完这段惊人的插述之后,达尔文继续在同一段径自讲述了另一个例子。然而,在第2版当中,他在"咬掉了它的爪子"后面增补了一个注释(11),内容如下:

> 一位论者(《评论季刊》1871年7月,第72页)没有任何理由地批驳了布雷姆所述行为的可能性,以便说明我的著作缺少可信度。因此,看到近5周大的猫咪有着尖利的小爪子,我便自己尝试了一下,发现轻而易举地就能用牙齿咬住。

这位著名科学家以第一人称成为了母狒狒的替代者。达尔文**笨拙地模仿**她的动作，以证明自己的观点。他对后续动作语焉不详，想必满意于"咬住尖利的小爪子"，却不必一口咬掉。这一场景显得私密甚至充满柔情——"尖利的小爪子"。那只特别的猫咪、那个特别的男人都通过达尔文文本中的声音被召唤了出来，这个声音认真、果敢、得意扬扬，也许富有科学的味道，却也充满了**父母般的**情怀。

第一手实验有个进一步的功能：产生一种从人到猴的模仿，而非通常情况下从猴到人的类比。拟人论此处颠倒了过来。达尔文的实验进而促发读者去思考那个奇怪的身体意象：他在轻咬猫爪之时是否怀抱着猫咪？他是否选择了一只猫爪举到嘴边？并且轻而易举地宣告所有灵长类动物超越了身体层面的**相似性**。狒狒的"良好智性"（不仅仅是讽刺性的评估）和达尔文的良好智性相看齐，后者重演了一遍狒狒的行为，并思考她身为父母的烦躁。那位毫无经验的评论家被迫安分，他没能咬过猫爪，因而没有足够的智性。个人的体验和实践必是通往实证的路径。

19世纪40年代的达尔文私下同其年幼的孩子们在行为和话语上进行交流，预示了30年后其在《人类和动物的表情》一书中的众多论点。但在他1878年参与当时新办的心理学期刊《心智》（*Mind*）关于儿童成长的讨论之前，达尔文就已借助自己的进化理论，将37年前在其长子一岁时所记的日记融入对下述问题愈加充分的理解，即日记中那般观察如何同动物的行为具有相似性。

的确，如同赫胥黎在其1871年的文章《达尔文先生的批评者》（"Mr. Darwin's Critics"）中所意识到的那样，达尔文强调跨物种意识的诸种可能性,这对于他关于人类同其他动物(无论昆虫还是灵长类)具有共通性的论点至关重要。赫胥黎在那篇文章中宣称:

> 如同有证据证明其他人和我们一样具有情感和意志的能力,我们同样有很好的证据证明类人猿亦然。但是,假如我们发现自身拥有四种意识状态,而类人猿也拥有其中的三种,那么究竟存在何种原因剥夺了那第四种状态呢?如果它们拥有感知、情感和意志的能力,为何却被剥夺了(预知意义上的)思想呢?

达尔文自己的共情力使得他可以去欣赏蚯蚓的美学选择、兰花那富有欲望的探索,以及其他灵长类动物的愤怒。

19世纪60年代中期以后,达尔文的晚期著作同其早期笔记一样,讨论了大量**实例**,均成为产生其思想的基本推动力。尽管使用逸事与观察组成的方法会随之带来编故事和拟人论两方面的种种难点,但得以关注个体案例,而且这些案例构成了达尔文强调多样性和差异的基础。在他的理论中,有机体个体在种群研究之前承载着进化的潜质。观察和逸事这一方法出现在达尔文的作品中要比罗马尼斯中多,尤其典型地体现在《人类的由来》之中;这一方法得到的支持来自实验和亲手实践的经验主义。逸事承认观察者的解读者角色;它通过并不完善的自我注意力手段,试图进入他类意识形态里去。我一开始引用的那些明显对立的双重驱动力在此汇合:专注于细微的差异,以及意欲将大型系统中的一切事实加以归类。

因此，又该如何理解达尔文晚年写给子孙后代的自传中提到的那个著名论断呢：他的美学感官已然萎缩，令他丧失了早年间在诗歌、绘画、音乐中体验过的强烈的欢愉，如今仅仅保留下来的兴趣则是看风景和读小说——此处他还质疑了自己低等的文学趣味！当年在"比格尔号"上的时候，达尔文的家信就曾引用简·奥斯汀（彼时距离后者声名大噪时日尚久），现在到了老年他又重新转到小说上来。在家庭的日常生活中，妻子爱玛每天都给他朗读长篇小说：

> 我依旧保留了对美好景色的兴致，但它未能提供往昔所能给我的那般强烈的快乐。另一方面，长篇小说乃是想象力的产物，虽然这种想象力并不很高明。多年来它们之于我已是美妙的宽慰和欢愉，我时常感恩于所有的小说家。家人已给我朗读了一批数量惊人的长篇小说。只要情节过得去而且结尾不算悲惨，我就会喜欢——结尾不能悲惨这一点应该通过立法来加以防范。依我的趣味，第一流长篇小说里面得有个主角能让读者全心去爱，最好还是位绝美的佳人。*[22]

他认为长篇小说的想象力"并不很高明"；既然他的自传写在《米德尔马契》《丹尼尔·德隆达》这样的长篇小说之后，那么这个观点听起来就有些奇怪了。然而，尽管达尔文读过初版的《亚当·比德》，并在阅读书目的笔记中评价其"很棒"，但爱略特晚期的作品满是懊悔和不确定的结局，也许

---

* 本段引文参校毕黎译本（《达尔文回忆录》，商务印书馆2015年版）。

就无法达到达尔文后来对于"第一流"长篇小说的考查标准了。

前述逸事中的蜗牛有了大团圆的结局,然而达尔文的观察和思考多半一直较为悲伤,而且他一直敢于直面所见到的事实证据。他喜欢虚构,正如出于其他充分的理由他终生一直如此。虚构激发了双重意识、思想实验、怀疑主义之信仰以及共情,这四方面的能力同达尔文自身深层次的创造性产生共鸣。在他那里,严格的质疑同强烈的好奇心、对探索的渴望携手同行,甚至对周遭的**存在物**加以试验——面向他周边的一切,无论与他类似或相异:孩童、攀缘植物、蜗牛、狗、山脉、狒狒、花园、藤壶、作为动物的人类,以及承载了众多独特人类文化的人。

注 释

导 论

[1] Thomas S. Kuhn, *The Structure of Scientific Revolutions* (Chicago, 1962): 52.

[2] *The Cahier Rouge of Claude Bernard*, tr. H. H. Hoff *et al*. (Cambridge, Mass., 1967): 87.

[3] *Essays of George Eliot*, ed. Thomas Pinney (London, 1963): 44-5. 以下统一略为 Pinney。

[4] 如无特别备注，本书中《物种起源》的引用版本均为第1版（*On The Origin of Species By Means of Natural Selection, or the Preservation of Favoured Races In the Struggle for Life*, by Charles Darwin。达尔文是皇家、地质及林奈等众多学会的会员、院士，并写有《比格尔号航海记》[London, 1859]）。达尔文在1859—1878年间广泛修改了《物种起源》，这些变化都记录在茅斯·佩克汉姆珍贵的集注本中（Philadelphia, 1959），诚挚感谢佩克汉姆编注该书，所有后续引用格式统一为（佩克汉姆：页码）。本书中所引页码均出自"鹈鹕经典丛书"（Pelican Classics）版本，由约翰·巴罗（John Burrow）编纂并作前言（Harmondsworth, 1968），依据《物种起源》第1版所印。

[5] Barry Barnes, *Scientific Knowledge and Sociological Theory* (London, 1974): 166.

[6] 保罗·利科用普通的术语讨论了理论、语言与虚构之间的关系，见 *Interpretation Theory: Discourse and the Surplus of Meaning* (Fort Worth, Texas, 1976): 67。

> 正如马克斯·布莱克（Max Black）所言，借助想象性的理论模式来描述一个现实的领域，是一种以不同的方式看待事物的方法，手段是改变我们的语言以描述所调查的主题。这一语言的变化来自启发式虚构的构建，途径则是将这个启发式虚构的特征转化为现实本身。……通过这一借助启发式虚构的迂回，我们理解了事物之间的新联结。

[7] Jean-Baptiste Lamarck, *Philosophie zoologique* (Paris, 1809); J. B. Lamarck, *Histoire naturelle des animaux sans vertèbres* (1815-1833); Charles Lyell, *The Principles of Geology* (London, 1830-33); Charles Lyell, *The Antiquity of Man* (London, 1864); Robert Chambers, *Vestiges of the Natural History of Creation* (London, 1844). 达尔文的对手们对达尔文主义与进化论的一致性表示不满，比如，圣约翰·米瓦特在 *Man and Apes*（London, 1873）: 2 中如是评论赋予达尔文 "人气奖"的不公正性：

> 再次，适用于有机生命的进化论在宣扬这样一个观点，即动植物的各类新物种通过遗传式演替的纯粹自然进程来展示自身。该学说因 "达尔文主义" 这个术语被广泛论及。然而，这个学说本身要比达尔文先生老很多，而且很多信奉此学说的人都相信所谓真正的 "达尔文主义"（即相信自然选择下的物种起源）不过是粗鄙、完全站不住脚的假说而已。

[8] Jacques Barzun, *Darwin, Marx and Wagner* (New York, 1958); Stanley E. Hyman, *The Tangled Bank: Darwin, Marx, Frazer and Freud as Imaginative Writers* (New York, 1962); A. Dwight Culler, 'The Darwinian Revolution and Literary Form', in *The Art of Victorian Prose*, ed. George Levine (London, 1968): 224-6.

[9] "有些人或许从未听说过达尔文的作品，甚至没听过他的名字，但尽管如此，他们都生活在达尔文所创造的氛围当中，且感受到他的影响。" Francesco De Sanctis, 'Darwinism in Art', 1883, in F. De Sanctis, *Saggi Critici* (Bari, 1953): 3: 355-67.

[10] Richard Ohmann, 'Prolegomena to the Analysis of Prose Style', in *Style in Prose Fiction, English Institute Essays*, ed. H. Martin (New York, 1959): 23. 亦可见 Wolfgang Iser, *The Act of Reading: A Theory of Aesthetic Response* (London, 1978)。

[11] 关于此论题的进一步分析，参见第1章。

[12] 关于莱伊尔的所有卷册与页码均出自 *The Principles of Geology* 第1版（London, 1830-3）。

[13] 1970年，弗朗西斯·克里克（Francis Crick）将分子生物学所存留的问题具体确认为：

> 对DNA的复制及分解过程的细致理解；染色体的结构，核酸类序列的意义——这些序列不仅表达了基因编码，而且被用作某类终止、开启或控制性的机制；DNA中重复序列的重大作用，等等。（*Nature*, 280:[1970]: 615）

[14] Michel Serres, *Feux et signaux de brume: Zola* (Paris, 1975).

[15] 见1859年12月12日达尔文致莱伊尔的书信,出自 *Life and Letters of Charles Darwin*, ed. Francis Darwin (London, 1887): 2:37。

[16] John Ruskin, *Love's Meinie* (Keston, Kent, 1873): 59.

[17] *The George Eliot Letters*, ed. Gordon Haight (London, 1956): 2: 109-10. 在119号笔记本中,达尔文记录了自己1840年对"部分《一千零一夜》"的阅读。

[18] *The Descent of Man, and Selection in Relation to Sex*, 2 vols. (London, 1870-1).

[19] Benjamin Disraeli, *Tancred* (London, 1847).

[20] Sigmund Freud, *The Standard Edition of the Complete Psychological Works*, ed. James Strachey (London, 1953-6): 17:140-1.

[21] 同上书,17: 143.

[22] 1854年达尔文首次记录阅读了孔德: Notebook 128: 11 March 1854: 'Philosophies Positive. G. Lewes'(G. H. Lewes, *Comte's Philosophy of the Sciences* [London, 1853]),并评论其"奇特"。达尔文早在1838年9月的笔记本中就曾提及孔德。(见Howard E. Gruber and Paul H. Barrett, *Darwin on Man: A Psychological Study of Scientific Creativity together with Darwin's Early and Unpublished Notebooks* (London, 1974): 291-2(以下统一为"格鲁伯与巴雷特"[Gruber and Barrett])。布鲁斯特(Brewster)在 *Edinburgh Review*, 67 (1838) 上对孔德的《实证哲学教程》(*Cours de Philosophie Positive*)(Paris, 1830-5)加以评论,达尔文阅读后的感想见其笔记本M、N、OUN。M号笔记本的65—8页散佚,包含了对该评论的笔记内容。孔德首次于1853年由哈丽雅特·马蒂诺英译出简写本。令人惊讶的是,尽管达尔文这部译作问世后读过大半,却未在笔记中加以记录。英文全译本直到19世纪70年代才出现——*System of Positive Policy*, tr. J. H. Bridges, F. Harrison, E. S. Beesly, R. Congreve *et al*. (London, 1875-7)。达尔文1838年对孔德的引证与三个连续的知识状态相关:"神学或虚构的状态、形而上或抽象的状态以及科学或实证的状态"。达尔文评论道:"从我们的因果论观念出发,变化随时可以提供一个原由……结果,野蛮人便将雷电考虑为上帝的直接意志(……进而在孔德先生看来每个国家就产生了科学的**神学**时代)。"关于达尔文对孔德态度的转变,全面的记述见Silvan Schweber, 'The Origin of the Origin Revisited', *Journal of the History of Biology*, 10 (1977): 229-316; 尤见241-64。

[23] Thomas Henry Huxley, *Science and Hebrew Tradition* (London, 1893): 75-6. "进化论讲座"始自1876年。埃里克·沃格林(Eric Voegelin)在 *From Enlightenment to Revolution* (Durham, N. C., 1975)中讨论了"权威性的当下"和"末世(eschaton)的迫近化"两个后浪漫主义文化的代表性概念。

[24] 赫伯特·斯宾塞乃19世纪50年代英国的另一位进化论大家。在《第一原理》(*First Principles*)的"序言"中,他强调自己的进化理论独立于且先于达尔文。1852—1854年间斯宾塞撰写关于"发展假说"("The Development Hypothesis")的文章,并在1857年《论进步:其法则及原由》("Progress: Its Law and Cause")一文中使用了"进化"这一术语,而当时包括达尔文在内的大多数自然史家都倾向于使用"转化""变态""变异"这些术语。斯宾塞擅长于将一个研究领域同另一个研究领域进行有力地置换和联结。他并非实验科学家,受到广泛攻击的最主要原因在于其考察的众多领域都缺少第一手经验数据,包括心理学、社会学和人类学。关于最近对其学说的评价,见Robert L. Carneiro, 'Structure, Function, and Equilibrium in the Evolutionism of Herbert Spencer', *Journal of Anthropological Research*, 29 (1973): 77-95,以及Derek Freeman, 'The Evolutionary Theories of Charles Darwin and Herbert Spencer', *Current Anthropology*, 15 (1974): 211-37,这篇文章及同期15篇评论讨论了达尔文的"社会进化论"观点这一问题。

[25] Samuel Butler, *Life and Habit* (London, 1878), *Evolution, Old and New* (1879), *Unconscious Memory* (1880), *Luck, or Cunning* (1887).

[26] 见如Charles Gillespie, *Genesis and Geology: The Impact of Scientific Discoveries upon Religious Beliefs in the Decades before Darwin* (Cambridge, Mass., 1951); *Forerunners of Darwin*, eds. B. Glass, O. Temkin and William Straus (Baltimore, 1959)。

[27] Georges Canguilhem, 'Du développement à l'évolution au xix siècle' in Thalès (*Recueil des Travaux de l'Institut d'Histoire des Sciences et des Techniques de l'Université de Paris*) (Paris, 1962); Gavin de Beer, *Streams of Culture* (London, 1969); Peter J. Bowler, 'The Changing Meaning of Evolution', *Journal of the History of Ideas*, 36 (1975): 95-114; Steven J. Gould, 'Darwin's Dilemma', *Natural History*, 183 (1974): 16-22; William Coleman, *Form and Function in Nineteenth Century Biology* (Cambridge, 1977).

[28] Laurence Sterne, *The Life and Opinions of Tristram Shandy, Gentleman* (London, 1759-67): 5:3.

[29] Northrop Frye, *Fables of Identity, Studies in Poetic Mythology* (New York, 1963): 9. 哈罗德·布鲁姆(Harold Bloom)在《影响的焦虑》(*The Anxiety of Influence*, New Haven, 1973)中选择亲属关系的隐喻,有效地借用了它的进化论概念来描述作家及其前辈的关系。

[30] Paracelsus, *Selected Writings*, ed. Jolande Jacobi (London, 1951): 95. 初版于1530年。

[31] *The Works of George Herbert*, ed. F. E. Hutchinson (Oxford, 1953): 90.

[32] 见 Geoffrey White, Joseph Juhasz and Peter Wilson, 'Is man no more than this?', *Journal of the History of the Behavioural Sciences*, 9 (1973): 203-12。

[33] George Henry Lewes, 'Mr. Darwin's Hypotheses', in the *Fortnightly Review*, 16 (1868): 353.

[34] 达尔文记录自己在1860年5月13日阅读了《自助》,并评价其"相当不错"(笔记本,128)。

[35] 见 Walter F. Cannon, 'Darwin's Vision in *The Origin of Species*', in *The Art of Victorian Prose*, ed. George Levine (London, 1968): 154-76。

[36] *Journals and Papers*, ed. H. House, 由 G. Storey 搜齐 (London, 1959): 120.

[37] *Zoological Philosophy* (Paris, 1809) tr. Hugh Elliot (tr. first pub. London, 1914, reprinted New York, 1963): 119-20.

[38] Florence Hardy, *The Early Years of Thomas Hardy* (London, 1925): 213.

[39] Joseph Conrad, *Victory* (London, 1948): 196.

第1章

[1] Gavin de Beer, *Charles Darwin and Thomas Henry Huxley Autobiographies* (London, 1974), 'An Autobiographical Fragment, Written in 1838': 5. 以下统一为《自传》(*Autobiography*)。

[2] *Evolution by Natural Selection: Darwin and Wallace*, foreword by G. de Beer (Cambridge, 1958). 包含达尔文1842年的《札记》(*Sketch*)和1844年的《随笔》(*Essay*)。那本"大著作"乃是达尔文从未完成的主要作品,因写作《物种起源》而搁置。见 Charles Darwin's *Natural Selection, being the second part of his big species book written from 1856 to 1858*, Robert Stauffer 依据草稿所编(Cambridge, 1975)。这些笔记的文本或关于它们的主要讨论,见 Gruber and Barrett (*Darwin on Man*, p. 263); Gavin de Beer, ed. 'Darwin's Notebooks on Transmutation of Species', *Bulletin of the British Museum (Natural History) Historical Series* 2 (1960-1) and 3 (1967); Silvan Schweber, 'The Origin of *The Origin* Revisited', *Journal of the History of Biology*, 10 (1977): 229-316; David Kohn, 'Theoriesto Work By: Rejected Theories, Reproduction, and Darwin's Path to Natural Selection', *Studies in the History of Biology*, 4 (1980): 67-170; Sandra Herbert, 'The Place of Man in the Development of Darwin's Theory of Transmutation: Part I. To July 1837', *Journal of the History of Biology*, 7(1974): 217-58, and 'The Red Notebook of Charles Darwin', *Bulletin of the British Museum (Natural History) Historical Series* 7 (1980)。达尔文的笔记本与阅读书目见现存于剑桥大学图书馆的"达尔文文库"(the Darwin Papers),感谢剑桥大学图书馆惠允使用。

[3] *Autobiography*, 23, 34, 83-4.

[4] Donald Fleming, 'Charles Darwin, the Anaesthetic Man', *Victorian Studies*, 4 (1961): 291-336; John Angus Campbell, 'Nature, Religion and Emotional Response: A Reconsideration of Darwin's Affective Decline', *Victorian Studies*, 18 (1974): 159-74. 约翰·巴罗总体而言属于对达尔文最具深刻见解的评论家,但连他也在给《物种起源》所写的"前言"(Harmondsworth, 1968)中评论道:"他对文字喜欢不到哪里去,对文学少有感情,至少中年之前都是如此。中年之际他主要喜欢轻松欢快的小说,唯一的要求就是女主人公要漂亮且结局幸福。"(12)接着又说,"很可能他不会认同同时代乔治·爱略特的作品,就像后者也不认可《物种起源》一样"。本书从根本上反驳了上述两个假设。这里足够作为证据的是,达尔文在《亚当·比德》(*Adam Bede*)问世时就读过它,并给出"极好的"评价,这在其书单中至为罕见(Notebook, 128)。

[5] 'Darwin's Reading and the Fictions of Development', in *The Darwinian Heritage*, ed. D. Kohn (Princeton, 1984). 关于达尔文对阅读心理学的看法可参此文。

[6] 见"达尔文的阅读"(注[5]):其中讨论了《冬日传奇》(*The Winter's Tale*)、蒙田的《论食人族》(*Of the Cannibals*)和托马斯·布朗爵士的《一位医生的信仰》(*Religio Medici*),提出它们对达尔文形成人工选择和自然选择的对立观起到了重要作用。该文详细研究了达尔文的阅读清单。

[7] 在"Theories to Work By: Rejected Theories, Reproduction and Darwin's Path to Natural Selection", *Studies in the History of Biology*, 4(1980):67-170中,大卫·科恩(David Kohn)提出的证据表明,达尔文当时"在9月28日至10月3日的6天内"阅读了马尔萨斯。关于进一步讨论马尔萨斯作品与达尔文作品之间的理论关联,参看 Peter Vorzimmer, 'Darwin, Malthus, and the Theory of Natural Selection', *Journal of the History of Ideas*, 30 (1969): 527-42; Robert M. Young, 'Malthus and the Evolutionists: The Common Context of Biological and Social Theory', *Past and Present*, 43 (1969): 109-41; Camille Limoges, *La Sélection naturelle* (Paris, 1970); Sandra Herbert, 'Darwin, Malthus, and Selection', *Journal of the History of Biology*, 4 (1971): 209-17; Peter J. Bowler, 'Malthus, Darwin and the Concept of Struggle', *Journal of the History of Ideas*, 30 (1969): 527-42; Dov Ospovat, 'Darwin after Malthus', *Journal of the History of Biology*, 12 (1979): 211-30。在《达尔文与马克思》('Darwin and Marx')一文中,瓦伦蒂诺·格拉塔纳(Valentino Gerratana)反对将马尔萨斯视为一个关键性的影响,格鲁伯亦持此论。

[8] Thomas Malthus, *An Essay on the Principle of Population* (London, 1826). (即达尔文所用的版本。)

[9] 引自 *Autobiography*, ed.cit.: 49. 回到英国后他继续阅读弥尔顿。例如，Notebook 119: 1840："3月13日，弥尔顿不为人熟知的诗篇和华兹华斯的第1卷。"爱德华·马尼尔（Edward Manier）研究了达尔文对华兹华斯的态度：Edward Manier, *The Young Darwin and his Cultural Circle* (Dordrecht, 1978) and Marilyn Gaull, 'From Wordsworth to Darwin', *The Wordsworth Circle*, 10 (1979): 33-48。

[10] John Milton, *Poetical Works*, ed. D. Bush (Oxford, 1966).

[11] 以下达尔文在第1版中的这段文字多少更加正式些："人们希望找到一种语言来表达自己的理念。"*Journal of Researches into the Geology and Natural History of the Various Countries Visited by H.M.S. Beagle, under the Command of Captain Fitzroy, R.N. From 1832 to 1836* (London, 1839): 591.

[12] 在讨论"演变"的笔记本B中，达尔文在树的图像和珊瑚的图像之间犹疑不定："有着组织结构的生物群相当于一棵树，**不规则地分支**之下一些分支进一步分叉——于是有了纲（Genera）。——许多的顶芽死亡，新的生长出来"（B：22）；"生命树也许应该被称为生命的珊瑚，树枝的底部已死亡，结果无法看见'通道'"（B：25）。珊瑚更好地再现了早期生命类型绝对性的崩溃进程，且无从追溯，但树代表了生长和多样化的过程中生命类型的能量。

[13] 比较爱德华·马尼尔，见 *The Young Darwin and his Cultural Circle* (Dordrecht, 1978) 和 'Darwin's Language and Logic', *Studies in History and Philosophy of Science*, 11 (1980): 305-23。

[14] 达尔文对其作品所产生的争议作出了反馈，相关讨论见 Peter J. Vorzimmer, *Charles Darwin: The Years of Controversy: The Origin of Species and its Critics 1859-1882* (Philadelphia, 1970); Michael Ghiselin, *The Triumph of the Darwinian Method* (Berkeley, 1969)。关于《物种起源》接受情况极有价值的描述，见 Alvar Ellegård, *Darwin and the General Reader. The Reception of Darwin's Theory of Evolution in the British Periodical Press, 1859-1872* (Göteborg, 1958)。

[15] Pinney: 287-8.

[16] Francis Darwin, "Reminiscences of My Father's Everyday Life", in *The Auto-biography of Charles Darwin* (reprinted New York, 1958): 106. 初版于1892年。

[17] *Autobiography*: 51-2.

[18] 见 Neil Gillespie, *Charles Darwin and the Problem of Creation* (Chicago, 1979)。

[19] 'Cause and Effect in Biology', in *Cause and Effect*, ed. D. Lerner (New York, 1965); Ernst Mayr, *Evolution and the Diversity of Life* (Cambridge, Mass., 1976); Francisco Ayala, 'Teleological Explanations in Evolutionary

Biology', *Philosophy of Science*, 37 (1970): 1-15; J. Hillis Miller, *The Disappearance of God* (Cambridge, Mass., 1963) and *The Form of Victorian Fiction* (Notre Dame,1968); Owen Chadwick, *Secularisation in the Nineteenth Century* (Cambridge,1975).

[20] David Hull, *Darwin and his Critics* (Cambridge, Mass., 1973): 118.

[21] 见 Martin Rudwick, 'Transposed Concepts from the Human Sciences in the Early Work of Charles Lyell', in *Images of the Earth*, eds. L. J. Jordanova and Roy Porter (British Society for the History of Science Monographs I) (Chalfont St Giles, 1979): 67-83: "莱伊尔采用了语言学解码的隐喻, 这很重要, 因为表明他如何能够摆脱沉闷的经验主义和对理论化方法的反感, 而后面这二者正是他长期所属的科学团体'伦敦地理学会'的基本特征"(71)。亦可见 Martin Rudwick, 'The Strategy of Lyell's *Principles of Geology*', *Isis*, 61 (1970): 5-33。

[22] Gérard Goette, *Narrative Discourse*, tr. J. Lewin (Oxford, 1980) 最富启发性地探讨了这些问题。

[23] 见 Gina Politi, *The Novel and Its Presuppositions* (Amsterdam, 1977); George Levine, 'Determinism and Responsibility in the Works of George Eliot', *PMLA* (1962): 268-79; Barbara Hardy, *The Appropriate Form* (London, 1964), 特别是论《简·爱》的专章。

[24] Christopher Heywood, 'French and American Sources of Victorian Realism' in *Comparative Criticism: A Yearbook*, ed. Elinor Shaffer, Vol. I (Cambridge, 1979).

[25] 虽然我们认为进化可分为天文的、地质的、生物的、心理的、社会的等众多方面, 但在某种程度上似乎是一种巧合, 即同样的变态定律贯穿所有这些方面。但当我们认识到这些划分仅仅是传统的分组, 以促进知识的安排和获取时——当我们把它们(与每个部分各自相关)的不同存在视为宇宙的组成部分时, 我们立刻看到它们不是几种具有共同特征的进化, 而是一种以相同方式到处进行的进化 (*First Principles*, London, 1862: 545)。

[26] *The Correspondence of Thomas Carlyle and Ralph Waldo Emerson*, ed. C. E. Norton (Boston and New York, 1883-4): 2:388.

[27] 引自雷蒙·威廉斯(Raymond Williams)对戈德曼的纪念文章: *New Left Review*, 67 (1971): 12。

[28] Michel Foucault, *Les Mots et les choses* (Paris, 1966). 英译名 *The Order of Things* (London, 1970), 该书乃后来很多讨论"知识论"(epistemes)思路的催化剂; 而福柯(Foucault)的作品也是本书及此类研究之必要的先决条件。

[29] 引自 Georges Poulet, *La Conscience Critique* (Paris, 1971): 248。

第2章

[1] William Wordsworth, *The Poetical Works*, eds. E. de Selincourt and Helen Darbishire (Oxford, 1949): 5:5.

[2] Georges Canguilhem, 'The Role of Analogies and Models in Scientific Discovery', in *Scientific Change*, ed. A. C. Crombie (London, 1963): 507-20. 克洛德·贝尔纳指出从结构推断功能是错误的：*Leçons de physiologie expérimentale appliquée à la médecine* (Paris, 1856): 2: 6。可参考 Mary Hesse, *The Structure of Scientific Inference* (London, 1974): 209。

[3] Charles Bell, *The Hand, Its Mechanism and Vital Endowments as Evincing Design* (Bridgewater Treatises 4) (London, 1833): 33. 达尔文欣赏贝尔的作品，在笔记本与《人类和动物的表情》中借鉴了贝尔的《纯艺术相关表情的解剖学与哲学》(*The Anatomy and Philosophy of Expression as Connected with the Fine Arts*, London, 1844)，1806年初版时书名为《绘画中表情解剖学文集》(*Essays on the Anatomy of Expression in Painting*)。达尔文同样在《物种起源》中借鉴了贝尔对于形态学的讨论。

[4] John Ruskin, *Modern Painters*, 3: 209："就最高的创造性而言，报春花永远不过存在于其自身而已——无论周围簇拥着什么样的、多少的联想和激情，它仅仅是一朵小花，人们依据其非常朴素和叶状的事实来理解它。" *The Works of John Ruskin*, eds. E. T. Cook and A. Wedderburn (London, 1904): 5: 209.

[5] 达尔文讨论演变的笔记本B—E发表在 *Bulletin of the British Museum (Natural History) Historical Series* (2) (1960): 23-183, ed. G. de Beer；达尔文删除的几页内容则发表在 *Bulletin of the British Museum (Natural History) Historical Series* (3) (1967): 129-76. 讨论"人、心智和唯物主义"的笔记本以及达尔文标记为"关乎道德意义和一些形而上学的观点的废旧笔记,写于1837年及更早"的内容混杂的笔记由保罗·巴雷特收集并注解，收入 *Darwin on Man*, Howard E. Gruber and Paul H. Barrett (London, 1974)。亦可见 'The Red Notebook of Charles Darwin', ed. Sandra Herbert, *Bulletin of the British Museum (Natural History) Historical Series* (7) (1980). 达尔文的"阅读笔记"现已整理为一个"附录"，见 *The Correspondence of Charles Darwin*, eds. Frederick Burkhardt and Sydney Smith 卷4 (Cambridge, 1988): 434-573。

[6] David Hull, *Darwin and His Critics* (Cambridge, Mass., 1973) and Peter J. Vorzimmer, *Charles Darwin: The Years of Controversy. The Origin of Species and its Critics 1859-1882* (Philadelphia, 1970); P. B. Medawar, *Induction and Intuition in Scientific Thought* (London, 1969). 对达尔文归纳法程序的辩护见 John Stuart Mill, *System of Logic*, *Works*, ed. F. E. L. Priestley (Toronto, 1963-): 2:19, note. 达尔文在1860年给莱伊尔的信中写道："如果没有理

论的创造,我确信就不会有科学上的观察。"见 *Life and Letters of Charles Darwin*, ed. F. Darwin (London, 1887): 2: 315。

[7] Peckham, *Victorian Studies*, 3 (1956): 19-40, 收入 *The Triumph of Romanticism* (Columbia, S. Carolina, 1970)。

[8] 达尔文在1842年和1844年撰写了他的理论概述: *Evolution by Natural Selection: Darwin and Wallace* (Cambridge, 1958)。当他撰写同一主题的巨著进行到一半时,听说华莱士得出了与其相似的结论: *Charles Darwin's Natural Selection, Being the Second Part of His Big Species Book Written from 1856 to 1858* (Cambridge, 1975)。1858年,他和华莱士向林奈学会(the Linnaean Society)联手提交了二人各自的论文。《物种起源》写作历时13个月,于1859年11月出版。达尔文把它看成一个摘要:"我在这里只能给出已经得出的一般性结论,并用一些事实加以证明。"

[9] 见 Neil Gillespie, *Charles Darwin and the Problem of Creation* (Chicago, 1979)。吉莱斯皮(Gillespie)通过分析达尔文的神创论语言有力地证明了后者的有神论。亦可见 Pierre Macherey, *Pour une théorie de la production littéraire* (Paris, 1966) 或 *A Theory of Literary Production*, tr. G. Wall (London, 1978)。马舍雷颇有争议地用生产代替创造,并探讨了许多与达尔文相同的难点,但并未明显地认可其与达尔文之间的关联;马克思对二者概念进行了调解。

[10] 达尔文指出,语言的分类必然具有系谱学特征。到19世纪70年代,进化论者对语言发展的解读已是流行的观点。见 *Contemporary Review*, vols. 25, 26, 27 (1875) 中关于缪勒与乔治·达尔文争议的讨论,尤其 W. D. 惠特尼(W. D. Whitney)在《语言是制度吗?》("Are Languages Institutions?")一文中论述道:"人们普遍认为,世界上到处都是相关的方言语族,而由语言构成的语族,无论从个人或种族意义上说,均由一个单一祖先分散和分化而来"(25: 713-14),以及 A. H. Joyce, 'The Jellyfish Theory of Language', 27: 713-23。比较达尔文的表亲亨斯莱·韦奇伍德(Hensleigh Wedgwood)的 *The Origin of Language* (London, 1866) 和 *Dictionary of English Etymology* (London, 1859-67)。韦奇伍德认为:"语言自然的起源"具有模仿特性,这便"解释了在最遥远的语言中偶尔发现的那些惊人的巧合,而不必考虑常见的语言形式是否为同一祖先残留的遗迹这一问题"。亦可见 Edward Manier, *The Young Darwin and His Cultural Circle* (Dordrecht, 1978)。关于语言发展和达尔文式进化论主张之间的类比的相关讨论,见下文边码112—114。另一部探讨了人文主义、语言和科学之间关联性的作品则是 Jacques Derrida, *Of Grammatology*, tr. G. Spivak (Baltimore, 1974):文字学(grammatology)"不应该只是人类的科学之一,因为它首先提出了人类的名字(the name of man)这一问题,也是其最具特色的问题"(83)。尤见"起源(处)的增补"

("The Supplement of [at] the Origin")(313-16)。

[11] Hayden White, 'The Fictions of Factual Representation' in *The Literature of Fact*, ed. A. Fletcher (New York, 1976): 21-44. 海登·怀特（Hayden White）提出达尔文基本上是个经验主义者，但无意中背叛了经验主义，落入隐喻之手，这种观点导致他歪曲了达尔文对待类比的态度。怀特评论道："达尔文一遍又一遍地说，类比总是一个骗人的向导。"（38）达尔文并没有这样做，他反对依赖类比，但把它作为一种论争的工具，恰恰是因为它对他的共同传衍**理论**至关重要：

> 类比会让我更进一步，即相信所有的动植物均源自某一个原型。但类比也许只是一个骗人的向导。然而，所有的生物都有很多共同点……因此，我应该从类比中推断出，地球上所有存活过的生物极有可能传衍自某一种原始的形态。（455）

[12] 伊丽莎白·斯威尔（Elizabeth Sewell）在 *The Orphic Voice: Poetry and Natural History* (London, 1961) 中将达尔文视作"半个培根，被事实和机械学所催眠的那一半"（25）。她认为赫胥黎提出的"无生命物质胚胎学意义上的遗传起源，美妙地回归到培根式的生殖比喻上，在很大程度上不符合达尔文的观念"（440）。事实上，生殖和胚胎学对达尔文自然的诗学至关重要。培根式的科学与语言同达尔文式的二者真正的对比在于它们与权力间的不同关系。对培根而言，命名和知识是："人类对主权和权力的恢复和再投资……人类在最初的创造状态中曾拥有过它们"。而对达尔文来说，"最初状态"是由简单的生物所代表；它远远早于命名，且没有返回的可能。此外，他总是强调人类机能的不足。

[13] 最近关于达尔文主义与社会达尔文主义二者关系的代表性讨论，见 Robert M. Young, 'The Historiographic and Ideological Contexts of the Nineteenth-century Debate on Man's Place in Nature', in *Changing Perspectives in the History of Science*, eds. M. Teich and R. M. Young (London, 1973): 344-438; David Freeman, 'The Evolutionary Theories of Charles Darwin and Herbert Spencer', *Current Anthropology* 15(1974): 211-37（以及大量评论文章）; John Greene, 'Darwin as a Social Evolutionist', *Journal of the History of Biology* 10 (1977): 1-27; 'Darwin and Social Darwinism: Purity and History' in *Natural Order: Historical Studies of Scientific Culture*, eds. B. Barnes and S. Shapin (Beverly Hills and London,1979): 125-42。亦可见 John Durant, 'The Meaning of Evolution: post-Darwinian Debates on the Significance for Man of the Theory of Evolution, 1858-1908', Ph.D. dissertation, University of Cambridge,1978; Greta Jones, *Social Darwinism and English Thought: the Interaction between Biological and Social Theory*

(Brighton, 1980)。

[14] Marx-Engels, *Werke*, 39 vols. in 41 (Berlin, 1960-8): 29:524; 30: 131.

[15] 瓦伦蒂诺·格拉塔纳在 'Marx and Darwin', *New Left Review*, 82 (1973): 60-82中很好地阐述了马克思与达尔文的关系。格拉塔纳低估了达尔文阅读的意义，但很好地证明了达尔文在多大程度上偏离了马尔萨斯的社会理论。关于马克思将《资本论》献给达尔文这一传统说法的反方证据，见Margaret Fay, 'Did Marx Offer to Dedicate *Capital* to Darwin?', *Journal of the History of Ideas*, 39 (1978): 133-46; Lewis S. Feuer, 'The Case of the "Darwin-Marx" Letter: A Study in Socio-Literary Detection', *Encounter* (October, 1978): 62-78。

[16] *Selected Correspondence*, ed. S. W. Ryazanskaya (Moscow, 1965): 128.

[17] 根据达尔文藏书中删节版的约翰逊博士的词典，"斗争"（struggle）可能意味着"劳作、艰难行动、竭尽全力、抗争、竞争……在困难中劳作；处在焦虑或痛苦之中"。关于这一术语的讨论参见马尼尔（170）；亦可见B. G. Gale, 'Darwin and the Concept of a Struggle for Existence', *Isis*, 63 (1972): 321-44。

[18] *The Life and Letters of Charles Darwin*, ed. F. Darwin (London, 1887): 2:109; 2: 263-4; 1: 94.

[19] 无论是神学家还是科学家，早就将人类视作知识体系的核心，甚至在强调比较方法之时提出："难道没有必要考察动物的本质，比较它们的结构，研究整个动物王国，以便……抵达以人自身为目标的首要科学吗？" Buffon, *Histoire Naturelle* (London, 1834): 10: 115; "人必定是类型代表，因为他是全体个案范围中最完全的缩影", Auguste Comte, *The Positive Philosophy*, freely tr., Harriet Martineau (London, 1853): 1: 373. 费尔巴哈的观点更接近达尔文的观点："人之所以区别于大自然，他的这一区别就在于上帝。" *Essence of Christianity*, tr. George Eliot (London, 1854): 106。比较Marx, 'Theses on Feuerbach No. 11'（撰于1845年）in F. Engels, *Ludwig Feuerbach and the End of Classical German Philosophy* (London, 1888)。

[20] *Science of Language* (London, 1861): 1: 357. 格鲁伯的著作证明了达尔文持续地对心理学和人类学感兴趣。他对语言系统的兴趣从笔记本一直持续到《人类的由来》。他认为音乐出现在语言之前，并将其与传衍的第二大决定因素——性选择——联系起来。

[21] Jacques Derrida, 'Structure, Sign, and Play', in *The Languages of Criticism and the Sciences of Man*, eds. R. Macksey and E. Donato (Baltimore and London, 1970): 264.

[22] "意志在一定范畴内限定植物结构的变异，防止创造的秩序在引进不确定数目的中级生物类型后遭到扰乱；该意志显然在动机上同将发光的天

体带回原初轨道的力量一样,而回归轨道则发生在这些天体间的扰动所引发的周期变化结束之后。"查尔斯·道贝尼(Charles Daubeney),1856年英国科学促进会(B. A. A. S.)"主席致辞",出自 *Victorian Science*, eds. G. Basalla, W. Coleman and R. Kargon (Garden City, New York, 1970): 308。

[23] 'Instinct and Reason', *Contemporary Review* (1875): 773. 达尔文认为美是性选择的力量这一论点隐含了拟人论,约翰·莫雷(John Morley)在1871年3月20日、21日的《帕尔摩尔公报》(*Pall Mall Gazette*)上反对他的拟人论:

> 为什么我们只该在鸟类的审美特质恰巧符合我们自己的特质之时感知其美妙?……如果我们认为蜜蜂如此奇妙地建造了蜂巢,就应该归功于其具备六边形棱镜和菱形板的几何意识,那么将审美意识归属于阿格斯野鸡(Argus pheasant)将同蜜蜂的例子一样毫无实证性理由。(引自 *More Letters*, ed. F. Darwin, 1: 324-5,注释3)

[24] 达尔文看到了神化"自然选择"的危险:

> 关于神化"自然选择"再补充一句:赋予它如此多的分量并不会排除更加普遍的规律,即整个宇宙的有序化。我曾说过,"自然选择"之于有组织生物的结构,就像人类的建筑师之于建筑物一样。人类建筑师的存在表明了更普遍法则的存在。然而,人们在把建筑的光荣归于建筑师之时,却不认为有必要提及那些人类赖以生存的法则。(致莱伊尔,1860年6月17日,*More Letters*, 1: 154)

[25] 拉马克否定了大自然是"特殊实体"的概念,原因在于:这个概念包含了"自然即永恒的理念",因此与变化的概念相悖(*Zoological Philosophy*: 183)。孔德蔑视"将大自然视作神话般的人物"。罗伯特·波义耳(Robert Boyle)在《对被庸俗化接受的自然概念的自由探查》(*A Free Inquiry Into the Vulgarly Received Notion of Nature*)中为该术语进行了经典的辩护:*Works* (London, 1772): 5: 158-254。

[26] Howard E. Gruber, 'The Evolving Systems Approach to Creative Scientific Work: Charles Darwin's Early Thought', in *Scientific Discovery: Case Histories*, ed. T. Nickles (Reidel, 1980): 113-30; Ralph Colp, 'Charles Darwin's Vision of Organic Nature', *New York State Journal of Medicine*, 79 (1979): 1622-9.

[27] 有关更详细的讨论,参见第8章。

[28] 见 Dov Ospovat, 'Perfect Adaptation and Teleological Explanation: Approaches

to the Problem of the History of Life in the Mid-Nineteenth Century', in *Studies in the History of Biology*, 2 (1978): 33-56。

[29] *Popular Lectures on Scientific Subjects*, tr. E. Atkinson, intro. J. Tyndall (London, 1873): 269-70. 'A Case of Paranoia', in *The Standard Edition of the Complete Psychological Works of Sigmund Freud*, ed. J. Strachey (London, 1953-6): 17: 455-8. 在偏执狂身上，施莱伯（Schreber）博士认为世界已以灾难的方式走向终结；弗洛伊德引用了歌德的段落并评论道，"偏执狂再次……通过自己妄想的方式将它（即外部世界）建立起来"（457）。

第3章

[1] Matthew Arnold, *Letters to Arthur Hugh Clough*, ed. H. F. Lowry (London, 1932): 97.

[2] *More Letters*: 1: 176.《致贝茨的书信》（"To W. W. Bates"），1860年11月22日。

[3] *The Autobiography of Charles Darwin and Selected Letters*, edited by F. Darwin (New York, 1892, reprinted 1958): 101.

[4] 玛丽·赫斯在 *Models and Analogies in Science* (Notre Dame, Indiana, 1966) 中强调了科学隐喻的预测性功能："在隐喻的观点看来……既然从次要系统转移过来的术语再次描述了阐释项（explanandum）的领域，就可以预计最初的观察语言将在意义上发生改变，在词汇上得到延展，因此强有力的预测将成为可能。"（171）类比中的**叙事**元素对这一功能至关重要。参见后文边码74—78。

[5] David Lodge, *The Modes of Modern Writing: Metaphor, Metonymy, and the Typology of Modern Writing* (London, 1977) 对隐喻和转喻之间的关系作了透彻的讨论。

[6] 卡莱尔的作品出版时，达尔文均会第一时间阅读（笔记本119）：例如，1839年3月阅读《法国大革命》；1840年1月阅读《宪章运动》；1840年3月阅读《英雄崇拜》；1843年5月阅读《过去与现在》。后来，达尔文在《自传》中反对卡莱尔的傲慢和权威主义，可能源于他感觉卡莱尔的思想立场业已发生转变。

[7] Charles Kingsley, *Madam How and Lady Why* (London, 1870): 144.

[8] Claude Bernard, *Introduction à l'étude de la médecine expérimentale*, intro. François Dagognet (Paris 1966), 1865年首版。关于贝尔纳与小说相关性的讨论，参见笔者的 'Plot and the Analogy with Science in Later Nineteenth-Century Novelists', *Comparative Criticism*, ed. E. Shaffer, 2, (1980): 131-49。

[9] P. B. Medawar, *Induction and Intuition in Scientific Thought* (London, 1969): 101-11.

[10] A. O. Lovejoy, *The Great Chain of Being: A Study of the History of an Idea*

(Cambridge, Mass., 1936); Earl R. Wasserman, 'Metaphors for Poetry', in his *The Subtler Language* (Baltimore, 1959): 169-88, and his 'Nature Moralized: the Divine Analogy in the Eighteenth Century', *ELH*, 20 (1953): 39-76.

[11] William Paley, *Natural Theology* (Edinburgh, 1849): 11. 达尔文写道：帕莱的论证方法对他具有最大的教育价值（*Autobiography*: 32）。见 Dov Ospovat, *The Development of Darwin's Theory: Natural History, Natural Theology and Natural Selection, 1839-1859* (Cambridge, 1981). 遗憾的是，这本优秀著作问世太晚，令笔者在准备本研究和写作本书时无法从中获益。

[12] 塞缪尔·巴特勒在《乌有之乡》（*Erewhon*，1872）中发展了帕莱《机器之书》（"The Book of the Machines"）中关于手表的类比，后者乃是对达尔文学说最早的讽刺批评之一。难以置信的是，巴特勒后来声称已经完全忘却了帕莱，直到汤姆森（Thomson）的提醒使得他又回想起来。达尔文—巴特勒争议的相关讨论见 Basil Willey, *Darwin and Butler: Two Versions of Evolution* (London, 1960). 巴特勒对达尔文理论的反应具有创造性，但他后来专注于自己加诸达尔文身上的"抄袭"问题，这使得他的立场变得混乱起来，并在某种程度上受到了限制。

[13] London, 1736.

[14] T. H. Huxley, 'On the Physical Basis of Life', *Fortnightly Review*, N. S. 5 (1869): 129-45.

[15] 克拉克·麦克斯韦尔在其早期文章《大自然存在真正的类比吗？》（"Are there real analogies in Nature", 1854）中讨论了类比的形式："自然界的所有现象体现了运动的多样性，只能在复杂性上有所不同。"只有当自然界真正的类比不必经由心智所诱发产生之时，（他创造的新词）"自我去中心化"（Self-excenteration）才成为可能。见 M. Hesse, 'Maxwell's Logic of Analogy' in *The Structure of Scientific Inference* (London, 1974): 209n.; James Clerk Maxwell, 'On Faraday's Lines of Force' in *The Scientific Papers*, ed. W. D. Niven (Cambridge, 1890) 1: 155-229。

[16] *Natural Theology*: 132；参考 139-42。

[17] 关于对转化及其应用的持续误解，可参见罗斯金关于知更鸟羽毛的异常咄咄逼人的笑话，出自 *Love's Meinie* (Keston, Kent, 1873):

> 毫无疑问，在这个话题上达尔文式的理论表现为：鸟类的羽毛曾经像刷子的刚毛一样直立起来，只有通过不断的飞行才会被吹平……如果你将一把毛刷系在磨轮上，把手向前，以便总是朝同一个方向运动成为脖颈状。随着不断听到口哨声，经过一定数量的旋转后毛刷就会与哨子相爱；它们会结婚，下一个蛋，而这个产品就是一只夜莺。

[18] "在决定论理论中,意志被认为由外部的诱因和既成的习性所决定或影响而朝向一个特定的方向,因此自由的意识主要依赖于对我们选择的前因的遗忘。" William Thomson, *Oxford Essays* (1855).

[19] T. H. Huxley, 'Lectures on Evolution' in *Science and Hebrew Tradition* (London, 1893): 73. 其中一篇演讲作于1876年。

[20] 引自Frederic Jameson, *Marxism and Form* (Princeton, 1971): 128。

[21] Florence Hardy, *The Early Life of Thomas Hardy* (London, 1928): 219-20, 225.

[22] "它表达了一个简单的事实,而没有提及这一普遍行动的性质或原因。它提供了实证科学所许可的唯一解释,即某些不太为人所知的事实和其他更为人所知的事实之间的联系。""基本的假设理论",《实证哲学》,由哈丽雅特·马蒂诺翻译和提炼(London, 1853):1:182。

[23] *The Mill on the Floss*, ed. G. Haight (Oxford, 1980): 238.

[24] Max Black, *Models and Metaphors* (Ithaca, New York, 1962); Georges Canguilhem, *Etudes d'histoire et de philosophie des sciences* (Paris, 1968); Mary Hesse, *Models and Analogies in Science* (Notre Dame, Indiana, 1966), *The Structure of Scientific Inference* (London, 1974); Donald Schon, *Invention and the Evolution of Ideas* (London, 1967).

[25] 见Ricoeur, chapter 1, note 6。

[26] Michael Polanyi, 'Life's Irreducible Structure', in *Topics in the Philosophy of Biology*, eds. M. Grene and E. Mendelsohn (Dordrecht, 1976): 128-42.

[27] Paul K. Feyerabend, 'Problems of Empiricism: Part II', in *The Nature and Function of Scientific Theories*, ed. R. Kolodny (Pittsburgh, 1970): 275-353. 亦可见费耶阿本德的 *Against Method* (London, 1975)。

[28] Hesse, *Models and Analogies*: 168-70, 176-7.

[29] 'Of the Transformation of Hypotheses in the History of Science', *Transactions of the Cambridge Philosophical Society*, 9 (1851): 139-47. 胡威立的 *History of the Inductive Sciences* (London, 1837) 影响了达尔文的早期思想。见 Michael Ruse, 'Darwin's Debt to Philosophy: An Examination of the Influence of the Philosophical Ideas of John F. W. Herschel and William Whewell on the Development of Charles Darwin's Theory of Evolution', *Studies in the History and Philosophy of Science*, 6 (1975): 154-81。

[30] *The Structure of Scientific Inference* (London, 1974): 209n.

[31] "物种一词的本质。"比较康德在《纯粹理性批判》中对柏拉图的阐述:

> 柏拉图看到了理念起源的确证……没有任何一种生物在其存在的个体状况下,与同类生物的最完美的理念达成完美的和谐——就如同人类与人性的理念和谐度一样少,尽管人类还是将人性放置

在灵魂中作为其行动的原型标准。即便如此，这些理念在最高意义上受到个体的、不可改变的和彻底的决定，亦是事物的原初起因。（Immanuel Kant, *Critique of Pure Reason*, tr. J. M. D. Meiklejohn, London, 1930: 223.）

[32] Jean-Louis Lamarck, *Zoological Philosophy*, tr. H. Elliott (New York, 1914, repr. 1963)，初版于1809年。格雷戈里·贝特森（Gregory Bateson）在 *Mind and Nature* (London, 1980) 中提出了一个同认识论和进化论相关的论点。

[33] Robert Chambers, *Vestiges of the Natural History of Creation* (London, 1844).

第4章

[1] T. H. Huxley, *Man's Place in Nature, and Other Anthropological Essays* (London, 1894): 81-2. 最初以文章的形式发表于1863年1月。

[2] 关于这些问题的卓越描述，见William Coleman, *Biology in the Nineteenth Century: Problems of Form, Function, and Transformation* (Cambridge, 1977) 和 Stephen Jay Gould, *Ontogeny and Phylogeny* (Cambridge, Mass., 1977)。关于进化论的个体发生版本，见D'Arcy Thompson, *On Growth and Form* (Cambridge, 1917)。

[3] Alvan Ellegård, *Darwin and the General Reader: The Reception of Darwin's Theory of Evolution in the British Periodical Press, 1859-1872* (Göthenburg 1958): 239; 240.

[4] Charles Kingsley, *The Water Babies* (London, 1863): 86. 页码参考了1888年版本。

[5] Ernst Haeckel, *The Evolution of Man*, 2 vols. (London 1879). August Weismann, *Studies in the Theory of Descent*, ed. R. Meldola, C. Darwin作序（London, 1882）。古尔德指出：冯·拜耳对两方面的进化论讨论产生了影响：一是多元化，二是发展中从简单到复杂的运动；拜耳不赞同（个体发生中的祖型）重演论。钱伯斯和斯宾塞都借鉴了冯·拜耳。斯宾塞描述了他在1852年对拜耳的发现："每一种植物和动物，最初都是同质的，但逐渐变得异质；这一说法给我们建立了累进的相协调的思想过程，这些思想之前从未得以组织起来。" *First Principles* (London, 1881): 337. 在 *Principles of Biology* (London, 1886): 141-2（写于1863—1867年）中，斯宾塞认为冯·拜耳的作品绝非"已然获得广泛流传之物的错误表象……每个更高等生物在其成长过程中都经历了数个阶段，其间它类似于低等生物的成体类型"。

[6] William Wordsworth, *The Prelude, or, Growth of a Poet's Mind*, ed. E. de Selincourt (Oxford, 1926): 56.

[7] Virginia Woolf, in *Moments of Being*, ed. J. Schulkind (London, 1976): 79.

[8] 关于研究这一话题的两种迥异的路径，见 *Organic Form: the Life of an Idea*, ed. George Rousseau (London, 1972) 和 Terry Eagleton, *Criticism and Ideology* (London, 1976)。亦可见 Sally Shuttleworth, *George Eliot and Nineteenth-Century Science* (Cambridge, 1984)。

[9] Samuel Taylor Coleridge, *The Statesman's Manual*，见 *Lay Sermons*, ed. R. J. White, *Collected Works*, VI (London, 1972): 72-3 的附录 C。

[10] 艾伦·莫尔斯（Ellen Moers）在 *Literary Women* (London, 1978) 中将这部作品解读为分娩的噩梦。在笔者看来，它似乎否定了人们认为创意写作和物质生产之间相互对等的主张。玛丽·雪莱在《弗兰肯斯坦》1817年序言开头致谢了伊拉斯谟·达尔文："达尔文博士和德国的一些生理学家认为这部小说所建基之上的事件并非绝无发生之可能。"

[11] 出自 *Aspects of Form*, ed. Lancelot Law Whyte (London, 1968): 41。

[12] Ernst Cassirer, *Language and Myth*, tr. S. K. Langer (New York, 1946): 51.

[13] Ovid, *Metamorphoses*, Book 15, ll. 252-8. tr. Frank Justus Miller, *The Loeb, Classical Library* (Cambridge, Mass. and London, 1916): 383.

[14] Joseph Wiesenfarth, *George Eliot's Mythmaking* (Heidelberg, 1977).

[15] 'On the Fundamental Antithesis of Philosophy', *Transactions of the Cambridge Philosophical Society*, 8 (1850): 170-81.

[16] 出自 *Fables of Identity* (New York, 1963): 19-20。关于认识论和进化论的论述，见前文边码68—70。

[17] *Fables of Identity*: 19-20.

[18]《致达尔文先生的书信》("To M. Darwin")，1858年4月：F. Darwin, *Auto-biography and Selected Letters* (New York, 1892, reprinted 1958): 194-5。

[19] George Stocking, Jr, *Race, Culture, and Evolution: Essays in the History of Anthropology* (New York, 1968); J. S. Haller, *Outcasts from Evolution: Scientific Attitudes to Racial Inferiority, 1859-1900* (London, 1971). 达尔文读了泰勒的作品很喜欢。在19世纪40年代的理论形成期，达尔文广泛阅读了种族理论著作。例如，塞缪尔·斯坦霍普·史密斯的《论人种肤色与体型变种之缘由》("Smith Varieties of the Human Race")、查尔斯·怀特的《人类规范性等级序列》("White Regular Gradations of Man")、约翰·费里德里希·布鲁门巴赫的《博物学原理手册》("Blumenbach")等等（笔记本119）。他的藏书收录了19世纪60年代出版的一大批人类学著作，为撰写《人类的由来》提供了材料。

[20] 温伍德·里德（Winwood Reade）创作的《人的殉难》(*The Martyrdom of Man*, 1872) 乃是关于达尔文主义拟人化影响最受欢迎的讨论之一。迪谢吕访问了英国皇家科学院和英国科学促进会，极大地点燃了里德的热

情，于是这个年轻人启程去往他的"大猩猩国度"，但随后发现前者所述情形颇为似是而非。泰勒对"退化"类神话评论道："金斯利先生的故事有关那个伟大而著名的国度，居住着名唤'为所欲为'的种族，他们经由自然选择而退化为大猩猩。该故事是这个野蛮神话经文明化后的对等版本。"(*Primitive Culture*, 1: 377）

[21] Robert Ackerman, "Writing about Writing about Myth", *Journal of the History of Ideas*, 34 (1973): 147-55; Janet Burstein, "Victorian Mythography and the Progress of the Intellect", *Victorian Studies*, 18 (1975): 309-24.

[22] *Lectures on the Science of Language* (first series) (London, 1861): 327.

[23] *Lectures on the Science of Language* (second series, 1864): 309-10.

[24] *Orlando* (London, 1928): 208.

[25] Hallam Tennyson, *Alfred Lord Tennyson* (London, 1897) 1:314.

[26] 见 *Glaucus; or, The Wonders of the Shore* (London, 1855)。海洋生物学时尚大多归功于博物学家菲利普·高斯的作品，亦记录在 G. H. 刘易斯的 *Seaside Studies* (London, 1859) 和乔治·爱略特的《伊尔弗勒科姆日记》(*Ilfracombe Journals*) 之中。见如 *The Romance of Natural History* (1st and 2nd series, London: 1860-1861)，强调"人类心灵的情感，——惊讶、惊奇、恐惧、厌恶、钦佩、爱、欲望……——人类对周围生物的沉思使得这些情感充满活力"。*Omphalos: An Attempt to Untie the Geological Knot* (London, 1857) 描写了高斯与金斯利意见不合。见 Edmund Gosse, *Father and Son* (London, 1907) 对地质学、生物学和神学三者关系所作的最为可靠的描述。

[27] Erasmus Darwin, *The Loves of the Plants* (Lichfield, 1789-90)。*The Temple of Nature* (London, 1803) 的书眉即其副标题"社会起源"（"The Origin of Society"）。几乎可以肯定，达尔文代表作的标题在指向祖父那本书的副标题，后者赤裸裸的拟人论激活了达尔文的博物学研究。达尔文的祖父强调了丰饶和破坏的同等效用："密集疯长的蔬菜泛滥成战争"(41);"出生数目无法计数，在亲本去世之前，/每小时都在浪费可爱的生命供给"(341)。

[28] G. H. Lewes, *Studies in Animal Life* (London, 1862).

[29] "在剑桥的最后一年，我带着浓厚的兴趣仔细读了洪堡的《个人记事》(*Personal Narrative*)。这部作品……让我激起了一种强烈的热情，要为自然生命科学的崇高结构添加哪怕是最卑微的贡献。"(*Autobiography*: 38）

[30] 引自 Brian Stock, *Myth and Science in the Twelfth Century: A Study of Bernard Silveste* (Princeton, 1972): 217-18。*Cosmographia* 2: 14: 162-5。

[31] Edmund Spenser, *The Faerie Queene*, ed. J. C. Smith (Vols. 1-3)(Oxford, 1909): 428。1590年初版。

[32] Spenser, *The Faerie Queene*, ed. Smith (Vols. 4-7): 455。

[33] Max Müller, *Lectures on the Science of Language*, 2nd series, London, 1864: 306-7：" 根（roots）构成了所有语言的组成元素……对成熟的头脑来说……简单比复杂更美妙……根之中有比世界上所有抒情诗确实更美妙的东西。"刘易斯把缪勒使用的意象变回到达尔文"庞大的生命之树"的比喻："大树的各种茎已然发育自这些彼此非常相似……却又或多或少有些不同的根部。""Mr Darwin's Hypotheses", *Fortnightly Review*, 4 NS (1868): 80.

[34] Edward Carpenter, *Civilisation: Its Cause and Cure* (London, 1889): 136-7.

[35] Charles Lyell, *The Principles of Geology* (London, 1830) 1: 158.

[36] Charles Kingsley, *The Water Babies* (London, 1863). 页码参考了1888年版本。

[37] William Paley, *Natural Theology* (Edinburgh, 1849): 238；参考182。

[38] 奥尔顿·洛克（Alton Locke）梦到："我正处于生命创造力的最低点；一个扎根在岩石里的石珊瑚，低于潮水留下的潮痕数英寻（fathom）；最糟糕的是，我的个性消失了。"依据钱伯斯的"发展尺度"（"scale of development"），他在梦中先后成为鱼、鸟、兽、猿、人。

[39] *Fraser's Magazine* (1849). 收入 *Literary and General Essays* (London, 1880): 191。

[40] 对《水孩儿》的另一个影响可能来自野男孩的故事。见 Harlan Lane, *The Wild Boy of Aveyron* (London, 1977)。

[41] 罗斯玛丽·杰克逊（Rosemary Jackson）在 *Fantasy: The Literature of Subversion* (London, 1981) 中认为强调清洁是压抑的（151），但这会导致忽略汤姆的不洁净同样有压抑的本质。他的黑皮肤代表了社会压迫，这些感官/意识形态上的矛盾赋予了该书很大的力量。亦可见C. N. Manlove, *Modern Fantasy: Five Studies* (Cambridge, 1975)。

[42] *Letters*, ed. F. Darwin, 2: 171.

[43] *Anthropological Review*, 1 (1863): 472. 这篇评论特别提到了金斯利将"达尔文定律"应用为"设想中的人类物种向猿类的'退化'"。

[44] Peckham: 478.

[45] *Evidence as to Man's Place in Nature* (London, 1863): 1.

[46] "那么，畜生和人之间有何区别呢？以畜生的语词，人类能做什么？而我们并未发现这方面的任何迹象、任何基础。……畜生和人之间的那个巨大障碍就是**语言**……语言是我们的楚河汉界，没有一个畜生敢于跨越它。" *Lectures on the Science of Language* (1st series): 340. 蒙博多勋爵（Lord Monboddo）詹姆斯·伯内特（James Burnett）的形象影响了众多关于动物语言的争论。在 *Of the Origin and Progress of Language* (Edinburgh, 1773-92) 一书中，他认为猩猩（orang outang）至少有语言

的能力："猩猩是具有人类形态的动物，内外皆是……他拥有人类的智慧，只不过生活在缺乏礼仪和技艺的动物世界之中"（1: 289，第2版，1774）。皮科克（Peacock）在《梅林考特》（*Melincourt*）中塑造了颇具讽刺意味的"奥兰·上顿爵士"（"Sir Oran Haut-Ton"），并在这个人物身上借用了蒙博多勋爵的理论。

[47] *Man's Place in Nature*: 112.

[48] (London, 1855): 532.

[49] *Mrs Gatty, Parables from Nature*, 1st series (London, 1855); 2nd series (London, 1865).

[50] 盖蒂，1865: 67。盖蒂夫人的秃鼻乌鸦把通常的退化论点转过来放诸己身：人类痛苦于"完全失去了我们的语言……他现在无鸟喙的嘴里所发出的声音其实是毫无意义的术语而已"（80）。

[51] *Natural Theology*: 242；参见上文。

[52] 冯·拜耳早些时候曾想象如果鸟类研究自己的成长且将其结论应用于人类的后果，并借此嘲笑个体发生的人类中心主义："我们如果成为巢中的雏鸟，会比今后任何时候的雏鸟都要高等。"引自S. J. Gould, *Ontogeny and Phylogeny* (Princeton, 1977): 54。

[53] *Principles of Geology*: 1: 123.

[54] *After London, or Wild England* (London, 1855). 该书页码引用依据约翰·福尔斯（John Fowles）的导读版（Oxford, 1980）。

[55] 两部有影响力的作品是Ray Lankester, *Degeneration. A Chapter in Darwinism* (London, 1880) 和Max Nordau, *Degeneration*, 译自第2版 (London, 1913)。Allon White, *The Uses of Obscurity: the Fiction of Early Modernism* (London, 1981)很好地描述了有关达尔文的作用这一特殊解读所产生的影响。

第5章

[1] *Galaxy*, 15 (1873): 424-8.

[2] R. H. Hutton, *Spectator*, 49 (1876): 1131-3.

[3] *Middlemarch. A Study in Provincial Life*（London, 1872），所引页码为"中型版"（London, 1878），参考文献包括卷、章、页码。许多取自科学和哲学来源的材料收集在John Clark Pratt and Victor A. Neufeldt, eds., *George Eliot's Middlemarch Notebooks, A Transcription* (Berkeley and Los Angeles, 1979)。

[4] Sidney Colvin, *Fortnightly Review*, N. S. 13 (1873): 142-7.

[5] Edward Dowden, *Contemporary Review*, 29 (1877): 348-69.

[6] 关于爱略特作品中科学理念重要性的讨论，见 U. C. Knoepflmacher, *Religious Humanism and the Victorian Novel: George Eliot, Walter Pater, Samuel Butler* (Princeton, 1965); Bernard Paris, *Experiments in Life* (London,

1965); W. J. Harvey, 'The Intellectual Background of the Novel; Casaubon and Lydgate', in *Middlemarch: Critical Approaches*, ed. B. Hardy (London, 1967); Michael York Mason, '*Middlemarch* and Science: Problems of Life and Mind', *Review of English Studies*, N. S. 22 (1971): 151-69; J. Hillis Miller, 'Optic and Semiotic in *Middlemarch*', in *The Worlds of Victorian Fiction*, ed. J. H. Buckley (Cambridge, Mass., 1975): 124-45; Rosemary Ashton, *The German Idea* (Cambridge, 1980); George Levine, 'George Eliot's Hypothesis of Reality', *Nineteenth Century Fiction*, (1980): 1-28。

［7］关于概念交换（concept-interchange）的更全面的讨论，见笔者的 'Anxiety and Interchange: *Daniel Deronda* and the Implications of Darwin's Writing', *Journal for the History of the Behavioural Sciences*, 19 (1983): 31-44。

［8］*Problems of Life and Mind* (London, 1874): 261. 1st edition: 1873.

［9］廷德尔的所有研究都强调要"科学地运用想象力"（这是1870年他向英国科学促进会数学和物理分会致辞的标题）。他在1874年的主席致辞中为《物种起源》作了热情辩护，并因其不可知论的信仰思路引发了颇多争议。Rede Lecture: *On Radiation* (London, 1865): 60-1.

［10］*Fortnightly Review*, N. S. 5 (1869): 132.

［11］同上，143页。

［12］1865年，刘易斯首次在《帕尔摩尔公报》（*Pall Mall Gazette*）上发表了大量关于达尔文的文章。他对《动植物的变异》（*The Variation of Plants and Animals*）的评论令达尔文很高兴。*The Fortnightly Review*, N. S. 3 and 4 (1868): 353-73; 611-28; 61-80; 492-509 上面的文章似乎是爱略特理解达尔文思想内涵的一个分水岭。亦可见 *The Physical Basis of Mind* (London, 1877)，特别是论"进化"的一章：79-136。

［13］"Mr. Darwin's Hypotheses": 494.

［14］"倘若终有这样的一刻到来：现今唤作'科学'的、人们如此熟知的门类，准备呈现出……一个有血有肉的形态，诗人会出借他的神灵、助其变形。"*The Lyrical Ballads, 1798-1805*, ed. G. Sampson (London, 1940): 26. 见笔者的文章 'Darwin's Reading and the Fictions of Development', in *The Darwinian Heritage*, ed. D. Kohn (Princeton, 1985) 对这一关联性的讨论。

［15］*Time in Science and Philosophy*, ed. J. Ziman (Prague, 1971), 尤其 I. Prirogine, 'Time, Structure, and Entropy': 89-99; Stephen Toulmin and June Goodfield, *The Discovery of Time* (London, 1965). 参见下一章对《丹尼尔·德隆达》中该问题的讨论。

［16］见 Strother B. Purdy, *The Hole in the Fabric: Science, Contemporary Literature, and Henry James* (Pittsburgh, 1977) 论及与生活和叙事结构相关的非欧几里得主义（non-Euclideanism）。

［17］*The Mill on the Floss*, ed. G. Haight (Oxford, 1980): 238.

[18] *The George Eliot Letters*, ed. G. Haight (9 vols., Oxford, 1954-78): 3: 214, 以下略为《书信集》。

[19] "致斯图尔特夫人的书信", 1874: *Letters*: 6: 81.

[20] *Daniel Deronda*, "中型版": 1: 11: 166-7。

[21] *The Impressions of Theophrastus Such*, "中型版": 248-55。

[22] 在乔治·爱略特对达尔文的最初评价中, 极有可能存在一个隐蔽的比较。刘易斯的《普通生活生理学》(*The Physiology of Common Life*)此前刚刚问世。在一封给芭芭拉·博迪康(Barbara Bodichon)的书信中, 爱略特这样评论道:"这真的会是一本有用的书, 而且我认为作为一本关于教育的书尤其有用, 即使不去考虑它所传达的具体知识。因为它带着哲学精神去关注所讨论的那些问题——自然科学的书籍中非常罕见这一特点。刚才我们一直在阅读达尔文论'物种起源'的书。" *Letters*: 3: 227.

[23] *Letters*: 5: 458-9.

[24] Claude Bernard, *An Introduction to the Study of Experimental Medicine* (New York, 1957): 15. 1865年首版, 刘易斯深受贝尔纳作品的影响。更全面的讨论见 Paul Q. Hirst, *Bernard, Durkheim, and Epistemology* (London, 1975); Frederic L. Holmes, *Claude Bernard and Animal Chemistry* (Cambridge, Mass., 1974); Gillian Beer, 'Plot and the Analogy with Science in Later Nineteenth-Century Novelists', in *Comparative Criticism* II, ed. E. S. Shaffer (Cambridge, 1980)。

[25] *Principles of Geology*: 1: 73.

[26] *Problems of Life and Mind* (London, 1874-9): 1: 471-2.

[27] *Studies in Animal Life* (London, 1862): 155.

[28] *Introduction à l'étude de la médecine expérimentale*. 刘易斯所读版本现藏于伦敦的威廉斯博士图书馆(Dr. Williams's Library)。

[29] *The Foundations of a Creed* (London, 1873-5): 1: 26. 赫胥黎在 *The Westminster Review*, 73 (1860): 541-70 上对《物种起源》的评论使用了一个乐观的隐喻:"和谐的秩序管控着永远持续的进步——物质和力量二者缓慢地交织成网状和织锦, 没有破碎的线条, 从而成就了居于我们和'无限'之间的那一道薄幕。"该文再版收入 *Darwiniana* (London, 1893): 59。

[30] John Tyndall, *On Radiation* (London, 1865): 9-10.

[31] Alexander Bain, *Mind and Body: The Theories of Their Relation* (London, 1873): 27.

[32] I. J. Beck, *The Method of Descartes* (Oxford, 1952), 尤其第11章。可与 *The Web of Belief* (New York, 1970)中对威拉德·范·奎恩(Willard van Quine)和约瑟夫·乌利安(Joseph Ullian)的论述相比较。

[33] 转引自 Robert Chambers, *Vestiges of the Natural History of Creation* (London, 1844): 11-12。

[34] 见 Terry Eagleton, *Criticism and Ideology* (London, 1977)关于网状物的一些意识形态功能的有趣讨论。与笔者相比,特里·伊格尔顿(Terry Eagleton)将网状物同机体论更为紧密地联系在一起。关于爱略特小说中的旋转、编织和纺纱的诙谐并发人深思的讨论,见 Sandra H. Gilbert and Susan Gubar, *The Mad Woman in the Attic: The Woman Writer and the Nineteenth Century Literary Imagination* (New Haven and London, 1979),尤其519—528页。

[35] 达尔文认为茱莉亚·韦奇伍德是少数几个完全理解其作品的人之一。'The Boundaries of Science: A Second Dialogue', *Macmillan's Magazine*, 4 (1861): 241。

[36] 1865年适逢安斯卡1000周年纪念日,L. 德雷维斯(L. Dreves)为准备此节日撰写了安斯卡的人生传记:L. Dreves, *Leben des heiligen Ansgar* (Paderborn, 1864)。

[37] *Sacred and Legendary Art* (London, 1848): xxii.

[38] *Sacred and Legendary Art*: 2: 184-9.

[39] *Letters*, 4: 49.

第6章

[1] *Essays of George Eliot*, ed. T. Pinney (London, 1963): 413页及其后。爱略特此处如穆勒一般强调现象之间"不变的演替秩序",而非"任何事物的最终或本体论的缘由"。John Stuart Mill, *A System of Logic* (London, 1841): Bk 3, ch. 5, note 2, in *Collected Works of John Stuart Mill*, ed. F. E. L. Priestley (Toronto, 1963): 7: 326.

[2] Pinney: 31.

[3] 见乔治·列文的经典文章 'Determinism and Responsibility in the Works of George Eliot', *P. M. L. A.* 77 (1962): 268-79。

[4] Charles Darwin, *The Descent of Man and Selection in Relation to Sex* (London, 1901): 3. 1871年第1版。

[5] *Daniel Deronda*, "中型版", 1: 10: 144。所有参考均出自此版本,引用次序依次为卷、章、页。

[6] *Descent*: 43.

[7] 1853年6月18日《领袖》(*The Leader*)上的一则广告宣告了这一点。

[8] *Letters*: 1: 136; 1: 93.

[9] *Letters*: 8: 52(1852年7月8日,日期存疑)。

[10] 达尔文的表兄弗朗西斯·高尔顿通过 *Hereditary Genius* (London, 1865)和 *Natural Inheritance* (London, 1889)这两项研究,勾勒了优生理论的概貌。

[11] John Hedley Brooke, 'Natural Theology and the Plurality of Worlds:

Observations on the Brewster-Whewell Debate', *Annals of Science*, 34 (1977): 221-86; William C. Heffernan, 'The Singularity of Our Inhabited World: William Whewell and A. R. Wallace in Dissent', *Journal of the History of Ideas*, 39 (1978): 81-100.

[12] Alexander Welsh, 'Theories of Science and Romance, 1870-1920', *Victorian Studies*, 18 (1973): 134-54; George Levine, 'George Eliot's Hypothesis of Reality', *Nineteenth Century Fiction*, 35 (1980): 1-28; W. K. Clifford, *Lectures and Essays*, eds. L. Stephen and F. Pollock (London, 1879): 1: 149.

[13] 关于《丹尼尔·德隆达》起源问题的另一种解读, 见Cynthia Chase, 'The Decomposition of Elephants: Double-Reading Daniel Deronda', *P. M. L. A.* 93 (1978): 215-27. 亦可见Thomas Pinney, 'More Leaves from George Eliot's Notebook', *Huntington Library Quarterly*, 29 (1965-6): 353-76 and K. K. Collins, 'Questions of Method: Some Unpublished Late Essays', *Nineteenth Century Fiction*, 35 (1980): 385-405. 这两篇文章列举了爱略特诸如起源、社会进化等主题的笔记和文章, 补充了平尼、贝克(Baker)、普拉特(Pratt)已提供的材料。

[14] Baker, 3: 75. 同一时期, 托马斯·哈代和莱斯利·斯蒂芬(Leslie Stephen)于1875年3月23日第一次会面, 双方讨论到"种种衰败的、过气的神学, 事物的起源, 物质的构成, 时间的非现实性……(斯蒂芬提到)新的涡环(vortex rings)理论对他有'一种难以置信的魅力'"。Florence Emily Hardy, *The Early Life of Thomas Hardy* (London, 1928): 139.

[15] R. A. Proctor, 'The Past and Future of Our Earth', *Contemporary Review*, 25 (1874): 74-99. 爱略特和刘易斯订阅了《当代评论》, 并私下结识了普罗克托。海特(Haight)写道: "1872年9月, 爱略特在洪堡注视着轮盘赌桌旁的蕾小姐(Miss Leigh)之时, 创作《丹尼尔·德隆达》的萌芽就此植下, 并迅即勃发。她就杂志《康希尔》(*Cornhill*)的一篇文章做过笔记, 主题是'赌徒式的迷信'。"(R. A. Proctor, *Cornhill*, 25 (1872): 704-17.)

[16] Claude Bernard, *An Introduction to the Study of Experimental Medicine*, tr. H. C. Greene (New York, 1949): 50.

[17] Hans Vaihinger, *The Philosophy of 'As If'* (London, 1924; 2nd edn 1968). 1911年首印于柏林。

[18] Wolfgang Iser, *The Act of Reading* (London, 1978): 225.

[19] Ernst Mayr, 'Teleological and Teleonomic, A New Analysis', in *Methodological and Historical Essays*, eds. R. S. Cohen and M. W. Wartofsky (Dordrecht and Boston, 1974): 96. 奥古斯特·魏斯曼在 *Studies in the*

Theory of Descent（德文版初版1875年，London, 1882）: 694引用了冯·拜耳的观点:"如其支持者所述，达尔文的假说总是以否认自然进程存在与未来的任何关联（即同目标或神的意旨的任何关联）而结束。"

[20] Edward Said, *Beginnings* (New York, 1975)，尤其见该书第3章《作为开端意向的小说》("The Novel as Beginning Intention")。

[21] J. G. Herder, *Abhandlung über den Ursprung der Sprache* (Berlin, 1772). 见 Helene M. Kastinger Riley, 'Some German Theories on the Origin of Language from Herder to Wagner', *Modern Language Review*, 74 (1979): 617-32。亦可见 Morris Swadesh, *The Origin and Diversification of Language* (Chicago, 1971); Richard Dorson, *The British Folklorists, A History* (Chicago, 1968); Burton Feldman and Robert D. Richardson, *The Rise of Modern Mythology 1680-1860* (Indiana, 1972)。

[22] 1866年，威廉·汤姆森接纳了亥姆霍茨的涡旋理论。爱略特对克罗尔所做的笔记包括对亥姆霍茨冷缩（contraction）理论的长篇描述，该理论暗示太阳将不可避免地冷却下去。达尔文在他的自传中写道，他沮丧于"现在大多数物理学家所持的这一观点，即太阳连带太阳系所有行星未来最终都会演变到温度过低而无法存留生命的程度"（53—4）。

[23] *Letters*: 6: 301-2.

[24] Pinney: 409.

[25] Paul Broca, *On the Phenomenon of Hybridity in the Genus Homo*, ed. C. Carter Blake (London, 1864): 62. 达尔文在整个19世纪四五十年代的阅读清单中记录了对种族理论家的阅读情况，当时《人类学评论》的早期期刊主要刊登关于种族理论的各方面文章，这是由人们对"物种"的新兴趣所引发的。关于维多利亚时代种族理论的讨论，见 John Haller, *Outcasts from Evolution* (Urbana, Ill., 1971); G. W. Stocking, *Race, Culture and Evolution* (New York, 1978); John Burrow, *Evolution and Society* (Cambridge, 1996)。巴罗从社会条件的角度清晰地分析了进化论理念在英国的接受和转化。

[26] *The Variation of Plants and Animals under Domestication*（London, 1868）讨论了"混合"（blending）和"返祖"（reversion）。1864年，达尔文在给胡克的信中写道:"杂交后代返祖亲体基因的趋势是更广泛规律的一部分……亦即，杂交族群和物种往往会恢复成百上千代之前的祖先身上的特征。"

[27] *Westminster Review*, 59, 1853: 388-407.

[28] 比较 Peter Dale, 'Symbolic Representation and the Means of Revolution in *Daniel Deronda*', *The Victorian Newsletter* (1981): 25-30。

[29] *Physics*, 5, 40, 217b35-218a3.

第7章

[1] James Sully, *Sensation and Intuition: Studies in Psychology and Aesthetics* (London, 1874): 5-6; 9-10. 尤其见论"进化假说与人类心理学的关系"("The Relation of the Evolution Hypothesis to Human Psychology")一文。赫伯特·斯宾塞的《心理学原理》于1870—1872年印行了第2版,并做了大量增订。

[2] "外来"语言的形象结合了进化话语中的词源学要素和族群要素:参看《物种起源》, 97: "一类物种就像语言的方言一样,很难说具有确定的起源。"亦可见 Colin MacCabe, *James Joyce and the Revolution of the World* (London, 1978), 其中论及《丹尼尔·德隆达》中多种不为人知的语言。

[3] "笔记本707"记录了将理念转化为物质的多个故事。见 Baker: 1: 114, 139。

[4] *Letters*: 4: 364.

[5] Mathilde Blind, *The Ascent of Man* (London, 1889).

[6] Elinor Shaffer, *Kubla Khan and the Fall of Jerusalem* (Cambridge, 1975)将德隆达解读为身处既定的末世论传统之中的弥赛亚式人物。

[7] W. B. Carpenter (1874): 152.

[8] Pinney: 403.

[9] *Expression of the Emotions in Man and Animals*, 康拉德·洛伦茨(Konrad Lorenz)作序(Chicago and London, 1965): 237。

[10] Sören Kierkegaard, *The Concept of Dread*, tr. W. Lowrie (London, 1944).

第8章

[1] *Expression of the Emotions*: 360-1.

[2] Florence Emily Hardy, *The Early Life of Thomas Hardy 1840-1891* (London: 1928): 253. 下略为《早年岁月》(*Early Life*)。

[3] *Early Life*: 268.

[4] *Early Life*: 301-2.

[5] Thomas Hardy, *Tess of the D'Urbervilles: A Pure Woman Faithfully Presented*, ed. P. N. Furbank (London, 1975): 316. 所有页码引用均出自此版本。

[6] 在他生命的最后阶段,哈代列举了对其产生重要影响的思想家名单:"达尔文、赫胥黎、斯宾塞、孔德、休谟、穆勒",引自 Carl J. Weber, *Hardy of Wessex: His Life and Literary Career* (New York, 1965): 246-7。《早年岁月》记载了他曾声称自己是《物种起源》最早的拥护者之

一": 198。见 Peter Morton, 'Tess of the D'Urbervilles: A Neo-Darwinian Reading', *Southern Review*, 7 (1974): 38-50; Roger Robinson, 'Hardy and Darwin', in *Thomas Hardy: the Writer and his Background* (New York, 1980): 128-50; Elliot B. Ghose, 'Psychic Evolution: Darwinism and Initiation in *Tess*', *Nineteenth Century Fiction*, 18, (1963): 261-72; Perry Meisel, *Thomas Hardy: The Return of the Repressed* (New Haven and London, 1972); Bruce Johnson, 'The Perfection of Species' and Hardy's Tess', in *Nature and the Victorian Imagination*, eds. G. B. Tennyson and U. C. Knoepflmacher (Berkeley, 1978): 259-77。梅塞尔（Meisel）和约翰逊（Bruce Johnson）论述了达尔文思想对哈代的影响，令人印象颇为深刻。

[7] *The Return of the Native*, ed. Derwent May (London, 1975). 所有页码引用均出自此版本。

[8] *Early Life*: 285-6.

[9] 关于达尔文受华兹华斯影响的讨论，见 Edward Manier, *The Young Darwin and His Cultural Circle* (Dordrecht, 1978): 89-96; Marilyn Gaull, 'From Wordsworth to Darwin', *The Wordsworth Circle*, 10 (1979): 33-48。

[10] *Tess*: 146, 174.

[11] *Early Life*: 279.

[12] 'The Dorsetshire Labourer', *Longman's Magazine* (1883).

[13] 引自 Gordon S. Haight, *A Century of George Eliot Criticism* (London, 1966): 192。

[14] *The Mayor of Casterbridge*, ed. I. Gregor (London, 1976).

[15] Florence Hardy, *The Later Years of Thomas Hardy* (London, 1930).

[16] H. Orel, ed., *Thomas Hardy's Personal Writings* (London, 1967): 39.

[17] John Bayley, *An Essay on Hardy* (Cambridge, 1978) 讨论了哈代作品中与众不同且未被察觉的特质。

[18] Derrida, *Of Grammatology*: 264. "因此，破碎的迅即性乃是游戏思想中悲伤、**消极**、怀旧、内疚及卢梭式的一面。游戏思想的另一面则在于尼采式的**肯定**，它欢快地肯定了世间自由的游戏，肯定了获得成就之后的纯真，肯定了一个无错误、无真理、无起源的符号世界——这个符号世界被赋予了积极的意义。"

[19] "自然选择不会产生绝对的完善。" 达尔文引证了蜜蜂的蜂针致其自身死亡的例子。

[20] *Early Life*: 163 (1879年1月1日)。

[21] R. H. 哈顿1854年的文章显示，分类法中与"本质"相关的问题已进入文学语言之中："正如科学发现了花朵的纲的类型，而自然实际上很少或从未找到有所**接近**的真实存在，结果在某种意义上科学认定这类花朵**应该**如此，而自然却从未真正生产出相匹配的花朵。" 他进而以莎士比

亚的克利奥帕特拉（Cleopatra）为例加以讨论。*Prospective Review*, 10 (1854): 476.
- [22] 如前所论, pp. 105-8。
- [23] *The Woodlanders*, intro. David Lodge (London, 1975): 82.
- [24] *Two on a Tower*, intro. F. B. Pinion (London, 1976): 83.
- [25] *A Pair of Blue Eyes*, ed. Ronald Blythe (London, 1976): 222.
- [26] August Weismann, *Studies in the Theory of Descent* (London, 1882). 哈代称自己1890年读过韦斯曼的著作,当时他"已经完成了《德伯家的苔丝》在杂志上的系列连载"。*Early Life*: 301.
- [27] *Early Life*: 146-7.

第9章

- [1] *Poems of George John Romanes* (London, 1896), T. Herbert Warren作导论, 'Charles Darwin: a Memorial Poem': 3-28, 12.
- [2] George John Romanes, *Mental Evolution in Man: Origin of Human Faculty* (London, 1888): 85.
- [3] *Animal Intelligence* (London, 1882): 1.
- [4] 见如 Samuel Butler,' Selections from Previous Works with Remarks on Mr. G. J. Romanes', "*Mental Evolution in Animals*" (London, 1884)。
- [5] *Descent*: 194, 932.
- [6] *The Movements and Habits of Climbing Plants* (London, 1906): 106.
- [7] (Cambridge, 2006): 167.
- [8] *The Autobiography of Charles Darwin and Selected Letters*, ed. Francis Darwin (New York, 1958): 56.
- [9] Charles Darwin, *The Movements and Habits of Climbing Plants* (Popular Edition) (London, 1906): 93.
- [10] Charles Darwin, *The Voyage of the Beagle: Journal of Researches into the Natural History and Geology of the Countries Visited During the Voyage of HMS Beagle Round the World, Under the Command of Captain Fitzroy, RN*, with introduction by David Amigoni (Ware, Hertfordshire, 1997): 301-2, 1839年初版。
- [11] *The Correspondence of Charles Darwin*, eds. Frederick Burkhardt and Sydney Smith, Vol. 4 (Cambridge, 1988): 439.
- [12] *Metaphysics*, *Materialism*, *and the Evolution of Mind*: *Early Writings of Charles Darwin*, 保罗·巴雷特转录与注释,霍华德·格鲁伯评介 (Chicago, 1980): 17. 符号( )表示该词被达尔文画掉。
- [13] Barrett: 18.
- [14] Barrett: 7.

[15] Charles Darwin, *The Voyage of the Beagle*, introduction David Amigoni (Ware, Hertfordshire, 1997): 292.
[16] Amigoni: 308.
[17] *The Correspondence of Charles Darwin*, Vol. 4: 421.
[18] *The Correspondence of Charles Darwin*, Vol. 4: 415.
[19] *Animal Intelligence* (London, 1882): 462-3.
[20] *Descent of Man*: 404. "索引995"将此描述为"罗马蜗牛（Helix pomatia）中个体间深厚感情的一个例证"。
[21] *Descent of Man*, second edition (London, 1874): 106-7.
[22] *Autobiography*: 54.

精选基本参考文献

二手资料详见各章注释,同时可参见索引中的作者名录和主题。本书目中若干条目采用的是已确认为达尔文所使用过的版本,其他均为初版版本或现代标准版本。

Agassiz, Louis, *An Essay on Classification* (London, 1859).
　Life and Correspondence, ed. Elizabeth Cary Agassiz, 2 vols. (London, 1885).
Bain, Alexander, *The Emotions and the Will* (London, 1859).
Basalla, G., Coleman W. and Kargon, Robert H., eds., *Victorian Science: A Self Portrait from the Presidential Addresses to the British Association for the Advancement of Science* (New York, 1970).
Bell, Charles, *Essay on the Anatomy of Expression in Painting* (London, 1806), 3rd rev. edn (London, 1844).
　The Hand, Its Mechanism and Vital Endowments as Evincing Design (Bridgewater Treatises, 4) (London, 1833).
Bernard, Claude, *Introduction à l'étude de la médicine expérimentale* (Paris, 1865); *An Introduction to the Study of Experimental Medicine*, tr. H. C. Greene (New York, 1949).
　The Cahier Rouge of Claude Bernard, tr. H. H. Hoff et al. (Cambridge, Mass., 1967).
Broca, Paul, *On the Phenomenon of Hybridity in the Genus Homo*, ed. C.

C. Blake (London, 1864).

Butler, Samuel, *Erewhon: or, Over the Range* (London, 1872).

Life and Habit; an essay after a completer view of evolution (London, 1878).

Evolution, Old or New: or the Theories of Buffon, Dr. Erasmus Darwin and Lamarck, as compared with that of Mr. Charles Darwin (London, 1879).

Unconscious Memory (London, 1880).

Luck or Cunning as the Main Means of Organic Modification? (London, 1887).

Carpenter, Edward, *Modern Science: A Criticism* (Manchester, 1885).

Civilization, Its Cause and Cure; and other essays (London, 1889).

Carpenter, W. B., *Principles of Human Physiology*, 1st edn (London, 1842): 9th edn (London, 1881).

Principles of Mental Physiology (London, 1874).

Chambers, Robert, *Vestiges of the Natural History of Creation* (London, 1844).

Clodd, Edward, *Pioneers of Evolution from Thales to Huxley with an Intermediate Chapter on the Causes of the Arrest of the Movement* (London, 1897).

Myths and Dreams (London, 1885).

Coleridge, Samuel Taylor, *Poetical Works*, 3 vols. (London, 1829).

Lay Sermons: 1. The Statesman's Manual, 2. Blessed are ye that sow beside all waters, ed. D. Coleridge (London, 1852).

Comte, Auguste, *Cours de philosophie positive*, 6 vols. (Paris, 1830-42).

Positive Philosophy, tr. and condensed by H. Martineau, 2 vols (London, 1853).

System of Positive Polity, tr. J. H. Bridges, F. Harrison, E. S. Beesly, R. Congreve, 4 vols (London, 1875-7).

查尔斯·达尔文
著作

Journal of Researches into the Geology and Natural History of the Various Countries Visited during the Voyage of H. M. S. Beagle Round the World (London, 1839).

'On the tendency of species to form varieties, and on the perpetuation of varieties and species by natural means of selection', Charles Darwin and Alfred Wallace, *Journal of the Proceedings of the Linnaean Society of London, Zoology*, 3 (1859): 45-62.

On the Origin of Species By Means of Natural Selection, or the Preservation of Favoured Races in the Struggle for Life (London, 1859).

On the Origin of Species, A Variorum Edition, ed. Morse Peckham (Philadelphia, 1959).

The Origin of Species, ed. John Burrow (Harmondsworth, 1968).

The Variation of Plants and Animals under Domestication, 2 vols. (London, 1868).

The Descent of Man and Selection in Relation to Sex (London, 1871).

The Expression of the Emotions in Man and Animals (London, 1872).

Formation of Vegetable Mould through the Action of Worms, with Observations on their Habits (London, 1881).

Evolution by Natural Selection: Darwin and Wallace, ed. G. de Beer (Cambridge, 1958), contains the *Sketch* (1842) and the *Essay* (1844).

Charles Darwin's Natural Selection, being the Second Part of his Big Species Book written from 1856 to 1858, ed. R. Stauffer (Cambridge, 1975).

笔记本与书信（编著类）

Darwin, F. (ed.), *The Life and Letters of Charles Darwin, including an Autobiographical Chapter*, 3 vols. (London, 1887).

Darwin, F. and Seward, A. C. (eds.), *More Letters of Charles Darwin: a record of his work in a Series of hitherto unpublished letters*, 2 vols (London, 1903).

de Beer, G. (ed.), *Charles Darwin and Thomas Henry Huxley Autobiographies* (London, 1974), 依据诺拉·巴罗（Nora Barlow）的未删节本，包含 'An Autobiographical Fragment, Written in 1838'.

'Darwin's Notebooks on Transmutation of Species', *Bulletin of the British Museum* (Natural History) Historical Series, 2 (1960-1); 3 (1967).

Darwin on Man. A Psychological Study of Scientific Creativity Together with Darwin's Early and Unpublished Notebooks, eds. Howard Gruber and Paul Barrett (London, 1974).

Barrett, P. (ed.), *The Collected Papers of Charles Darwin* (Chicago, 1977).

Vorzimmer, P. J. 'The Darwin Reading Notebooks (1838-1860)', *Journal of the History of Biology*, 10 (1977): 107-53.

Herbert, S. (ed.), 'The Red Notebook of Charles Darwin', *Bulletin of the British Museum (Natural History) Historical Series*, 7 (1980).

Darwin, Erasmus, *The Botanic Garden*; or, *The Loves of the Plants* (London, 1791).

Zoonomia; or, The Laws of Organic Life, 2 vols. (London, 1794-6).

Phytologia; or, The Philosophy of Agriculture and Gardening With the Theory of Draining Morasses, and with an improved construction of the Drill Plough (London, 1800).

The Temple of Nature; or, The Origin of Society, a poem, with philosophical notes (London, 1803).

Disraeli, Benjamin, *Tancred: or, the New Crusade*, 3 vols. (London, 1847).

乔治·爱略特

The Works of George Eliot, Cabinet edition, 20 vols. (Edinburgh and London, 1878-80).

Haight, G. S. (ed.), *The Letters of George Eliot*, 9 vols. (London, 1954-78).

Pinney, T. (ed.), *Essays of George Eliot* (London, 1963).

Pinney, T., 'More Leaves from George Eliot's Notebook', *Huntington Library Quarterly*, 29 (1965-66): 353-76.

Baker, W. (ed.), *Some George Eliot Notebooks: An Edition of the Carl H. Pforzheimer Library's George Eliot Holograph Notebooks, MSS707-11* (Salzburg, 1976, 1980).

Pratt, J. C. and Neufeldt, V. A., *George Eliot's Middlemarch Notebooks* (Berkeley and Los Angeles, 1979).

Collins, K. K., 'Questions of Method: Some Unpublished Late Essays', *Nineteenth Century Fiction*, 35 (1980): 385-405.

Feuerbach, Ludwig, *The Essence of Christianity*, tr. M. Evans (i. e. George Eliot) (London, 1854).

Freud, Sigmund, *The Standard Edition of the Complete Psychological Works of Sigmund Freud*, tr. under editorship of J. Strachey, 24 vols. (London, 1953-74).

Gatty, Margaret, *Parables from Nature*, 1st and 2nd ser. (London, 1855-65).

Gosse, Edmund, *Father and Son: A Study of Two Temperaments* (London, 1907).

Gosse, Philip Henry, *A Manual of Marine Zoology for the British Isles* (London, 1855-6).

Omphalos: an attempt to untie the geological knot (London, 1857).

The Romance of Natural History, 1st series (London, 1860); 2nd series (London, 1861).

Haeckel, Ernst, *The History of Creation*, tr. and revised by E. Ray Lankester, 2 vols. (London, 1876).

The Evolution of Man, 2 vols. (London, 1879).

The Riddle of the Universe at the Close of the Nineteenth Century, tr. J. McCabe (London, 1900).

Hardy, F., *The Early Life of Thomas Hardy 1840-91* (London, 1928).

Later Years of Thomas Hardy, 1892-1928 (London, 1930).

Hardy, Thomas, *The New Wessex Edition of the Novels of Thomas Hardy*, ed. P. N. Furbank, 14 vols. (London, 1975).

Complete Poems, ed. J. Gibson (London, 1976).

Helmholtz, Hermann, *Popular Lectures on Scientific Subjects*, tr. E. Atkinson; intro. J. Tyndall (London, 1873).

Abhandlungen zur Thermodynamik, ed. M. Planck (Leipzig, 1921).

Epistemological Writings, tr. M. F. Lowe; eds. R. S. Cohen and Y. Elkana (Dordrecht, 1977).

Huxley, Thomas Henry, *Collected Essays*, 9 vols. (London, 1892-5).

Autobiographies of Charles Darwin and Thomas Henry Huxley, ed. G. de Beer (London, 1974).

Jameson, Anna, *Sacred and Legendary Art*, 2 vols. (London, 1848).

Legends of the Madonna, as represented in the fine arts (London, 1852).

Jefferies, Richard, *After London; or, Wild England* (London, 1885).

Kant, Immanuel, *Critique of Pure Reason*, tr. J. M. D. Meiklejohn (London, 1860).

Kingsley, Charles, *Alton Locke, Tailor and Poet* (London, 1850).

The Water-Babies (London, 1863).

Lankester, Ray, *Degeneration. A Chapter in Darwinism* (London, 1880).

Lamarck, Jean-Baptiste, *Philosophie Zoologique* (Paris, 1809).

Zoological Philosophy, tr. H. Elliot, 1st edn (London, 1914); (reprinted N. Y., 1963).

Histoire Naturelle des animaux sans vertèbres (Paris, 1815).

Lewes, George Henry, *Comte's Philosophy of the Sciences* (London, 1853).

Sea-side Studies (London, 1858).

The Physiology of Common Life (Edinburgh, 1859-60).

'Mr. Darwin's Hypotheses', *Fortnightly Review*, 3 and 4 new series (1868): 353-73; 611; 628; 61-80; 492-509.

Problems of Life and Mind, 4 vols. (London, 1874-9).

Lubbock, John, *Prehistoric Times as Illustrated by Ancient Remains and the Manners and Customs of Modern Savages* (London, 1865).

The Origin of Civilisation and the Primitive Condition of Man (London, 1870).

Lyell, Charles, *Principles of Geology*, 3 vols. (London, 1830-1833).

The Geological Evidences of the Antiquity of Man (London, 1863).

Malthus, Thomas, *An Essay on the Principle of Population; or, A View of Its Past and Present Effects on Human Happiness*, 6th edn, 2 vols. (London, 1826).

Marx, Karl, *Karl Marx and Frederick Engels; Selected Correspondence* (Moscow, 1956).

Early Writings, tr. and ed. T. B. Bottomore (London, 1963).

Maudsley, Henry, *Body and Mind* (enlarged edn) (London, 1873).

The Pathology of Mind (London, 1879).

Maxwell, James Clerk, *Scientific Papers*, ed. W. D. Niven, 2 vols (Cambridge, 1890).

Mill, John Stuart, *A System of Logic, Ratiocinative and Inductive*, 2 vols

(London, 1843); 5th edn (London, 1862).

Nature, the Utility of Religion, and Theism. Three Essays (London, 1874).

Milton, John, *Poetical Works* (London, 1822), a single-volume edition close in date to Darwin's travels.

Poetical Works, ed. D. Bush (London, 1966).

Mivart, St John, *Man and Apes* (London, 1873).

Monboddo (James Burnett, Lord), *Of the Origin and Progress of Language* (Edinburgh, 1773-6).

Müller, Friedrich Max, *Lectures on the Science of Language*, 1st and 2nd series (1861-4).

Chips from a German Workshop, 4 vols. (London, 1867-76).

Introduction to the Science of Religion (London, 1873).

Nordau, Max, *Degeneration*, tr. from 2nd edn of the German (London, 1895).

Ovid, *Metamorphoses*, with an English tr. by F. J. Miller (London, 1916).

Proctor, Richard, 'Gambling Superstitions', *The Cornhill Magazine*, 25 (1872): 704-17.

'The Past and Future of Our Earth', *Contemporary Review*, 25 (1874): 77-79.

Myths and Marvels of Astronomy (London, 1878).

Reade, Winwood, *The Martyrdom of Man* (London, 1872).

Ruskin, John, *The Works of John Ruskin*, Library edition, eds. E. T. Cook and A. D. O. Wedderburn, 39 vols. (London, 1902-12).

Schopenhauer, Arthur, *Uber den Willen in der Natur* (Frankfurt, 1836).

Shelley, Mary, *Frankenstein: or, The Modern Prometheus* (London, 1818).

Spencer, Herbert, *Essays: Scientific, Political and Speculative*, 3 vols.

(London, 1858).

First Principles (London, 1862).

The Principles of Biology (London, 1864).

The Principles of Psychology, 2nd edn (London, 1870).

Descriptive Sociology; or, Groups of Sociological Facts (London, 1873).

Spenser, Edmund, *Poetical Works*, eds. J. C. Smith and E. de Selincourt (Oxford, 1912).

Sully, James, *Sensation and Intuition: Studies in Psychology and Aesthetics* (London, 1874).

Tylor, Edward, *Researches into the Early History of Mankind and the Development of Civilization* (London, 1865).

Primitive Culture, 2 vols. (London, 1871).

Tyndall, John, *On Radiation: the Rede Lecture* (London, 1865).

Essays on the Use and Limit of the Imagination in Science (London, 1870).

Address delivered before the British Association assembled at Belfast, with additions (London, 1874).

Wallace, Alfred, *Contributions to the Theory of Natural Selection*, 2nd edn (London, 1871).

Wallace, Alfred, et al., *Forecasts of the Coming Century* (London, 1897).

Wedgwood, Hensleigh, *On the Developement (sic) of Understanding* (London, 1848).

A Dictionary of English Etymology, 3 vols. (London, 1859-67).

The Origin of Language (London, 1866).

Weismann, August, *Studies in the Theory of Descent*, tr. and ed. R. Meldola, Preface by C. Darwin (London, 1882).

Essays upon Heredity and Kindred Biological Problems, tr. and eds. E. B. Poulton, S. Schönland, and A. E. Shipley (Oxford, 1889).

Wordsworth, William, *The Excursion, being a portion of The Recluse, a poem* (London, 1814).

Lyrical Ballads by Wordsworth and Coleridge. 1789年版本,附1800年的诗歌及全部序言, eds. R. L. Brett and A. R. Jones (London, 1963).

Poetical Works, ed. E. de Selincourt, 2nd edn, 5 vols. (Oxford, 1952).

查尔斯·达尔文相关阅读书目

www.darwin-online.org.uk: 该网站收入了所有达尔文已出版的作品、众多手稿及相关材料。

Amigoni, David, *Colonies, Cults, and Evolution* (Cambridge University Press, 2007).

Beer, Gillian, *Open Fields: Science in Cultural Encounter* (Oxford: Clarendon Press, 1996).

Browne, Janet, *Charles Darwin: Voyaging* (Vol.1, 1995) and *The Power of Place* (Vol. 2, 2002) (London: Jonathan Cape).

Burkhardt, Frederick et al. (eds.), *The Correspondence of Charles Darwin*, 16 vols., further vols. forthcoming (Cambridge University Press, 1985-) and www.darwinproject.ac.uk.

Carroll, Sean B., *Endless Forms Most Beautiful: the New Science of Evo Devo and the Making of the Animal Kingdom* (London: Weidenfeld and Nicolson, 2006).

Dawkins, Richard, *The Blind Watchmaker: Why the Evidence of Evolution Reveals a Universe without Design* (London: Penguin, 1990).

Dawson, Gowan, *Darwin, Literature and Victorian Respectability* (Cambridge University Press, 2007).

Dennett, Daniel, *Darwin's Dangerous Idea: Evolution and the Meanings of Life* (London: Allen Lane, 1995).

Depew, David and Weber, Bruce, *Darwinism Evolving: Systems*

Dynamics and the Genealogy of Natural Selection (Cambridge, Mass.: MIT Press, 1995).

Desmond, Adrian and Moore, James, *Darwin* (London: Michael Joseph, 1991).

Ellegård, Alvar, *Darwin and the General Reader: the Reception of Darwin's Theory of Evolution in the British Periodical Press, 1859-1872* (Chicago University Press, 1990).

Hodge, Jonathan and Radick, Gregory (eds.), *Cambridge Companion to Darwin* (Cambridge University Press, 2003).

Keynes, Randal, *Annie's Box: Charles Darwin, His Daughter and Human Evolution* (London: Michael Joseph, 1991).

Levine, George, *Darwin and the Novelists: Patterns of Science in Victorian Fiction* (Cambridge, Mass.: Harvard University Press, 1988).

Darwin Loves You: Natural Selection and the Re-enchantment of the World (Princeton University Press, 2007).

Otis, Laura (ed.), *Literature and Science in the Nineteenth Century: An Anthology* (Oxford University Press, 2002).

Richardson, Angelique, *Love and Eugenics in the Late Nineteenth Century: Rational Reproduction and the New Woman* (Oxford University Press, 2003).

Richardson, Joan, *A Natural History of Pragmatism: the Fact of Feeling from Jonathan Edwards to Gertrude Stein* (New York: Cambridge University Press, 2007).

Ruse, Michael and Roberts, Richard (eds.), *Cambridge Companion to the 'Origin'* (New York: Cambridge University Press, 2008).

Smith, Jonathan, *Charles Darwin and Victorian Visual Culture* (Cambridge University Press, 2006).

Secord, James, *Victorian Sensation: the Extraordinary Publication, Reception, and Secret Authorship of 'Vestiges of the Natural History of Creation'* (Chicago University Press, 2003).

Stott, Rebecca, *Darwin and the Barnacle* (London: Faber, 2003).

索 引

*以下所标页码均为正文边码。

Ackerman, Robert（罗伯特·阿克曼），112, 272
Allen, Grant（格兰特·艾伦），197, 200
Analogy（类比），18, 47, 48, 61, 73-96各页, 154-5, 250-1, 254; 亦可见metaphor（隐喻）
Anskar（安斯卡），163, 276
Anthropological Review, The（《人类学评论》），128, 130, 273, 278
Anthropomorphism（拟人论），anthropocentrism（人类中心论），7-8, 9-10, 14-18, 30-2, 44-70各页, 95-6, 108-9, 130-1, 150-1, 169-70, 228-9, 232-8, 240-1
Arabian Nights, The（《一千零一夜》），7, 27, 163
Aristotle（亚里士多德），38, 73-4, 195, 278
Arnold, Matthew（马修·阿诺德），73, 115, 267
artificial selection（人工选择），13-14, 28, 29, 54-7, 89-90, 108
Ashton, Rosemary（罗斯玛丽·阿什顿），274

Austen, Jane（简·奥斯汀），254
Ayala, Francisco（弗朗西斯科·阿亚拉），262
Bachelard, Gaston（加斯顿·巴什拉），43
Bacon, Francis（弗朗西斯·培根），27
Baer, Carl Ernst von（卡尔·恩斯特·冯·拜耳），97, 104, 130, 256, 274, 278
Bain, Alexander（亚历山大·贝恩），157, 276
Barnes, Barry（巴里·巴恩斯），*Scientific Knowledge and Sociological Theory*（《科学知识与社会学理论》），2, 13, 83, 256
Barrett, Paul（保罗·巴雷特），258, 263, 281
Basalla, G., Coleman, W., Kargon, R.（G. 巴萨拉，W.科尔曼和R.卡尔贡），266
Bateson, Gregory（格雷戈里·贝特森），270
Bayley, John（约翰·贝利），280
Beck, I. J.（I. J.贝克），276

de Beer, Gavin（加文·德·比尔），257, 260, 263

Bell, Charles（查尔斯·贝尔），27, 45, 263

Bernard, Claude（克洛德·贝尔纳），1, 4, 5, 9, 16-17, 75, 143, 148, 149, 151, 153, 177, 256, 263, 268, 275, 277

Bichat, Xavier（泽维尔·比夏），143, 149, 153, 160

Black, Max（马克斯·布莱克），83, 256, 268

Blind, Mathilde（马蒂尔德·布兰德），208, 279

Bloch, Ernst（恩斯特·布洛赫），82

Bloom, Harold（哈罗德·布鲁姆），259

Bloor（布鲁尔），83

Bowler, Peter（彼得·鲍勒），245, 261

Boyle, Robert（罗伯特·波义耳），267

Brewster, David（大卫·布鲁斯特），258, 277

British Association（英国科学促进会），83

Broca, Paul（保罗·布洛卡），189-90, 278

Brontë, Charlotte（夏洛特·勃朗蒂），*Jane Eyre*（《简·爱》），40

Brooke, John Hedley（约翰·赫德利·布鲁克），277

Browne, Sir Thomas（托马斯·布朗爵士），27

Buffon, Comte de（孔德·德·布丰），11, 266

Burrow, John（约翰·巴罗），256, 260, 278

Burstein, Janet（珍妮特·伯斯坦），272

Butler, Joseph（约瑟夫·巴特勒），60, 78, 171

Butler, Samuel（塞缪尔·巴特勒），11, 259, 268, 281

Byron, Lord George（乔治·拜伦勋爵），26, 27

Campbell, John Angus（约翰·安格斯·坎贝尔），260

Canguilhem, Georges（乔治·康吉莱姆），83, 259

Cannon, Walter Faye（沃尔特·费伊·坎农），18, 259

Carlyle, Thomas（托马斯·卡莱尔），27, 41, 42, 74-5, 262, 268

Carneiro, Robert（罗伯特·卡尼罗），258

Carpenter, Edward（爱德华·卡朋特），119, 232

Carpenter, W. B.（W. B.卡朋特），212, 214, 279

Cassirer, Ernst（恩斯特·卡西尔），105, 203, 271

Chadwick, Owen（欧文·查德威

克），262

Chaillu, Du（迪谢吕），271

Chamber, Robert（罗伯特·钱伯斯），*Vestiges of the Natural History of Creation*（《自然创造史的遗迹》），3, 8, 11, 59, 146, 158, 256, 270, 273, 276

Chase, Cynthia（辛西娅·蔡斯），277

Clausius（克劳修斯），180

Clifford, W. K.（W. K.克利福德），4, 84, 173

Clodd, Edward（爱德华·克劳德），221

Clough, Arthur Hugh（亚瑟·休·克拉夫），73, 267

Coleman, William（威廉·科尔曼），259, 270

Coleridge, Samuel Taylor（塞缪尔·泰勒·柯勒律治），26, 102, 148, 175, 271

Collins, K. K.（K. K.柯林斯），277

Colp, Ralph（拉尔夫·考尔普），65, 267

Colvin, Sidney（西德尼·考尔文），140, 274

Comte, Auguste（奥古斯特·孔德），9, 11, 58, 82-3, 106, 130, 174, 179-80, 181, 185, 258, 266, 267, 269, 277

Consciousness（意识），242-55

Conrad, Joseph（约瑟夫·康拉德），21

Copernicus（哥白尼），9

Crick, Francis（弗朗西斯·克里克），257

Croll, James（詹姆斯·克罗尔），182

Culler, Dwight（德怀特·卡勒），3

Dale, Peter（彼得·戴尔），278

Darwin, Charles（查尔斯·达尔文），亦可见相关主题和：*Autobiography*（《自传》），25-7, 29, 76, 245; *Beagle*（比格尔号），29, 50, 246, 248-50, 261, 281; *Correspondence*（《书信集》），250-1, 281; early Notebooks（早期笔记本），25-6, 34-43, 257, 258, 170-2, 178-9, 244, 246-8; *Descent*（《人类的由来》），8, 108, 170-2, 178-9, 181-93, 196-201, 204-7, 244; *Expression*（《人类和动物的表情》），208-9, 215, 220, 244, 281; Movements and Habits of Climbing Plants（攀缘植物的运动与习惯），246, 281; *Origin*（《物种起源》），各页

Darwin, Erasmus（伊拉斯谟·达尔文），11, 61-3, 87, 117, 120, 271, 272

Darwin, Francis（弗朗西斯·达尔文），34, 37, 73, 243, 261, 266

Darwin, George(乔治·达尔文),250

Daubeney, Charles(查尔斯·道贝尼),266

De Sanctis, Francesco(弗朗西斯科·德·桑克提斯),257

Dee, John(约翰·迪伊),163

Derrida, Jacques(雅克·德里达),14, 56, 90, 231, 264, 266, 280

Dickens, Charles(查尔斯·狄更斯),6, 35, 40-3, 75, 76, 105, 237

Disraeli, Benjamin(本杰明·迪斯雷利),*Tancred*(《唐克雷德》),8, 259; *Sybil*(《西比尔》),57

Dorson, Richard(理查德·多尔森),278

Dowden, Edward(爱德华·道顿),140, 144, 146, 274

Durant, John(约翰·杜兰),265

Eagleton, Terry(特里·伊格尔顿),271, 276

ecology(生态),8, 18-19

Eddington, Joseph(约瑟夫·爱丁顿),180

Eliot, George(乔治·爱略特),2, 34, 83, 106, 118, 132, 139-219各页, 223, 271, 274,亦可见相关主题

Ellegård, Alvar(阿尔文·埃勒加德),261, 270

Elton, Oliver(奥利弗·埃尔顿),226

Emerson, Ralph Waldo(拉尔夫·沃尔多·爱默生),16, 65

entanglement(纷繁的纠葛),19-20, 158, 167, 238;亦可见 relations(关系/关联)、web(网状物)

essentialism(本质主义),18, 152

eugenics(优生学),170-1, 172;亦可见 sexual selection(性选择)

experimental science(实验科学),experiment(实验),145-51, 237-8

extinction(灭绝),6-7, 12, 13, 104, 120-1, 132-5, 176-81, 200-23

fact(事实),26, 73, 74-5, 131, 176, 263

Fay, Margaret(玛格丽特·费伊),265

fear(惧怕),25, 206-16, 220-2

Feldman, B., and Richardson, R.(B. 费尔德曼和R.理查森),278

Feuerbach, Ludwig(路德维希·费尔巴哈),16, 266

Feyerabend, Paul(保罗·费耶阿本德),84-5, 269

Fielding, Henry(亨利·菲尔丁),145, 159

Fleming, Donald(唐纳德·弗莱明),260

Fontanelle, Jean(让·芬达奈尔),172

Foucault, Michel(米歇尔·福柯),

Freeman, Derek(德里克·弗里曼),256, 265

Freud, Sigmund(西格蒙德·弗洛伊德),3, 8-10, 69, 79, 82, 105, 126, 257, 267

Frye, Northrop(诺思洛普·弗莱),14, 106-8, 259, 271

future 未来, 43, 53, 68, 83-4, 93, 141-2, 169-95, 196-205, 224-5; 亦可见 hypothesis(设想)

Gale, B. G.(B.G.盖尔),266

Galton, Francis(弗朗西斯·高尔顿),172, 178, 277

Gaskell, Elizabeth(伊丽莎白·盖斯盖尔),41

Gatty, Margaret(玛格丽特·盖蒂),123, 130-1, 259

Gaull, Marilyn(玛丽莲·高尔),261, 280

Geddes, Patrick(派特里克·格迪斯),200

Genesis(创世记),32

Genette, Gérard(吉拉德·热奈特),262

Gerratana, Valentino(瓦伦蒂诺·格拉塔纳),251, 261

Ghiselin, Michael(迈克尔·吉瑟林),261

Ghose, Elliot(埃利奥特·高斯),279

Gilbert, S. H., and Gubar, S.(S. H.吉尔伯特和S.古芭),276

Gillespie, Charles(查尔斯·吉莱斯皮),259

Gillespie, Neil(尼尔·吉莱斯皮),262-64

Glass, B., Temkin, O., and Straus, W.(B.格拉斯、O.汤姆金与W.施特劳斯),259

Goethe, Johánn Wolfgang von(约翰·沃尔夫冈·冯·歌德),5, 63, 69, 104, 267

Goldmann, Lucien(卢西恩·戈德曼),42, 262

Gosse, Edmund(埃德蒙·高斯),120, 272

Gosse, Philip(菲利普·高斯),127, 272

Gould, Stephen Jay(斯蒂芬·杰·古尔德),99, 270, 274

Gray, Thomas(托马斯·格雷),26

Great Exhibition(伦敦世博会),42, 98

Greene, John(约翰·格林),265

Grene, Marjorie(马乔里·格林),269

Grimm's Tales(《格林童话集》),163, 166

growth(生长),99-104; 亦可见 ontogeny(个体发生)

Gruber, Howard(霍华德·格鲁伯),65, 89, 266, 267

Haeckel, Ernst（恩斯特·海克尔），99, 270

hagiography（圣徒传），163-8

Haight, Gordon（戈登·海特），257, 263

Haller, John（约翰·哈勒），271

happiness（幸福），35-6, 61-2, 94, 122-3, 226-30, 231-2, 234-5

Hardy, Barbara（芭芭拉·哈代），262, 274

Hardy, Florence（弗洛伦斯·哈代），274

Hardy, Thomas（托马斯·哈代），2, 21, 36, 62, 66, 82, 199-200, 220-41 各页, 259, 277; 亦可见相关主题

Harvey, W. J.（W. J.哈维），274

Hazlitt, William（威廉·海兹利特），164

Heffernan, Willam（威廉·赫弗南），277

Hegel, Friedrich（弗里德里希·黑格尔），52, 193

Helmholtz, Herman（赫尔曼·亥姆霍茨），69, 180, 182, 267, 278

Herbert, George（乔治·赫伯特），15-16, 259

Herbert, Sandra（桑德拉·赫伯特），260, 261

Herder, J. G.（J. G.赫尔德），278

Herschel, William（威廉·赫歇尔），7, 38-9, 158, 269

Hesse, Mary（玛丽·赫斯），83, 85, 263, 267, 268, 269

Hewlett, Henry（亨利·休利特），112

Heywood, Christopher（克里斯托弗·海伍德），262

Hirst, Paul Q.（保罗·Q.赫斯特），275

Hobbes, Thomas（托马斯·霍布斯），52-3

Holmes, Frederic（费雷德里克·霍姆斯），275

Hopkins, Gerard Manley（杰拉尔德·曼利·霍普金斯），18, 56, 64, 75, 259

Hull, David（大卫·哈尔），248, 263

Hullah, John（约翰·葫拉），185

Humboldt, Wilhelm von（威廉·冯·洪堡），112, 117, 130, 272

Hutton, R. H.（R. H.哈顿），115, 139, 272, 280

Huxley, Thomas（托马斯·赫胥黎），4, 9-10, 64, 79, 82, 104, 127, 129-30, 131, 142, 254, 258, 268, 269, 270, 273, 276, 279

Hyman, Stanley（斯坦利·海曼），257

Hypotheses（设想），2, 14, 74-5, 149-51, 174-5; 亦可见 future（未来）

Individual（个体），11, 12, 18, 36-

7, 59-60, 61, 91, 119, 130, 133, 140, 199, 209-11; 亦可见 ontogeny（个体生长）

Iser, Wolfgang（沃尔夫冈·伊瑟尔），178, 257, 278

Jackson, Rosemary（罗斯玛丽·杰克逊），273

James, Henry（亨利·詹姆斯），139, 145, 274

Jameson Anna（安娜·杰姆逊），164-6, 276

Jameson, Frederic（弗雷德里克·杰姆逊），269

Jefferies, Richard（理查德·杰弗里斯），132-5, 274

Jespersen, Otto（奥托·叶斯柏森），*Language, Its Nature, Development and Origin*（《语言论：语言的本质、发展与起源》），14

Johnson, Bruce（布鲁斯·约翰逊），279-80

Johnson, Samuel（塞缪尔·约翰逊），*Dictionary*（《英语词典》），19, 27, 252

Jones, Ernest（恩斯特·琼斯），190-1

Jones, Greta（格里塔·琼斯），231

Joyce, A. H.（A. H. 乔伊斯），264

Kant, Immanuel（伊曼纽尔·康德），81, 88, 270

Keats, John（约翰·济慈），20

Kierkegaard, Soren（索伦·克尔凯郭尔），215, 279

Kingsley, Charles（查尔斯·金斯利），2, 111, 116, 120-1, 123-9, 268, 270, 271

Kinship（亲属），6, 7, 13, 15-16, 19, 44, 54-8, 60-1, 106-7, 121, 157-9, 192-3, 195, 199-200, 203, 204, 239-40

Knoepflmacher, U. C.（U. C. 诺普弗尔马赫），274, 280

Koestler, Arthur（亚瑟·库斯勒），21

Kohn, David（大卫·科恩），260

Kuhn, Thomas（托马斯·库恩），1, 58, 256

Lamarck, Jean-Baptiste（让-巴蒂斯特·拉马克），3, 11, 19, 20-1, 89-90, 146, 193, 256, 257, 267, 270

Lane, Harlan（哈兰·莱恩），273

Langland, William（威廉·兰格伦），53

language theory（语言理论），15, 39, 46-7, 48, 55, 57, 112-14, 129-30, 183-4, 188-9, 264

Lankaster, Ray（雷·兰卡斯特），274

Lévi-Strauss, Claude（克劳德·列维-斯特劳斯），87, 203

Levine, George（乔治·列文），259, 262, 274, 277

Lewes, George Henry(乔治·亨利·刘易斯), 4, 17, 117, 120, 141, 143, 151-2, 153, 155, 156, 172, 208, 258, 259, 272, 278

Limoges, Camille(卡米尔·利摩日), 261

Linnaeus, Carl von(卡尔·冯·林奈), 104

Lodge, David(大卫·洛奇), 268

Lonsdale, Mr.(朗斯代尔先生), cited in *Descent*(引自《人类的由来》), 252

Lovejoy, A. O.(A. O. 洛夫乔伊), 76, 268

Lubbock, John(约翰·拉伯克), 97

Lucretius(卢克莱修), 11

Lyell, Charles(查尔斯·莱伊尔), 3, 4, 5, 11, 16-17, 32, 37-40, 64, 120, 127, 132, 146, 150, 170, 236-7, 257, 261, 272, 274

MacCabe, Colin(科林·麦凯布), 279

Macherey, Pierre(皮埃尔·马舍雷), 14, 264

Mackay, Robert(罗伯特·麦凯), 2

Macksey, Robert(罗伯特·马克西), 266

Maladaptation(适应不良), 67-70, 232

Malthus, Thomas(托马斯·马尔萨斯), 5, 27-31, 52, 116, 121, 124, 240, 261

Manier, Edward(爱德华·马尼尔), 261, 264, 266, 280

Manlove, C. N.(C. N. 门罗夫), 273

Márquez, Gabriel(加布里埃尔·马尔克斯), 172

Martineau, Harriet(哈丽雅特·马蒂诺), 27, 258

Marx, Karl(卡尔·马克思), 10, 51-3, 105, 121, 265

Mason, Michael York(迈克尔·约克·梅森), 274

Maudsley, Henry(亨利·莫兹雷), 198, 200

Maurice, John Frederick(约翰·弗雷德里克·莫里斯), 127

Maxwell, James Clerk(詹姆斯·克拉克·麦克斯韦尔), 4, 84, 175, 180, 268-9

Mayr, Ernst(恩斯特·迈尔), 178, 262, 278

Medawar, Peter(彼得·麦达瓦), 76, 263

Meisel, Perry(佩里·梅塞尔), 279

Mendel, Gregor(格雷戈尔·孟德尔), 6

metamorphosis(变态), 19, 97, 104-7, 128, 166; 亦可见 transformation(转化)

metaphor（隐喻）, 7, 13-14, 33, 39, 49-51, 54-6, 73-96 各页; 亦可见 analogy and, e.g., web, tree（类比及类似网状物、树状图等）

Mill, John Stuart（约翰·斯图尔特·穆勒）, 117, 156, 263, 276, 279

Miller, J. Hillis（J.希利斯·米勒）, 262, 274

Milton, John（约翰·弥尔顿）, 5, 26-7, 29-32, 261

Mind（《心智》期刊）, 182, 197

Mivart, St. John（圣约翰·米瓦特）, 62, 129, 243, 266

Moers, Ellen（艾伦·莫尔斯）, 271

Monboddo, James Burnett, Lord（詹姆斯·伯内特·蒙博多勋爵）, 273

Montaigne, Michel（米歇尔·蒙田）, 27

Morley, John（约翰·莫雷）, 129, 266

Morton, Peter（彼得·莫顿）, 279

Mothers（大母神）, 'nature'（"大自然"）, 7, 31, 55, 62-7, 99-101, 103, 115-17, 127-8, 131, 187-8, 207-14

movement and balance（运动与平衡）, 101-3

Müller, F. Max（F.马克斯·缪勒）, 55-6, 61, 97, 112-14, 129, 135, 142, 166-7, 182, 191, 203, 240, 266, 272, 273

natural selection（自然选择）, 8, 18, 28, 34, 48, 51, 54, 62-5, 81, 86-7, 89-90, 113-14, 117, 222-3, 267

natural theology（自然神学）, 48, 77-9; 亦可见 Paley（帕莱）

Newton, Isaac（艾萨克·牛顿）, 60, 93, 126

Nordau, Max（马克斯·诺多）, 274

Ohmann, Richard（理查德·欧曼）, 4, 257

Ondine（奥丁）, 131

Ontogeny（个体发生）, 11, 59, 91-2, 98-9, 107, 122-3, 198-9; 亦可见 growth（生长）, phylogeny（系统发育）

organicism（机体论）, 42, 101-2, 104, 109, 168

origins（起源）, originating（起源于）, 14, 19-21, 53, 56-9, 67, 70, 75, 81-3, 108, 112-14, 118-19, 120, 122, 130-1, 135, 142-5, 153-6, 157-8, 159-65, 175-8, 178-80, 181-2, 195, 220, 230-1

Ospovat, Dov（多夫·奥斯波瓦特）, 261, 267

Ovid（奥维德）, *Metamorphoses*（《变形记》）, 5, 64, 271

paedomorphosis（幼态延续），192

Paley, William（威廉·帕莱），36, 67, 77-81, 121-3, 124, 131, 270, 274

Paracelsus（帕拉塞尔苏斯），15, 269

Paris, Bernard（伯拉德·帕里斯），274

Peacock, Thomas Love（托马斯·洛夫·皮科克），273

Peckham, Morse（茅斯·佩克汉姆），47, 256, 264

Phylogeny（系统发育），11, 91, 97-9；亦可见 ontogeny（个体发生）

Pinney, Thomas（托马斯·平尼），277

Plato（柏拉图），270

plurality of worlds（世界的多元性），172

Polanyi, Michael（迈克尔·波兰尼），84, 269

Politi, Gina（吉娜·波里提），262

Popper, Karl（卡尔·波普），83

Poulet, Georges（乔治·普莱），262

Pratt, J. C., and Neufeldt, V.（J.C.普拉特和V.纽费尔德），274

prediction(预测)，见 future(未来)

Prescott, William（威廉·普雷斯科特），27

Prirogine, I.（I.普利罗琴），275

Proctor, Richard（理查德·普罗克托），112, 176-7, 277

profusion（丰沛），亦可见variety（变种）与variability（易变性）

progenitor（始祖），7, 48, 106, 109, 116-17, 119-20, 143-4, 155, 194, 203, 278

Propp, Vladimir（弗拉基米尔·普洛普），14

Purdy, Strother（斯特罗瑟·珀迪），275

Quine, W. van, Ullian, J.（W.范·奎恩和J.乌利安），276

Race（种族），race-theory（种族-理论），6-7, 110-14, 170-1, 185-90, 191, 205, 218-19, 271-3, 278

Reade, Winwood（温伍德·里德），271

Relations（关系/关联），6, 33, 40, 42, 61, 143-6, 149, 151-5, 161-8

Ricoeur, Paul（保罗·利科），89, 256, 269

Riley, Helene（海琳·莱利），278

Riviere, Joan（琼·里维埃），9

Robinson, Roger（罗杰·罗宾森），279

Romanes, George John（乔治·约翰·罗马尼斯），242-3, 251-2, 254

Romantic materialism（浪漫的物质主义观），35-8, 40-1, 60-3, 74-5, 141-4, 227-30

Rousseau, George（乔治·卢梭），271

Rudwick, Martin（马丁·鲁德威克），262

Ruse, Michael（迈克尔·鲁斯），269

Ruskin, John（约翰·罗斯金），41, 56, 257, 263, 269

Sade, Marquis de（萨德侯爵），87

Said, Edward（爱德华·萨义德），59, 179, 278

Saint-Hilaire, Etienne Geoffroy（艾蒂耶纳·若夫华·圣伊莱尔），*Memoire sur les Sauriens de Caen*（《卡昂蜥蜴回忆录》），11

Schon, Donald（唐纳德·舍恩），83, 88-9, 269

Schoepenhauer, Arthur（亚瑟·叔本华），193, 196

Schweber, Silvan（西尔万·席韦伯），258, 260

Scott, Walter（沃尔特·司各特），27

Sea（大海），116, 118, 120-1, 124-6, 128, 134-5

Serres, Michel（米歇尔·塞雷斯），257

Sewell, Elizabeth（伊丽莎白·斯威尔），265

sexual selection（性选择），7, 116, 169, 178, 193, 196-201, 205-7; 亦可见eugenics（优生学）

Shaffer, Elinor（埃莉诺·谢弗），262, 279

Shakespeare, William（威廉·莎士比亚），26-8

Shelley, Mary（玛丽·雪莱），*Frankenstein*（《弗兰肯斯坦》），103-4, 271

Shelley, Percy Bysshe（珀西·比希·雪莱），26, 190

Shuttleworth, Sally（萨利·沙特沃斯），271

slavery（奴隶制），50-1

Smiles, Samuel（塞缪尔·斯迈尔斯），*Self-Help*（《自助》），18, 259

Smith, Jonathan（乔纳森·史密斯），245

Spencer, Herbert（赫伯特·斯宾塞），4, 11, 41, 64, 97, 109, 130, 146, 193, 258, 262, 270, 279

Spenser, Edmund（埃德蒙·斯宾赛），27, 117-18, 140, 272

Stauffer, Robert（罗伯特·斯托弗），260

Stephen, Leslie（莱斯利·斯蒂芬），277

Sterne, Lawrence（劳伦斯·斯特恩），*Tristram Shandy*（《项狄传》），6, 11, 259

Stock, Brian（布莱恩·斯托克），272

Stocking, George（乔治·斯托金），

271

Stowe, Harriet Beecher（哈丽特·比彻·斯托），186

Sully, James（詹姆斯·萨利），201, 205, 214, 279

Swadesh, Morris（莫里斯·斯瓦德什），278

Taylor, Isaac（艾萨克·泰勒），171

teleology（目的论），dysteleology（反目的论），5, 12-13, 14, 38-40, 45-6, 48, 51-2, 73-83, 178-9, 192-5, 223-9

Tennyson, Alfred Lord（阿尔弗雷德·丁尼生勋爵），115, 157, 272

thermodynamics（热力学），12

Thompson, D'Arcy（达西·汤普森），270

Thomson, William（威廉·汤姆森），269, 278

Toulmin, S., and Goodfield, J.（S.图尔明和J.古德菲尔德），275

Transformation（转化），'transformisme'（"物种变化论"），12, 19, 33, 58, 79-80, 97-9, 114-29, 131-2, 157, 171, 175, 180-1; 亦可见 metamorphosis（变态）

tree image（树状图），18, 32-3, 85-7, 106-8, 157-9, 195, 232-4

Turbayne, Colin（柯林·特拜因），93

Tylor, Edward（爱德华·泰勒），97, 106, 109-12, 271

Tyndall, John（约翰·廷德尔），4, 64, 84, 141, 157, 272, 274

Ugly Duckling（丑小鸭），131

unconscious（无意识），10, 81-2

uniformitarianism（均变论），38, 169, 179, 191

Vaihinger, Hans（汉斯·维辛格），278

Variation（变异），variability（易变性），variety（变种），12, 29-30, 33, 40, 42, 59-61, 73, 108, 114, 117-18, 139-40, 143, 151-5, 161, 196, 223-4, 233-4, 266

Vico（维柯），117

Voegelin, Eric（埃里克·沃格林），258

Vorzimmer, Peter（彼得·沃尔齐默），260, 261, 263

Waddington, C. H.（C. H.瓦丁顿），104, 271

Wallace, A. R.（A. R.华莱士），20, 54, 264, 277

Warburton, William（威廉·瓦博顿），171

Wasserman, Earl（厄尔·瓦瑟曼），268

web（网状物），156-61; 亦可见 relations（关系/关联），entanglement（繁复的纠葛）

Wedgwood, Hensleigh（亨斯莱·

韦奇伍德），264

Wedgwood, Julia（茱莉亚·韦奇伍德），160, 276

Weismann, August（奥古斯特·韦斯曼），99, 270, 278, 280

Welsh, Alexander（亚历山大·威尔士），277

Whewell, William（胡威立），45, 60, 85, 106, 269-70, 271, 277

White, Allon（阿隆·怀特），274

White, G., Juhasz, J., Wilson, P.（G. 怀特、J. 朱哈兹、P. 威尔逊），259

White, Hayden（海登·怀特），264

Whitman, Walt（沃尔特·惠特曼），224-5

Whitney, William（威廉·惠特尼），264

Willey, Basil（巴兹尔·威利），268

Wiesenfarth, Joseph（约瑟夫·维森法思），271

Wild Boy of Aveyron（《阿维伦的野男孩》），273

Wood, J. G.（J. G.伍德），65, 267

Woolf, Virginia（弗吉尼亚·伍尔夫），100, 115, 271, 272

Wordsworth, William（威廉·华兹华斯），26, 27, 44-5, 60, 100, 101-3, 144, 223, 261, 263, 271, 275, 280

Young, Robert M.（罗伯特·M. 扬），83, 89, 261, 265

Zola, Emile（爱弥尔·左拉），149-50, 223